Ingomar von Kieseritzky
Traurige Therapeuten

Für Karin

Ingomar von Kieseritzky

Traurige Therapeuten

Roman

C. H. Beck

Bestimmte orthografische Eigenheiten
sind vom Autor beabsichtigt.

Gesetzt aus der Caslon Five Forty bei Fotosatz Amann, Aichstetten
Druck und Bindung: GGP Media GmbH Pößneck
Gedruckt auf säurefreiem, alterungsbeständigem Papier
(hergestellt aus chlorfrei gebleichtem Zellstoff)
Printed in Germany – ISBN 978 3 406 64152 7

www.beck.de

1 Durch die freundliche Vermittlung des Therapeutengespanns Wolzan/Guth (Heilpraktiker und Hierologen), die ihre ungewöhnlichen wie erfolgreichen Therapien dem reichhaltigen Fundus altägyptischer Schriften, der Anthroposophie und dem MSD-Manual entnahmen, geriet ich in das Schweizer Sanatorium W. (der genaue Name tut nichts zur Sache) für Neurastheniker, Stoffwechselpsychosen und andere seelische Verstimmungen, dem ein Dr. Spoerri vorstand, dessen Spezialität die Migräne war.

Ich selbst hatte keinen spezifischen Schaden; ich litt an kleinen Gedächtnisstörungen, was Zahlen betraf, kurzen Absencen, Kopfschmerzen und an chronischer Schlaflosigkeit, also durchaus harmlosen Defekten, an denen ein jeder vernünftige Mensch in diesen Zeiten laboriert.

Nachdem ich Dr. Spoerri die Grüße aus Berlin ausgerichtet hatte, wurde ich in einem kleinen Apartment einquartiert – ein Zimmer, ein Bad, mehr nicht, für meine Bedürfnisse ausreichend – mit Blick, wie man mir sagte, auf den Piz Michel, Höhe unbekannt; ich habe auch keine Ahnung, in welchem Kanton das Sanatorium W. liegt. Ich dankte der Doppelpraxis mit einer farbigen Postkarte – Blick auf den Piz Michel-, und schrieb –:

> Endlich im Sanatorium bei Ihrem Dr. Spoerri, guter Mann, gute Aura, fühle mich schon sehr viel wohler.
>
> Herzliche Grüße, bitte auch an Miriam.
>
> Der Ihre. Arthur Singram.

Miriam war eine riesige dänische Dogge, die ich in vier Sitzungen in meiner Tierheilpraxis (das Gründungsdatum ist mir entfallen) von ihrer Idée fixe heilte, die Außenwelt sei ihr feindlich gesonnen. Die Herren Wolzan & Guth entdeckten, dass Miriam sich ungern bewegte, d.h., wenn sie sich überhaupt bewegte, dann mit geschlossenen Augen, was Konflikte mit Möbeln und Menschen mit sich brachte; ich fand heraus, welchem Wahn sie anhing – sie fürchtete sich panisch vor nackten Holzböden, Linoleum, kurz vor jeder Fläche, die nicht mit einem

Teppich versehen war, als handele es sich um einen Abgrund –, und sie fürchtete wie die Pest Asphalt, ja die ganze Terra firma ohne Teppiche. Legte man ihr Teppiche, Brücken und kleine Läufer unter die Pfoten, funktionierte alles; kaum sah sie nackten Boden – man kann nicht überall Teppiche auslegen –, ging sie keinen Schritt weiter, sie zitterte, und ihre Augen füllten sich mit Tränen.

Spaziergänge (das sog. Gassi-Gehen) waren unmöglich, so dass die beiden Therapeuten ihren Garten hinter der Praxis mit Teppichen von Ikea auslegten.

Wolzan/Guth vermuteten, mit ihrem Karma sei etwas nicht in Ordnung. Ich diagnostizierte eine Hypersensiblität, der die Herren nach einiger Zeit zustimmten. Ich riet ihnen, ausschließlich grüne Teppiche anzuschaffen, moosgrüne und grasgrüne Teppiche. Ich sagte ihnen, ich verstände es sehr gut, dass hypersensible Tiere wie Miriam überall auf der Welt Abgründe witterten, in die man stürzen könne; sie habe absolut recht.

Ach, schöne Erinnerungen an gute Zeiten.

Ich ließ mir einen Schreibtisch bringen und packte ein paar Bücher aus und meine drei Manuskripte, an denen ich arbeiten wollte.

Da lagen nun meine Projekte in grauen, schwarzen und roten Leinenmappen – ich schaue sie mir immer mal wieder gern an –, da war die *Geschichte des Schwachsinns* (schwarze Mappe), ein sehr gutes, noch nicht in Angriff genommenes Werk, viel Material, ein Konvolut, würde wohl nie zu einem Ende kommen. So war's dann auch.

In der roten Mappe schlummerten meine mannigfachen Fallstudien als Heilpraktiker und Tierheilpraktiker (ich hatte zwei Fernlehrkurse an einer Schweizer Akademie absolviert); in der grauen warteten andere Projekte, darunter eine immer mal wieder vertagte Arbeit über *Die letzten Jahre Tolstojs* (Tagebuch-Schreibzwänge und andere Familienphänome), und endlich war da mein Tagebuch, das hier im Sanatorium aktualisiert wer-

den sollte; es würde mich bestimmt tonisieren und meinen zerrütteten Nerven helfen, die Vergangenheit systematisch zu kontrollieren. Die Tagebücher oder Kladden von Großvater Edward Singram ließ ich vorerst in der Tasche.
Der Tagesablauf funktioniert schon recht gut; die Mahlzeiten lasse ich mir bringen: leichte Diät, kein Fleisch, kein Alkohol, keine Zigaretten, viele Spaziergänge zwischen Lärchenhainen und Koniferen, wenn es welche sind, wer weiß.
Innenstatus stabil.
Wetter leidlich.
Keine Kontakte, hin und wieder Plauderei mit Spoerri.
Nehme den milden Stimmungsaufheller Dogmatil, hin und wieder im Wechsel Fluoxetin (anregend) und Amitryptilin (dämpfend). Alles in allem ist alles in Ordnung.
Man muss vermeiden, was contraproduktiv sein könnte. Nullpunkt überwinden! Die Allergien und die Phobien vergessen durch Arbeit der Erinnerung, mögen auch die exakten Zahlen fehlen; da werde ich eben improvisieren.
Sonntag.
Große Differenz zwischen ‹Gedächtnis› und ‹Erinnerung› festgestellt. Dr. Spoerri wegen der Akalkulie konsultieren.

2 Während einer finanziellen und gesamtpsychischen Flaute übernahm ich vor zwei Jahren die Berliner Praxis meines Freundes Franz Curtius für verhaltensgestörte Kleintiere. Die Praxisräume lagen im Parterre; auf dem mit Drahtgitter bespannten Balkon wuchs Katzengras in Plastiktöpfen.
Manche Tiere, sagte C., verhielten sich resistent gegen seine Therapien und neigten zur Flucht vor ihnen. Ich lobte das Gitter.
Freund Curtius sah sterbenselend aus; seine Nase war geschwollen und tropfte unaufhörlich, die Augen waren rot; seinen Tremor übergehe ich, weil die anderen Symptome interes-

santer waren. Die Lungen pfiffen, hin und wieder unterdrückte er einen Hustenreiz, wenn er bei geöffnetem Mundloch die Luft ausstieß. Sein Hüsteln zeigte durchaus den Willen zur erlösenden Entschleimung.
Du bist ja krank, sagte ich.
Da hast du recht, sagte Curtius. Es handele sich um eine allergische Rhinitis. Aus diesem Grund müsse er nach Ägypten, um sich mit trockener Wüstenluft zu regenerieren. Ich zeige dir jetzt, sagte er mit einem agonalen Röcheln ohne Hüsteln, meine Praxis und erläutere dir die Schlachtpläne, will sagen, die Therapiekonzepte.
Wie hast du dir, fragte ich, diesen Symptomenkomplex geholt?
Curtius röchelte.
Uneindeutige Ätiologie, sagte er, vielleicht tierische Allergene, die Untersuchungen seien noch nicht abgeschlossen.
Hinter dem Tresen oder der Rezeption saß eine ältere Dame, eine schöne Person, so dürr wie eine Gottesanbeterin, aber mit einem veritablen Ammenbusen.
Das ist unsere Frau Horak, sagte Curtius, sie war Lacan-Schülerin.
Frau Horak reichte mir eine lange, eiskalte Hand mit blauen Nägeln.
In der Vergangenheit, sagte meine zukünftige Assistentin, gingen allzu viele beschädigte menschliche Seelen durch meine Hände, und das hat mich auf eine seltsame Weise erschöpft.
Diese Sentenz kam mir irgendwie bekannt vor. Ich kondolierte.
Sie atmete tief ein, ihr Busen hob sich unter dem Kittel, und sie sagte mit einem Seufzen: Das Tier als solches hat eine ganz andere Seelenstruktur, unangreifbar in seiner unerlösbaren Sättigungs-Ataraxie.
So kann man das sehen, sagte ich und folgte Curtius in die anderen Praxisräume.
Stoß dich nicht, sagte C. nach einem Hustenanfall, an ihrer Sprechweise. Sie ist eine Seele von Mensch, und verstörte Meer-

schweinchen fassen nach dem ersten Blick tiefes Vertrauen zu ihr.

Mit welchen Probanden ich denn so zu rechnen hätte, fragte ich.

Mit diesen und jenen, sagte C., allzu viel Betrieb herrsche nicht, es sei ein ganz bequemer Job. Du als Schriftsteller bist ja irgendwie und permanent erfolglos; so wird es dir leichtfallen, eine gewisse Empathie für Tiere zu empfinden; Tierliebe sei nicht unbedingt notwendig, aber in allen Fällen Barzahlung oder Vorauskasse für die Moribunden.

Curtius, sagte ich bei der Inspektion von vierzehn Katzenklos, was eigentlich sollte man beachten? Wie sieht die Therapie aus ... welche Gestalt hat sie ... liegt eine gar stimmige Theorie zugrunde ... hast du Dossiers ... vielleicht Anamnesen ... was?

Arthur, sagte C. tief aus der Bronchialzone, eigentlich sind alle Kunden kerngesund, erst der Mensch macht sie krank.

Ich bat um ein Beispiel.

Ein junger Mann hielt sich eine junge weibliche Anakonda, ein Riesenbiest, frisch aus dem Amazonasgebiet geschmuggelt, Liebe auf den ersten Blick, nannte sie Isolde – der Mann war Romanist –, fütterte sie mit Meerschweinchen, die er in der Wohnung züchtete – ein Riesenverschleiß –, und sie schlief in seinem Bett, umschlang ihn liebestrunken, herzte und drückte ihn, bis ihm die Luft ausging. Nach einer besonders heißen Nacht brachte er Isolde in einem Kartoffelsack. Ich explorierte ausgiebig und hörte mir die Probanden an, natürlich in getrennten Räumen.

Wie groß war das Biest ...? Ich habe keine Phobien gegen Riesenschlangen, aber Informationen sind immer nützlich.

Ach, sagte C., ein junges Geschöpf, nur fünf Meter lang, kaum der Pubertät entwachsen, sehr anschmiegsam, vielleicht ein wenig ungestüm.

3 Abgesehen von einem Reizdarm, Spreiz-, Senk- und Plattfüßen, einer verlässlichen Homilophobie seit je, diffusen Magenbeschwerden der obstruktiven Art unter den Fittichen abdomineller Schmerzen, der Gicht mit der klassischen Prädilektionsstelle Großer Zeh – siehe auch Mertz: *Die Gicht. Grundlagen, Klinik und Therapie in der Geschichte* – bin ich kerngesund und leide nicht unter gewöhnlichen Phobien oder Idiosynkrasien.

Animositäten allemal, ein wahrer Bienenkorb, bin aber sonst exemplarisch intakt und nicht infirm.

Sie sind, sagte mein Berliner Psychologe, eigentlich der geborene Allergiker, denn Sie leiden unter einer wohl zivilisatorisch induzierten Hypersensibilität, die bei Ihnen zu hostilen Reaktionen gegen die Umgebung führt; und ich möge mich vertrauensvoll einer Aversions-Therapie unterziehen.

Aversionen, sagte ich auf meine ruhige Art, hätte ich genug, ich gäbe ihm gern welche ab.

Eine hostile Reaktion, sagte der Therapeut, Sie bestätigen meinen Befund.

Idiot, sagte ich und warf mich in die leptosome Brust.

Ich solle mir, sagte der Spezialist in einem milden Tonfall, eine ruhige Tätigkeit suchen; dem Stress einer freien Schriftstellertätigkeit sei ich nicht mehr gewachsen. Fahren Sie, fuhr er fort, in den Neuen Osten, suchen Sie sich eine polnische oder tschechische Frau, die Sie nicht versteht, oder wählen Sie ein stilles Hobby, wie zum Beispiel das Ausstopfen von Kleintieren, Vögeln, Muscheln, Schnecken und Insekten oder dergleichen. Meine Liquidation bitte ich umgehend zu begleichen.

4 Curtius führte mich in ein großes Wartezimmer mit vielen kleinen Stühlchen, Polstern, einem mit Maschendraht umwickelten Laufställchen, da und dort leuchteten senffarbene Plastikschalen, gefüllt mit Torfmull oder Sägespänen.

Es roch stark nach Pipi-Chat und alten Ängsten.
Curtius, fragte ich, wie ging diese Anakonda-Geschichte aus?
Tragisch, sagte C.
Dann wolle ich sie nicht hören; gute Finale seien leider langweilig, schlechte zu gewöhnlich, und die tragischen griffen momentan meine Psyche an.
Ich müsse mit allen Sinnen, die mir noch zur Verfügung ständen, die Atmosphäre dieses Ortes aufnehmen, sagte C., und ich möge doch auf einem der Montessori-Stühlchen Platz nehmen und sie auf mich einwirken lassen.
Ich tat es, und sie taten es.
An der gegenüberliegenden Wand bauchte in Augenhöhe ein Bücherbrett, darunter hing eine Reihe gerahmter Photographien bärtiger Männer.
Geistesheroen vergangener Zeiten, sagte C. wehmütig.
Nietzsche starrte links vom Betrachter über seinem gewaltigen, immer gesträubten Schnurrbart in sein persönliches Nichts mit einem so innigen Ausdruck, als gedächte er seiner Nussschinkli-Diät in Sils-Maria. Die anderen Gespenster waren mir fremd.
Du wirst dich, sagte Curtius, nach dem Zweck dieser Galerie an diesem Platz fragen und mit Recht. Alles in diesem Raum atmet Sinn und Bedeutung.
Oha, verstehe, sagte ich verständnislos.
Ich habe festgestellt, sagte C. feierlich, nach langen Studien an Tier und Mensch, dass der Anblick bärtiger Geistesgrößen auf Mensch und Tier elementar tonisierend wirkt. Ich hatte mal eine entzückende Patientin – der Busen! Nicht übermäßig groß, aber die Form, Pardon, die unter dem Blutdurst ihres Frettchens litt, Otto – ein Männchen, beneidenswert.
C. hustete erschüttert in sein großes Taschentuch.

5 Ich hatte den vernünftigen Einfall zu fragen, mit welchen Kunden ich so zu rechnen hätte.

Das sei von Tag zu Tag verschieden. Mal so oder anders, erwiderte Curtius ebenso vernünftig. Meist kämen depressiv verstimmte Hamster, psychisch infirme Meerschweinchen, Hunde mit einer gewissermaßen seelischen Dysplasie, Frettchen in vegetativer Fehlsteuerung, verursacht durch Blutmangel, auch Katzen in psychotischen Erregungszuständen; in jedem Fall massenhaft viele endo- und exogene Psychosen. Eine reichhaltige Symptomatologie böten die Vögel inklusive ihrer Besitzer und Eigentümer, Herrchen oder Frauchen – man müsse bei diesen Zuordnungen sehr wohl differenzieren –, Amphibien, aber auch Schlangen und Insekten seien nicht uninteressant samt ihren Schäden.

Wie, fragte ich, löste sich der Anakonda-Fall, damals?

Eine Zeit lang, sagte C., getrennte Schlafzimmer, aber dann, nach einer Periode des Wachstums – jeden Tag ein Kaninchen – suchte Isolde wieder menschliche Wärme, denn Schlangen frieren leicht. Leider ist mir entfallen, wie die Geschichte endete. Ich sah die Liebenden nie wieder.

Dann war da noch ein Pfarrer aus dem Osten, dem die Simultanschau des Paradieses viel bedeutete und dem man eine zierliche Korallenschlange geschenkt hatte, rot-schwarz gestreift wie eine Zuckerstange. Als er sie mit Tartar füttern wollte, biss sie ihn in die Hand.

Drei Wochen später fand man ihn; stinkend und vollgepisst mit schwarzem Urin saß er auf dem neuen Ikea-Sofa. Er hatte es an der Niere, und das Gift der Korallenschlange führt immer zu akutem Nierenversagen. Das arme Vieh war verhungert. Man fand es um eine erkaltete Rotlichtbirne der Firma Hanau gewickelt.

Ich zeige dir jetzt das Jordan-Zimmer. Die Flügeltür links führt in den Schlummerraum. Ich habe mich nach Mitfords Standardwerk *The American Way of Death* gerichtet. Der Raum, in dem man Abschied vom geliebten Gefährten nimmt, wenn es die Nerven gestatten, muss gemütlich sein.

Was, um Himmels willen, fragte ich, passiert im Zimmer Jordan?
Ein Ort der Besinnung, sagte C. vage, aber fromm, eine Zone der Kontemplation; hier erlöse ich die Tiere von ihren Leiden und – ihren Besitzern. Bei Bedarf gibt es Händel oder Beethoven.
Hinter einer schwarzen Lederchaise war die Bar im Stil einer Bundeslade.
Die Tür rechts, sagte Curtius, führt in die interkonfessionelle Kapelle; im Kabuff links liegt ein nach Mekka ausgerichteter Gebetsteppich, da kann kein Muselmann meckern.
Über einem kleinen Altar mit einem nackten Kreuz hing das Porträt eines alten Herrn mit Ziegenbart, der so düpiert glotzte wie ein magenkranker Bluthund.
Das sei, sagte C., niemand anderes als der berühmte Doktor Bennett aus London, damals einer der destruktivsten Psychiater seiner Zeit, über den Jordan auch er. In seiner Wohnung hielt er in einer offenen Voliere aus der Regentschaft Edward II. einen weiblichen Kolkraben mit einem Wortschatz von 4325 Wörtern. Bennett hatte sie alle notiert, und das kluge Tier wendete sie kontextuell stimmig gegen ihn an, und das war immerhin mehr Leistung, als seine Probanden boten. Es muss sich eine Art Konkurrenzneid zwischen Bennett und Cressida, so hieß das Rabenvieh, ergeben haben. Nur der heilige Franziskus hätte dieses Mirakel begreifen können. Die Geschichte endete traurig; ich konsultierte Bennett in meiner Jugend wegen der depressiven Verstimmung meines Darmhirns, das auf Außenreize panisch mit grüner Diarrhöe reagierte, und er sagte mir in seinem feinen Englisch, ich solle mir den Dünndarm kürzen lassen, der sei des Elends ew'ge Ursach. Die zweite Konsultation fiel ins Wasser. Aber ich war da, und Miss Simpson führte mich weinend ins Ordinationszimmer.
Niemals sah ich ein solches Tableau. Dr. Bennett lag aus der Schläfe blutend auf der Couch in vielen Kissen, die Dame

Cressida hockte auf der Lehne seines Sessels ihm zu Häupten, das Gefieder gesträubt wie nach einer misslungenen Exploration, und hielt mühsam die Balance.
Sie liebt den Gin, sagte schluchzend Miss Simpson, sie ist 'ne rechte Schnapsdrossel, das Ungeheuer.
Cressida wetzte ihren verschmierten Schnabel an Bennetts kahlem Schädel und krächzte zärtlich: Assoziieren Sie frei, the rest is silence.
Eine schöne Geschichte, sagte ich, allzu schön. Sie ist erfunden.
Bei Fenichel, erwiderte Curtius, was ist schon Wahrheit? – nichts als eine semantische Eigenschaft, wie Tarski sagte. Fing dann mit der Simpson eine Romanze an, kurz, aber dennoch erfreulich. Unsere Darmhirne verstanden sich so gut …

6 In der Bar hingen zwanzig Flaschen halsabwärts mit vernickelten Hähnen armiert in einer Stahlschiene. Die Hinterbliebenen, sagte Curtius, bedienen sich dieses Arrangements gern, man braucht keinen Barkeeper, und die Menge wird durch einen sinnreichen Mechanismus, den ich nie begriffen habe, ausgeschenkt und taxiert. Der Erfinder, van Dongen, ein verkrachter Tulpenzüchter, starb leider am Delirium tremens, bevor er mir das System verraten konnte.
Ich spüre, sagte C. plötzlich, dass der große Hustenanfall naht. Flimmerhärchen und Zotten – ganzheitlich betrachtet – sträuben sich schon, meine Haut wird eiskalt bis unter die Kalotte, und um Punkt elf kommt Frau von Stocken.

7 Platzbehauptung durch Klosettgang geübt. Nicht sehr erfolgreich. Nach Bilz verweigert der Darm gern seinen Dienst an fremden Orten, das ist eine anthropologische Konstante, und man soll immer ein heimatliches Stück Klopapier

mit sich führen. Beim Händewaschen mit einem ziemlich haarigen Stück Seife sah ich über der Klosettbrille noch ein Photo eines bärtigen Herrn, der dem Lehrbuch der Tier-Physiognomik von Le Brun entsprungen schien, ein Uhu oder ein Käuzchen. Auf dem sepiafarbenen Passepartout las ich die Widmung: Meinem lieben Curtius von seinem alten Freund Borst. Unter den Eulenvögeln kenne ich mich nicht aus. Die runden gelben Augen mit der schwarzen Iris fixierten mich mit großer Kälte. Seine Nase war stark gekrümmt über einem grau-gelben Haarpelz, und auf dem Schädel wehte schwarzer Flaum. Der Typ strahlte eine horrende Fülle negativer Impulse aus.
Da ergriff ich die Flucht.

8 Curtius präparierte sich auf den zweiten Hustenanfall des Tages und gab mir unter dem gelben Mundschutz, made in Taiwan, letzte Anweisungen.
Höre, Arthur, sagte er, die Frau von S. wird gleich erscheinen. Sie ist schwerreich, bewohnt eine Villa im Grunewald und hat wahrscheinlich Latifundien auf der ganzen Welt, bestimmt auf Bali, was ich geschmacklos finde; ach ja – und sie ist komplett plemplem. Bloß keine Rechnung schicken, sie gibt dir einen mit Samsara gekränkten, Pardon, getränkten Umschlag; die Höhe der Summe richtet sich nach der Qualität deiner Therapie.
Der Husten setzte ohne besonders designierte Zeichen mit Vehemenz ein und erinnerte an eine Stummfilmszene: Frau beim Orgasmus. Ich will die Explosionen, vor denen ich mich hinter der Theke in Sicherheit brachte, nicht weiter beschreiben. Es war ziemlich schrecklich, aber alle Achtung. Zum Finale hatte sich C. auf einen kleinen unschuldigen Ledersessel für Schoßhunde geworfen, und selbst sein fetter Hintern in den Flanellhosen schien um Luft zu ringen.
Geht's denn wieder so halbwegs?, fragte ich.

Phha, sagte Curtius.
Wir sprachen gerade über die reiche Punze, wenn du dich erinnerst. Ich reichte ihm schweigend die dritte schwarze Box mit Kleenex.
Arthur, sagte C. ernst, ich schätze dich als Mann, Mensch und Schriftsteller. Du bist ein Moralist, auch wenn du dich hinter deinen leichtfertigen Konstruktionen versteckst; ich billige eine mühsam erworbene Misanthropie und bewundere einen zurückhaltenden Umgang mit dem schönen Geschlecht, aber sage mir eins, ich bitte dich …
Gern, sagte ich konsensfreudig angesichts dieser Situation, ob er Otto Fenichels *Psychopathologie des Hustens* kenne?
Ogott, sagte C. und hüstelte – aber ganz zart durch die dünnen Membranen der affizierten Schleimhäute –, wie ich in diesem Augenblick auf den blöden Fenichel kommen könne.
Fenichel, sagte ich mit Ruhe, habe einmal in seiner psychoanalytischen Neurosenlehre den denkwürdigen und beachtenswerten Satz geschrieben, heute herrsche allgemeine Übereinstimmung darüber, dass die Frage, ob ein vorhandenes Phänomen somatische oder psychische Ursachen habe, falsch gestellt ist.
Fenichel, sagte Curtius, ein Zwangsneurotiker mit Bettnässeraugen – ich hängte sein Bild ins Empfangszimmer zu Fräulein Horak, und sein Anblick, glatt rasiert, jagte vor allem den Katzen Furcht und Zittern ein –, aber was für ein Kopf … Und der hat ganz unsterbliche Sätze geschrieben, denk nur einmal an diesen tiefen Satz aus seiner Arbeit über Masturbation:
Die Abfuhrleistung der Endlust ist die spezifische Funktion der Genitalien.
Der Mann mag in Beziehung auf den Nexus von psychosomatischen und somatoformen Abweichungen bei gestörten Individuen ein Blödkopf sein, aber dieser eine Satz öffnete mir die Augen. Ich hatte einmal einen depressiven Mantelpavian in Behandlung, der hieß Arnold und masturbierte unmäßig, er-

staunlicherweise nach Vorlagen, und seine Favoritin war Jayne Mansfield, nicht mein Geschmack, und ich riet dem Inhaber des Privatzoos, Arnold die Fotos der Dame zu entziehen. Das Objekt der Begierde musste verschwinden.
Ob dieser Mantelpavian noch zu seinen Patienten gehöre, fragte ich.
Unterbrich mich nicht andauernd, sagte Curtius, wir ersetzten Jayne Mansfield durch eine Kunstpostkarte des Grafen Zinzendorf, und siehe da, das Ziel der Tonisierung ward verfehlt; der dumme Affe wichste sich zu Tode.
Arthur, ich wollte dich um etwas Bestimmtes bitten, es geht um diese Millionärin und ihre Barsoi-Hündin. Die Barsois sind edle Windspiele russischer Provenienz und wurden im 18. Jahrhundert mit Gold aufgewogen. Du siehst meinen Zustand, Arthur, ich bin infirm. Es gibt im Leben eines Mannes Krisen ... was ich sagen will, das heißt, ich sage es jetzt aktuell situativ ... du bist mein Freund, ein erfolgloser Autor, außerhalb der Zirkulationssphäre, aber in dir steckt ein genialer Psychologe und Tiertherapeut, und ich fliege in einer Stunde nach Kairo, sehr beschädigt, wie du siehst. Ich bitte dich inständig, übernimm bitte diesen Fall für mich. Ich wäre dir mehr als nur verbunden, denk an unsre heilige Freundschaft. Ich schreibe dir einen Barscheck aus für Kosten und Nebenkosten aller Art.

9 Ich sah die Zahl auf dem Scheck, und mir gingen die Augen über.
Ganz gewiss ein psychosomatisches Symptom. Wo ist der Köter, fragte ich.
Der Köter, sagte der verschnupfte Therapeut kühl, heiße Elvira Tamara von Ilsenburg-Hatzfeld, und ihr Stammbaum wurzele im sechzehnten Jahrhundert.
Curtius ging jetzt eilig durch alle Praxisräume und stopfte diverse Papiere in das geöffnete Maul einer Reisetasche.

Franz, sagte ich, immer an seinen Fersen, dein Zustand, dieses Gerotze, der chronische Schnupfen, die roten Augen, die zyklischen Hustenanfälle, dein ganz unstilisiertes Asthma, dein prägonales Geröchle – wie heißt zur Hölle dein gottverdammtes Syndrom?
Erschöpfung, mein Lieber, nichts von Bedeutung. Muss los. Frau Horak soll mir ein Taxi bestellen. Der Windhund und seine Millionärin kommen gleich. Lass dir was einfallen. Die sind beide multimorbide. Die Wüste ruft.

10 Die Tiertherapie gehört zu den Geschäftsideen, die man nicht jedermann empfehlen kann.
Schwer verdientes Geld, viele inkontinente und malcontente Tiere. Was man in diesem Job braucht, sind ein philanthropischer Charakter, Disziplin und Selbstüberwindung, wie sie schon von den alten Griechen gepredigt wird, von Antisthenes bis Zenon.
Psychisch verwirrte Tiere sind nicht viel anders als wir.
Das hätte ich mir denken können.
Aber in den Talsohlen pekuniärer Bedrängnis verliert man leicht den Überblick.
Die Affäre mit dem Windspiel, der edlen Barsoi-Hündin Elvira Tamara, und ihrer Herrin Larissa war lukrativ, aber eine Wiederholung nicht wünschenswert.
Die Dame und ihr Hündchen erschienen pünktlich, begleitet von einem Chauffeur in schwarzer Lederkluft, der führte den Hund … ein Tier … dieser Barsoi, das mich stark an ein exotisches Insekt erinnerte – dürre Beine, Wespentaille, mit dem Brustkorb eines Herkules und der Kopf … lang gestreckter Schädel wie von Brancusi oder Zadkine, entworfen in einer hoffnungslosen Nacht; freilich aristokratisch irgendwie, erhabene Rasse, schwarze sensitive Nüstern, safranfarbenes Fell, der Bart leicht meliert, und die dunklen Augen quollen recht

lebhaft und wurden nur dann glasig, wenn sich die Fürstin mit dem rechten Hinterlauf am linken Hinterlauf kratzte, ein Akt, der ihr beinahe die Balance raubte. Der Köter sah ein bisschen degeneriert aus, aber ich erinnerte mich meiner Ahnen und behandelte ihn mit Achtung.
Weder bei Mensch noch Tier hatte ich je eine so perfekte Vollendung einer degenerativen Form gesehen wie bei dieser Dame; ich meine natürlich Elvira Tamara und nicht meine erste Klientin.
Die war ein wohlgeformtes dickes Weibchen mit einem schönen Gesicht, rotem Haar und dunklen Augen. An jedem ihrer fetten Finger trug sie Ringe mit Brillanten. Eine kostbare Erscheinung. Sie bellte den Chauffeur an, der Chauffeur nahm Platz und bellte zurück. Ich unterschied im harten Idiom immer eine Lautfolge, die wie Tschjort wasmí oder so ähnlich klang.
Ich sah gut aus – weißer Kittel, ernste Miene, um den Hals ein Stethoskop, in der linken Hand das Notizbuch.
Sie reichte mir aus ihrer Tuchfülle von Escada die Fingerspitzen, die ich als Kavalier natürlich nur auf Distanz küsste.
Ein Therapeut von Rang sollte niemals sofort zur Sache kommen. Der Patient muss das Problem erklären; aus dem referierten Notfall zieht man seine Schlüsse und wartet ab.
Ich richtete also meinen klinischen Blick auf beide Damen.
Ist Folgendes, sagte die Dame, dieses Tier ist edel von Geburt, aber schwanger. Aber Schwangerschaft gebührt dieser Rasse nicht, weil ist zu kostbar. Vorfahren liegen in Wurzel leicht vor Große Katharina. Nun hat Deutscher geschändet bei Spaziergang in Grunewald meine süße Elvira in Hof von Jagdschloss. War Doggentier! Ist meine Schuld, aber sie lässt geschehen hinter meinem Rücken FickFick, a tergo! Dabei edles Tier, viel zu zart für Deutsch-Dogge. Darf nicht austragen Bastarde. Nun ich bitte, was tun, bitte.
Die Hündin setzte sich auf die Hinterkeulen und warf mir einen seelenvollen Blick zu. An der Rezeption rauschte Frau Ho-

raks PC. Der Chauffeur laborierte an Magen- und Darmgeräuschen unklarer Genese.

Was tun?

Madame, sagte ich, auch eine Deutsche Dogge sei ein edles Tier.

Ist nicht von Adel, sagte Madame.

Madame, sagte ich, der Adel wird generell überschätzt; ich kannte einen englischen Terrier, dessen Ahnen zurückgingen bis auf Wilhelm den Eroberer — was soll ich Ihnen sagen –

Sprechen Sie, sagte Madame, und nennen Sie mich Larissa Petróvna, Vorname und Vatersname, bitte.

Ich küsste abermals ihre Hand, kühnes Decolleté, eine herrliche Frau.

Was ist mit diese Eroberer, fragte sie.

Larissa Petróvna, erwiderte ich mit einem wenig klinischen Blick, dieser Terrier, Mathew, war edel von Geblüt, aber un peu, You understand, segamini, wie wir Balten zu sagen pflegen ... debil ... vielleicht imbezill, aber in jedem Fall oligophren ... Und er sah aus wie Alfons der Achte von Spanien!

Tschjort wasmí, Spanien, sagte Larissa, ich will, dass Sie feststellen in Untrüglichkeit, ob mein Mädchen schwanger.

11

So hoffnungsvoll begann meine Karriere an diesem trüben Februartag.

Ich ließ die drei – jeder auf seine Weise düpiert – sitzen und beriet mich an der Rezeption ohne weitere Kundschaft mit Frau Horak über das Problem, wie man Schwangerschaften bei Windspielen entdecken könne.

Meine Assistentin fixierte mich aus schwarzen Vogelaugen und sagte vom Gipfel ihrer Erfahrung und Kompetenz, jede Schwangerschaft, aber auch jede Scheinschwangerschaft, gleichgültig, ob bei Mensch oder Tier, befinde sich im Zentrum eines Signifikantennetzes; man könne nun die Taue der Verknüpfung in

Zugzwang bringen, dann vernetze sich in der Dekonstruktion autoplastisch die Abwesenheit.
Sie meinte ganz offensichtlich mit dem Substantiv Abwesenheit die eines Fötus oder eines Embryos oder der Frucht – ich bin ja kein Gynäkologe –, ich interpretierte den kryptischen Satz positiv und kehrte zurück ins Ordinations-Zimmer.
Larissa Petróvna, sagte ich, es komme nur eine einzige Methode in Frage, die Hündin müsse hypnotisiert werden.
Wie schrecklich, sagte Larissa.
Ich placierte das Tier zwischen Madame und dem athletischen Chauffeur und bewegte einen versilberten Kugelschreiber langsam vor den braunen, leicht hervorquellenden Augen Elviras. Larissa schlief zuerst ein, dann folgte der Chauffeur mit bronchialem Schnarchen, wahrscheinlich Raucher.
Elvira Tamara sah mich an, als wollte sie sagen:
Weißt du, was du da für einen Scheiß treibst, Junge?
Blöder Hund, sagte ich in Gedanken, ich mache es genauso wie Albert Dekker als Doktor Thorkel in dem Meisterwerk *Doktor Cyklop*.
Altes Kino bildet.
Aber jetzt war action gefragt, das war ich meiner Reputation schuldig.
Ich kniete mich vor den Hund, legte die linke Hand auf die seidig behaarte Stirnplatte und sagte laut: Erwache!
Elvira schloss ergeben die Augen.
Larissa und der Chauffeur erwachten und sahen mich in unübertrefflicher Therapiepose wie ein heiliger Franziskus in Demut vor der Kreatur.

12

Ich stand auf; die alten Knochen knackten. Für solche Aktionen sollte man Kniepolster benutzen.
Mein Tonfall war ruhig und würdig.
Verehrte Madame, sagte ich, die Hypnose sei extrem erfolg-

reich verlaufen, ehe ich mich klinisch äußerte, wäre es schön, Details über die Symptome zu hören, die das liebe Tier äußere, wenn es sich denn geäußert habe.
Es hat, sagte Madame. Meine Prinzessin, sie ist unruhig, sie leckt sich das Genital, sie seufzt, sie rollt die Augen, sie sucht sich Kissen von die Kanapees, um zu machen Nestchen für falsche Brut ... sie frisst und frisst ... und immer blutige Steaks ... und dann sie beißt in die Luft. Blutige Steak, Professor, das ist schon für Mensch ungesund.
Ich erwiderte, dass kein Steak der Welt blutig sei; tote Tiere seien immer schon ausgeblutet, was an Flüssigkeit hervortrete, sei nichts als Muskelfarbstoff, auch Myoglobin genannt.
Kein Blut, sagte sie fassungslos zum Chauffeur, hörst du, Igor, Mioglobin, man kann essen. Was ist nun mit Elvira – schwanger oder nicht schwanger von Doggenuntier?
Das Tier, sagte ich, leide an einer Scheinschwangerschaft, das habe der seelische Kontakt mit Hilfe der Hypnose ohne jeden billigen Zweifel ergeben, es handele sich um eine Wunschneurose, kurz, um eine grossesse nerveuse, wie die Franzosen es wohl ausdrückten, und sie komme statistisch gesehen gerade bei blaublütigen Tieren und Menschen besonders häufig vor; Sie müssen sich also keine Sorgen machen, Elvira Tamara sei rein geblieben. Virgo intacta, sagte ich würdevoll, aber Medikamente könnten nie schaden. Aus der Wunderkiste von Curtius im Bücherregal suchte ich ein paar harmlose Tabletten zusammen: Dogmatil, den braven Stimmungsaufheller, ein paar Lefax-Kautabletten – für die Darmpolypen, sagte ich – und eine Probepackung Diclofenac-Zäpfchen, sehr nützlich auch gegen psychotische Entzündungen aller Art. In diesem Augenblick erhob sich die Fürstin Elvira Tamara von Ilsenburg-Hatzfeld, schüttelte ihre blonden Locken, sah wehe in die Weite, das heißt, auf die abwaschbaren Tapeten, Motiv *Bach mit Trauerweiden*, und furzte.

13 Für den Heilberuf ist es immer eine schöne Sache, wenn Prognose, Diagnose und Medikation von den Patienten angenommen werden.

Da sehen Sie, sagte ich, reichen Sie ihr sofort eine Lefax, Madame. Sie sprach zu mir in dunkler Stunde von diesen Beschwerden, will sagen, während der Hypnose.

Sie sind ein großer Seelendoktor, sagte Larissa, Hipnose ist wie Religion, ich weiß, auch unser Rasputin war ein potenter Hipnosepope und fromm wie ich, danke. Und meine Prinzessin hat gesprochen in Hipnose zu Ihnen – aber was?!

Gottlob kam mir der geniale Einfall nicht zu spät.

Das Sprechen sei nicht wörtlich zu nehmen, sagte ich, was ich von Elvira erfuhr oder was sie mir übermittelte, teilte sich eher als Schwingung mit, als Impuls – und da waren wir uns einig im Kontakt: funktionelle Dyspepsie.

Was ist das, fragte Madame und riss ihre schönen Katzenaugen weit auf.

Ein ganzer Beschwerde-Komplex, nicht nur eine einfache Verdauungsstörung, Blähungen gehörten dazu, Völlegefühle, nagende Schmerzen im oberen Abdomen und umfassende Traurigkeit aller Organe und ihrer Zellen.

Jetzt hatte ich sie so weit.

Ihr Busen wogte, wie es in der besseren Literatur heißt, und sie fragte: Herr Doktor, was tun?

Die Patientenbindung ist enorm wichtig. Fixierung tut not, und die in jedem Quartal.

Die Fürstin, der blaublütige Barsoi, sagte ich, müsse jede Woche zur Hypnose, sonst drohe unweigerlich Depravation.

Bosche moy, sagte Madame und suchte ihr Taschentuch, noch mehr Krankheit für arme Prinzessin. Dada, wir werden kommen.

Und dann sank sie vor dem russischen Windspiel nieder, umfasste den edlen Kopf und schleckte ihn ab; die tapfere Hündin, hoffentlich nicht gravide, ertrug die unerwünschten Zärtlichkeiten wie alle Kinder mit Ergebenheit.

Die Summe auf dem Barscheck war ganz großartig, aber ich möchte sie nicht niederschreiben, um meinen Compagnon Curtius nicht zu kränken.
Larissa weinte beim Abschied, und ich musste ihr eine Mullbinde reichen.
Man hätte abtreiben missen, sagte sie an der Tür, wenn Geschehnis wäre zugestoßen.

14 Gute Taten werden immer bestraft.
Kaufte mir in einer Papeterie ein Merkheft, echtes Leder, Krokodil.
Vermisste wahrscheinlich exotische Tiere.
Ich notierte getreulich –
Barsoi behandelt, Besitzerin verrückte reiche Russin, verheiratet mit einem deutschen Adeligen. Wahrscheinlich schwanger; nicht alle Beschwerden in psychogene Symptome verlagert. Dame Larissa entzückend, vielleicht auf Diät setzen und Lefax vom Köter. Da müssen zwanzig Kilo wegschmelzen, vielleicht Absaugung bei Hahnwindel in Chur; dann Liebesbeziehung.
Spüre Erkältung aufdämmern; Nasenschleimhäute noch nicht affiziert, aber Nebenhöhlen unangenehm besetzt. Frau Horak wieder erkältet, in den Nasenlöchern hat sie Mentholstöpsel. In mir keimt ein furchtbarer Verdacht, was die Flucht meines Freundes Curtius betrifft. Warum flieht ein erfolgreicher Tiertherapeut seine Praxis, wenn er keinen vernünftigen Grund hat, außer Abscheu vor Mensch und Tier? Sollten Allergene im Spiel sein?
Was sagt die statistische Wahrscheinlichkeit – drei Allergiker zufällig in einer Praxis? Kein Zufall.
Praxis in keinem guten Zustand, siehe Sauberkeit und Hygiene.
Fragte nach der Putzfrau.
Keine mehr da.

Die Polin hatte eine Schmutzphobie, die Jugoslawin litt an Allergien gegen Milben, Schimmelpilze und gemeinen Hausstaub. Sonderbar, dass der Balkan keine Resistenzen entwickelt hat. Andererseits sollen Allergien weltweit verbreitet sein, in Afrika beobachtete man an einem Honigdachs eine Pollenallergie.
Trank mit Frau Horak Tee um 18 Uhr nach der Behandlung einer kahlen Katze, deren Exploration nichts ergab. Keine Ätiologie. Hatte Höhenangst und konnte nicht mehr auf Kühlschränke springen. Aber von der Hypsophobie kriegt man keinen Haarausfall! Jetzt hockte das arme Vieh unter der Couch und fror. Verschrieb ihr ein Angoraleibchen und Eierlikör.
Frau Horak trank ihren Tee mit Rum. Man kam sich näher. Wenn sie über ihre Ekzeme und Flechten redet, ist sie ganz vernünftig und benutzt nicht ihren frankophilen Jargon. Etwas sei faul in und an der Praxis, sagte ich zu ihr.
Sie trank Rum mit Tee. Im Hinterhof fiel Schnee. Es stank nach Pipi-Chat. Ich machte Notizen in meinem krokodilledernen Notizbuch. Einfache Sätze, Protokollsätze, die jedem Sachverhalt gerecht werden. Reduktion auf der ganzen Linie, aber nützlich!
Es ist alles ein Elend, sagte die Horak nach der achten Tasse Rum mit Tee.
Sie fasste Vertrauen zu mir und wäre bereit gewesen, mir eine besonders phantasievolle Flechte auf ihrem Schambein links zu zeigen, aber ich lehnte dankend ab.
Die Zeit, sagte ich, sei noch nicht reif.
Die Flechte schon, sagte Frau Horak.
Draußen fiel Schnee, schöne dicke Flocken.
Meine Schleimhäute, ich meine die in der Nase, bereiteten einen Anfall vor. Frau Horak ließ es laufen, drehte sich hin und wieder eine Spindel aus Kleenex für die Nasenlöcher, bohrte ein bisschen, legte die Spindel in ihren Aschenbecher und stöpselte sich wieder mit Mentholpfropfen. Nach jedem Zug aus ihrer Zigarette hustete sie wie ein lungenkranker Terrier.

Ich wollte etwas Vernünftiges sagen und merkte, dass ich so sprach, als hätte ich einen unreparierten Wolfsrachen und Polypen gleichzeitig. Ich hatte zu sagen versucht:
Man sollte die ganze Praxis gründlich –
Was, fragte die Horak, ich habe Sie nicht verstanden.
Wir schnäuzten uns schweigend eine lange Zeit. Dann ging's besser.
Praxis desinfizieren, sagte ich, vielleicht Ströme von Allergenen!
Fluten, sagte Frau Horak.
Jacke wie Hose; ob es sich nun um Ströme oder Fluten handelte; unabhängig vom metaphorischen Gebrauch waren die Substanzen in allen Räumen vorhanden und virulent.
Frau Horak goss sich Rum auf ihre Teeblätter, fixierte mich nach einem Schluck und sagte den nun folgenden Satz, der mir zu denken gab: Es ist der Mensch, sagte sie, in seiner Subjektauflösung, der die Allergene, den Schmutz, das Schädliche, die Viren und Bazillen – alles! – in Gang gesetzt hat wie eine universelle Stimulation, um sich abzuschaffen, vor allem durch die Haustierhaltung.
Sie sind mir sympathisch, sagte ich, Sie denken ethisch, ich heiße Arthur.
Dieser Satz oder Gedanke sei hoffentlich nicht auf Lacans Misthaufen gewachsen.
Ich heiße Anita, sagte die Horak, ist mein Misthaufen.
Desinfizieren!
Die Generalkatastrophe war nicht mein chronischer Schnupfen, der chronische Husten, der Gestank und der Schmutz und auch nicht der Mangel an Patientengut mit qualitativ interessant beschädigten Tieren und Besitzern, sondern die Plage mit den Pharao-Ameisen. Vor einem Jahr hatte Freund Curtius einen Herrn behandelt, der den traulichen Umgang mit Insekten schätzte und sie in Terrarien hielt. In diesem speziellen Fall waren es Pharaoameisen, Singular *Monomorium pharaonis*, reg-

same Tiere, sehr lebhaft und staatenbildend, ewig auf Futtersuche. Bitter beklagte sich der Patient über seinen Hof. Die Königin mache nichts, die Untertanen pennten den ganzen Tag, kaum Bewegung. Die Ameise an sich, sagte der Staatenlenker, tut sonst eigentlich immer was, man muss ihnen gar nicht sagen, was sie tun sollen, sie tun es einfach. Aber jetzt: Stagnation, vielleicht Resignation, man arbeitet nicht mehr, man strömt nicht mehr in Kolonnen, man sammelt nicht, man füttert nicht, man baut nicht mehr. Man gibt sich der Faulheit hin.

Curtius diagnostizierte nach intensiver Analyse einiger Exemplare eine Stoffwechselstörung infolge der dieser Gattung typischen Dunkelangst. Man müsse den Tierchen Licht geben, die Sonne müsse über dem schläfrigen Staat aufgehen, dann seien die Untertanen wieder glücklich und gingen zur Arbeit.

Ich persönlich habe die induktiven Schlüsse von Curtius schon immer bewundert, auch dann, wenn sie in der Praxis zu Resultaten führten, die nicht immer einen harmonischen Einklang zu den Prämissen unterhielten.

Der Liebhaber der Ameisen fand die Idee oder Therapie großartig, hinterließ 650 Euro für den Ankauf einer Sonne für den faulen Staat. Curtius ließ von Frau Horak einen 100-Watt-Strahler aus der Serie Stranne bei Ikea kaufen und nahm das faule Volk in Pension. Der Besitzer erschien nie wieder; die Birne über dem Terrarium knallte eines Tages durch, und Anita deponierte den Staat in der Besenkammer, wo er sich ganz unbemerkt entwickelte, wie es sich für ein ordentliches Staatswesen gehört.

Und so nahm die Fatalität ihren selbst induzierten Verlauf.

Wir schlossen die Praxis für einen Tag; Frau Horak panzerte sich mit einer Atemmaske und einer alten Taucherbrille, die wir in der Medikamentenkiste von Curtius fanden, und desinfizierte systematisch mit einer Spritzpistole der Firma Pfizer (Viagra und Euthymol-Zahnpasta) sämtliche Räume, Stühle,

Sessel, Kissen, Hundebetten und Katzenwiegen. Hin und wieder schleppte sich die arme Horak in den Raum Jordan und nahm eine Erfrischung zu sich. Das Zeug, das wir so opulent sprühten, war irgendein Sagrotan-Derivat. Es stank entsetzlich nach Essig, tat aber den gepeinigten Schleimhäuten ganz gut; sie schwollen ab, aber olfaktorisch war kein Gewinn dabei, denn nun meldeten die Rezeptoren im entzündeten Riechkolben auch noch Buttersäure. Gegen den Gestank benutzte Frau Horak ein starkes Fliederspray.

Die Miasmen besiegten auf Zeit die unsichtbaren Allergene.

Während sich Anita jede Stunde an einem uralten Tullamore labte, schraubte ich mein frisch gedrucktes, erweitertes Therapieangebot, in einer seriösen Garamond, auf 20 Punkt gesetzt, an die Praxistür:

Feldenkrais-Stimmarbeit
Meditationsübungen nach Graf Dürckheim
Tierkommunikation, auch medial
Der positive Impuls
Aversions-Therapie, fakultativ
Aqua-Energetik-Kurse für Goldfisch-Funktionsstörungen
Triebdämpfungstraining nach Dr. Chesser und Dr. Brohm
Körpererfahrung und Heilfasten
Anti-Angstlust-Training
Kreative Grenzerfahrung
Rebirthing
Overcross-Feeling-Kurse
Sterbehilfe
Tierbestattung zu sozialen Preisen
Trauerarbeit

In diesen öden Zeiten muss man expandieren; ein derartiges Programm für Bedürftige konnte man in jeder Metropole der Welt lange suchen. Wir waren an der Spitze der Innovation.

Mit viel Energie gingen wir im Zimmer Jordan die zweite Flasche Whiskey an, einen schmackhaften Bourbon aus Kentucky.

Frau Anita Horak, meine Assistentin, machte die schreckliche Entdeckung, als sie in der Sargkonsole der Bar nach Eiswürfeln suchte, und sagte geistesgegenwärtig mit einem glasigen Blick auf den Teppich von Ikea, Serie Gustavson:

Da! Da!

Ich kann mir vorstellen, dass anderthalb Flaschen zusammen mit chemischen Giften, den Gerüchen etc. auf den Organismus ungut einwirken, vor allem auf die Wahrnehmung der Umgebung.

Frau Horaks Mund stand offen. In der Nummer IV unten links hatte sie eine grüne Plombe.

Ich sah, was sie gesehen hatte, kleine Insekten, die da von einem Ort zum anderen strömten, auch Ameisen genannt. Wir mussten gar nicht bei Sir Gallahad nachschlagen, es handelte sich um die ursprünglich indolenten Pharao-Ameisen, die der Proband in Pension gegeben hatte, Singular *Monomorium pharaonis* nach der Linnéschen Taxonomie.

Es sind so viele, sagte Anita, was tun?

Versuchte damals, die Zahl der Migranten zu schätzen, unmöglich. Gut, die 10 000 Xenophons aus der Anabasis hätte ich als kleinen Schadensfall hingenommen, aber was da in vier gegenläufigen Strömen in Bewegung war, überstieg jede alkoholindizierte Vision.

Anita, sagte ich, das sind keine kranken Asylanten mehr, diese Tierchen, das sind jetzt Okkupanten, Eroberer, Krieger, Arbeiter; gottlob haben sie noch keine Religion etabliert, denn sie haben ja nur ein Prinzip internalisiert, und das stammt vom großen Philosophen Carlyle, und es heißt: Arbeiten und nicht verzweifeln.

Ich arbeite, sagte Anita, und ich bin verzweifelt.

Auch ich war verzweifelt. Da macht man die Praxis eines Blödkopfs wieder flott, und dann so was.

Das Hauptnest befand sich im Staubbeutel eines selten benutzten Hoover; das Terrarium neben dem Plastikleib des Ap-

parates war verlassen. Das Volk hatte expandiert; überall rege Tätigkeit in allen Zimmern und in allen Himmelsrichtungen.
Es sind Millionen, sagte meine Assistentin.
Der Schrecken der großen Zahl; zu viele Menschen, zu viele Schäden, zu viele Ideen, zu viele Therapien, die nicht fruchteten. Die Pharao-Ameisen gaben mir den Rest. Ich sage als Moralist und Amateur-Therapeut: Alle Tiere, egal, an welchen Leiden sie laborieren, endogen oder exogen, lassen sich therapieren, wenn sie einen guten Charakter haben. Ist der Besitzer blöde, ist's das Tier noch lange nicht. Pharao-Ameisen sind nicht therapierbar, vor allem nicht in Habitaten, in denen sie sich wohlfühlen, weil sie ihrer Arbeit nachgehen. Sie sind austherapiert, das ist ihr Schicksal, wie das von wilden Tieren im Zoo. Ich selbst hätte gern eine andere Arbeit gehabt und eine Therapie; aber welche?
Frau Horak wollte das Volk nach der Savonarola-Methode therapieren – Feuer und Schwert –, aber ich hob den Finger und sagte: Moral! Das wäre unmenschlich, wir nehmen ein Insektizidspray. Die Tierchen werden sterben wie die Fliegen.
Wir benutzten das Spray in jedem Zimmer und sprühten es sogar hinter die Schnapsorgel, falls die Ameisen Lust haben sollten, die Alkoholvorräte zu okkupieren.
Die Chemie ist ein Glücksfall für die Menschheit – das hatte der große Justus Liebig 1861 auf einen mineralgedüngten Acker gesagt, seiner größten Erfindung nach dem Chloroform.
Durch die Spray-Gifte blühten Frau Horaks Flechten stattlicher denn je; sie besiegte den Juckreiz durch innerliche Gaben von Gin. Ich war immer leicht betäubt, und meine Kapazitäten, wenn sie je vorhanden waren, nahmen rapide ab.
Mein Kanon der sechzehn Therapieangebote wurde ignoriert, kein Schwein kam vorbei, die Stagnation dauerte vier Tage. In der Zeit bauten wir, und es war die reine Therapie für uns, kleine Tunnel und Aquädukte aus Gips für die Ameisen, in die wir Plastikstrohhalme legten. Die Kanäle führten unauffällig an

den Wänden entlang zum Zentralnest in der Besenkammer. In den desinfizierten Räumen fanden die arbeitsfreudigen Völker keine Nahrung mehr; Frau Horak erfand eine Tränke in Form einer Pipette mit einem Glaszylinder, in den sie selbstlos Zuckerwasser mit Gin füllte.
Ich schrieb das alles in mein Notizbuch aus Krokodilleder; Material für einen Roman darf man nicht verachten, mag das Sujet auch noch so klein sein.
Am 5. Tag kam endlich ein Patient, ein Ameisenbär, der sich die Zunge verbrannt hatte, ein trauriger Fall.
Der Eigner oder Besitzer war Schweizer aus Chur und sagte, er halte dieses Tier wie sein eigen Kind und teile auch die Nahrung mit ihm, eines Abends Käse-Fondue, Käse zu heiß, ein Gruyère, Zunge verbrannt. Keine meiner Therapien passte, ich wählte Nummer 7 – Funktionsstörungen – und empfahl dreimal Rhizinusöl täglich und viel Mozart. Nie wieder Käse-Fondue!
Funktionsstörungen sind im Praxisbetrieb nicht teuer.
Kreative Grenzerfahrung wäre mir lieber gewesen.
Glück am 7. Tag.
Ein depressiver männlicher Schimpanse, ein hochbegabter Hobby-Maler, aber alt, und der hatte den Tremor und konnte mit dem Pinsel nicht mehr so richtig spritzen.
Edgar, sagte der traurige Besitzer, war in seiner Genie-Zeit besser als Jackson Pollock, denn er benutzte nicht nur die Hände, sondern auch die Füße; aber seit einem Monat male er nur noch mit Schwarz und Weiß, und das drücke auf sein Gemüt.
Das Tier wolle mit der Wahl von Schwarz und Weiß ein Stimmungstief ausdrücken, sagte ich, es mache gerade eine Grenzerfahrung.
Besiege man den Tremor, sagte Frau Horak, müsse das Tier nicht mehr unter dem manichäischen Prinzip malen. Dann könne es die Grenzen seiner Erfahrung mit einem freudigen Violett überschreiten.
Ich will ja nicht, dass er etwas überschreitet, sagte der Herr,

wenn ihm das Prinzip gefällt, dann soll er's auch tun, nur glücklich soll er sein. Ich habe seine Bilder einem bekannten Basler Galeristen gezeigt, und der hat wörtlich gesagt: Hier ist ein Zustand der informellen Malerei erreicht, der unübertrefflich ist.

Ich überreichte Edgar ein paar Tabletten Dogmatil und andere Placebos und dem glücklichen Besitzer die Rechnung.

Ein schöner Tag.

Aber immer Posten 16, Funktionsstörungen. Am Fetisch Kommunikation herrschte kein Mangel, aber was ist an der schon interessant. Der Human-Kosmos ist ja schon völlig bedröhnt. Armes Tier, arme Tiere! Leider kein einziger Fall mehr aus der Kunstszene. Nervenzerrüttung und Auflösung.

Die geistige Insuffizienz ist wohl eine Folge der Vita ad nauseam, Tiere und Menschen, Fell und Schuppen, Haut und Pelz. Es ist genug Zeit zu finalen Betrachtungen an der Bar des Schlummerraums ohne Kundschaft. Auch das Zimmer Jordan nie benutzt.

Am Nachmittag kam eine junge und sehr üppige Dame mit zwei Frettchen in einer Box, beide anämisch. Symptome der Tiere: reizbar, aggressiv und agil das Weibchen, das Männchen Aggressionsschübe nach depressiven Phasen. Dame aus dem Wedding examiniert.

Merke gerade auf dieser Seite, dass ich Goethes späte Tagebücher ca. 1829 im Tonfall imitiere; ein Zeichen von Schwachsinn, eben steht wörtlich mit kranker Klaue gekliert: Einiges expediert, vorher manches auf der Patiententoilette mundiert, sodann Möglichstes beseitigt. Oberaufsichtlich Expeditionen bei den Pharao-Ameisen befördert.

Die Ameisen sind kregel und wohlauf. Problem bei Frettchen: Wollen nicht kopulieren. Schade. Schon wieder keine Indikation auf das Triebdämpfungs-Programm nach Chesser und Dr. Brohm.

Diagnose: Die Dame hatte die Frettchen auf Diät gesetzt,

Leibnizkekse und Broccoli. Sind falsch bei Frettchen, wahre Vampire. Mögen Blut. Fröhliche Wissenschaft, wieder nur Funktionsstörungen wie bei allen.

Therapie: Aus den Volumina der Dame geschlossen, dass viel Eigenblut. Empfahl Absetzung der Diät, stattdessen solle sie die armen Frettchen ihr Blut saugen lassen, das seien ganz zarte Bisse, man könne von Liebesbissen sprechen.

Wat denn, wat denn, sagte die Mollige aus dem Wedding, ick soll meine Mäuschen an mir Blut saugen lassen, wat nich noch! Un denn machen 'se wieder die Fortpflanzungssache, wat Sie nich saachen. Na denn.

Sie hatte kein Geld, versprach mir aber ein Pärchen aus der Zucht. Ich war einverstanden. Vielleicht mochten die Frettchen im Praxis-Betrieb die Pharao-Ameisen und umgekehrt. Nichts geht über die Harmonie zwischen Tieren.

Wie heißen, fragte ich zum Abschied, Ihre entzückenden Tierchen?

Charles und Camilla, sagte die Dame stolz, et sin det die Namen von die Royls.

Da erschien Herr Borst, und er entsprach auch in der Realität der schönen Illustration von Le Brun aus seiner Physiognomik. Die Dame aus dem Wedding sah ihn an, die Frettchen sahen ihn an und bedeckten blitzschnell ihre Augen mit allen Pfoten. Schneller Abgang.

15 Ja, die Tiere und die Menschen, sagte diese große Eule, leben sie, sind sie mitunter angenehm, aber ihre wahre Schönheit erreichen sie nach meiner Methode erst im Tod und werden dann erst unsterblich. Mein Name ist Borst, sagte er, Philosoph und Taxidermist.

Wir führten ihn sofort in den Schlummerraum und boten Gordon's Gin an, den er ablehnte, er trinke nur Cocktails, am besten wäre ein Daiquiri.

Ich konsultiere Sie wegen Ihrer Freundschaft zu meiner russischen Freundin Larissa, Sie werden sich erinnern; der Barsoi, will sagen, die Hündin kam herab oder nieder mit vier Bastarden, sie war doch gravide, was Ihrem Scharfblick entgangen ist – trotzdem, Monsieur, alles in Ordnung, Larissa nahm nicht übel. Sie bewundert Ihre Liebe, Empathie und Sympathie gegen das Tier.
Der Barsoi, will sagen, die Hündin, ging nach der schweren Geburt durch meine Hände, und die Hündin, will sagen, der Barsoi und die kleinen Bastarde, halb Windspiel, halb Dogge, sehr possierlich, machen sich großartig. Mein Freund – ich darf doch Freund sagen – wir haben höhere Ziele zu verfolgen als die Sanierung lebender Menschen und Tiere. Sehen Sie, sagte er, in diesen Kasten. Und er stellte einen Kasten im Format 20 x 20 cm auf die Theke.
In einer Höhle standen auf bemalten Styropor-Felsen zwei winzige Mäuse und spähten aus ihrem Höhlenloch; mehrere Junge wimmelten, teils stehend, teils schlafend.
Wir betrachteten die Szene, die eine Birne im Inneren des Kastens illuminierte, mit Achtung und benutzten das Guckloch der Hinterseite.
Es ist dies, sagte der Philosoph und Präparator, das Modell des platonischen Höhlengleichnisses mit einer Familie etruskischer Spitzmäuse. Die Präparation inklusive der Schnurrhaare dauerte zwei Jahre.
In der Tat war die Szenerie sehr naturgetreu.
Herr Borst, sagte ich, was ich sehe, sind präparierte Mäuse in einer künstlichen Höhle; warum das Tableau Platons Höhlengleichnis heiße?
Wenn Sie eine Taschenlampe nehmen, sagte Borst, und die Sache hinter Glas von vorn betrachten, sehen Sie unschwer die Schatten der Ideen.
Ja dann, sagte Frau Horak.
So könne man die Sache sehen, sagte ich.

So müsse man sie sehen, sagte Herr Borst.
Frau Horak starrte noch einmal frontal in die Höhle.
Die Mäuse, sagte sie, konstituierten eine Usurpation absoluter Zeit im Raum.
Sie haben mich verstanden, sagte Borst bewegt, das war exakt meine Intention. Und man könne durch die Anima der Tiere im Modell sogar das Nichtende Nichts Heideggers dingfest machen.
Ja, sagte Frau Horak, nehmen Sie noch einen Daiquiri, das ist ja alles ganz wunderbar, und sie entließ einen langen, am Schluss etwas unklaren Satz über die Signifikanz der Phantasmata.
Meine Idee ist, da Freund Curtius leider unzugänglich blieb, unsere beiden Geschäftsbereiche zu koordinieren. Wie sieht es denn mit Ihrer Mortalitäts-Quote aus?
Schlecht, sagte ich; meine Therapien seien alle wasserdicht.
Schade, sagte Borst und fixierte uns bohrend aus seinen gelben Augen. Das sei entschieden zu wenig. Welche Spezies?
Das Übliche, sagte Frau Horak, die letzte Patientin war eine Seegurke.
Seegurken seien symbolisch unergiebig, sagte Borst, er brauche exotische Tiere, sei aber auch mit Fröschen zufrieden.
Vor 30 Jahren habe er einmal mit präparierten Laubfröschen eine Golgatha-Szene gestaltet, Frösche ließen sich mit Hilfe von Epoxid-Harz in alle menschlichen Posen zwischen Erde und Himmel bringen. Ich vertraue Ihnen, sagte Borst beim Abschied, hier meine Telefonnummer an, ich bin der beste Taxidermist der Welt – immerhin der 2. Platz bei den Salzburger Weltmeisterschaften, die Jury war bestochen, ein Mann aus der Ostzone gewann mit einer miesen Halsbandmaus, gut, aber nicht genial gemacht, während mein Nietzsche, eine Bisamratte schreibend im Gehäus von Sils-Maria, originalgetreu! – Lassen Sie uns schweigend diese Becher leeren.

Wir würden in Verbindung bleiben und tranken auf den Menschen, das noch nicht festgestellte Tier.
Dann kam wieder lange nichts an Patientengut.
Notizbuch mundiert, manches beseitigt.

16 Einmal besuchte mich mein alter Freund Passow, eine gescheiterte Existenz, ein Schriftsteller, dem es nicht recht gelang, mit moralischen Tierfabeln zu reüssieren.
Dieser Besuch bescherte der alten Freundschaft eine gewisse Abkühlung. Ich bewohnte eine Dachwohnung, einstmals ein Atelier, und dieser Locus amoenus, diese stille, abgeschiedene Klause, wird meine letzte Wohnung vor der Kiste sein. Zu meinem finalen Ort – ein paar Tiere hatten sich traulich bei mir ein Heim gesucht – führte ein Fahrstuhl, der meine Kollektionen nur unter Stöhnen transportiert hatte. Im Grunde war er gutmütig, aber das Alter machte ihm wohl zu schaffen.
Das Atelierfenster war so blind, dass ich nur unter Kunstlicht meine Aufzeichnungen machen konnte; im Winter war es extrem kalt, im Sommer extrem heiß. Durch die verglaste Dachluke hätte man einen hübschen Blick auf den Friedhof Grunewald gehabt, gesetzt, man benutzte den alten Büchertritt.
Nachts hört man die S-Bahn und das Rauschen des endlosen Verkehrs der Stadtautobahn. Manchmal dachte ich beim Einschlafen, ich sei vergraben im Bauch der Arche Noah, dort am Heck, wo die Elephanten schliefen. In den Labyrinthen der Pfosten und Balken hatte ich sogar die Exponate des Malers Max Singram unterbringen können. Sein Opus magnum, *Die Arche Noah sticht in See*, hatte ich mit einem weißen Laken bedeckt und mit Seilen festgezurrt. Als Gastgeber war ich nicht sehr gut; die Armut macht nicht großzügig; alles ging für die Miete drauf, das war die Lage. Gottlob ist Passow nicht anspruchsvoll; ich reichte gesalzene Erdnüsse aus der Dose und Leitungswasser.

Wir setzten uns an diesem heiteren Apriltag an einen runden Messingtisch unter dem Atelierfenster. Die Sonne erschien hinter dem schmutzigen Glas als rötliche Mandel.
Du wohnst wie ein Schwein, sagte Passow; er könnte keinen Augenblick in einem solchen Chaos leben.
Das müsse er ja auch nicht, sagte ich.
Eine Frau, sagte Passow, will sagen, eine Zugehfrau, wäre so übel nicht.
Die könne ich nicht bezahlen, sagte ich, die Fixposten seien konstant hoch per anno, ich lebte von Konserven.
Freund Passow seufzte missbilligend.
Ich habe dir, sagte er, guten Wein mitgebracht – und er nahm aus einem Beutel von Lidl zwei Flaschen à 1,99 €, Sonderangebot, schmeckte danach.
Santé, sagte Passow, mein Lieber, sage einmal ... wie ist das alles passiert... du hattest doch früher Ambitionen ... Ehrgeiz, Ziele ... du wolltest ...
Hat sich alles zerschlagen, sagte ich, wahrscheinlich muss ich einmal so eine Art Lebensbilanz ziehen – in diesem Augenblick gab mir Yorick ein Signal; Zeit für seine Rotlicht-Therapie.
Ich ging hinter den Paravant – mit Damen kopulierende Samurai – zu einem Sekretär des vorzüglichen Ebenisten Röntgen, auf dem Yorick aus seinem Nachmittagsschlummer erwacht war; ein hagerer, bernsteingelber Kater mit dickem Schädel. Sein Pelz war schwarz gefleckt, das linke Auge grau meliert, als trüge er ein Monokel.
Das ist Passow, sagte ich, – der da mein Freund Yorick.
Unter der Rotlichtbirne rollte sich Yorick nach vier zimperlichen Umdrehungen um seine Achse zur üblichen Meditation zusammen. Passow schauderte – er hasste Katzen – und sagte, es röche ein wenig streng, ob ich noch mehr Haustiere hätte?
Zwei alte Schildkröten namens Melmoth und Yvette, sagte ich, diverse Mäuse, die aber zeigten sich nur nachts, im Hochsom-

mer Fliegen, im hinteren Dachbodentrakt Spinnen, mehr nicht.
Haustiere, sagte Passow verächtlich.
Wir schwiegen.
Die Gesundheit ist immer ein ergiebiges Thema für ältere Herren, so fragte ich, mich zu dieser Höflichkeit aufraffend, nach seinem Gesundheits-Status.
Der sei leidlich, sagte Passow, und so war auch dieses schöne Thema erledigt, schade eigentlich.
Du bist, sagte Passow plötzlich, in der Talsohle des Jammers.
Da möge er recht haben, sagte ich.
Du hattest früher omnipotente Heil- und Therapie-Phantasien und Visionen, sagte Passow, herrliche, ganz unorthodoxe Methoden, ja, du warst ein mehr als vielversprechendes Talent ... wenngleich du immer einen für mich pathologischen Hang zum sog. Positiven hattest, gewissermaßen als lebenspraktisches Prinzip ...
Das sei lange her, sagte ich.

17 Ich hatte Eugen Passow 1963 in Wien unter nicht besonders glücklichen Umständen schätzen gelernt; dort betrieb er in der Josephsstadt ein kleines Geschäft mit Devotionalien aller Art und zweifelhafter Provenienz, Heiligenbildchen, in den meisten Fällen liebliche Madonnen im Postkartenformat, Bibeln in 22 Sprachen, inklusive Volapük und Esperanto, und natürlich christliche Sekundär- und Primärliteratur von Augustinus bis Zwingli.
Der einzige Verkaufshit war eine japanische Trickpostkarte, eine naturgetreue, sehr bunte holographische Szene – Jesus ante und post mortem. Die Rosenkränze hingen traurig über den Bücherregalen an der mit blauem Samt bespannten Wand. Von der gegenüberliegenden, weiß getünchten Wand starrten diverse gerahmte bekannte oder unbekannte Heilige auf die Rosenkränze, die Kruzifixe auf Sockeln und gläsernen Briefbe-

schwerer mit frommen Motiven. Der heilige Sebastian war oft vertreten, auch auf Atelier-Photographien aus Italien, immer in den schönsten Posen innig empfundener Schmerzen. Auf einer Photographie sah die wohlgeformte Eichel eines bärtigen Athleten aus der Wäsche. Dieses Bild, sagte Passow, finde mitunter bei Damen aus der Lodenfraktion gewissen Anklang. Der Rest bleibe liegen, aber Sebastian teile sein Schicksal mit dem heiligen Eusebius, Franz von Assisi, Christophorus und dem heiligen Bernhardin von Feltre, dem Schutzpatron der Leihanstalten, während der heilige Laurentius floriere, der auf der Reproduktion unter sengender Sonne, wahrscheinlich in ein Dankesgebet vertieft, seinen gehäuteten Leib durch die Wüste schleppe.

Japanische Gruppen kauften ihn gern. Die Einheimischen mögen keine Ausländer, nicht mal nach der Heiligsprechung.

Neben der Tür zur Toilette hatte Passow die Grotte de Massabielle von Lourdes installiert, illuminiert wurde der exklusive Ort von einer Tiffany-Lampe auf Kupfersockel.

Der heilige Augustinus blickte dort verschlossen auf besonders teure Exponate – die Sammlung der Hymen Mariä, Splitter vom Kreuz und Kies vom Berg Golgatha und eine Handvoll Präputii Christi, alle Objekte in quadratischen Blöcken aus Kunstharz. Auch die ließen sich nicht losschlagen, trotz Zertifikation.

Ein exkommunizierter Priester aus Viterbo schwatzte meinem Freund eines Tages einen Posten vergoldeter, angeblich von irgendeinem Papst gesegneter Weihwasserpistolen für spontane Bekehrungen auf. Ein Flop, sagte Passow traurig, sie kamen nie zum Einsatz, sozusagen im direkten Gebrauch an Mann oder Frau, Kind oder Tier.

Ich glaube nicht, dass Eugen Passow ein besonders guter Geschäftsmann war. Seine späteren Geschäftsideen waren brillant, aber leicht obskur.

In der Zeitschrift *DU und das Tier* hatte er gelesen, dass Elephantendung das Wachstum von Spalierfrüchten, Tomaten und

Bohnen rasant beschleunige. Im Zoo von Schönbrunn bestach er einen alten Wärter namens Stasny im Morgengrauen, der ihm ein paar Eimer Dung (pro Woche vier) besorgte. Der Elephantenkot roch nicht sehr stark.

Gottlob, sagte Passow, sind diese herrlichen Tiere Pflanzenfresser.

Die Situation verlangte nach Diversifikation; Passow inserierte in der *Kronenzeitung* mit dem Vermerk: Selbstabholer bevorzugt! und wartete geduldig.

In dieser Zeit verlobte er sich mit Fräulein Stasny, einer dicken jungen Dame mit langen, brünetten Zöpfen; der Dung schimmelte in den Eimern, kein Käufer in Sicht. Passow träumte von Löwenkot. Orchideen, so hatte er gelesen, entfalteten angeblich frenetisches Wachstum mit Hilfe dieser Substanz, wenn man sie mit Molkepulver vermischte.

Passows Wohnung verwandelte sich in eine Fabrik.

Die Kosten für die Annoncen waren enorm; das Geschäft wollte nicht recht florieren. Der Löwenkot stank.

Fräulein Stasny nahm Abstand.

Ich kann sie verstehen, sagte Passow damals, denn bevor mir die Wohnung gekündigt wurde, okkupierten Fliegen unser künftiges Heim. In einer Nacht brachte ich das Zeug in den Wiener Wald und begrub mit dem Elephantendung und dem Löwenkot alle meine Träume und ergab mich, jetzt Untermieter, dem Trunk.

Das Beisel hieß *Zum Treuen Leu*, eine bittere Ironie des Zufalls.

Zu seinem 24. Geburtstag schenkte ich Passow im Beisel *Zum Treuen Leu* einen fingerhohen Donald Duck, einen leidenden Zug um den Schnabel, und eine Kunstpostkarte von Rubens aus seinem Sortiment, es war der heilige Sebastian, der, mit vier Pfeilen gespickt, unter einer Ulme litt; den fünften Pfeil im rechten Oberschenkel darf man nicht mitzählen, tödlich sind nur wenige. Auf der Rückseite hatte ich eine hübsche Sentenz des französischen Philosophen Edgar Fin notiert, reine Kalligraphie –: Die Menschen haben einen unseligen Tätigkeitsdrang, zu dessen Rechtfertigung ihnen schlechterdings kein Grund zu unglaubwürdig ist.

Ja, sagte Passow, das mag wahr oder nicht wahr oder sogar falsch sein, das liegt alles an meiner Konstitution, und die ist, wie sie ist. Man kann ja nichts dafür. Wer will schon entscheiden, ob der Zufall die Schicksalsschläge austeilt oder ein determiniertes Schicksal die Zufälle.

Zu diesen Gesprächen aßen wir Schweinsbraten mit Karfiol.

Passow litt unter Asthma, einem starken Tremor und Schlaflosigkeit. Damals schon ein engagierter Therapeut für hoffnungslose Fälle, riet ich ihm zu einer Diät: Milchspeisen, Früchte und statt Fleisch in Wasser gedünsteten Spinat. Der Mensch, sagte ich überlegen, sei zwar ein omnivores Wesen, aber das Prinzip Vegetarismus sei nun mal gesünder.

Gesundheit, sagte Passow, hör auf mit der Gesundheit, Fetisch Gesundheit! Der Mensch sei ein fallites Wesen, vor allem im Geschäftsleben, und das habe mit der Gesundheit nichts zu tun.

Wir hatten die vierte Karaffe Veltliner vor uns und bald hinter uns.

Vielleicht, sagte ich, waren deine Geschäftsideen krank … Devotionalien und Elephantendung.

Passow brütete lange Zeit, kaute, entfernte mit zwei Fingern ein Stück Schweinsbraten aus der Mundhöhle und erwiderte, die Zeit sei für seine Idee mit dem Naturdünger noch nicht reif gewesen.

Eine gute Geschäftsidee, sagte ich, müsse ihrer Zeit kongenial sein.

Das sei Unsinn, sagte Passow. Er wurde immer erregter und warf sein Weinglas um. Alle Genies, die da Ruhm ernteten, seien auf ihre Weise verrückt gewesen und ihrer Zeit weit voraus, und er scheiße auf die Kongenitalität.

Ich verbesserte ihn nicht. Betrunkene soll man nicht reizen.

Und dann hatte ich leider einen idiotischen Einfall, der für den armen Passow mehr als nur zufällige Folgen erzeugte.
Ach ja, mea culpa, ich bereue.
Passow soff erbittert seinen grünen Veltliner, der, genau betrachtet, nicht zu den besten Weinen gehört.
Bei einem Dentisten in der Wurmser Gasse hatte ich anlässlich eines Besuchs in der *Zeitschrift für Humanmedizin* geblättert. Ein Artikel von einer Frau Dr. Voskil beschrieb seelenvoll in einem angenehmen Tonfall die segensreichen Wirkungen von Mäusemilch auf den menschlichen Organismus; die ganze Sache war wohl noch nicht vollständig validiert. Ein Liter Mäusemilch hatte einen horrend hohen Preis für ein Naturprodukt, so um die 1000 Dollar. Ich kann mich erinnern, dass Passow lange Zeit schwieg; es war das Schweigen eines Denkers, der ein Problem fixiert, um das sich noch niemals jemand gekümmert hatte. Ich hörte sein Seufzen, dann schaute er an die schmutzige Decke und sagte: Mäusemilch, natürlich.
Er bestellte einen Cognac.
Eugen, sagte ich, diese Sache ist noch nicht ausgereift – der Artikel verschwieg, wofür oder wogegen diese Mäusemilch therapeutisch sinnvoll ist …
Zu spät.
Der Furor der Projektemacherei hatte ihn in den Fängen.
Passow ließ sich einen Quittungsblock bringen und notierte rasende Gedanken mit einem überreifen Kugelschreiber, der da traurig kleckste. Ich sah, wie der entflammte Passow von Mäusefarmen und Kristallphiolen voller Mäusemilch träumte. Sein Plan auf dem Quittungsblock zeugte trotz Alkohol von Klarheit, Schönheit und einem enormen Realitätssinn.

Exposé:

Umsatzplanung, Investitionsbedarfplanung, Anlageinvestition?

Population, Warenlager, Betriebsmittel, Finanzierungsplan (Mutter!)

Rechtform des Unternehmens – GBR, OHG, KG oder GmbH?
Standortanalyse und Marktbeobachtung, wichtig!
Die Käfige.
Mäusezucht, System.
Woher die Mäuse?
Zur Frage der Mäusemelkmaschinen-Idee: Sie müssen pneumatisch sein!

Ich lobte seinen Entwurf; er sei klar und distinkt und berechtige zu den schönsten Hoffnungen.

Wir schieden freundlich voneinander, will sagen, ich floh mit schlechtem Gewissen und fuhr mit dem Vindobona-Express zurück nach Berlin, wo mich weniger dramatische Zufälle heimsuchten. Besessen von der Mäusemilch-Idee ruinierte Passow beinahe seine alleinerziehende Mutter. Labormäuse, erfuhr ich durch karge Postkarten, waren leicht aufzutreiben, und sie vermehrten sich, wie die Natur es befahl. Die Große Idee scheiterte an den Melkmaschinen für Mäuse, obwohl Passow einen Ingenieur für feinmechanische Instrumente aufgetrieben hatte, der erfolgreich Herzschrittmacher für Papageien konstruierte.

Passow hatten die Misserfolge maßlos erschöpft, so dass er sich aus der Geschäftswelt zurückzog und eine Beschäftigung suchte, bei der man morgens nicht früh aufstehen muss und bei der es nicht stinkt. So wurde Eugen Passow Schriftsteller.

18 Passow schlug vor, auf meinem Dachboden eine systematische Wohnungsauflösung zu simulieren, also Vorbesichtigung, Inspektion mit Liste (die übernähme er gern), Würdigung aller Objekte, sodann Inventur; meine Aufgabe sei es, Kommentare zur Geschichte der Objekte zu liefern, Daten und Fakten.

Eugen, sagte ich, ich bin schon seit langer Zeit infirm, mein Gedächtnis funktioniert unzuverlässig, ich hänge an allen Objekten, aber das Chaos auf diesem Boden ist ganz undurchdringlich. Mein Herz, so fuhr ich fort, hinge an allen Objekten, die da in Schränken, Kommoden und Kisten noch ihren Winterschlaf hielten, und eigentlich sei es ein Unding, ihre würdige Ruhe zu stören.

Ich begreife vollkommen, sagte Passow und richtete den Strahl der Taschenlampe mit der gelben Korona auf eine Holzkiste mit dunkler Beschriftung: Château Margaux 1988. Du bewahrst, sagte er erschüttert, sogar alte Weinflaschen auf … könnte es sein, dass du am Messie-Syndrom laborierst? Ich kannte einmal einen alten Säufer, der sich eine Kollektion leerer Weinflaschen hielten, sorgsam beschriftet mit einem Kurzverzeichnis der Trinkzeit und -gelegenheit; seine Leber machte gerade eine crise de foie durch, wie der Franzose sagt, und er labte sich an seinen Erinnerungen …

Die Flaschen, sagte ich kühl, seien nicht leer.

Passow reagierte gereizt; was ich damit sagen wolle – sie seien nicht leer.

Ich habe sie seit Jahren nicht angerührt, sagte ich, sie stammten aus den Beständen meines toten Vaters.

Ein gewiss teures Souvenir an den großen Maler Max Singram, sagte Passow nun sehr sanft, aber ihm zu Ehren könne man durchaus eine Flasche öffnen. Ich entwand ihm die Taschenlampe und beleuchtete einen geräumigen Bücherkarton.

Meine Kollektion, die Acta psychosomatica, vollständig, sagte ich, vierzehn Kladden aus Kunstleder im Format DIN A5, gelocht; 24 Notizbücher aus den vier Praxen meines Lebens; Tagebücher aus dreißig oder vierzig Jahren, ich weiß es nicht mehr genau; ein Stethoskop; diverse Liebesbriefe, meine an die Frauen – ich forderte sie nach jedem Finale wieder zurück – und die Briefe der Frauen an mich vor dem Finale, die wenigsten Frauen wollte die ihren wieder haben –, und meine sämtlichen Studien zum Winterschlaf …

Dann überkam mich eine schwarze Welle vom Kopf bis zu den

Füßen, und ich muss wohl auf die Dielen gestürzt sein, mitten aufs Gesicht.

Diese Absence, sagte ich später im tiefen weichen Tal meines Sofas an der Nordseite, sei eine direkte Folge meiner diätetischen Experimente, auch die Nebenwirkungen passten zuverlässig ins Bild denaturierter, aber noch nicht gänzlich beschädigter Gesundheit.

Passow erwiderte, er wundere sich über nichts mehr, wer so schwachsinnig sei, in unserem Alter rigorose Reduktionen am eigenen Körper zu veranstalten, habe den Verstand verloren.

Kleinmütig stimmte ich zu; meine Nase war stark lädiert, die Brille kaputt, auf der Stirn wuchs mir ein kleines Horn.

Passow ließ sich den Küchenverschlag zeigen und brachte nach kurzer Zeit eine Büchse Thunfisch und eine Dose Sardinen auf einem Teller, dazu Messer und Gabel; er war voller Energie, schleppte den Messingtisch an mein Schmerzenslager und stopfte mich mit kleinen Fischpartikeln; dazu gab es Russisch Brot. Zuerst musste ich würgen, aber dann ging's ganz gut hinab.

Wäre ich ein Romancier, hätte man diesen Nachmittag unter *Schicksals-Beichte auf Dachboden* rubrizieren können.

Passow räumte die Fischreste in eine Aldi-Tüte und verging sich dann an meinem Château Margaux.

Immerhin tranken wir aus sauberen Zahnputzgläsern, die Passow wütend gereinigt hatte; ein Saustall hier, sagte er immer wieder, ein chaotischer.

Er saß auf meinem alten Sessel, ich lag im Tal, zwischen uns leuchtete unter der nackten Deckenbirne der Messingtisch mit dem guten Château Margaux 1988.

Du hast ja schon immer, sagte Passow, an fixen Ideen gelitten, die aber kann man sich nur leisten und aushalten, wenn man exemplarisch gesund und fluide ist.

Ich müsse jetzt gewissermaßen Beichte ablegen, er habe für alles Menschliche hienieden nicht nur tiefes Verständnis, son-

dern sogar warme Sympathie für jedes Elend, individuell wie kollektiv.
Wie schön, sagte ich ergeben.
Nichts kann eine Unterhaltung schlimmer torpedieren als absolutes Verständnis.
Tja, sagte ich nach einem zweiten Glas Wein, wir befinden uns … irgendwie in den Ruinen meines Palastes der Erinnerungen …
Schön gesagt, sagte der für Poesie immer empfängliche Passow.

19 Passow redete und redete und prononcierte und modulierte, gestikulierte mit seinen behaarten Händen und elaborierte sich so vollständig, dass sich zu den Schmerzen der lädierten Nase auch noch Kopfschmerzen gesellten. Ich lag wie ein zertretener Käfer (subjektiver Eindruck) auf dem Rücken im lauschigen Sofatal und lieh ihm, wie man so sagt, nicht ganz freiwillig mein Ohr.
Ich werde, so sprach er, zu dir aufrichtig sein, obwohl das wahrscheinlich ein Fehler ist, sei's drum, mein Freund. Du warst schon immer ein Bienenkorb voller Neurosen mit einer Neigung zu überraschenden Obstruktionen deiner nächsten Umgebung. Du leidest unter diversen Neuralgien und Neurasthenien, wie man weiß. Du leidest an der Welt, die doch auch jetzt noch mitunter von erklecklichem Reiz sein kann, wenn man sich um sie kümmert.
Aber du ziehst dich wie ein verwundetes Tier auf einen schmutzigen, stinkenden, ja versifften Dachboden zurück, umgibst dich mit alten und kranken Tieren –
Im Hintergrund, Ostseite, sagte eine Stimme hinter einem Balken deutlich: Arschloch.
Passow war irritiert.
Gib's ihm, Wright, sagte ich, ich habe Eierlikör für dich.
Mit wem ich da spräche, fragte Passow.

Mit einem Papageien, sagte ich, einem blinden Ara, er höre auf den Namen des berühmten Philosophen Georg Henrik von Wright.
Passow ließ sich nicht beirren und arbeitete unermüdlich weiter an meinem wenig schmeichelhaften Porträt.
Dir entging immer, sagte er, die enorme Anziehungskraft eines erfolgreichen Geschäftsmannes, Arthur, du hast dein Leben verfehlt. Du bist immer ein Scharlatan gewesen, ein charmanter Bluffer, deine Therapien waren stets Windeier …
Wright gefiel das neue Wort; und wenn ihm eines gefällt, neigt er zu Wiederholungen.
Windeier, krächzte er begeistert, windige Windeier, wehe und windige Windeier, wüste Windeier, wilde Windeier, Wichseier, und dann kratzte er sich vor Vergnügen das Brustgefieder.
Nun zu deinen Passionen und Obsessionen, die ausnahmslos eine logische Folge deiner unglücklichen physischen Disposition sind und waren – du bist, und das macht deine Leiden verständlich, deine rücksichtslose Weltflucht wie deinen Grad der Verwahrlosung, eigentlich ein Zwerg, das ist das Elend.
Ich bin, sagte ich matt nach einer langen Pause, lediglich klein, aber unheimlich drahtig. Das war wohl ein Zitat, aber mir fiel zum Geier nicht ein, von wem und woraus. Beklagenswert.
Man müsse sich den Tatsachen stellen, sagte Passow, gute Freunde seien auf der Welt, um sich rücksichtslos aufrichtig die Wahrheit zu sagen, sei sie auch noch so schmerzlich.
Ich sei, fuhr er fort, ein willenloses Wrack, welches sich ziellos im Strom der Zeit treiben lasse; eine gewissermaßen sinnlose, sozial unverantwortliche Existenz.
Mein Kopfschmerz nahm zu, ein feines, pulsierendes Hämmern in den Schläfen, auf dem Knochen-Amboss. Passow bediente sich an meinem Château Margaux.
Der Primat des Willens sei es, so sagte er bedeutsam, der das Verhalten bestimme –
Ich erwiderte, dass ich nicht glaubte, dass der Wille von dem

Verhalten, dessen Ursache er sein soll, nicht logisch unabhängig sei.

Windei, windiges, schrie Wright nach meinem von David Hume Esq. inspirierten Satz.

Eigentlich, sagte Passow, der nicht zugehört hatte, sei ich ein guter, ja sozusagen ethisch hochstehender Mensch, aber das zufällige Schicksal mit seinen seltsamen Bifurkationen habe mich zu einem neurotischen, psychopathischen Menschen voller rastloser, aber immer prominenter Neurasthenien gemacht; aber nur so sei es mir möglich geworden, derart gewalttätige Kompensationsenergien zu kultivieren; das sei durchaus eine bewundernswerte Leistung, aber er müsse leider auf die Toilette – die leidige Prostatitis zwinge mitunter zu unfreiwilligen Unterbrechungen.

Ich beschrieb ihm den beschwerlichen Weg, immer Richtung Südost und dann, hinter einem Umzugskarton der Firma Zapf, scharf nach rechts. Passow setzte sich vorsichtig in Trab und verschwand in der Dämmerung.

Ich weiß noch, dass sich, rein subjektiv, dieser Nachmittag oder der frühe Abend endlos zog. Ich bin der Meinung, dass ein über alles Maß ausgedehnter Besuch eine Okkupation ist; dazu soff Passow meinen Wein, den ich für eine besondere Gelegenheit gebunkert hatte. Ein Hintergedanke begleitete diese Überlegungen wie ein Rossapfel den Schwimmer – was tun, wie handeln, wenn er sich bei mir einnisten wollte …

20

Nach Passows wilden Flops in Wien –, Naturdünger aus den Exkrementen exotischer Vertebraten, Verlobung mit dem Fräulein Stasny aus Ottakring, blieb er unablässig und voller Energie auf der Jagd nach der unserer Zeit kongenialen Geschäftsidee. Damals war er dauerverlobt, aber mit verschiedenen, immer wieder wechselnden Damen, in den meisten Fällen einsame Frauen ohne lästige Familienbande, die seinen Hundeblick und seine charmante Ergebenheit goutierten. Bei diesen Eroberungen fraß er sich durch. In seiner besten Zeit liefen 14 Verlobungen parallel, allerdings in verschiedenen Bezirken. Blumen, kleine Geschenke und die Reisen in der City kosteten Geld, sodass er die restlichen frommen Relikte aus seinem Laden versilbern musste. Seine Verlobten notierte er treulich in einem Kleruskalender des Jahres 1973, damit ihm keine Verwechslung zustieße.

Unter den Adressen und Telefonnummern der Damen vermerkte er mit viel Scharfblick ihre Eigenschaften, d.h. Vorlieben und Abneigungen; diese Notate waren wahre Psychogramme, wenn ich mich recht erinnere. Eines Tages erreichte mich eine seiner Kunstpostkarten, in diesem Fall eine unfromme, Botticellis *Geburt der Venus*:

Lieber Arthur,

habe ein Mädchen kennengelernt im Cafe Tiller, die so ähnlich ausschaut wie diese Venus in der Muschel; auch sie ist blond, hat kleine Titten (apfelförmig) und baucht auch leicht wie die Botticelli-Venus. Sie heißt Lenore und ist vielleicht endlich eine Partie. Frage ist die, kennst Du ein todsicheres Hypnose-Verfahren, das Dir vielleicht durch Deinen Fernlehrkurs für Heilpraktiker zugefallen ist; es pressiert. Bitte, wie immer, postlagernd, alte Nummer.

Dein Eugen.

Ich schrieb zurück:

Lieber Eugen, mit Hypnose keinerlei Erfahrung. Um Damen in Trance zu versetzen, muss man sie irgendwie geistig becircen.

Arthur.

Passow stürzte sich mit seinem üblichen Aplomb in dieses geistig-erotische Abenteuer. In einem Antiquariat erwarb er, ein schöner Zufallsfund, *Rasputins Ende*, Verfasser war der Mörder Rasputins, Fürst Felix Jussupoff; parallel las er dazu passend *Das Ende der Romanows* von einem gewissen Maurice Paléologue.

Die Dame Lenore liebte, wie ich erfuhr, historische Romane, und sie war entzückt, als Passow ihr bei einem Spaziergang im Prater mitteilte, dass er an einem Zeitbild in der Form eines Romans arbeite.

Diese Revolutionszeit, schrieb mir Passow in seiner winzigen Schrift, war wirklich eine großartige Zeit, denkt man an die genialen Ideen des Philosophen Solowjew, die vor der Revolution schon in der Luft lagen, das waren Visionen! Geistig-schöpferische Praxis allerorten durch Theurgie, die die Gesetze der Natur verändern – das steht schon im Vorwort von Groys. Und dann der Philosoph Fjodorow, schreibt der Herausgeber Groys, der sein Projekt verkündet, alle Menschen, die früher gelebt haben, künstlich wiederzuerwecken, um die Zeit zu überwinden und den gesamten Erdball in ein Museum zu verwandeln. Ich trug diese hier referierten Ideen aus dem substanzreichen Vorwort Lenore als Frucht eigener Forschung vor, und sie war mehr als affiziert; aber ganz aus dem Häuschen, als ich ihr den Chlebnikow wie eine Praline auf dem Silbertablett reichte – die kommende proletarische Revolution müsse in einen Aufstand der Tiere münden und in einer universalen Sprache! Ein Gedanke, der Dir zusagen wird, wie ich Dich kenne... und es kam beinahe zu einem stürmischen Kuss, als ich ihr den Gelehrten Konstantin Eduardovic Ciolkovskij zu Füßen legte – freilich, das weiß ich, alles fremde Federn, aber was soll's –, der Raumschiffe projektierte, um jenen Teil der Menschheit von der Erde zu entfernen, der dort keinen Platz mehr hätte, falls eine allgemeine Auferstehung stattfände oder die gesamte Erde in die Macht der Tiere überginge, wenn diese sich emanzipiert und Vernunft erlangt hätten, was der Himmel verhüten möge!

Wie Du weißt, bin ich kein Tierfreund. Lenore hat leider einen Hund, einen schwarzen Mops, der meine Beziehungen zu ihr stark unterminiert, ja, man kann schon von Sabotage sprechen. Wenn Du Rezepte schreiben darfst, so sende mir

bitte ein starkes Schlafmittel, muss aber flüssig sein wegen der Applikation am Köter. Noch immer unverlobt grüsst Dich Dein Eugen.
PS.:
Hoffnung ist die zweite Seele der Unglücklichen. (Goethe!)

21 «Es gibt zwei Arten von Realität oder Existenz – die Existenz meines Bewusstseins und die Realität oder Existenz alles anderen. Diese letztere Wirklichkeit ist nicht absolut, sondern relativ.» (E. Wigner, Notat nach Überfall und Okkupation durch Passow).
Der Streit fing nach seinem erfolgreichen Gang aufs Klosett an; er kehrte zurück, irgendwie erregt oder affiziert – was weiß man schon über die Erleichterungs- und Entlastungserlebnisse Fremder –, stolperte prompt über Yoricks Katzenklo (eine lindgrüne Schale aus Plastik, gefüllt mit Torf, der alte Herr verabscheute das übliche Katzenstreu) und stürzte; dabei knallte er mit der Stirn auf die linke Lehne des Sessels und blessierte sich am rechten Knie. Leider brach er sich nicht den Hals; hätte aber, retrospektiv betrachtet, blöde Scherereien erzeugt.
Da hockten wir alten Säcke, Passow saß wieder, atmete schwer und schien nach dem rechten Wort zu suchen – als sich Yorick erhob, durch den Sturz jäh aus seiner Kontemplation geworfen, machte er einen gereizten Buckel, gähnte, starrte Passow entrüstet an, sprang vom Sekretär und setzte sich majestätisch in sein Klosett. Kater Yorick erfreut sich einer vorzüglichen, immer pünktlichen Verdauung. Er scheißt gern und mit Genuss.
Es war still. Ein paar frühe Mäuse stratzten zwischen den Kisten. Yorick fixierte Passow und legte dann, die Augen geschlossen, sein Abend-Ei.
Höre, Arthur, sagte Passow –
Da schrie Wright plötzlich: Pisser, Schisser, Schweinepriester!

Was ich dir eigentlich die ganze Zeit sagen will, sagte Passow, ist dies: Du musst dein Leben ändern. Besinne dich!
Mein Tonus stieg. Ich hatte, das weiß ich noch, gerade die schönen Momente erreicht, die man auch nennen könnte: Urbane Nerven durch profunde Stille.
Ich schwieg.
Schon gut, sagte Passow.
Manchmal ist er durchaus sensibel. Ich will dir doch nur helfen, sagte er, diesen fatalen Status Präsens zu überwinden.
Als das April-Gewitter losging, das erste seiner Art in diesem Jahr und gedämpft wie schon so oft und durch das schmutzigen Atelierfenster leider kaum zu sehen, überreichte mir Passow ein paar Geschenke, die er in der Aldi-Tüte deponiert hatte; gewissermaßen, sagte er, autotherapeutische Präsente, ganz für deine öden Zustände gedacht: Eine kleine blau-weiße Schachtel Viagra (4 Stück immerhin), es bedürfe freilich, setzte er hinzu, vor der Einnahme oder währenddessen der hilfreichen Hand einer Frau wegen der Stimulation, eine Familienflasche Maggi, ein Pornoheft namens *Flair*, wie ich flüchtig sah, sehr hübsche Modelle in vierfarbenem catch as catch can, einen in Acryl eingeschweißten Kotkäfer, der bis ans Ende aller Zeiten seine Kotkugel mit den Hinterbeinen drehen würde, und endlich ein dünnes, sehr gebrauchtes Taschenbuch von Alfred Adler mit dem bedrohlichen Titel *Studie über die Minderwertigkeit von Organen*.
Nimm, so sagte er, lies mit Freuden und ziehe positiven Gewinn daraus.
Ich dankte.
Ein blasser Blitz illuminierte meinen armen Wright, und als es vier Sekunden nach dem Blitz auch richtig donnerte, versteckte der blinde Vogel seinen Kopf unter dem rechten Flügel.
Adlers schöne Schrift aus dem Jahr 1908, sagte Passow, *Aggression im Leben und der Neurose*, habe er leider nicht auftreiben können.

Gut, sagte ich, gut.
Passow vergriff sich dann wieder an meinem Bordeaux und soff ihn wie Erlauer Stierblut.
Wir schwiegen.
Ich glaube, ich zuckte zurück, als er plötzlich meine linke Hand ergriff und sie kraftvoll, weich und hitzig drückte und sagte: Arthur, mein Freund, was ist denn der eigentliche Grund für diesen Rückzug von der Welt, der ein Abstieg ist für jeden lebendigen Geist, den du ja einmal hattest ... Wo liegen die Gründe für deine Ignoranz, deine Gleichgültigkeit, deine Menschenfeindlichkeit ... sieh, Arthur, die Welt da draußen, sie existiert, und sie ist interessant ... Kriege, Religionskriege und andere. AKWs gehen hoch, Meere werden durch Öl verseucht. – Geh, sage ich dir, hinaus in die Welt, engagiere dich, nimm teil am Getriebe, kurz – (an dieser Stelle wurde seine Stimme pastoral), sei sozial.
Also, was ist die Ursache deines Elends, sprich.
Na ja, sagte ich, eben der übliche Marasmus.
O Gott, sagte Passow, ob ich denn schon einen Urologen konsultiert hätte; ein Freund von ihm, ein Literaturwissenschaftler, Spezialist für die Tornisterdichter der Nazi-Zeit, sei nach einer kurzen Inkubationszeit blitzartig daran eingegangen.
Oje, notierte ich in Gedanken, diese Küchenmediziner, Laien und Hobby-Psychologen!
Der Marasmus, sagte ich kühl, bedeute: Allgemeiner geistig-körperlicher Kräfteverfall und sei eine Art Universal-Atrophie.
Da sagte der Idiot Passow, ich sähe aus wie das blühende Leben, es handele sich bei mir eindeutig um ein psychopathologisches Syndrom, es müsse doch eine stimmige, triftige und vernünftige Erklärung für meinen Eskapismus geben ... Frauen vielleicht oder andere Miseren. Er bastelte noch eine Weile an seinem Psychomodell Arthur Singram und schlug mir dann vor, gemeinsam eine Annonce zu schreiben – unter der Rubrik Einsames Herz sucht gleichgesinntes, so in der Art, denn als Zwerg

oder Kleinwüchsiger in meinem Alter könne ich ja auf der freien Wildbahn keine Frauen kennenlernen, zumal ich ja nicht außer Haus ginge.
Da war etwas Wahres dran. Der Regen rauschte auf das große Atelierfenster, und die Sicht wurde eine Nuance klarer auf die grauschwarzen Wolkenformationen. Ich war des Besuchs ganz und gar überdrüssig und sehnte mich nach Alkoven-Stille, aber ich kannte Passows Hartnäckigkeit und seine Sucht, dort zu helfen, wo es nicht nottat.
Ich bat ihn, eine graue Mappe aus der rechten Schublade des alten Sekretärs zu suchen, ohne Yorick in seiner majestätischen Kontemplation zu stören, in dieser Mappe schlummere ein Manuskript, ca. 14 Seiten lang, eine Art Tagebuch, halb wahrheitsgetreu, halb narrativ, das Aufschluss böte über alle meine kultivierten Neurosen; er solle stumm lesen, Kommentare seien nicht erwünscht.
Und dann möge er sich bitte verabschieden, das sei mein Wunsch. Passow fand auch glücklich die graue Mappe; Yorick öffnete das Auge mit dem melierten Monokel und schloss es dann wieder, als er Passow erblickte; nicht von Interesse.
Passow hatte seine Lesegeschwindigkeit eingebüßt, beim Lesen bewegte er die Lippen. Hin und wieder nickte er mit dem Kopf so heftig, dass seine Hamsterbacken bebten, oder er schüttelte den bärtigen Schädel.
Meine Dachbodengesellschaft erwachte.
Yorick sprang vom Sekretär, machte seinen Abendbuckel und begab sich auf Exkursion. Wright, der Papagei, stieß eine unflätige Beschimpfung aus, multilingual, und begann sein Brustgefieder mit dem Schnabel zu glätten; und dann erschien Hammurabi aus Nordwesten (Klosett-Zone), um unser Habitat zu inspizieren wie jeden Abend. Ich fürchtete, Passow werde ihn entdecken und dann auf seine Existenz inhuman reagieren, aber der las und las, manches zwei Mal, befeuchtete ab und zu seine dicken Finger, während die Brauen missbilligend wander-

ten, als entdecke er immer neue und überraschende Wunden. Mein Kakerlak Hammurabi (genannt nach dem intelligenten babylonischen König) war ein stattliches Männchen, das seinen Harem mit Umsicht und Milde beherrschte und seine Kinder liebreich behandelte, kurz, auch ein wahrer König in unserem Reich. Nun kroch er auf die Lehne meiner Couch, bewegte elektrisiert seine Fühler und gab mir zu verstehen, dass er seine Ration Wein wünsche. Hammurabi zog befriedigt ab nach der kleinen Weinprobe aus dem Deckel eines Gurkenglases.

Ich will, sagte Passow, dir diesen Text einmal vortragen ... enthält er doch verschiedene Fälle, die man durch eine Explication de texte klären sollte.

Er strapazierte meine Geduld, begann auf der ersten Seite und las, gegen meinen Protest, laut:

EIN FALL VON PANPHOBIE

Arthur E. Singram

Mitte Januar.

Alles wird schlimmer, aber der große Entschluss zu dieser einen bestimmten Art von Salvation war schon zu Weihnachten so unumstößlich wie kein anderer. Es wäre eine Willensleistung erster Güte gewesen, hätte es geklappt, aber es ging aus vielen Gründen nicht – Widerwillen, psychisch, und Widerstand, physiologisch. Wie ich weiß, brauchen andere Leute keinen Entschluss oder das tröstliche Bild eines siegreichen Deliriums, sie schaffen es einfach so, auch ohne nennenswerte Willensleistung. Aber es gibt keinen anderen Ausweg und keine andere Rettung, ich muss Alkoholiker werden. Gottfried Keller war einer, Edgar Allen Poe war einer und Beethoven wohl erst recht. Massenhaft viele waren es, und alle haben es geschafft.

Freilich ist da ein Punkt, eine Art Hindernis, eine lästige Naturbarriere – ich vertrage partout keinen Alkohol, gleichgültig, welche Klasse von geistigen Getränken, unabhängig von Feuer,

Farbe und Gehalt. Hohensee, dessen maroder Magen alles verweigert, wurde durch die Lektüre einer Apothekerzeitung zum erfolgreichen Alkoholiker. In dem Artikel stand, regelmäßiger Weingenuss – aber rot, nicht weiß! – sei gut für die Herzkranzgefäße, demontiere das schlechte Cholesterin, beuge dem Infarkt vor, und die sog. Antioxydantien erledigten gewisse Schadstoffe, und das Blut verklebe dann auch nicht so schnell. Seit H. mehr als nur regelmäßig trinkt, schlummert immer mal wieder das Prinzip Hoffnung in ein paar Relativsätzen seiner kulturpessimistischen Prosa, und er fügt sich mit der Rasierklinge nur noch sonntags blutige Wunden zu.
Habe leider vor Bier unüberwindlichen Widerwillen, der bis zur Grenze des Ekels geht, soll aber in hohen Dosen verlässlich abstumpfen. Cognac erzeugt Übelkeit und Sodbrennen.

17. Januar
Das erste Experiment ist misslungen. Hatte beim Weinhändler einen teuren Bordeaux gekauft, eine Empfehlung, einen Château Doisy – Vedrines, Deuxieme cru, gottlob, und ich trank, meinen inneren Befehlen folgend, Glas nach Glas. Zuerst passierte gar nichts, nur die Angst vor Explosionen verminderte sich, mein Tremor ging ein bisschen zurück, die Kopfschmerzen blieben konstant, Cephalgien unklarer Genese, wie Dr. Guth immer sagte. Der erwartete Stupor, der die gereizten Sinne und das nervöse Hirn betäuben sollte, blieb leider aus.
In der Nacht spülte mich eine schwarze Wolke von Übelkeit ans Klosettbecken, und ich gab die teure Flüssigkeit wieder von mir. Die sog. ‹Niederen Sinne›, wie Kant mal sagte, sind leider noch geschärfter als üblich.
In dieser hoffnungslosen Lage ging ich zu meinem Heilpraktiker und Chirologen Dr. Guth, der auch Allergiker war, ich wusste aber nicht, wogegen, um ihn um Rat zu fragen. Ich hätte natürlich auch zu meinem Analytiker gehen können, aber der

war Phobiker, freilich ein larvierter, aber auf die wiederum reagiere ich ziemlich allergisch.
Ich sagte zu Dr. G., ich wolle Alkoholiker werden, vertrüge aber leider keinen Alkohol.
Das sei eine schlechte Voraussetzung, sagte er, ob ich mir nicht eine andere Sucht oder ein weniger contraindiziertes Laster aussuchen wolle.
Ich blieb in diesem Punkt fest und sagte, es müsse die Alkoholkarriere sein, weil man die zu Hause betreiben könne. Darauf stellte mir Guth die Warum-Frage, während sein linkes Auge unaufhörlich zuckte. Auf der linken Wange hatte er ein blumenkohlähnliches, korallenrotes Mal, das nässte.
Ich sei extrem ängstlich, sagte ich, leide unter diversen Affekten und allergischen Reaktionen, fürchtete mich vor allem und jedem, also vor Tier und Mensch, der Umwelt, der Gesellschaft etc., und sähe nur in den Delirien des systematischen Alkoholgenusses eine gewisse Zukunft.
Das sei alles nichts Ungewöhnliches, sagte der Doktor, ein Mensch, der auf diese Zeit und ihre Gesellschaft nicht mit Hostilitäten, Allergien, Pusteln, Idiosynkrasien, Schuppenflechten, Animositäten, Erstickungs-Anfällen, Phobien und Neurosen auf dem Fundament diffuser Angst reagiere, sei anomal oder, wie die meisten, pervers.
Pflegen Sie Ihre Neurosen, rief der Arzt mit dem rechten Lid zuckend, kultivieren Sie Ihre allergischen Reaktionen, und suchen Sie vielleicht die lehrreiche Gesellschaft anderer Phobiker! Suchen Sie den Gedankenaustausch mit ihnen!
Ich habe, sagte ich, Angst und Abscheu vor anderen.
Mehr als begreiflich, sagte G., sei diese Homilophobie, ob ich auch unter der Angst vor dem Allein-Sein, der Einsamkeit, litte.
Die Monophobie, sagte ich stolz, sei für mich ein Fremdwort, wie auch z.B. die Angst vor Bärten.
Keine Pogiophobie, murmelte der Doktor in seinen Bart.
Zum Schluss fragte ich, wie man meinem Alkoholproblem bei-

kommen könne. Da helfe nur eine Maßnahme, ich müsse vor der Konsumption eine Büchse Ölsardinen zu mir nehmen. Im Übrigen sei der Alkohol keine gute Lösung, denn die Welt bestehe – gerade an Katertagen – aus einem chaotischen Ensemble von Unverträglichkeiten ganz unerschütterlicher Persistenz. Setzen Sie sich Alltagssituationen aus, überprüfen Sie Ihre Reaktionen und Gegenreaktionen, und finden Sie die Unterschiede heraus; der Mensch ist auch in seiner Schwäche ein distinktionsfähiges Wesen.

Noch immer Januar, aber nahe am Ende.
Fest entschlossen, meine Restkapazitäten und die mageren Willensressourcen für die phänomenale Idee des Alkoholismus (eine Art Rechtfertigung) ins Feld zu führen, war ich gezwungen, meinen Analytiker Cordes zu besuchen, koste es, was es wolle. Ich bestieg sogar ein öffentliches Verkehrsmittel, eine Straßenbahn, nachdem ich zu Hause mühsam die Grundlage für diese ekelhafte Exkursion geschaffen hatte – eine Dose Ölsardinen, solche ohne Rückgrat, und danach zwei Gläser Armagnac; ach, viele Leute, viel Enge, viel Gestank und Handschuhe nützen gegen Hyperpopulation wenig. Auch viel Schweiß. Am unangenehmsten sind mir die undefinierbaren Gerüche, wahre Miasmen. Bekam prompt, gemäß den Gesetzen der inneren Apparatur, wieder einen Herpes an der Oberlippe links; derart ausgestattet, betrat ich, behutsam schwankend, die Praxis des Dr. Cordes und klopfte dreimal an die mit Leder gepolsterte Tür; jeder Patient hatte ein anderes Klopfzeichen. Nach drei Minuten durfte man eintreten. In der Zeit hockte sich C. in einen schwarzen Kasten auf einen Küchenstuhl und machte von innen die Klappe zu.
Sind Sie's, fragte er verdrießlich, und ich bestätigte.
Seit vier Jahren vertrug Cordes den Anblick seiner Patienten nicht mehr. Ich hätte gern gewusst, welche edlen Neurosen der Doktor heimlich pflegte.

Irgendetwas stank so vor sich hin, und mir wurde noch ein bisschen übler. Ich öffnete das Fenster, da schrie C. aus seinem Kasten, seiner silence box auch in freien Stunden, nehme ich an, ich solle das Fenster wieder schließen wegen der Pollengefahr. Dabei sind Pollen Natur, die eigentliche Gefahr aber geht doch vom Menschen aus.

Ich hasse Atopiker, sagte ich und schlug mit der Faust auf den Kasten.

Sehr gut, sagte Cordes, eine ungeplante Interaktion, sind Sie mit den Ekelreaktionen weitergekommen?

Ich erwiderte, ich hätte moralische Skrupel, aber technische auch, denn der Ekel als solcher sei eine so feine, sensible und edle Empfindung, der ich wegen meiner Schwäche und Ängstlichkeit nicht recht gewachsen sei. Ich müsse im Augenblick mit Empfindungen in kleineren Formaten auskommen, deshalb hegte ich nur einen matten, aber andauernden Widerwillen gegen alles.

Alles sei zu viel, sagte C. streng, man müsse immer eine Wahl treffen, auf alles könne man nicht angemessen reagieren.

Ich sagte, ich wolle ja überhaupt nicht mehr reagieren.

Cordes sagte, ich wisse nicht, was ich wolle, ich sei ein hypersensibler Vollidiot oder Angstlust-Typ, der lediglich Probleme bei der Verarbeitung exogener Reize überwinden müsse.

Die Gefahr, sagte ich zur Kiste, gehe vom Menschen aus, ich hätte wieder einen Herpes.

Da erhob der Analytiker ein großes Geschrei, aber unartikuliert. Ich wartete ruhig ab. Der Choleriker in C. litt immer nur an kurzen Anfällen.

Beschreiben Sie, sagte er nach einer Weile, Ihr Problem, aber fassen Sie sich extrem kurz.

Ich zog mein Notizbuch zu Rate und sagte, ich litte ganz ungemein, aber nicht diffus, wie Dr. Guth behaupte, ich ertrüge meinen Anblick im Spiegel nicht mehr, ich finge an, meine Stimme zu verabscheuen, dabei neigte ich zum Selbstgespräch,

weil ich nicht gesellig sei; ich begänne, mich vor meinen Sprechakten zu fürchten, und ich ertrüge keine Zeitungen, Filme und Bilder mehr, kurz, Informationen; und gegen Morgen wachte ich mitunter tränenüberströmt auf.
Ängstlich wie ein Feldhase sei ich sowieso, das sei schon alles.
Du lieber Himmel, sagte Cordes in seiner Kiste, und deshalb kommen Sie extra in die Praxis, wegen dieser Allerweltslappalien belästigen Sie mich? Sammeln Sie alle Symptome, und klassifizieren Sie sie, die Herstellung einer gewissen Ordnung schafft immer eine gewisse Klarheit.
Sie müssen sich darüber klar werden, worunter Sie wirklich leiden, worauf Sie animos bis panisch reagieren und vor allem – in welcher Form. Entwickeln Sie mehr Distanz, bei Ihrem leidlich guten Ansatz zu einer Neurasthenie – die völlig normal ist – wird's einmal eine hübsche Neurose. Ob ich Alkoholprobleme hätte?
Ich repetierte die Geschichte, die ich schon dem Heilpraktiker Guth vorgetragen hatte. Die künstliche Betäubung oder Abstumpfung, sagte Cordes zu meiner Überraschung, sei eine ganz vorzügliche Idee, ich solle es mit Cocktails versuchen, müsse aber gleichzeitig mit dem Rauchen anfangen, nur die kombinatorischen Gifte wirkten erfolgreich.
Ich dankte ihm sehr für seinen Rat. Mir war immer noch übel. Im Kasten war es still, Cordes schien keinen Sprechakt mehr zu planen, oder er war mit dem Konzept noch nicht fertig. Doch dann ertönte ein Würgegeräusch aus der Kiste; ich stürzte zum Waschbecken und gab Ölsardinen und die beiden Armagnacs von mir.
Auf dem Weg zur Tür – der Doc hockte stumm in seiner Kiste und wartete ergeben auf den Asthma-Anfall, der ihn zu überfallen pflegte, wenn ihn ein Proband verließ – hob ich eine Ecke des Perserteppichs auf, und da lag eine verzweifelt gekrümmte, sandfarbene Wurst. Cordes machte auch Aversions-Therapien, und die Wurst war einfach vergessen worden.

30. Januar. Abends, spät.
Wenn die Leidens-Reagibilitäten keine Form haben, müssen dann die Reaktionen auf sie eine haben? Und wenn, welche zum Teufel?
Immer neue Probleme. Der Herpes blüht und gedeiht.
Habe mir systematisch alle Leidenspunkte, Reaktionen und Gegenreaktionen notiert, danach mit Cocktails experimentiert. Im Kopf ein bisschen durcheinander, aber sonst wohlauf. Zigaretten sind ein teures Laster, die erste schmeckt jeden Tag scheußlicher, später geht es dann. Der Cocktail ist ein Mischgetränk, eine bunte Sache, sehr schmackhaft und hoffentlich bekömmlich. Habe nach einem Lehrbuch gemixt, zuerst einen Manhattan, der aus Wermut, Canadian Whiskey und einer kleinen Dosis Angostura besteht; die Ölsardinen – des Doktors Präventivmaßnahme vor dem Cocktail – gingen nur schwer runter, aber es muss sein, dienen die portugiesischen Sardinen doch einer großen Sache.
Den Manhattan bei mir behalten, maßvolles Triumph-Gefühl, darauf einen Rusty Nail, Scotch Whiskey und 5 cl Drambuie, blieb auch bei mir, ohne zu klagen.
Der nächste Morgen war eigentümlich – die gleichen Symptome wie immer – Übelkeit, Schwindel, Globus Hysterikus-Abstürze, Schweißausbrüche, ein blühender Herpes, Unterlippe, Tremor etc. –, aber jetzt hatten sie eine Ursache! Alkohol.
Nach den zwei ersten Cocktails auf Ölsardinen mixte ich mir alle dreißig Minuten einen neuen: einen Rob Roy, dann einen Whiskey Sour, dem ein Gimlet folgte, denn auch der Gin ist ein feines Getränk und wirkt. So untersuchte ich Ursachen und Wirkungen und hielt spätabends wegen des Stupors im Hirn sogar TV-Nachrichten aus. Der Papst hat sich beim üblichen Erdkuss an einer Glasscherbe die Oberlippe zerschnitten, ein Gerontophiler hat eine Greisin hinter einer Telefonzelle vergewaltigt, Waldbrände in Spanien.
Und, liebes Tagebuch, es ergab sich keine Animosität, ich

trank, ich schaute zu, ich hatte Distanz, während die Cocktails ihre Arbeit verrichteten.
Ein Problem bleibt – wo ist die Verträglichkeits- oder die Unverträglichkeits-Grenze? Bin entschlossen, mir einen Messbecher zu kaufen, das minimiert das Problem ganz entschieden. Will morgen das Haus verlassen, im Supermarkt (Schutzmaske und Handschuhe) Ölsardinen, Gordons Gin und Whiskey besorgen.
Auf dieser gesunden Grundlage (bislang ohne Beschwerden) Hohensee besuchen, um zu sehen, wie seine Alkoholkarriere im Augenblick aussieht.

1. Februar
Den Besuch bei Hohensee hätte ich unterlassen sollen, wie man überhaupt den Umgang mit Allergikern oder Atopikern meiden sollte. Sein Anblick, wie er da auf Alufolie in seinem mit Alufolie ausgeschlagenen Zimmer auf dem Alufolienpuff saß, erinnerte mich stark an Angelika kurz nach dem Ausbruch ihrer Hautkrankheit, die eine waschechte periorale Dermatitis war, also im Gesicht rote Knötchen, vor allem um den Mund und die blauen Augen. H. litt im Gesicht, wo sonst, dass konnte ich selbst auf Distanz sehen, an einem sogenannten Rhinophym, d.h., seine einstmals zarte, sensitive Nase hatte sich in einen geschwollenen Kolben verwandelt, weil die Talgdrüsen seiner Nase wegen eines Mittelchens verrückt spielten.
Zuerst tauschten wir Höflichkeiten aus, so über die Produktion oder Nicht-Produktion, denn er schrieb an einem Buch über *Die Gewalt in der modernen Gesellschaft* und war noch im schönen Stadium des Sammelns und Sichtens; und illustriert sollte es auch sein, vom Pariser Katzenmassaker bis zu den letzten Genoziden.
Kommst du denn vorwärts?, fragte ich.
Hohensee sagte, ich sei ein Volltrottel, wie er voranschreiten könne, wenn er mehr als zehn entzündete oder entzündliche Herde am Körper habe, innen und außen; aber er habe schon

einen Platz im Flugzeug nach En Bodek gebucht, das sei ein idyllisches Plätzchen am Südende des Toten Meeres, wo Extrematopiker wie er kuriert werden würden, natürlich zu horrenden Preisen.

Dann zeigte ich ihm eine Flasche Malt Whiskey, zwölf würdige Jahre alt, aber er verschmähte die Gabe, obwohl ich zwei sterile Gläser mitgebracht hatte, und sagte mir, er vertrage keinen Alkohol mehr.

Mein Gott, schade, dachte ich, wie könnte man reinen Alkohol vertragen, Bier oder Wein sind contraindiziert und schon wegen der großen Menge dem Metabolismus nicht zuträglich, aber bei den geistigen Getränken macht es eben nicht die Quantität, sondern Klasse und Qualität.

Aber ging's dir, fragte ich, unter Alkohol nicht wesentlich besser? Sicherlich, sagte Hohensee traurig, das Gefühl der Freiheit war groß, ich konnte Wildfremde beleidigen, und als Betrunkener hat man immer Schutzengel, die einen weich fallen lassen. Ach, und alles fing mit einer Pollenallergie an, ganz harmlos. Wusstest du, dass es über 20 000 Allergene gibt? – Ich leide, wie Proust übrigens, unter Hausstaub.

Bist du, fragte ich, mal hinter die Ursachen deiner polymorphen Allergien gekommen, systematisch, meine ich?

Hohensee sagte, er sei schon lange nicht mehr zu einem halbwegs systematischen Denken über seine Zustände gekommen, sein Körper habe die Zwangsherrschaft übernommen und denke für ihn, der nun keinen Unterschied mehr mache zwischen wahllosen und/oder systematischen Beobachtungen seiner selbst.

Traurig klang das, und ich empfand ein gewisses Mitleid, blieb aber auf Distanz. Was er da an somatischen Zeichen setzte, war bestimmt nicht ansteckend, aber meine Bazillophobie duldete keine Nähe.

In Mitteleuropa, sagte er und hustete dazwischen heftig, gehen über 30 000 Mikrosporen pro Quadratzentimeter nieder –, es ist

wie ein großflächiger Luftangriff. Nach diesem Satz entschleimte er umständlich seine Nase. Mein Arzt, ein ganz wunderbarer Diagnostiker – er kam durch einen Bienenstich ums Leben, sagte mir einmal, Ursache aller Kontaktstörungen sei der westliche Lebensstil oder das Reizstoff-Bombardement der chemischen Industrie –, das aber sei nur die halbe Wahrheit.
Ich bat um die ganze.
Ich sag's dir, sagte Hohensee, während er eine nässende Stelle unter seiner Achsel – interessante Flecken insgesamt – mit einem seidenen, wohl nicht allergenen Tuch tamponierte, es ist die moderne Zeit schlechthin, der Mangel einer funktionierenden Ethik, der Masse an privaten Moralen, die entsetzliche Bilderflut, die Gewalt und endlich die Beschleunigung; sodann liege es an der Hyperproduktion, von allem immer zu viel und das Zuviele immer überflüssig wie seine widerlichen Zeichen, Pusteln und Symptome – alles Reaktionen und Gegenreaktionen, aber worauf genau?
Aufs Leben vielleicht, sagte ich automatisch, d. h., ich wollte, hatte intendiert zu sagen: ‹aufs Leben vielleicht›, aber als ich das sagte, kam nur eine dünne, leicht verwaschene Version heraus, die so klang wie ‹aulehm verleich›, was wieder bedeutet, dass ich durch den Konsum von zu viel Malt Whiskey die Kontrolle verloren hatte.
Was hast du gesagt?, fragte H. mehrmals; seine Flecken leuchteten auf seiner fischbauchweißen Haut.
Es blieb bei dieser einen Ungelenksamkeit der Zunge, ab da sprach ich ganz langsam wie in einer schweren logopädischen Stunde.
Das ist doch kein Leben mehr, sagte H., in einem schlecht möblierten Kosmos voller Unverträglichkeiten, Schmerzen etc., aber es gebe gottlob schlimmere Schicksale.
Wir lebten beide ein bisschen auf.
Wer, fragte ich deutlich prononciert, und wie schlimm welches Schicksal?

Pass auf, sagte H., ein wirklich teilnahmsvoller Erzähler schlimmer Fälle, Prof. Bandini aus Mailand, Zeichentheoretiker, ein Bild von Mann, ein wahrer Latin Lover, ein Dante-Kopf, verliebt sich in eine wunderschöne Frau, und beim ersten Liebesversuch besteht sie auf einem Präservativ.

Ja Gott, sagte ich.

In der Tat, sagte H., war Bandini arglos und auf Sicherheit bedacht und fügte sich ihrem Wunsch; insgesamt eine höchst befriedigende Vereinigung, aber dann Quaddelbildung am Penis mit anderen allergischen Zeichen im Gesicht, viele Schmerzen, er lebe jetzt entliebt und sehr zurückgezogen.

Ich fragte, ob auch er an einer Latex-Allergie laboriere?

Wo ich denn hindächte, fragte H. weinerlich, wozu er denn noch ein Präservativ brauche in seinem jämmerlichen Zustand?

Da mochte er recht haben; da ich die Fragen vergessen hatte, die ich ihm stellen wollte, nahm ich meine halbe Flasche unter den Arm und wollte mich verabschieden.

Geh noch nicht, sagte Hohensee, weißt du, was das Fatale ist an diesen Allergien? Es sind ja Mahnungen, die der Körper auf Störungen aussendet, und er wird recht haben, ich kann ihm da nicht widersprechen. Aber er habe das Gefühl, man müsse sich *andere* Allergien leisten, zum Beispiel auf idiotische Verhältnisse, Geschmacklosigkeiten oder grenzdebile Subjekte; wovor ich mich denn am meisten ekelte.

Schwer zu sagen, sagte ich, heute früh sei ich aufgewacht, in der Nase den Geruch nach Zucker, Urin und verbrannter Leber.

Wie es denn jetzt rieche, fragte H. aufmerksam.

Nach Cortisonsalbe, Urin und verbrannter Leber, sagte ich wahrheitsgetreu, wie es meine Art ist. Man muss die Dinge so sehen, wie sie sind, das ist meine Meinung.

Lass mal einen Leberstatus bei dir machen, sagte H. zum Abschied.

So bald werde ich ihn nicht mehr besuchen; geistig stark depraviert, ist er im Gespräch nicht mehr ergiebig und – recht be-

trachtet, sind fremde Allergien auch nicht so besonders interessant.
Zu Hause regenerierte ich mich notdürftig, schlief exzessiv und gedachte des Rats, mich Alltagssituationen auszusetzen, um die Ängste vor fremden Gerüchen, aggressiven Auren und den Co-Subjekten, die überall präsent sind, zu besiegen.

3. Februar
Ich muss mich dem Alltag aussetzen, Guth wird recht haben. Vielleicht kann man doch durch die direkte Beobachtung und Anschauung der Leiden anderer etwas lernen, vorausgesetzt, man erfreut sich der Bekanntschaft anderer Leidender, die da allergisch reagieren oder sich (mit einem düpierten Gewissen) herzlich ekeln und an ihrer Leidenskasuistik basteln, Gründe und Folgen, Ursachen und Wirkungen usw. –
Albin aufsuchen. Litt noch vor zwei Jahren an einer stattlichen Hydrophobie; behauptet, seine Mutter habe ihn als Baby in kochendes Wasser getunkt.
Vielleicht Pohl lohnenswert; litt unter rätselhaften Depressionen, an verwickelten inneren Qualen, die er niemandem mitteilen konnte, dabei ein guter Kunsthistoriker, Spezialist für die sog. Orientalisten des 18. und 19. Jahrhunderts. Vielleicht interessante Entwicklung.
Oder Lobowitz, der Schulfreund, der schon im Kindergarten derart lärmempfindlich war, dass er in Tränen ausbrach, wenn man laut sprach. Wie wohl die Folgen einer solchen Hypersensiblität lebenstechnisch aussehen mögen?
Mehr Fälle dieser Art habe ich nicht in petto; vielleicht wäre ein Besuch bei Sonja nützlich, die Katzenhaare nicht vertrug; eine Katzhaar-Allergie führt – außer den bekannten Symptomen – eigentlich zu nichts, und man könnte sich den Besuch ersparen, allerdings ist sie auf ihre Weise sehr hübsch, sollte sie die Katzen abgeschafft haben.
Nach einer Büchse Thunfisch in Sonnenblumenöl und zwei

Daiquiris – im Februar war der Rum dran, im Flachmann 20 cl Rum und Cointreau – war ich, so dachte ich, der Außenwelt gewachsen. Meine Ängste waren nahe am Einschlafen. Zu Lobowitz, dem Rumorphobiker, fuhr ich allerdings mit dem Taxi und hoffte, er leide nicht unter einer ansteckenden Krankheit.

4. Februar
Konnte an Lobowitz nichts studieren, was ich nicht schon gewusst hätte. Er litt an so gut wie gar nichts mehr, auch nicht unter dem Lärm, weil er vor zwei Jahren überfallen worden war, in der S-Bahn, und der Kerl ihm mit beiden Händen gleichzeitig Ohrfeigen, auf jedes Ohr je eine, also symmetrisch, mit aller Kraft verpasst hatte, so dass seine Trommelfelle beschädigt waren. Ab da, schrie L., war Ruhe im Karton.
Hätte man, schrie ich zurück, nicht durch eine Operation – ?
Wozu, brüllte Lobowitz, der die Bewegungen meiner Lippen verfolgte, himmlische Ruhe; keine schwachsinnigen, groben Geräusche mehr, keine lästigen, hässlichen Stimmen, die an meinen Nerven schaben, im Fernsehen nur Bilder, auf ihre Weise auch blöd, aber wenigstens ruhig. Und wozu braucht man überhaupt Ohren, diese überflüssigen Organe?
Das alles sprach er so laut, dass mir der Schädel dröhnte. Ich weiß nicht, aber im Kindergarten oder in der Schule, als er sich noch die Ohren zuhielt, um den Lärm-Zumutungen zu entgehen, hatte er mir besser gefallen.
Vielleicht ließ sich seiner Geschichte etwas Nützliches entpressen, dachte ich und fragte, wie es ihm früher ergangen sei mit seiner Lärm-Phobie, ich kenne den technischen Ausdruck nicht.
Was hier Phobie heiße?, schrie L., er habe von jeher allergisch auf Lärm aller Art reagiert, in der Form von Wutanfällen. Deshalb sei er auch Pathologe geworden.
Sieh mal einer an, dachte ich voller Achtung, das ist ja auch eine Möglichkeit. Richtige Wutanfälle, warum nicht. Wie denn

die Formen so beschaffen sein müssten und ob er leiser sprechen könne. Das tat er dann. Es war schon eine Leidensgeschichte vor dem Schaden an den Trommelfellen; er hatte umziehen müssen und stritt sich mit nächtlichen Waschmaschinen, ignoranten Mitmietern, schreienden Kindern, auf die er mit Urin gefüllte Plastiksäcke warf. Er führte dauernd Prozesse, na, und zum Schluss war die Geschichte seines Kampfes gegen die Zumutung doch ein bisschen eintönig.
Bist du verheiratet?, fragte ich nach einem großen Schluck aus meinem Flachmann. Das Geschrei griff mich an.
Aber ja, bellte Lobowitz, auch sie ist stocktaub, und wir verstehen uns prächtig; der menschliche Blick sagt mehr als tausend Worte, und im Bett fallen alle lästigen Körpergeräusche einfach weg, kurz, ganz idyllische Stille allüberall und immer.
Mochte Lobowitz in Frieden leben.
Ich beschloss, Hohensee die Geschichte anzuvertrauen für seine Arbeit *Über die Gewalt in der Gesellschaft* und wie sie einmal positive Folgen zeitigt, was ja selten ist.
Fuhr mit dem Taxi wieder nach Hause in mein gepolstertes Refugium, sehr sicher in der Blechzelle durch besetzte öffentliche Räume. In des Abends Stille mixte ich mir einen innovativen Cocktail auf Rum-Basis und spürte mit unverzerrten Sinnen wieder einmal einen veritablen Ekel-Herpes reifen, den zweiten dieser Woche. Kaum verschwand einer, tauchte ein anderer auf, als wollten sie mich, genährt von einer Quelle, nicht allein lassen. Immerhin eine tröstliche Konstante in ihrer Verlässlichkeit.

10. Februar
Tag der heiligen Scholastika, vielleicht ein gutes Omen. Muss die Alkoholrationen ein bisschen herabsetzen oder zu Wodka übergehen. Rum ist schädlich fürs Gedächtnis. Habe tatsächlich den wichtigsten Fall eines ‹Reaktionsschemas› vergessen, den lieben, alten Pohl, einen sanften Mann, der Tiergeschich-

ten schrieb, wenn er nicht gerade an seinem Syndrom doktern ließ.

Wie konnte ich nur P. vergessen, der von uns allen, mochten es Atopiker, Phobiker oder Zwangsneurotiker sein, eine angemessenere Reaktion an den Tag legte? Missfiel ihm etwas – und ihm missfiel beinahe alles auf der Welt –, empfand er den zartesten Anflug einer Zumutung, ein winziges, kaum lokalisierbares Unbehagen an Subjekt oder Objekt etc., dann, Gott, so war's damals, musste er sich übergeben; er kotzte einfach, man kann auch sagen, P. ergoss sich ein bisschen, zuerst heimlich in ein Taschentuch, später kühner mit Geräusch und offensiv.

Normalerweise ist so ein Vomitus, wie ich eruierte, ein Reflex, aber man muss etwas im Magen haben. Pohl zeigte auch mit leerem Magen, dass die Reflexe funktionierten. Sein Arzt sagte, er leide unter einem Vomitus hystericus. Den Ausdruck ‹leiden› lehnte er schon damals ab. Wenn man so reagiere wie er, dann leide nicht er als Individuum, sondern die Umgebung.

Seine prompten Ekel-Erwiderungen waren unausdenkbar delikat; er vomitierte blitzschnell – dann, wenn er den Schatten einer Coca-Büchse auf einer Plastiktischdecke sehen musste, aber niemals beim Anblick des Schattens einer Orange auf Damast, und dieses Beispiel umfasst nur die Sphäre des Ästhetischen. Worauf er sonst mit der bekannten Ausbeute mühelos und flüssig reagierte, könnte man nur in der Form eines Stich- und Schlagwortkataloges erfassen, kurz, er war eine Naturbegabung. Unsere schwächlichen Reaktionen und Gegenreaktionen waren dagegen der reine Scheißdreck. Dieses machtvolle Beispiel muss in meine Sammlung, koste es, was es wolle. Freilich, ich müsste mich präparieren und einen besonderen Cocktail mischen, der meine Sprech- und Reaktionsfähigkeit nicht sabotierte.

Man sollte vielleicht vorher den Depressiven besuchen, den Kunsthistoriker Lars Ölund, der sich von der herrschenden Welt nur durch Spaziergänge in den Bildern Edgar Degas' erholte; nur er könnte mir sagen, ob eine Depression die larvierte Form einer General-Allergie ist oder ob eine General-Allergie die vitalste Form einer Depression ist. Ach, ich habe noch immer nicht den ultimativen Cocktail bei so vielen ungelösten Fragen. Muss diese heiligen Definitionsprobleme nüchtern lösen, aber die Angst ist groß.

11. Februar
Endlich! Der ultimative Cocktail ist creiert. Das Gesöff ist so vehement, dass es alle Angst-Reaktionen komplett lahmlegt, man ist eine Zeit lang wie vor den Kopf gestoßen, bleibt aber recht aufnahmefähig. Eine schöne Reaktionshemmung tritt ein. Eine Postkarte von Hohensee ist angekommen. Er schreibt von seinem Kurort En Bobek am Toten Meer, die Handschrift ist so winzig wie Fliegendreck.

> Lieber Arthur, 55 Grad Hitze, nehme jeden Morgen Solbäder, am Nachmittag liege ich wegen des Asthmas auf Salzhalden. Nächste Woche Therapie bei Dr. Fausi in der Klinik Sa'ada.
>
> Dort komme ich Tag und Nacht unter eine bromidhaltige Dunstglocke, dazu gibt es eine Hydrolysat-Diät, scheußlich. Meine individuellen Unverträglichkeitsreaktionen haben sich leicht vermindert. Dr. Fausi sagt, mir fehlten (sic!) alle immunologischen Grundlagen. Immerhin haben hier die Umweltreize ein extrem niedriges Niveau, was gewissen Ausgleich schafft. Werde wohl für immer hierbleiben. Lese gerade eine Monographie über John Ruskin; dem ging es in der Hochzeitsnacht exakt so, wie es mir mit Linda erging – entsetzliche Angstlust beim Anblick des weiblichen Genitals, dann Ausschlag.
>
> Viele Grüße aus En Bobek. H.

Ich verbrannte die Karte für alle Fälle und wusch mir dann mit alkalifreier Seife mehrmals die Hände. Man weiß ja nie. Muss

meine Reaktionsschemata in Relation zu den Alkohol-Dosen exakt aufschreiben; ist der Stupor erst einmal da, ist es meistens schon zu spät.
Je höher die Dosis, desto betäubender die Wirkung, aber auch umgekehrt.
Die Umgebung reagiert übrigens allergisch auf mich, man grüßt mich nicht mehr.
Das ist ein Teilerfolg.

12. Februar
Schon wieder eine Postkarte von Hohensee.

> Mein bester Panphobiker Arthur, habe entzückende Dame kennengelernt, sie ist Pflaumenatopikerin und hat eine chronische Schuppenflechte an der (unleserlich), ist aber eine Seele von Mensch, der tief empfindet. Hast du schon Deine wahren Anxiolytika gefunden?
> Grüße vom Toten Meer, H.

13. Februar
Meine Cocktails sind die effizientesten Anxiolytika, die je ein Generalverstörter eingenommen hat. Freilich, dem Organismus soll's schaden, aber gottlob hat die Leber keine Nerven wie unsereiner. Ja, die Nerven. Das Lesen fällt in diesem stumpfsinnigen Zustand auch flach, aber was soll's. Was habe ich früher gelesen, massenhaft viel habe ich gelesen, auch Angst einflößendes Zeug, wenn ich so im Lektürekanon blättere, weil ich mir immer jedes Buch aufgeschrieben habe, den Titel und so was, wenn es erledigt war. Bilz habe ich gelesen, z. B. einen Aufsatz, der hieß: *Die Intention zur motorischen Verkürzung und zur Elevation der Extremitäten im Angsterleben*, das war vielleicht ein Aufsatz, niederschmetternd war der, andere wieder tröstlich und auch von Bilz wie der über den *Vagus-Tod*. Habe nachgeschlagen, der Vagus ist der Zentralnerv für alle Funktionen des Systems, und in Situationen auswegloser Angst unterbricht er

alle Regulationen, so dass man nicht mehr funktioniert, d.h., man ist tot. Er beschrieb dann Experimente mit wilden Ratten, die sofort in einem tiefen Fass ertranken, weil sie merkten, dass ein Weiterleben keinen Zweck hat. Ja, das Sinnlose. Was habe ich früher gelesen, natürlich auch Sinnloses, wie den Psychoanalytiker Fenichel, und dessen Aufsatz hieß auch richtig und produktiv irgendwie: *Die kontraphobische Einstellung*, aber ich sollte ihn noch einmal nüchtern lesen, damit ich begreife, was er mit den vorphallischen Phasen bei der Angstproduktion des Subjekts meint. Angelica schenkte mir damals, vor dem elementaren Ausbruch ihrer Allergien, ein Buch von einem gewissen Riemann, das hieß: *Grundformen der Angst*, aus dem ich eigentlich nicht viel gelernt habe.

Das Buch teilt die Subjekte in vier Typen ein – schizoide, depressive, zwanghafte und hysterische –, und ich hab eben leider von allen etwas, es ist ein Mixtum, hoffnungslos. Aber mir geht es blendend; im Mündlichen ist meine Elaborationsfähigkeit herabgesetzt, was soll's, mit wem sollte ich schon reden. Bin jetzt ganz wunderbar abgestumpft, die Ängste sind weg; nüchtern sammelt sich dann wieder, besonders gegen Morgen, die alte hinterhältige Scheiße, dann muss ich ausspucken; zu fürchten ist freilich auch eine gewisse Abstumpfung gegen die Betäubung durch die Cocktails.

14. Februar

Im Revier ist ein neuer Arzt aufgetaucht und hat eine Praxis aufgemacht; er heißt Finriß und ist Heilpraktiker. Im Augenblick sind meine Reaktionen auf Objekte, Subjekte und die ganze Umgebung so herabgesetzt, dass ich ihn konsultieren könnte.

15. Februar

Was für ein Diagnostiker, Denker und Mensch, dieser Finriß. Er ist Allergiker, Phobiker und praktizierender Alkoholiker, aber mit Wodka, nicht mit Cocktails. Er hat einen schweren Tremor, aber beim Sprechen zittert er nur wenig. Seine Sätze stehen wie eine Eins. Ich sei, sagte er, nachdem ich ihm die paar Standpunkte der Leiden genannt hatte, kein souveränes Subjekt mehr, sondern nur ein Substitut; bei diesem Wort, was immer er damit meinte, versprach er sich zweimal.

Man müsse, sagte er, erst einmal Ordnung schaffen. Worauf ich denn, ganz allgemein und dann wieder speziell, allergisch, phobisch, animos oder antipathisch reagiere.

Auf, sagte ich, so gut wie alles.

Ob ich Alkoholprobleme hätte?, fragte er.

Nicht mit meinen Cocktails, sagte ich, weil ich bei den Mischungen sehr streng und quasi wissenschaftlich vorginge.

Dann stellte er seine letzte Frage mit einem tiefen Ernst – auf die er, noch bevor ich antworten konnte, einen Schluck Wodka aus einem Reagenzglas nahm –, ob ich mich leicht ekelte?

Leicht, sagte ich, leicht sei gar kein Ausdruck, ohne die Cocktails im Leibe hätte ich schon angesichts dieser Frage, ob ich mich leicht ekelte, sofort einen Herpes gekriegt vor lauter Ekel.

Aha, sagte Dr. Finriß und fragte, welche Shaker man benutzen solle, um derart wirkungsvolle Getränke zu creieren.

Ich benutze seit dem dritten Manhattan immer einen Shaker aus Titan. Wir tranken schweigend. Es war eine friedliche Minute, totenstill, draußen trieben ein paar Schneeflocken.

Man solle, sagte Finriß, über Allergien und die allergische Reaktion schlechthin ganz anders nachdenken; zuerst sei da die Welt, auf die man reagieren müsse, dann Subjekte, Situationen und Handlungen; und das alles sei auf eine ganz furchtbare Weise miteinander vermengt und verknüpft. Die meisten Individuen litten unter ihren Funktionsstörungen, dabei sei gerade ein Ausfall der Funktionstüchtigkeit ein Zeichen geistiger Gesundheit, also mithin eine erzgesunde Reaktion auf das Getriebe.

Ach, es war eine Sternstunde mit diesem Doktor, der mit dem Feuer des Wodkas sprach.
Und dann die Ängste, sagte Finriß, wer in dieser Welt angst-los lebe, sei ein Volltrottel, ein sensorisch und cerebral amputierter Idiot. Eine Strategie gebe es für schwache Gemüter, die sich allzu leicht ekelten – eine Ekelkur, methodus per nauseam –, während dieser langwierigen Kur müsse man diverse Ekel künstlich hervorrufen, um den Generalekel zu beseitigen.
Das sei nicht meine Absicht, sagte ich, denn ich will mich ja ekeln, was bliebe einem denn, wenn man sich nicht mehr von Herzen ekeln könne.
Da wurde er plötzlich unruhig und sagte, er habe keine Zeit mehr, weil er eine Patientin erwarte ... Mit der Cocktail-Therapie solle ich ruhig fortfahren, aber es wäre nicht unklug, sich ein Haustier anzuschaffen, einen kastrierten Kater vielleicht oder einen alten Ara mit einem reichen Wortschatz.

16. Februar
Gehe kaum noch außer Haus. Habe mir einen Graupapagei gekauft, ein Weibchen, das nur einen Satz sagt, einmal morgens und einmal abends: Hoch die Tassen!
Beobachte aus der Ferne meine Lieblings-Allergiker, die Phobiker und ihre Neurosen. Finriß sagte, das spontane Vomitieren meines Freundes Pohl bei geringstem Anlass, beim unscheinbarsten Reiz, sei eine sog. Zwangshandlung. Glaube ich nicht. Habe P. auf der Straße, in einem Museum und einmal, mit 23 dl Daiquiri im Kanal, auf einer Vernissage beobachtet. Mein Gott, was für ein stolzes Bild, wenn er da schreitet, den Kopf im Nacken, das Taschentuch aus Seide an den Lippen, hin und wieder mit einem Würgereflex wollüstig kämpfend, die große Masse hinter sich lassend; es ist ein nahezu erhabener Anblick, mit welcher Würde und Delikatesse er seinem unstillbaren Ekel nachgibt. Mögen uns die höheren Instanzen einmal im Leben die wahren und wirklichen allergischen Reize schenken,

aber ich weiß schon, nichts fällt einem in den Schoß, man muss sie, wie alles, erwerben, dazu sind wir auf der Welt.

22 Der Chronist leidet unter einem Generaldefekt – zu gutmütig, zu freundlich bis zur Selbstaufgabe und höflich bis zur Blödheit; mit diesen Defiziten laviert man sich durchs Leben.

Passow legte die Blätter auf den Messingtisch, fraß aus einem Blechröhrchen eine Handvoll Tabletten und sagte: Ich bin erschüttert, lieber Freund. Aber ehe ich meiner Erschütterung korrekten und kritischen Ausdruck verleihe, lass mich dir ein Geständnis machen.

Ich war fast eingeschlafen.

Mein Text sei eine Art Beichte, und auch er wolle beichten.

Mochte Passow beichten; meine Neugier war auf dem Nullpunkt.

Höre, sagte er bewegt, ich hatte vor zwei Jahren auf dem verlassenen Kinderspielplatz vor der Halenseebrücke links im Suff ein Gotteserlebnis.

Du lieber Himmel, sagte ich einigermaßen überrascht.

Es war beim Pissen, sagte Passow, da platzte im Schädel einer der vielen Neurotransmitter in der linken Hemisphäre, und eine innere, beschwingte männliche Stimme sagte deutlich: Aufgemerkt, Eugen Passow, wenn du an mich glaubest, so verspreche ich dir zu Lebzeiten weder Krebs, Schlaganfall, MS, ALS, Diabetes und Hirnschwund, Gicht und Hämorrhoiden. Und ein graues Pelztier erschien auf der Plattform eines kleinen Karussells da auf dem Kinderspielplatz am Halensee, und während ich Hosen und Schuhe bepinkelte, sagte ich laut einen Partikel aus uralter Lektüre: «Oh, ein sibirisches Eichkätzchen, mit Recht nennt man es die Zierde der russischen Wälder …» Mit Tieren habe ich nichts am Hut, man mag daran den Grad meiner mentalen Konfusion ermessen; es war übrigens eine Ratte.

Soso, sagte ich gleichgültig. Eine andere Erwiderung ist nicht verzeichnet.
Irgendwelche anderen Heilsversprechen?, fragte ich.
Nicht direkt und irgendwie doch schon, sagte Passow, nur noch ein Schluss-Satz wurde hörbar – Kalorienrestriktion durch Fasten und Glauben würden mich unbeirrbar auf den rechten Weg führen; und ich solle mir für die Fastenperiode einen Zungenschaber anschaffen.
Ich hätte ihn schon rausschmeißen müssen, als ich sah, dass er sich Notizen über meinen alten Text machte; der Besuch lief aus dem Ruder, dabei Kontrollverlust durch Wein, der mich phlegmatisch macht. Ich goss Passow eine anständige Menge vom Château in das Zahnputzglas und hoffte auf eine Kontraindikation wegen der Tabletten, aber der Besuch sprach unaufhörlich weiter…
Ab dato (ich gebe die Restgeschichte in gnädiger Kurzform wieder) änderte der gute Eugen sein Leben, absolvierte während eines Fernlehrkurses für Laienprediger an einer evangelischen Akademie eine Fastenkur, verliebte sich in der zweiten Woche, als schon das Glückshormon Serotonin im Gehirn schäumte, in eine junge Deutsch-Russin namens Olga und begann seine Karriere als Laienprediger mit Zertifikat auf einem Tierfriedhof in Reinickendorf.
Leider habe ich ein extrem wählerisches, eigensinniges Gedächtnis, das in seiner chronikalen Einfalt nur Episoden und nackte Fakten ohne verlässlichen temporalen Hintergrund registriert und – leider – bei den meisten autobiographischen Ereignissen, zufällig oder nicht, schmähliche Niederlagen oder fatale Fehler speichert; mein dunkles Sternzeichen ist Der Lapsus; mit Vorliebe merkt sich der Engramm-Speicher absolut überflüssiges Zeug, wie die Namen schon lange toter Freunde und ihrer vergeblichen Lebens-Mühen und Misserfolge, ich weiß also nicht, ob ich die Karrieren von Passow vollständig aufgezeichnet habe. Irgendwann stand er auf, ich

schöpfte schon Hoffnung, und ging auf die Toilette.
Achte, sagte ich, gefälligst auf meine Kakerlaken.
Nach allzu kurzer Zeit rematerialisierte er sich und fläzte sich wieder in den Ohrensessel meines Großvaters Edward, als wolle er sich für die Nacht einquartieren.

23 Meiner Aversion gegen den alten Freund, Laienprediger und zu allem Überfluss auch verlobt, wuchsen Flügel. Sein bleiernes Sitzfleisch war nicht von dieser Welt. Andere Gäste, vor allem weibliche, hatte ich erfolgreich mit Hausstaub, Milben, Spinnennetzen, Fledermauskot, Fliegendreck, Katzenhaaren, Mäusekacke, Rattenexkrementen und nicht zuletzt mit Federn aus der Mauser-Periode des tapferen Aras Wright abgewehrt und vertrieben. Wer einmal zu Besuch bei mir war, kehrte niemals zurück. So war die Lage, und sie war vorzüglich eingerichtet.
Passow schien gegen alles resistent zu sein, sogar gegen Pipi-Chat und Yoricks immerhin kräftige Marke, die immer noch im Katzenklo stank.

24 Die Welt, sagte ich nach einer langen Pause, werde mir seit 20 Jahren sukzessive immer fremder; in dieser meiner Klause wolle ich der letzten Heimstatt – der Kiste – friedlich entgegendämmern ohne Störungen durch die idiotische Außenwelt, ohne überflüssige Kommunikation, ohne sog. menschliche Kontakte; und nach dieser sehr vernünftigen Erklärung hatte ich das Bedürfnis, meine Hände zu waschen. Im Bad musste ich das Kakerlaken-Massaker entdecken und weinte einen Augenblick beim Anblick des mörderischen Tableaus. Passow, wer sonst, hatte meine Familie mit der Klobürste erschlagen, die jetzt wie eine fette Raupe in der Badewanne lag. Alle waren sie dahin; die kleinen Leichname hatte der

Mörder mit Klopapier unter das Abflussrohr des Klosetts gestopft, zerquetscht bis zur Unkenntlichkeit. Alle waren sie dahin, Mulford, Bollnow, Heidegger und auch Jaspers, alle dahin, nur Loyola regte sein rechtes Bein. Hammurabi hockte neben seiner Frau Blanche, einstmals ein hübsches Albino-Weibchen, und er bewegte rastlos seine Fühler; wer zählte die Leichen, wer nennt die Namen; sie alle waren tot, Zenta Maurina, Billy Graham, George Sand – ein besonders fruchtbares und fleißiges Tier –, der dicke Gabriel Marcel ebenso wie seine Mutter Clarisse; der unglückselige Romano Guardini klebte platt an einer grünen Kachel, auch er dahin, wie alle ... Die heilige Mechthild und die kleine Konnersreuth; Passow hatte auch die Kinder nicht geschont, dieser puristische Psychopath.

Carlyle lag zerschmettert vor dem Klosettbecken und mit zerfetzten Flügeldecken Gertrud von le Fort, Luther und Rinser unter dem Waschbecken. Ich bin nicht sentimental; aber als ich sie aufsammelte, sorglich jedes kleine Insekt, und in den Orkus spülte, schwor ich Rache, natürlich kalte.

In begreiflicher Unruhe über einen derart irrationalen Gast eilte ich zurück, nachdem ich mir frenetisch die Hände gewaschen hatte.

Als ich zurückgekehrt war, saß Passow noch immer im Ohrensessel, er hatte die Augen geschlossen, und ich hoffte, der Schlag habe ihn getroffen, der tückische Tatzelwurm, wie es so schön in Aschraths Schrift *Innere Monographie eines Leichenbeschauers* oder so ähnlich heißt, aber leider öffnete er die Augen und starrte auf sein Notizbuch, mit einem Zeigefinger im Schnitt.

Er habe, sagte er, einen Fragebogen über meinen verrückten Panphobiker-Text angefertigt.

Ich schwieg und inspizierte die Umgebung von P. Alles in Ordnung. Der Ara schlief, seinen Kopf unter dem rechten Flügel; ich deckte den Käfig ab. Yorick schlief nicht, sondern beobachtete Ohrensessel samt Inhalt.

Es war sehr still. Die Reihenfolge der Ereignisse dieses Abends ist mir nicht mehr vollständig klar; mein Gedächtnis ist nicht mehr das alte. Wir saßen da herum, ich sehnte mich nach Einsamkeit und gedachte der schönen Stunden in meinem Edwardschen Ohrensessel mit guter Lektüre, Büchsenbier und Zigaretten, während mein schläfriger Schädel Namen und Begriffe wiederkäute: Kakerlaken … Tod … Mord … Gift … Gefühlsrohheit … auch Alexithymie genannt.
Am besten ist es, diese Geschichte in Mikro-Episoden zu berichten, also in Etappen. Ordnung ist viel, wenn nicht alles.
Als Passow seinen ersten Satz entließ – Du bist kein brauchbares Mitglied der menschlichen Gesellschaft –, kroch meine Elephanten-Schildkröte Melmoth aus der Dämmerung des nördlichen Verstecks ans Licht, um sich ihr Nachtmahl abzuholen.
Urgroßvater Iron hatte sie als junges Tier auf einer der Galapagos-Inseln gefangen, sie war die Zierde des Privatzoos von Großvater Edward in England; kurz nach ihrer Ankunft riss ihr ein missgünstiger Mantelpavian das linke Vorderbein ab; ansonsten war Melmoth mit seinen über 120 Jahren ein gesundes und liebenswertes Tier voller Gedanken.
Wenn er kroch, warf er den Kopf zurück und das rechte Vorderbein in die Richtung, in die er strebte; es sieht sonderbar aus, aber wir hatten uns an diesen Gang gewöhnt, Melmoth und ich. Melmoth der Wanderer musste die Kakerlaken-Familien überaus aufmerksam beobachtet haben, denn er teilte mit ihnen diesen wellenförmigen Gang.
Was ist das?, fragte Passow bestürzt.
Eine Elephanten-Schildkröte, sagte ich gleichmütig – und da kommt auch Yvette, genannt nach einer sehr hübschen Nutte aus einer Erzählung von Maupassant.
Passow war irritiert. Irritation ist immer gut.
Arthur, so höre bitte, sagte er, ich habe mir viel überlegt.
Yvette, sagte ich, ist eine Pantherschildkröte; Melmoth und

Yvette sind gute Freunde, sie haben nichts miteinander. Sie kommt aus Äthiopien; hinter den Bildern habe ich ihr eine kleine Savanne eingerichtet. Sie mag Bohnen der Firma Bonduelle aus der Dose, liebt aber am meisten unreife Früchte, wahrscheinlich eine Sache der Erziehung und nicht genetisch bedingt.
Yvette, eine süße Jungfrau, hatte einen herrlichen Buckelschild, der unter der Glühbirne an der Decke glänzte, polierte ich sie doch jeden Abend mit Olivenöl, natürlich kalt gepresst, aus Apulien. Ich reichte meinen Gefährten auf einer großen Platte (Meißen, grüner Drache) Salat, frühe Nektarinen, unreife Pfirsiche und trockene Pflaumen, natürlich ungeschwefelt.
Passow glotzte.
Die beiden Reptilien fraßen manierlich; mit dezenten Geräuschen zermalmten sie ihr Nachtmahl.
Es war eine schöne, paradiesische Stimmung irgendwie. Aber der Tod der Kakerlaken hatte mich mitgenommen; hoffentlich hatten sie noch ihre Eierpakete ablegen können während der Morde. Der Nachwuchs, vor allem der von Hammurabi, würde sich bald an mich gewöhnen, Abfälle gefälligster Art standen zur Verfügung in unserem nun gestörten Habitat.
Die Schildkröten hatten ihre Mahlzeit beendet; Melmoth kaute mit schrägem Kopf liederlich an einem Salatblatt, da sagte Passow plötzlich, er habe Hunger, ob ich nicht eine Kleinigkeit zu essen im Kühlschrank hätte, ein paar Austern oder eine Büchse Kaviar, auch der deutsche Kaviar sei ihm recht.
Ein schmutziger Mond im Segment 12 des Atelierfensters erschien.
Die Schildkröten, sagte Passow, sähen untherapiert und traurig aus.
Sie sehnten sich, erwiderte ich, nach dem Meer und dem freien Himmel.
Einstmals, sagte Passow wehmütig, warst du der positivste Mensch, den ich je kennenlernte. Bevor ich an die Analyse dei-

nes Textes gehe ... gemäß meinem Fragekatalog, muss ich dir eine Bitte vortragen ...
Fasse dich kurz, sagte ich.
Gern, sagte Passow, du weißt doch, dass ich mit einer Deutschrussin verlobt bin, einer schönen, nicht mehr ganz jungen Dame namens Olga –
Soso, sagte ich, ja doch. Gratuliere.
Innige Liebe, viel Sex, aber mit Kondom; da sei jedoch ein Punkt ... eine kleine Misshelligkeit: Sie liebt Hunde.
Ich belehrte ihn darüber, dass die meisten Menschen eine Schwäche für Hunde hegten.
Ja, furchtbar, sagte er. Es sei nun so, dass der Hund, ein Mischling so zwischen Jack Russell und Schweizer Sennhund, im Doppelbett schliefe und sich auch an ihren Mahlzeiten beteiligte.
Wenn der Hund keine Flöhe habe, sagte ich, sei das in Ordnung.
Passow schwieg.
Ich habe eine Abneigung gegen die Probleme fremder Leute.
Der Mond schien in einem anderen Quadranten; im alten Kanonenofen inmitten meiner südlichen Vegetation hinter den Bücherkartons fing die Zikade Lehmann an zu musizieren.
Ich sehnte mich nach meinem einsamen Bett und der Lektüre der Erzählungen von James Thurber, der Hunde geliebt hatte.
Ich war unaufmerksam.
Wiederhole bitte, sagte ich, deinen letzten Satz.
Lass mich, sagte Passow, eine Woche in deinem Gastzimmer wohnen, damit ich Distanz zu Olga und Anton ... Das passende Verb fiel ihm nicht ein.
Ich habe kein Gastzimmer, sagte ich.
Ich zahle Miete, sagte Passow, ich lese dir vor, ich koche, ich putze, ich kaufe ein, ich räume auf; er sei, wie ich aus alten Zeiten wisse, zuverlässig und fleißig – Erinnere dich, rief er, der goldenen Zeiten unserer Jugend... Entsinne dich deiner Positivität, deiner Güte, kurz – habe Mitleid!

Ich dachte an meine Kakerlaken und an eine Sentenz Schopenhauers: Thiere – bewusste Wesen, welche diese rätselhafte Existenz mit uns theilen.
Ich sagte ernst, ich könne ihm nicht aus der Klemme helfen, er möge in ein Hotel ziehen, der Kastanienhof sei ein ganz entzückendes Domizil.
Passow erwiderte noch ernster, früher sei ich der positivste und hilfreichste Mensch der Welt gewesen.
Das sei lange her, sagte ich recht kühl, aber jetzt – seit langem der Status Präsens – sei ich deprimiert und müsse meine Phobien so pflegen wie meine Tiere.
Wie viele es genau seien?

25 Ich glaube, Epiktet sagte einmal, man müsse in einer jeden Lage daran denken, was Sokrates getan hätte. Das hat viel für sich.
Meine Rachegedanken nährten sich regsam.
Im Kühlschrank schlummerte seit Tagen ein Eiersalat mit Avocadofleisch und Bambussprossen, den die Schildkröten verschmäht hatten; das wäre, später, wenn die Zeit reif wäre, ein kleiner Nacht-Imbiss für meinen Gast.
Leider wusste ich nicht genau, wie viele Bakterien notwendig waren, um ihn lahmzulegen; später las ich nach, dass die üblichen Salmonellen erst bei ca. 100 000 Keimen virulent werden, bei EHEC reichen schon 100. Auf Mallorca hatte es vor zwei Jahren 82 Touristen erwischt in einer hoffnungsvoll stimmenden Inkubations-Zeit von Stunden.
Während ich den guten Eugen durch meine verschmierte Ersatzbrille (nichts als Flecken mit Regenbogeneffekten an den Randzonen) betrachtete, überdachte ich mögliche Kombinationen mit Hilfe anderer Viren oder Bakterien. Ich strengte mein armes Hirn an, das bedauerlicherweise keine lückenlosen Daten über Lebensmittel mit überschrittenen Verfallsdaten lieferte.

Im Kopf stellte ich eine Liste auf – Passow hatte mich
A: mit seinem idiotischen Gottes-Erlebnis gelangweilt,
B: mit seinen amateurpsychologischen Blödheiten; hatte
C: meinen teuren Wein vernichtet …
Es war genug.
Ein gewisser Jonathan Cruikshank hatte in *Sensibility and sadism* behauptet, Sadisten seien nur invertierte Sensibilisten; vielleicht hatte er recht. Im Glauben ausnahmsweise einmal fest, baute ich auf Passows Angst und seinen Abscheu vor Dem Tier. Mit wie vielen Tieren – lebendigen – ich im Augenblick traulich zusammenlebte, wüsste ich nicht; da seien die beiden alten Schildkröten, Melmoth und Yvette, der blinde Wright, der alte Yorick und einige Kakerlaken … Die kenne er ja schon.
Passow zeigte keine Reaktion.
Ich fuhr fort – viele Mäuse, eine Kolonie von Ratten, leider keine anderen Nagetiere; wie gern, sagte ich, hätte ich einen Wombat … sodann alle Sorten von Spinnen, gottlob keine Ameisen!
Jaja, schon gut, sagte Passow, er habe jetzt einen Überblick. Arthur, in deinem Text *Panphobie*, da kommt ein H. vor, Atopiker, der auch an einem Rinophym leidet, was immer das ist, war dieser H. eine authentische Existenz oder eine Erfindung?
Was ist schon authentisch hienieden, sagte ich, und er möge auf die Wahl seiner Wörter achten, jedenfalls hier und jetzt. H. sei das verschlüsselte Spätporträt eines alten Freundes.
Ob der sich je von seinen Poly-Allergien erholt habe?
Von Allergien erhole man sich selten oder nie, sagte ich.
Es war still und friedlich bis auf das Rumoren in P.s Magen, es konnten auch Darmgeräusche sein, die da kollerten und gurrten, Borborygmen genannt; ich selbst litt mitunter daran.
Die Höflichkeit ist ein Kunstgriff, den Gegner zu vernichten, sagte einmal ein erfahrener französischer Moralist.
Ich dankte ihm für seine Frage nach der Identität von H., er habe mir damit herrliche Erinnerungen an bessere Zeiten freigesetzt; nach meinem Erlebnisbericht über frühe Allergien in

einer Tierpraxis würde ich ihm mit Vergnügen einen vorzüglichen Eiersalat kredenzen, ja man könne sogar daran denken, eine kleine Imbissplatte zu komponieren, eine Kollation, wie man im 19. Jahrhundert gesagt hätte, Wurst, Käse, Krabben … Ich war die Liebenswürdigkeit selbst.
Bei Aldi hatte ich vor einer Woche einiges Zeug an Aufschnitt im Sonderangebot gekauft; ich selbst ernähre mich aus hygienischen Gründen ausschließlich aus Büchsen …
Vor mehr als dreißig Jahren bat mich Curtius, damals ein ganz normaler Allergiker, seine Praxis für verhaltensgestörte Kleintiere für eine gewisse Zeit zu übernehmen. Diese Verantwortung, Eugen, du machst dir keine Vorstellung.
Das will ich auch nicht, sagte Passow.
Ich sprach mit einem warmen Enthusiasmus.
Passow hob einen Finger aus seinem explorativen Katalog.
Arthur, fragte er, auf Seite 12 deines stark autobiographischen Textes – wie verlief deine Alkoholkarriere? Ich meine Alkohol systematisch einzusetzen, um die eigenen Ekel-Reaktionen herabzusetzen … Du lieber Himmel! Für eine verlässliche Betäubung und Abstumpfung gegen äußere Reize … das ist verrückt, das ist Wahnsinn.
Mag sein, sagte ich, das war in den späten Neunzigerjahren; ich handelte mir bei meiner zweiten Alkoholkarriere einen stattlichen Selbstekel ein. Das sei alles, aber die erste Karriere mit Alkohol sei in der Praxis Curtius reine Notwehr gewesen. Er möge sich die Gerüche vorstellen, die Ausdünstungen der Angst der vielen neurotischen Tierhalter … die vielen Bazillen und die unzähligen Bakterien.
Bitte, sagte Passow, exakte Fragen; exakte Antworten … Wann fing dein Abscheu gegen Menschen an, bitte Ort, Zeit und Konditionen, Genese und Verlauf.
Er hatte meinen Text doch sehr gut gelesen, sonst hätte er seinen Wortschatz nicht so virtuos erweitert, wie aus der schönen Rubrik meines Lieblingsmagazins *Reader's Digest*.

Lieber Freund, sagte ich höflich, ich sei zwar bereit, selbst intime Fragen zu beantworten, aber nur dann, wenn es um Sachverhalte mit einem gewissen Wahrheits-, Empfindungs- und Erfahrungswert gehe.
Auch ihm gehe es um Sachverhalte, sagte Passow, aus diesem Grund müsse er seine Fragen stellen, denn er wolle mir ja nur helfen.

26 In einem seiner Bücher sagt Putnam an einer Stelle (Titel vergessen wie so vieles), dass eine Krankheit ohne die sie zunächst definierenden Symptome auftreten kann; genau das passierte Passow, als ich ihm auf einem Plastiktablett eine kleine Kollation aus dem Kühlschrank kredenzte, reiche Alliteration, ist ein hübscher Zufall, nicht mein Verdienst.
Auf kleinen Tellern mit Goldrand hatte ich Stillleben arrangiert: den Eiersalat, Alter unbekannt, zwei Scheiben Mortadella und ein Stück Brie in einem guten Reifezustand; auf Pumpernickel mit ein paar Einschüssen von Schimmel ruhten kleine Berge Thunfischsalat garniert mit Cornichons.
Passow lobte alles und spülte es mit dem kostbaren Château nach. Leider gehört er zu den Leuten, die pausenlos Kommunikation wünschen, eine widerliche Gewohnheit.
Mit vollem Mund fragte er tatsächlich, welche Personen meines bescheidenen Prosatextes autobiographisch, welche Ärzte oder Analytiker authentisch seien und wer vor allem die Person P. sei, dieser Bursche mit dem Vomitus hystericus.
Das sei niemand anderes, sagte ich, als der Kunstkritiker Pohl aus Kassel, ein streitbarer Mann, aber voller ausgegorener Phobien gegen Künstler, moderne Kunst, gegen Tiere, Blumen und Frauen; da ließ er zu Lebzeiten nichts aus. Sein Ekel war angeboren; schon als Baby gab er geräuschlos alles von sich, womit er gestopft oder getränkt wurde; eine Naturbegabung,

zwangsernährt. Probiere den Eiersalat, sagte ich, eine eigene Komposition.

Später, später, sagte Passow schmatzend; der Kritiker lebe nicht mehr?

Selbstmord, fabulierte ich, durch Alkohol-Abusus; der konsequente Mann wurde kurz nach der Wahl des dicken Pfälzers tot in seiner Wohnung gefunden, beinahe vollständig dehydriert und ausgestunken; ein trauriges Schicksal, aber immerhin selbstbestimmt bis zum würdigen Finale.

Ich empfahl noch einmal den Eiersalat, den er wie die Schildkröten nicht zu mögen schien.

Er könne diesen hypersensiblen Mann gut verstehen, sagte Passow mit zwei Cornichons in den Backentaschen; auch er sei extrem empfindlich, vor allem gegen Hunde, mit denen kein Verkehr wünschenswert sei. Freilich müsse er mit seiner Verlobten Olga Hunde in Kauf nehmen.

Interessiert fragte ich nach der Race, weil ich das besetzte Wort Rasse vermeiden wollte.

Die Race, sagte Passow ratlos, sei schwer festzustellen, ein großes Vieh mit langen schwarzen Zotteln und gelbschwarzen Stirnfransen und hintendran ein struppiger, immer schmutziger Schwanz. Gelbe Augen habe das Vieh, lecke viel sein Genital, und er müsse es mit Olga alle drei Stunden ausführen.

Das hieße ‹Gassi gehen›, sagte ich als alter Kynologe. Ich schlug eine Aversionstherapie vor, Passow lehnte ab und rollte sich Mortadella um die Kuchengabel; den Eiersalat ließ er unberührt, so dass ich meine Hoffnung auf kombinatorische Agenzien setzte, wenn das der korrekte Plural ist.

Das Schlimmste an dem Köter, sagte P., während er über einem Stück Brie meditierte, sei nicht seine Eifersucht oder das ewige Gassi-Gehen, sondern der Gestank aus dem Fang.

Gegen die Kakostomie, sagte ich, empfehle der Ethologe und Verhaltenstherapeut Dr. Phil Benrath regelmäßige Zahnpflege mit Schlämmkreide und einen Zungenschaber; in seinem Stan-

dardwerk *Du und dein Hund* (bei Parey erschienen) beschreibe er im vierten Kapitel exakt alle Verfahrensweisen und Techniken einer rigorosen Zahnpflege.
Soso, sagte Passow, das komme für ihn persönlich gar nicht infrage, ob mein Spezialist Benrath auch ein Mittel gegen den Fellgeruch verzeichnet habe.
Man könne nachschlagen, sagte ich, aber 90% aller Bücher ruhten noch in ihren Kisten; wenn ich einen Rat geben dürfe, könne man den Hund baden und ihn nach dem Bad mit einer starken Lotion einschmieren, vielleicht mit Veilchen- oder Fliederduft.
Passow versank in einen langen oder umfangreichen Gedanken und mümmelte in dieser Sprechpause am Brie. Dann sagte er ruhig, wegen des Hundes leide er auch auf Grund und in Folge der Geruchs-Mixturen unter der Präsenz von Olga.
Ich schlug gemeinsame Vollbäder vor, nur Olga und er, ohne Hund.
Der Hund sei überall, sagte Passow. Es werde auch diese Beziehung so enden wie die Wiener Verlobung mit der geliebten Lenore.
Ich erinnerte mich vage an diese Affäre. Wie endete diese Geschichte?, fragte ich, gute Finale kann man immer wieder hören.
Eines Tages sagte sie zu mir, Eugen, ich kenne deinen Hass auf meine Hunde – es handelte sich um eine Gruppe Schweizer Sennhunde aus einer Engadiner Zucht –, ich müsse mich entscheiden.
Ich entschied mich und sagte: Geliebte Lenore – ich oder die Hunde. Die Hunde obsiegten. Gruppendynamisch gesehen, wäre es auf die Dauer in die Binsen gegangen. Sennhunde haben ein starkes Gruppensensorium; einer muss der Alphahund sein, ich war es nicht. Danach schrieb ich in meinem Liebeskummer einen Liebesroman, in dem der Held –
Bitte keine Inhaltsangabe, sagte ich, iss lieber deinen Eiersalat. Ich will deine baltische Gastfreundschaft nicht strapazieren,

sagte Passow, ich bot das Manuskript dann (mein Gott, ist das lange her) Zsolnay an, der mit einem Formbrief ablehnte, der Roman sei nicht auf der Höhe der Zeit.

Ich habe leider vergessen, was nach der Hunde-Geschichte folgte; es kann der Bericht über eine neue Affäre ohne Hund gewesen sein oder eine mit lästigen Katzen; in jedem Fall, das weiß ich positiv, fragte Passow nach der Figur Finriß, dem großen Diagnostiker, meinem einzigen Idol, von dem ich so viel übernommen habe. Vor allem die Idee, sagte ich leicht belebt (mit Blick auf den verdammten Eiersalat), dass der Ausfall der Funktionstüchtigkeit in der Form einer Allergie ein Zeichen elementarer geistiger Gesundheit sei – ich wollte fortfahren, da fragte P., ob ich nicht ein Mittel gegen Sodbrennen in der Hausapotheke besäße.

Ich ging ins Bad, überließ Passow seinen intestinalen Beschwerden und mixte ein Glas mit essigsaurem Natron.

Das Sodbrennen kümmerte sich nicht um die Gabe.

27 Wie Tournier einmal in der anregenden Zeitschrift *Mind* 1978 schrieb, ist die Kunst der Vorausschau ein untrügliches Zeichen für intelligentes Verhalten. An diesem lapsusreichen Abend (der allmählich in die Nacht überging) ging so gut wie alles schief, weil ich falsch kalkuliert hatte. Aber immer der Reihe nach, Zug um Zug.

Ich hatte mir den endlichen Abgang von Passow einfacher vorgestellt – Übelkeit infolge einer Attacke von Salmonellen oder anderen immer rührigen Keimen, vielleicht Coli oder ein effizienteres Agens: P. wird unwohl, Arthur ruft Notarzt, endlich wieder Ruhe im Karton, will sagen auf meinem Dachboden … Aber er saß immer noch im Edwardschen Ohrensessel, stöhnte und presste unter Wehlauten mit der rechten Hand seinen Bauch; keine sehr reichhaltige Symptomatologie, wie man weiß. Ich fragte vorsorglich, ob ihm übel sei.

Die Antwort war überaus positiv.
Aber ja, und wie!
Ich sagte, ich wolle ihm ein Taxi rufen und sogar bezahlen, trotz meines pekuniären Engpasses.
Nein, danke, sagte Passow und stöhnte. Er schwitzte stark, und Schweiß ist immer ein gutes Zeichen und kann alles Mögliche bedeuten.
Plötzlich fing mein Patient an, stilisiert zu würgen.
Das ist, dachte ich arglos, sehr positiv; hätte er sich erleichtert, könnte er, des giftigen Ballastes ledig, erfrischt in sein Taxi steigen, und ich wäre endlich allein.
Auf dem Schreibtisch im Dormitorium wartete seit Stunden meine Arbeit, vorerst ein Konvolut *Über die Theorie und Praxis des Winterschlafs*, der mir schon immer viel bedeutet hatte. Großvater Edward nahm seinen Winterschlaf ab 1891 – (ein trübes Jahr insgesamt, was die Fakten betrifft: Gontscharow, mein russischer Lieblingsschriftsteller, stirbt, Maupassant wird wahnsinnig, nachdem er in zehn Jahren – wie mein altes Lexikon treuherzig angibt – 300 Novellen geschrieben hatte. Wer würde da wohl nicht wahnsinnig) – ein jedes Jahr am 15. Dezember, um dem unerträglichen Weihnachtsfest zu entgehen. Mir persönlich war ein wahrer Winterschlaf bislang noch nicht gelungen; der Tag wird kommen, wie John Wayne in *Rio Bravo* zu Robert Mitchum sagt.
Es ist ein untrügliches Zeichen früher Demenz oder der Präsenilität, dass ich nicht bedacht hatte, wie unzuverlässig der Transfer von Bakterien ist, mag der Eiersalat noch so verseucht sein; und noch ein Denkfehler verfolgte mich damals. Ich hatte nicht korrekt berechnet, dass Passow a) Resistenzen entwickelt haben könnte und b) der Eiersalat nicht kontaminiert war. Lapsus nach Lapsus.
Ich bat ihn, sich männlich zu erleichtern, ob ihm ein Eimer recht sei. Er würgte stumm und sagte, er halte es schon noch aus, es gehe bald vorüber.

Da schöpften wir Hoffnung.
Als der liebe Freund, der mich hoffentlich bald verlassen würde, abermals ohne Resultat würgte (vielleicht deshalb, weil der Eimer noch nicht Reichweite war), wurde es langweilig für mich so ohne positiven Verlauf. Ich hielt ihm Yoricks Katzenklo unter die Nase, in dem zwei wie Brezeln geformte, sandfarbene Würstchen lagen. Die Rechnung ging auf; bei Gott oder Hippokrates, der Vomitus ist ein Reflex. Der individuelle Geist kann nichts gegen ihn unternehmen.
Man muss den Vomitus, also das Kotzen, nicht unter allen Umständen interpretieren; wenn der Mensch sich von innen heraus reinigt, ganz und gar purifiziert durch diesen Akt, kann er sich schneller erholen. Das ist in nur manchen Fällen positiv.
Die entsetzlichen Geräusche Passows, als würde er gehäutet wie der heilige Pelagius, hatten meine Tiere aus Dschungel und Savanne gelockt. Die Schildkröten krochen gemächlich heran, Melmoth mit Yvette, Yorick erwachte auf dem Sekretär von Roentgen, hob die Nase und suchte mit einem eleganten Sprung das Weite, der Ara schrie Unflätiges, war aber wegen seiner Erregung zu keinem vernünftigen Sprechakt fähig.
Ich verstand sie. Es war der Geruch, es war der sublime Geruch von Krankheit, der sie affizierte.
Ich entsorgte, wie man neudeutsch sagt, die Klosettschüssel im Badezimmer mit zwei Mentholstöpseln in den Nasenlöchern – genug Tortur.
Als ich zurückkehrte, saß Passow entspannt auf seinen Hinterbacken. Mein Nervensystem, wenn man das als System betrachten kann, war ernsthaft angegriffen. Ich verfluchte die Unzuverlässigkeit der dummen Salmonellen (oder Coli) und betete um die späte Epiphanie von EHEC.
Mir geht es, sagte er, wieder besser. Danke für deine Hilfe.
Ich resignierte nicht. Dein Magen, sagte ich überlegen, muss sich wieder erholen, vor allem die Schleimhäute, so ein Vomitus greife vor allem die Speiseröhre an, und ich wolle ihm

meine Universalmedizin reichen, dann könne er sofort ein Taxi nehmen, um sich vollständig zu Hause zu regenerieren.
Danke, sagte er, du hast deine Positivität und Humanempathie noch nicht verloren.
Da entschloss ich mich zum letzten Coup.

28 Vor 29 Jahren hatte mir ein anderer Freund, Vadim (inzwischen tot, Koronarthrombose), einen Brief geschrieben, den ich wie ein Attest in meiner Brieftasche hütete. Unter anderen, weniger bemerkenswerten Passagen über seine speziellen Leiden mit einer kapriziösen Dame hatte er geschrieben:

> Lieber Arthur, nimm es mir nicht übel, wenn ich Dir sage, dass ich Dich für komplett verrückt halte, natürlich nicht in einem streng klinischen und damit therapierbaren Sinn. Ich weiß nicht, woher Du die Kräfte beziehst, Dir unaufhörlich neue, immer wieder wechselnde Aktualneurosen zu leisten; normale Individuen wären längst an Erschöpfung eingegangen.
>
> Da ist Deine manische Tierliebe, typisch ist das Äquivalent: Dein Menschenhass als würdiges Komplement, natürlich versteckt, larviert; Du zeigst ihn nicht demonstrativ, darin besteht Deine höhere Schlauheit. Du hast Angst vor starken Frauen, bei Dir gut getarnt in charmanten Formen der gleichfalls larvierten Misogynie ... Ich will nun beileibe keine Hyperinterpretation leisten, das käme mir als Freund nicht zu, aber bedenke bitte immer mal wieder, auf welche Weise Du Dein Leben vergeudest!
>
> Du kultivierst egoistisch und egomanisch Deine Neurosen und Phobien unter dem Deckmantel der Hypersensibilität, wieder ein Modus der Larvierung!
>
> In Wahrheit, dies bemerke ich aus klinischer Sicht, bist Du gefühlsblind, Du leidest (oder eben nicht!) unter einer Alexithymie, ein inzwischen weit verbreitetes Phänomen.

Ich möchte meinen kleinen Exkurs schließen.

Aus Dir wäre ein leidlich guter Schriftsteller geworden, wäre da nicht Deine elementare Antriebsarmut; Du wärest ein guter Maler geworden, dito.

Ich bitte Dich, höre endlich auf, deine krankhafte Idee zu pflegen, alles auf der Welt sei absolut sinnlos; übrigens kein origineller Gedanke.

Gehe hinaus in die Welt, Arthur, engagiere Dich, sei tätig.

Ich sage mit Plinius: Nulla dies sine linea!

Dein Vadim.

PS.: Sollten sich Deine ‹Leiden› verschlimmern, wende Dich an meinen Freund Dr. Spoerri in Davos, der ein guter und kompetenter Psychiater ist.

Vadim hatte so unrecht nicht, überschaute aber damals nicht alle bestellten Felder meiner wohl angeborenen Indolenz; dennoch, der Brief ist ein kostbares Dokument und wird immerdar in meiner Brieftasche nahe dem Herzen ruhen.

Die Linie war klar; Plinius hatte recht.

Vor wichtigen Entscheidungen pflege ich dieses von ernsten Vorhaltungen strotzende Billet zu lesen, Labsal und Trost zugleich. Ich mixte für Passow meinen Ultimativen Cocktail.

29

Der Singramsche UC in seiner magischen Zusammensetzung ist stark, wohlschmeckend und identitätsstiftend; man verträgt ihn, oder man verträgt ihn nicht, tertium non datur. In meinen besten Zeiten wurden viele Patienten von ihren diffusen Leiden damit kuriert. Einmal sogar eine griesgrämige Dogge, deren Gemüt durch ungute Erlebnisse in Kindheit oder Adoleszenz verdüstert war; diese Dogge (sie hieß Hilda) biss wahllos Damen und Herren in den Hintern, verschmähte aber Kinder und andere Hunde.

In meinem Lieblingsmixer aus Titan dosierte ich in Maßen

Eierlikör, Maggi und Cayenne-Pfeffer, füllte mit Strohrum (Inländer, 80%) kräftig auf und krönte die Kreation mit einem Tröpfchen Angostura.
Passow saß immer noch im Ohrensessel, als habe er sich für die Ewigkeit eingerichtet; die Sache musste ein Ende haben. Ich reichte ihm die Mixtur in einem hohen Weißbierglas.
Trink, sagte ich, und du wirst gesund.
Was ist das?, fragte Passow.
Ich sagte, es handele sich um ein die Schleimhäute purifizierendes Mittel von milder Kraft und elementarer Wirkung.
Nun gab es zwei Optionen. Entweder schwanden ihm die Sinne, und ich konnte endlich den Notarzt kommen und P. entfernen lassen – oder er genas spontan, dann sollte er stante pede verschwinden.
Auf die Dogge Hilda hatte mein Mix eine vorzügliche, positive Wirkung gehabt; nach der Applikation nicht ohne Gewalt sprang das Riesentier mit allen vier Pfoten in die Luft, keuchte und spuckte ein bisschen, war aber ab dato von sanfter Wesensart, wie es in der psychopopulären Literatur heißt.
Passow stürzte das Zeug mit einem guten Zug, auch er keuchte, die Augen quollen ihm aus den bleichen Höhlen, und als er ohnmächtig im Sessel hing, rief ich den Notarzt.
Nun, dachte ich erleichtert, würden sich kompetentere Leute als ich um den Patienten kümmern.
Während ich wartete, lag Passow in gefälliger Pose – räudiger Löwe, schlummernd in der Manier von Kobell –, die Tatzen auf dem Bauch und mit leicht geöffnetem Mund, aus dem seine belegte Zunge hing. Ein friedfertiges Bild.
Ein schmutziger Mond wanderte zwischen weißen Wölkchen; meine Mitbewohner schliefen, leider und für alle Ewigkeit auch meine Kakerlaken. Durch P.s Mord an den geselligen Insekten war der Tod in mein Domizil gezogen.
In seiner Brieftasche fand ich eine Visitenkarte –
Eugen Passow, Trauerbegleiter.

30 Ich versüßte mir die Wartezeit mit der Lektüre von Prentice Mulford (*Der Unfug des Sterbens*) mit dem Kapitel Positive und Negative Gedanken und fand wie schon oft nur wenig Trost.
«Wir geben oder empfangen unaufhörlich geistige Elemente, wir sind wie eine elektrische Batterie, die Kraft entsendet und dann frisch gespeist werden muss.»
Auch ich wollte frisch gespeist werden; mein Schädel brummte vor negativen Gedanken und Impulsen in unüberschaubarer Menge.
Dann erschien, ich ziehe meine Notizen zu rate, eine Dame, SIE, will sagen, es klingelte kurz, und ich öffnete die Tür, aber statt eines athletischen Doc, der meinen Gast mühelos würde abschleppen können, trat Frau Dr. Beatrice Margoti ein, eine zierliche Schönheit mit braunen Augen.
Und wo, fragte sie, ist der Patient?
Ich zeigte stumm auf Passow.
Mein Faible für schöne, kleine und brünette Frauen mit braunen Augen gehörte von jeher in den Tresor der vergeblichen Begierden; sie waren nach meinen Erfahrungen arrogant, unnahbar und gegenüber leptosomen Zwergen nicht sehr aufgeschlossen, um mich vorsichtig auszudrücken.
Sie inspizierte mit kritischen Augenbrauen und leicht gerümpfter Nase (sehr aquilin wie bei einer venezianischen Prinzessin) das Tableau, also die fünf leeren Flaschen auf dem Messingtisch, das geleerte Weißbierglas mit dem Rest des trüben Spezialelixiers, an dem sie sehr kurz schnupperte; – ich hatte den Eindruck, sie flehmte wie eine Katze, die sich ekelt, ja sie roch sogar an Passows offenem Mund und warf mir einen scharfen Blick zu.
Dann entspann sich die folgende kurze Unterhaltung, eine Art Pingpong-Spiel mit Miniaturbällen.
Alkohol-Abusus, sagte sie.
Salmonellenvergiftung, sagte ich.

Ach was, sagte sie, Abusus, absolut klar.
Botulismus, sagte ich.
Blödsinn, sagte sie voller Energie.
Verdorbener Eiersalat, sagte ich verzweifelt.
Sie drückte mit dem rechten Zeigefinger in Passows Sonnengeflecht, und meinem kranken Gast entfloh ein tiefer Rülpser, so recht von Herzen.
Hat schon vomitiert, sagte ich hilfsbereit. Sie musste ja zu einer korrekten Diagnose kommen.
Gutes Zeichen, sagte die Margoti, dann sei ja alles draußen.
Passow stieß wieder auf und machte dann unappetitliche Schmatzgeräusche mit den Mundwerkzeugen.
Bestimmt nicht alles, sagte ich.
Sie zog Passows linkes Unterlid herunter.
Alles paletti, sagte sie, der Mann müsse nur seinen Rausch ausschlafen.
Voller Hoffnung wiederholte ich wie ein Idiot meinen Salmonellenverdacht, ein bisschen E. coli-Infektion, nein?
Nein, sagte sie, das wären andere Symptome … aber der Herr müsse in eine horizontale Lage gebracht werden, ob ich denn irgendwo ein freies Bett hätte?
Ich war, das wusste ich, mitten in einem Impass, wie der Kenner zu sagen pflegt.

31

Ich resignierte.
Ich habe mich noch nie gegen Frauen wehren können.
Passow würde mein Heiligtum schänden, mein Dormitorium, meine kostbare, erlesene Winterschlaf-Versuchsanstalt, meinen herrlichen Locus amoenus, mein mit Kork gepolstertes Schlafzimmer, in dem mein Stryker-Bett stand, eine schöne Konstruktion von Schlafstätte; mit einem sinnreichen Hebel-Mechanismus konnte man die Matratze wenden für jede Saison.
Wir fuhren den Ohrensessel mit dem schlaffen Sack Passow

durch die Westpassage zum Schlafzimmer; Großvater Edward hatte die Löwentatzen mit Gummirollen ausgestattet. Ich dankte Edward in Gedanken; was für ein vorausschauender Geist.

Die Ausstattung des 30-qm-Raums war schlicht, aber extrem zweckmäßig. Ich legte rasch eine alte, aber saubere Patchwork-Decke über das Bett, dann hievten wir den Schläfer mühsam in die horizontale Lage, die für seinen Zustand günstig war; und da lag er nun auf dem Rücken wie ein Toter, die Hände schlaff über den Genitalien.

So ein Schlafzimmer ist ein intimer Raum.

Frau Dr. Margotis Blicke wanderten; man hörte keinen Laut.

Ich dimmte die Nachttischlampe, um mein entweihtes Bett mit dem alten Sack nicht mehr zu sehen.

Gegenüber dem Bücherregal hing ein großes Blatt (Fabriano-Papier), in Format 60 x 70, auf dem ich die Winterschlafzyklen aller animalischen Schläfer gezeichnet und coloriert hatte, vom Grizzly bis zum Siebenschläfer.

Über dem Schreibtisch klebte ein anderes Blatt, gemalt von Sonja B., auf das sie alle Blumen und Pflanzen für die Bachblüten-Therapie gemalt hatte, von Agrimoni (oder Mennig) bis Willow (Weide) entsprechend den 38 vom genialen Dr. Bach (1886–1936) erfundenen Zuständen, von denen die meisten absolut trivial sind. Schöne Blüten der Befindlichkeit waren verzeichnet, z. B. seelische oder körperliche Erschütterung – dagegen empfahl der Doktor den Star von Bethlehem (Doldinger Milchstern).

Unter dem Schreibtisch hinter einem Gesundheitsstuhl entdeckte ich zu meiner Pein die geöffnete Holzschatulle, das Bachblüten-Set, ein Geschenk der Malerin und Heilpraktikantin Sonja. Die Verschlüsse der Fläschchen mit den Blütenessenzen sahen aus wie große rosige Brustwarzen.

Die Margoti war wohl irritiert, benahm sich aber ungeniert und betrachtete meine Exponate und Souvenirs mit diskreter Miene.

Soso, sagte sie, Bachblüten.
Die Hinterlassenschaft einer alten Freundin, sagte ich.
Ich hoffe, sagte Frau Dr. M., Sie glauben an diese Essenzen, wenn nicht, wirken sie nicht. Sie gehen zu Heilpraktikern?
Ich bin, sagte ich mutig, Heilpraktiker und Ethologe … per Fernstudium, lange her.
Ach so ist das, sagte die schöne Frau, das erkläre alles.
In meiner Praxis für verhaltensgestörte Kleintiere, sagte ich, tonisierte ich so manches niedergeschlagene Kleintier – Mäuse, Ratten oder Hamster mit Hilfe von Mimulus- oder Restchutnut-Extrakten.
Was Sie nicht sagen, erwiderte die Margoti.
Mein Vater, sagte ich, Max Singram, der Tiermaler … Sie werden ihn vielleicht dem Namen nach kennen, machte 1932 in der Grafschaft Oxfordshire die erfreuliche Bekanntschaft mit Dr. Bach.
Erzählen Sie mir mehr, sagte sie.

32 Während einer Stippvisite in Berlin hatte Dr. Edward Bach aus Oxfordshire den Porträtisten Max Singram bei einer Abendveranstaltung russischer Emigranten am Nollendorfplatz kennengelernt; unter dem Einfluss von Wodka verliebte sich Bach in Singrams Frau Helene, eine kleine, etwas anämische Schönheit, die gerade ihre Dissertation über Englische Tierdichtung abgeliefert hatte.
Ein Atelierbesuch folgte am nächsten Tag, Bach gefielen Singrams Arbeiten im veristischen Stil der sog. Neuen Sachlichkeit. Der englische Arzt wünschte ein Porträt inmitten eines Ensembles von Steckginster (gorse) und schottischem Heidekraut (heather).
Singram lehnte ab, weil er ausschließlich Porträts von Tieren und nur ausnahmsweise auch solche von Leuten der Upper Ten herstellte, Kammersänger Leo Slezak z. B., Graf Balints Tochter im Negligé oder die entzückende Tochter Arthur

Schnitzlers, Lily Schnitzler; das war sein Arbeitsmaterial und nicht ein Arzt aus England mit obskuren Ideen über Bachblüten-Konzentrate für oder gegen missliche menschliche Befindlichkeiten psychischer Natur. Doch Bach war hartnäckig. 1000 Pfund, sagte er bei seinem zweiten Besuch, Helene wieder abwesend. Singram, der meist lieber im Schatten junger Mädchenblüte malte, lehnte abermals ab.
Die sonst tückische Tyche bescherte Bach einen hübschen Zufall. Maler Max S. hatte sich in eine russische Athletin verliebt, Madame Nazimowa, eine schwarze Schönheit, die häufig in *Die Dame. Journal für den verwöhnten Geschmack* in sportlichen Posen zu bewundern war, einmal ganz unwiderstehlich, stehend im Profil und die Arme mit schwarzen Hanteln definierend. So wollte sie Singram malen, wie er Bach erklärte, mit den schwarzen Hanteln, aber nicht im Profil, sondern en face auf samtgrauem Hintergrund.
Leider verliebte sich Madame Nazimowa in die schöne Ballettratte Nijinsky oder seine Hasenpfote, die er im Schritt deponierte; aus der Sache wurde nichts; Max Singram suchte ein Gefühl heim, das der Befindlichkeit Nummer 27 des Bachschen Musters entsprach – Seelische oder körperliche Erschütterung noch nicht verkraftet, ein Zustand, der den Doktor entzückte.
Der umsichtige Arzt mixte die zu No. 27 passende Essenz, in diesem Fall Star of Bethlehem (Doldinger Milchstern), und wie der Maler konstatierte, verschwanden alle Liebes-Symptome binnen einer Woche, und er konnte sich auf die nächste Aufgabe vorbereiten – das Porträt (im Profil) von Alma Mahler-Werfel, einer majestätischen Frau.
An der Blüten-Therapie, sagte Singram zu seinem Ateliergast, ist was dran, mein Lieber. Wie ich Ihrem Prospekt entnommen habe, etablieren Sie 38 Zustände oder Schemata, von denen die meisten für mich zu simpel sind. Wir komplizierteren Naturen laborieren an ganz anderen Befindlichkeiten, Störungen und Irritationen, von denen der normale Sterbliche nichts weiß. Ich muss jetzt frei-

lich die Große Dame aus Wien porträtieren, und das wird schwer. Wie soll man bei diesen riesigen Nasenlöchern und bei einem Kinn, mit dem sie vielleicht Nüsse für Franz Werfel knackt, ein schmeichelhaftes Porträt malen, wo ich doch dem veristischen Flügel des Neoklassizismus verpflichtet bin. Sollte ich diese Aufgabe mit Triumph erledigt haben, eine Aufgabe des Prometheus würdig, werde ich mit einigen noch nicht numerierten Zuständen individueller Befindlichkeiten nach England kommen, und ich werde Sie voller Freude und Elan unter Ulmen malen.

Was meine Gattin Helene betrifft, übrigens eine geborene Aschrath-Borg aus Riga, so kann ich Ihnen keine Hoffnungen machen, sie gibt sich nur ‹geistigen› Männern, d. h. ‹arischen› Herren, hin. Als Antisemitin präferiert sie Offiziere, mitunter erhört sie auch mittelmäßige Dichter; schrieben Sie Gedichte über Blumen und Insekten, könnten Sie bei meinem baltischen Eichkätzchen – kalt wie ein Fisch – reüssieren, aber Sie werden nicht viel Vergnügen haben.

Ich denke, ich bin ein geistiger Mensch, sagte Dr. Bach.

Das könne er nicht beurteilen, erwiderte Singram, und sie, sein Eichkätzchen, wisse am allerwenigsten, was ein sog. geistiger Mensch sei.

Darauf schlug Dr. Bach geistesgegenwärtig eine seiner Blütentherapien aus einer der 38 potentiellen Befindlichkeiten vor.

Ach wissen Sie, sagte der Maler, meine kleine Gattin konsultiert seit Jahrzehnten eine Unzahl von Ärzten aller Art wegen einer Unzahl diffuser Beschwerden, die sie partout nicht verlassen wollen, so dass sie Ärzte schon lange nicht mehr zu der Klasse ‹geistiger Menschen› zählt.

Bach dankte Singram für das ‹allzu veristische Porträt› von Helene, hinterließ seine Visitenkarte und reiste wieder nach Oxfordshire ab.

Alma Mahler-Werfel schrieb aus Wien eine Postkarte:

Lieber Meister Singram,

Das Wehen der Neuen Zeit verlangt nach Reinigungen.

Die Villa Moll wird renoviert, was viel Seelenkraft abverlangt.
Die Ihre – Alma M.-W.

Sie ließ sich dann, wie Singram später erfuhr, von dem damals bekannten oder berüchtigten akademischen Maler Prof. Essenther in lichten Farben aquarellieren.

Das Bild heißt *Morgenröthe*.

Als sich Helene, meine gute Mutter, in einen Assistenten von Prof. Magnus Hirschfeld verliebte, dem Gründer des Institutes für Sexualwissenschaft, verließ Max Singram Berlin und besuchte, bewaffnet mit seiner Reise-Staffelei, Dr. Bach in Oxfordshire, um den ingeniösen Blüten-Apostel zu porträtieren.

Meine Mutter fand auf ihrem Nachttisch eines Morgens folgendes Billet:

Liebste Helene,
bin eine Zeit lang in England. Hoffentlich erfindet dein Sexualwissenschaftler aus dem brillanten Institut Griffe, die du noch nicht kennst.
Max.

Leider hieß der neue Geliebte nicht Egon, sondern Elias, wie meine bedauernswerte Mutter entdecken musste, wie auch im Morgengrauen eines Stundenhotels am Savignyplatz die Tatsache, dass er beschnitten war; sie war so entsetzt, dass sie sich beinahe das Leben genommen hätte, aber sie lernte rechtzeitig Waldemar Bonsels kennen, den Verfasser der *Biene Maja*, einem Kinderbuch, in dem das liebe Vieh verständig, aber naiv parliert. Wäre ihr Suizid gelungen, ich weilte nicht in diesem Jammertal; keine Ahnung, ob Dankbarkeit dann eine Option wäre.

Singram quartierte sich in Oxfordshire in einem kleinen Gasthaus ein und hielt täglich zwei Stunden, niemals mehr, Sitzungen mit Dr. Bach ab. Wenn er malte, hielt er alle Fortschritte mit penibler Schrift in seinem Tagebuch fest –

21. Februar (des Berichterstatters späterer Geburtstag)
Bach ist freundlich, hat aber als Sujet unverhältnismäßig

große Ohren; wegen Haarausfalls ist seine Stirn hoch. Schlug vor, ihn mit Hut zu malen, aber er will ein wahrheitsgetreues Bild, was immer das in der Malerei bedeutet. Während der Sitzungen auf der Veranda – wegen des Lichtes – extemporiert er über seine merkwürdig blumigen Ideen. Erinnert ein wenig an den alten Hahnemann und seine homöopathischen Rezepte im Organon. Was die Erfolge mit ihren Konzentraten oder Verdünnungen betrifft, sind sich die beiden Scharlatane ähnlich – das Zeug, das sie da applizieren, nützt nichts, schadet aber auch nicht. Mehr kann man nicht verlangen.

Seine Reaktionschemata oder -muster (er nennt sie Gefühlsreaktionen) sind denkbar simpel ausgedacht und erinnern mich an die trivialen Fragen lebensdüpierter Leser an einen Briefkastenonkel einer Zeitung – so verschreibt er gegen *Schnell entmutigt, enttäuscht oder niedergeschlagen* Herbstenzian!

Mein lieber Bach, sagte ich eines Tages, Sie sollten einmal in einer ruhigen Stunde Ihre 38 Posten von Befindlichkeiten überprüfen und neu formulieren. Wir leben in Zeiten, die uns Schmerzen und Leid und Schlimmeres bescheren werden, gegen die kein Kraut gewachsen sein wird.

Sie haben recht, sagte der Doktor, die 38 Indikationen – *‹wenn das der Fall ist, nehme man›* – seien noch sehr vorläufige; er habe in Berlin, inspiriert durch sein Attachment an Helene (er bitte um Pardon), eine neue Rubrizierung in sieben Stufen etabliert – in der gefälligen Form von Gefühlsgruppen –:

Angst
Einsamkeit
Gleichgültigkeit gegenüber der Umgebung
Niedergeschlagenheit oder Verzweiflung
Überempfindlichkeit und fehlende Abgrenzung
übermäßiges Engagement für andere
Unsicherheit

Ich malte gerade sein linkes Auge, das groß und dunkel auf mir ruhte.

Das Terrain der Empfindlichkeiten oder Beklemmungen sei unüberschaubar groß, so dass es vielleicht besser sei, eine komplette Symptomatologie zu verfassen über Krankheiten, ihre Symptome und die auf der verlässlichen Grundierung ihrer Substitutionen.

Bach griff diese meine kleine Kritik so an, dass er sich zurückziehen musste.

Ich ging spazieren; in dieser Gegend regnet es unaufhörlich, ist der Regen erschöpft, kommt Nebel auf. Beinahe wäre ich in einen grau-grünen Fluss gefallen.

Bei der nächsten Sitzung nahm ich mir die Ohren vor, die ich aus Höflichkeit kleiner machte.

Erst die Theorie, sagte ich, dann die Praxis, und er solle immer an den Dr. Freud denken.

Ja, Gott, ja, Freud, sagte er seufzend.

Ich entschloss mich zu einem Experiment. Er trug einen weißen Internistenkittel, und ich arbeitete an den Falten.

Mein bester Doc, sagte ich am Vormittag, ich falle mitunter und sehr plötzlich ohne erkennbaren oder ersichtlichen Grund in eine tiefe Traurigkeit, wie in einen Sumpf – was wäre in diesem Fall indiziert?

Wilder Senf, Mustard, sagte Dr. Bach prompt.

Das Konzentrat schmeckte angenehm neutral.

Spüren Sie, fragte Bach am Nachmittag, eine Wirkung?

Nein, sagte ich wahrheitsgemäß, nicht die geringste.

Dann helfe nur eine Dosis kombinatorischer Konzentrate, sagte Bach. Er mixte aus den sieben Elementen unter dem Rubrum *Niedergeschlagenheit oder Verzweifelung* crap apple, elam, larch, oak, pine, Star of Bethlehem, sweet chestnut und willow, das ganze Zeug wächst am Ufer des Flusses hinter seinem Haus.

Verbesserung des Zustandes, fragte Bach am nächsten Vormittag.

Nein, keine, sagte ich.

Das liege daran, sagte der Doc streng, dass ich nicht an die Blüten glaubte, und glauben müsse man.
Zeit, das Kapitel mit den Bachschen Blütenträumen abzuschließen.
Kurz vor Abreise, Regen unerträglich. Das Bild – *Porträt eines englischen Landarztes* – steht in meinem kleinen Atelier, das nur durch eine Doppeltür (natürlich verschlossen) von dem Ordinationszimmer getrennt ist.
Beim Reinigen der Pinsel hörte ich die folgende Unterhaltung des guten Doc mit einer jungen Dame namens Jane Baxter. Sie leide unter ihrer Reizlosigkeit allgemein, leider auch an einem Knochenhöcker auf dem Nasensattel – sehen Sie, Doctor Bach, drei Verlobungen erlitten Schiffbruch ... So gehe es nicht weiter, help me, please, Doctor.
Ich weiß nicht, ob Bach jemals irgendwelche Zweifel an diesem intuitiv erfundenen Blüten-Mix hatte; in diesem Fall hätte er sie hegen müssen, denn der jungen Dame wäre nur mit einer mutigen Amputation zu helfen gewesen.
Aber Bach sagte in grenzenloser Überschätzung seiner geliebten Konzentrate: der Höcker, freilich unschön, sei lediglich ein vorübergehendes Phänomen, das infolge von Stress entstanden sei – geplatzte Verlobungen ... vergebliche Hoffnungen, tragische seelische Stimmungen, Herzklopfen, kurz Stress auf der ganzen Linie. Er verabreichte dem Knochenhöcker (beeindruckend, wie ich durch die Jalousie sah) eine Flasche Rescue-Tropfen korrespondierend mit einem Antistress-Konzentrat Gelbe Weide (willow). In zwei Tagen sind Ihre seelischen Kräfte wieder regeneriert.
Sie ist, sagte er befriedigt zu mir, ein schönes Kind ... der Mund ist schön, ihre Augen haben Glanz. Es ist nur ein ganz kleiner Höcker. Zum Abschied sagte er: Liebes Fräulein Baxter ... bald werden Sie Ihre innere Schönheit wiedergefunden haben ... Ihr Teint wird sich rosig färben, Ihre Lippen werden schwellen und Ihre Wangen sich fär-

ben ... es liegt alles nur an Ihrem mangelhaften Selbstwert-Gefühl.
Nach zwei Tagen erschien die junge Baxter – ich fertigte gerade mit Rötelstift die Zeichnung eines schneeweißen Kätzchens an –, und ihr Tonfall war ruhig und absolut stresslos.
Dr. Bach, sagte sie, ich habe Ihr Rescue-Zeug genommen, wie Sie sehen, hat es weder genützt noch geschadet, mehr kann man von einem Medikament nicht verlangen. Sie sind ein Scharlatan.
Dann hörte ich den Doc schreien, und die Patientin verließ ohne Eile den Ordinationsraum.
Der Doc lag gekrümmt auf dem hellen Linoleum, stöhnte und machte einen ungünstigen Eindruck.
Mit dem rechten Knie, sagte er, genau in die Testikel.
Gegen diesen Stress trank er drei kleine Flaschen Rescue drops (Erste Hilfe) mit dem patentierten Verschluss aus rosigen Brustwarzen, gegen die Schmerzen in den Genitalien schluckte er zwei Tabletten Aspirin mit Wasser; er war ein durchaus pragmatischer Mann.
Mein lieber Doktor, sagte ich, die Blüten-Therapien mögen für banale Fälle leichter psychischer Desorientierung gut sein, aber nicht für Nasenhöcker auf jungen Frauen.
Die kleine Baxter, sagte Bach milde, tanze wie ein Korken auf dem unersättlichen Meer der Hormone.
Sie sollten ganz andere Krankheitsbilder erfinden, sagte ich. Ein Dr. Seeliger aus Berlin habe mit dem Besitzer einer pharmazeutischen Fabrik fusioniert – der Mediziner erfinde mit viel Elan und Phantasie neue Krankheiten, der Fabrikant die Medikamente gegen die Krankheiten; es lag in der Natur der Sache, dass der Chemiker ein neues Medikament erfand, für das es noch keine Krankheit gab, da musste sich der Mediziner sputen. Bach bat um ein Beispiel.
Gern, sagte ich. Im Augenblick, will sagen vor drei Monaten, glaubte Dr. Seeliger eine Erkrankung in der Adoleszenz dia-

gnostizieren zu können – die Dementia praecox; er sagte sich, wenn es eine Ejaculatio praecox gibt, dann gibt es auch Ausflüsse jugendlichen Schwachsinns ... Die Chemiker forschen intensiv an einem Präparat gegen diese Möglichkeit – Dementia praecox juvinilis, über die der Dr. Seeliger einen gelehrten Artikel in einer medizinischen Wochenzeitung veröffentlicht hat. Die Untersuchungen sind aber noch nicht abgeschlossen.
Bach war ratlos.
Ich weiß nicht, was ich von dieser Sache halten soll, sagte er, sie sei irgendwie unredlich und betrügerisch.
Mein Lieber, sagte ich (immer noch kurz vor der Abreise, die nicht recht zustande kam – hätte ich sie nur auf immer verschoben), Sie sind, wie ich Ihrer Vita entnahm, Physiker, waren Bakteriologe und Pathologe und sind jetzt ein Avantgardist der floralen Version homöopathischer Fortschritte – was sollen da die Skrupel.
Bach seufzte und sagte, Hindenburg sei Reichspräsident geworden. Ich solle mir doch sehr überlegen, ob ich nicht in Oxfordshire meine Zelte ...
Vorher müsse ich zurück nach Berlin, sagte ich.
Hätte ich gewusst, dass mein Großvater Edward ein Jahr später überraschend in seinem Bett sterben würde, wäre ich geblieben; aber die Determinanten des Zufalls lassen sich schwer voraussehen.
Oxfordshire im Nebel, kein heller, leichter Nebel wie auf den Bildern von Lorrain, vielmehr ein feuchter, grauer, kompakter Nebel, der die Sinne betäubt.
Ich will nicht in England bleiben, ich will aber auch nicht nach Berlin. Ich will gar nichts; die Malerei – vor allem Porträts von irgendwelchen Leuten – geht mir maßlos auf den Sack, um es vulgär zu sagen, die Berliner Gesellschaft ödet mich an, die Kunst allgemein, die Sezessions-Allüren, die tausend dummen Rituale der Geselligkeit – muss noch mal Bach sprechen. Ein Tag vor der Abreise nach Berlin.

Den Doc konsultiert; hatte ihm ausführlich erklärt, dass ich an einem veritablen Anfall von Schwermut laboriere, er verabreichte mir Rescue-Tropfen und Aspirin, dann gingen wir sein Porträt betrachten.
Sehr düster, sagte Bach.
Das sei so gedacht, sagte ich, der Nebel sei schuld und meine momentane Stimmung.
Kein Grund für Düsternis, sagte Bach. Er habe auf dem Porträt das Gesicht eines Vogels.
Das sei, sagte ich, der Einfluss des Studiums der Tier-Physiognomik De la Portas und Charles le Bruns, er habe Ähnlichkeit mit einem Käuzchen.
Wie sich dieses Porträt mit meinen Talenten als bedeutender veristischer Maler vertrage?
Überhaupt nicht, sagte ich, das sei ja die Pointe.
Bach als Käuzchen hatte einen wehen Zug um den Schnabel; das rechte Auge war größer als das linke; schöne, sorgsam mit Dachshaarpinseln gemalte Details, die er wohl bemerkte. Des Käuzchens Imago von Edward Bach leide unter Albträumen, sagte ich, das könne man den Augen ablesen; die Trauer um den Schnabel seien Symptome für innere Leiden, vielleicht Vorahnungen letzter Flüge in die Nacht.
Bach gefiel das Bild schon ein bisschen besser. Ich habe meinen Schülern in der Kunstakademie immer wieder eingeschärft, wie wichtig eine emphatische und kühne Interpretation der eigenen Bilder ist, sollte der Rezipient die Intentionen des Künstlers nicht kapieren.
An einem Fuß, sagte Dr. Bach, trage er Schaftstiefel, der andere Fuß sei nackt. Warum?
Das sei symbolisch gemeint, sagte ich; den Schaftstiefeln gehöre die Zukunft.
Bach war bestürzt.
Was der nackte Fuß zu bedeuten habe mit den einwärts furchtbar gekrümmten Zehen?

Ich sagte, die Bedeutung seines Fußes hätte auch ich noch nicht richtig durchdrungen, es stehe aber insgeheim alles im symbolischen Zusammenhang mit den Krallen des Käuzchens.
Bach war beruhigt.
Ja dann, sagte er und überreichte mir einen Manilaumschlag mit dem Honorar.
Wir schieden in Frieden; er bat mich zu bleiben; die Kühe im Nebel von Oxfordshire seien wunderschöne Motive.
Ein letztes Wort, lieber Dr. Bach, sagte ich an der Haustür: Der indische Guru Rama Krishna schrieb vor langer Zeit den Satz nieder – ‹Die Krankheit ist der Preis, den die Seele für die Besitznahme des Körpers zahlt.›
Das sei ihm zu tiefsinnig, sagte Bach herzlich, aber er versprach mir, darüber nachzudenken.

33 Die Lage von Passow war unverändert; er wälzte sich in Albträumen auf meiner Bettstatt, schnarchte und atmete giftige Dämpfe aus. Die kleine Klimaanlage Mauser & Hauser vertrieb den Gestank von Alkohol und Gesamtkollaps. Die Margoti saß entspannt auf meinem Architektenstuhl (der Berichterstatter hockte am Fußende des Stryker-Betts) und schien über Bachblüten nachzudenken.
Was machte Ihr Vater in der Nazizeit?, fragte sie plötzlich.
O das, sagte ich, nun ja (beinahe hätte ich ‹well› gesagt wie in alten Zeiten), Papa Max Singram kehrte zurück und begab sich sofort in die innere Emigration, malte oder zeichnete nur noch Tiere, zog in eine kleine Villa am Wannsee, führte, wenn er nicht malte, sein Intimes Tagebuch weiter – 26 in Wachstuch gebundene schwarze Notizbücher im Format DIN A 5 –, zeugte mich absichtslos mit Helene im Suff in den späten Vierzigerjahren –, kurz, er führte ein so eintöniges Leben, wie es dieser Bericht wohl auch sein mag.
Tagebücher, sagte Frau Dr. Margoti, was für eine Idee.

Die Singrams, sagte ich, haben immer Tagebuch geführt, es muss sich um einen genetisch bedingten Defekt handeln, der Antrieb war bei allen ununterdrückbar; Großvater Edward, Jäger, Ethologe, Zoologe und Kryptozoologe, war besonders fleißig – 30 fette Hefte, allein seine Diaries nach der Gründung seines Privatzoos in England – der Ort ist mir entfallen – füllen über 500 Notizen, Erzählungen und Miszellen, illustriert mit ungelenken Zeichnungen. –
Wie werde ich Passow los?
Ihr Freund und Gast schläft, sagte die schöne Margoti, morgen ist er wieder fit. Dann bat sie um Wasser; ich holte ihr ein Glas vom Château Margaux und brachte auch die Flasche mit, sie hatte ja Dienstschluss.
Ich fragte, ob sie ihm nicht ein vitalisierendes Elixier injizieren könne.
Nein. Sie trank, ihre Unterlippe wurde voll, darüber ihre dunklen Augen. In meinen Aufzeichnungen dieser trüben Nacht mit dem Lichtblick auf Frau Dr. Beatrice Margoti hieß es: Musste feststellen, dass sich ein matter Testosteronspiegel kräuselte; blöde Metapher, aber exakt.
Dieser Passow, sagte sie, was treibt der beruflich?
Im Augenblick, soviel ich weiß, nichts, aber früher hat er massenhaft viel gemacht … Schriftsteller z. B., misslang, weil er an den Höhen unserer Zeit scheiterte, zu Recht und legitim, denke ich; Erfinder, Devotionalienhändler in Wien, professioneller Verlobter, Laienprediger nach der Empfängnis eines Gotteserlebnisses beim Pinkeln auf der Halenseebrücke, im Augenblick, mir fällt es wieder ein, Sterbebegleiter oder etwas Ähnliches – das sind Passows Existenzen.
Ein sympathischer Mann, sagte da die Margoti.
Was Sie nicht sagen, erwiderte der Berichterstatter.
Passow röchelte in einer Seitenlage, ging dann wieder zu seinem sonoren Schnarchen über, wälzte sich auf den Rücken und schwieg.

Sagen Sie mal, Herr Singram, was hat es mit diesem hermetischen Schlafzimmer auf sich, wo – im Gegensatz zu diesem riesigen und stinkigen Dachboden – alles absolut clean ist, ja beinahe aseptisch.
Ich suchte lange nach einer befriedigenden Antwort, einer, die nicht sofort die Küchenpsychologin hervorlockte.
Wissen Sie, liebe Bea Margoti, sagte ich lässig, ich bin ein Schlafloser, der den Schlaf sucht.
Ich habe mir dieses Zimmer – Sie sagten mit Recht ‹hermetisch› – als ein Dormitorium eingerichtet. Die Wände sind mit Kork ausgekleidet, das war sehr teuer. Das Bett lässt sich wenden, nein, vielmehr die Matratze – sehen Sie selbst.
Die schöne Frau konnte mich gerade noch zurückhalten, sonst hätte ich Passow mit dem praktischen Hebelmechanismus hinter das Bett gerollt, wie es mein innigster Wunsch war.
Es ist, sagte ich feierlich, die Idee des Winterschlafs vor dem ewigen, der mich unterminiert.
Der Neurologe Sherrington erklärt, dass die Gehirnregion, die wir ‹geistig› nennen können, nicht die Konzentration auf einige Zellen bedeutet, sondern eine enorme Expansion auf Millionen von Zellen.
Mein Hirn ist so beschaffen, dass es durch Alkohol und Schlaflosigkeit blöd oder benommen sein kann, aber eine Kette nützlicher Synapsen oder gütiger pontifikaler Zellen merkt sich alles, so dass ich später notieren kann, was so kommunikativ der Fall war oder gewesen sein mag.
Soso, sagte Frau Dr. Margoti damals, Insomnia, auch Vigilia genannt; und was machen Sie dagegen? Nehmen Sie bloß keine Tabletten, Sie sehen ja ohnehin aus wie der noch aufgeschobene Tod.
Ich dankte ihr für das Verständnis und trank einen Schluck vom Château Margaux wie Margoti, wie Bea –
Geliebte Notärztin, sagte ich in meinem nüchternen Suff, zu Ihnen habe ich Vertrauen, ja, ich vertraue Ihnen. Sie sind schön,

Sie sind analytisch, Sie trinken meinen Wein, alles in Ordnung. So muss die Welt sein (an dieser Stelle suchte mich ein hick up heim). Der Schlaf, sagte ich, hören Sie, veneriert er nicht alle Sterblichen, will man nicht schon zu Lebzeiten den Ewigen Schlaf, den zu finden uns allein die Velleität hindert… unser kraftloses, immer wieder vereiteltes Wollen? Wie sagte der Dichter Rilke, nein, Hebbel, in meinem Lieblingsgedicht – Schlafen, Schlafen, nichts als Schlafen, kein Erwachen, keinen Traum …?
Zu meinem Leidwesen übersah ich (oder wollte es nicht sehen) ein kleines schiefes Lächeln an ihrem linken Mundwinkel, das mit ihren schwarzen Augenbrauen (weit oben) korrespondierte.

34 Die schöne Notärztin in meinem Gesundheitsstuhl (verstellbar in alle Positionen beim Denken und Schreiben) sah mich an und sagte, ich sei in einem erbärmlichen Zustand – Sie haben, sagte sie, ein blaues Auge, Sie sind unterernährt, wahrscheinlich fallen Ihnen die Zähne aus, Haarausfall haben Sie ja schon… Sie riechen streng, – Stuhl?
Ach so, sagte ich wie ein Blöder, der –, ich meine diese Sache, ja, selten und wenn, dann solala.
Wie sind Sie, fragte sie mit klinischem Blick, in diesen Zustand geraten?
Mea culpa, sagte ich, Lebensangst, Ekel vor Menschen… nicht allen! Sodann ein Cluster der Ängste uneindeutiger Zusammensetzung –
Frau Dr. Margoti schloss ihre schönen Augen. Ich beeilte mich mit der nächtlichen Beichte; es war das erste Mal seit Jahren, dass mir eine weibliche Person aufmerksam zuhörte. Die Wahrheit, wie immer sie schillern mochte, musste ans Licht. Da sind zunächst, sagte ich, liebe, verehrte, schöne Frau, die Verlustängste im weitesten Sinn … die Frage, was aus den Kollektionen wird, die mein Großvater meinem Vater hinterließ und die

jetzt hier sind – also ein ausgestopfter Schimpanse namens Jenkins im Frack, einst Butler bei Großvater Edward, der einen Privatzoo betrieb – eine hübsche Sammlung von Totenschädeln, alle beschriftet mit der sorgsamen Handschrift von Edward … z. B.: Schädel Dr. Stilton, seines Zeichens Bibliothekar, oder Schädel Dr. Mauser, Kryptozoologe, Entdecker einer thailändischen Hundeart, von den Eingeborenen noch nicht aufgespürt und in den Kochtopf geworfen, sodann der Schädel von Peltz, einem Balten, seiner Zeit 1880 weit voraus als Winterschlaf-Forscher, weiter – eine besondere Rarität aus der Sammlung Edward – das Gehirn von Bruder Joggers, Sportlehrer aus Deutschland, Zinzendorf-Kraft.

Edward bewahrte es auf, weil es das kleinste Gehirn war, das er jemals einem Kopf entnahm – und es hatte einmal funktioniert! Sportlich jedenfalls.

Ich merkte, dass ich allzu ausführlich mir wichtige Partikel ins Spiel brachte.

Auf dem Boden war es still. Passows trieb sich in unruhigen Träumen herum und hechelte; ich wünschte, dass ihn eine Gruppe hungriger Löwinnen jagte. Die schöne Ärztin hatte die Augen noch immer konzentriert geschlossen; herrliche Wimpern, nebenbei bemerkt.

Ich fuhr fort.

Da sind, sagte ich in gebotener Eile, alle Tagebücher Edwards, die Tagebücher des genialen Pa Max Singram und die Tagebücher meiner lieben Ma; alle haben sie Tagebücher geschrieben wie die große Familie Tolstoj. Auf Jasnaja Poljana schrieb Leo Tagebuch, seine Frau Sophia schrieb Tagebuch, seine Gäste schrieben Tagebuch, und auch ich habe diese Manie geerbt, wo war ich, ja …

Die Verlustangst, wohin mit dem Zeug nach meinem Tod … Liebe Beatrice, ich weiß nicht, ob Sie diese sozusagen thanatologische Atmosphäre gespürt haben … gemischt selbstverständlich mit den natürlichen Ausdünstungen der Tiere.

Ja, meine Gefährten, die geliebten Tiere!
Bei der trüben Beleuchtung werden Sie sie nicht bemerkt haben, da wäre ein blinder, extrem kluger Ara, zwei Riesenschildkröten, nein, lassen wir die Tiere.
Freilich, was wird aus ihnen, wenn ich nicht mehr bin, wer wird sich kümmern, wer erbt.
Ich habe keine Kinder infolge einer angeborenen Infertilität, einerseits gottlob, andererseits schade, wo war ich ... Verzeihen Sie meine wilde Suada, aber schenken Sie mir noch einen Augenblick Ihr liebliches Ohr – ich bin bald am Ende. Ja, das Ende, das Finale.
Ich kann nicht mehr außer Haus gehen, es ist mir physisch unmöglich. Futter für unser Habitat ließ ich mir von einer polnischen Putzfrau bringen, die leider wegen einer ausgeprägten Phobie gegen Schmutz vor einer Woche kündigte; nun lebe ich von den Beständen, viele Konserven, aber für die Tiere ist das auf Dauer nicht gesund, und auch mir bekommt es nicht. Sie könnten mich irgendwann sehr bald auf Skorbut untersuchen, was mir lieb wäre. Ich begebe mich voller Freude in Ihre erfahrenen Hände, liebe Bea, zu jeder Tages- oder Nachtzeit.
Hin und wieder entfloh mir ein wichtiger Gedanke aus dem neuronalen Netz, aber ich hatte ja eine Unmenge von Gedanken, die alle herauswollten.
Wo war ich? Bei dem folgenden Gedanken, der mir einmal nach einem von außen unterbrochenen Teilwinterschlaf in der Phase des Halbschlafes kam – ich habe einen opponierbaren Daumen, das ist ein Wunder. Das wollte ich nicht sagen, vielmehr ... ja – mein Grundgefühl ist die fixe Idee, will sagen, die kryptische Erkenntnis – wenn es sich um eine handelt –, dass ich ein Toter zu Lebzeiten bin. Man muss nur die Indizien geläufig zu lesen lernen, die den Prozess des Sterbens zu Lebzeiten deuten, also Zeichen und Symbole, verstehen Sie mich, mache ich mich vollständig verständlich, liebe Bea?
Vollständigkeit, das ist der Begriff im folgenden Zusammen-

hang – Max Singram malte bis zu seinem Tod – eine gnädige Altersdemenz, die er in Treue fest mit meiner Mutter Helene teilte – sie begrüßten sich jeden Morgen, als hätten sie sich gerade erst kennengelernt – wo war ich, Moment, ja das Bild – mein Pa malte an einem Riesenschinken mit dem Titel *Die Arche Noah schifft sich ein oder sticht in See* im Format 3 m x 4 m in Öl, er arbeitete an diesem letzten Bild 12 Jahre – bis ihm die Demenz den Pinsel nahm.

Als es mir gut ging als Verhaltenstherapeut und Tierheilpraktiker mit Diplom, habe ich mir einmal die Mühe gemacht, die Tiere zu zählen, die da wimmeln – vom Adler bis zum Zimtkopfbreitschnabel –, es sind, alle en minature, fast 150 Tiere, inklusive der Insekten und der Amphibien, der Vögel und der Quadrupeden – was ich sagen wollte, war eigentlich dies, Pardon.

Ich lebe wie ein sensorisch und cerebral amputierter Idiot. Natürlich regte sich selbst bei mir mitunter der Wunsch nach einer General-Veränderung, aber wie Sie wissen, ist das selbstinduzierte Münchhausen-Dilemma schwer ohne gewaltige Willenskräfte zu lösen, was mich zu einem anderen Lemma befördert – das ist die Mutlosigkeit, die wir als letzten Punkt abhaken. In der Arbeit liegt ja, wird behauptet, ein gewisses erlösendes Heil.

Sie sehen meine Arbeiten in jenen schwarzen Mappen auf dem Schreibtisch, liebe Bea.

Frau Dr. Margoti schwieg.

Freund Passow schnarchte arhythmisch, sonst friedsame Stille der Nacht.

Es sind dies, sagte ich schnell, als fürchtete ich, unterbrochen zu werden, drei Arbeiten –

Das Tagebuch, nun schon seit Wochen vernachlässigt – ab heute werde ich wieder regelmäßig meine Notate anfertigen, ich verspreche es, liebe Bea; dann ist da ein Essay über *Die Letzten Tage Tolstojs*; und eine Arbeit, ein Projekt, ein ganz und gar unauslotbares, niemals vollständiges Werk, geschrieben mit

Herzblut – *Geschichte des Schwachsinns*, das mein Leben seit nunmehr dreißig Jahren begleitet. Die Fülle des Stoffs ist so ungeheuerlich, dass mich schwindelt, wie Sie sich vorstellen können, aber sie muss erledigt werden, auch wenn das gesetzte Thema absolut unerschöpflich ist.
Wer wird diese Arbeit erledigen, wenn ich den Löffel, will sagen, wenn ich nicht mehr hienieden …
Der Fülle des Stoffs im enzyklopädischen Sinne zu genügen müsste man die Lemmata durch eine alphabetische Ordnung systematisieren.
Dann verließen mich alle Gedanken in einmütiger Flucht. Ich war groggy.
Liebe Frau Dr. Bea, sagte ich, wäre es nicht so spät, ich zeigte Ihnen gern die Sammlungen. Ein Blick auf das Arche-Noah-Bild wäre ein Genuss für eine schöne Notärztin, und die Nöte sind groß. Ich könnte Sie auch mit den Schildkröten bekannt machen, sie sind wundervoll und voller Weisheit. Mein Großvater Edward sprach mit ihnen … er verstand die Sprache der Tiere, so steht es jedenfalls in seinem Diary Nummer 14, als er von einer Reise durch den Kongo nach England zurückkehrte. Er hatte mit einer sterbenden Hyäne einen Kontakt, den kommunikativ zu nennen nicht ganz falsch wäre – das wollte ich nicht sagen, Pardon.
Mein Gott, es ist spät – mögen Sie noch ein Glas Wein, ich habe Sie allzu lang belästigt …
Da musste ich entdecken, und es war eine für mich traurige Entdeckung, dass Frau Dr. Beatrice Margoti längst eingeschlafen war; sanft hob und senkte sich der schöne Busen in ihrem Schlummer.
Als Passow im Traum stark hustete, wachte Bea auf, seufzte tief, gähnte dezent hinter ihrer kleinen, ringlosen Hand und sagte, sie müsse wohl eingeschlafen sein.
Verdienter Schlaf, sagte ich, ich hoffte, sie nicht gestört zu haben.
Der Abschied war kurz und schmerzvoll. An der Wohnungstür

küsste ich kurz ihren rechten Handrücken (Chloroform- und Mitsoukoduft). Dann war sie fort und weg.
Ich legte ein heißes Ohr an die Tür und lauschte dem Poltern des Fahrstuhls abwärts, bis er mit seinem pneumatischen Stöhnen im Erdgeschoss landete.
Auch Passow stöhnte.
Ich ließ ihn allein, pinkelte traurig auf eine tote Kakerlake (es war Hörmann, dessen Leichnam im Becken schwamm) und vergrub mich in den Tälern des alten Sofas.
Was für eine Nacht.

35 Die Schweiz ist recht schön, aber wegen der vielen Berge unübersichtlich; mal geht es im Gelände abwärts, dann wieder aufwärts, und das Terrain ist oft steinig, also beschränkte ich meine Spaziergänge auf zwei Stunden am Tag zwischen 14 und 16 h; mit der Sonne ist nicht viel los, viel Schatten wegen dieser Berge, früh fällt die Dunkelheit.
Das Schreiben ist anstrengend, wenn man es jeden Tag betreibt; immerhin sind ein paar Punkte abgehakt. In der Bibliothek fand ich eines Tages eine alte Taschenbuchausgabe von Orwells *1984* – auf der Seite 239 entdeckte ich endlich den vergessenen Satz: Wer die Vergangenheit kontrolliert, der kontrolliert die Zukunft; wer die Gegenwart kontrolliert, der kontrolliert die Vergangenheit.
Das klang in meinen Augen logisch, und ich beugte mich über die Vergangenheit, aber es ging mir nicht besonders gut; vielleicht lag es an Dr. Spoerris rigoroser Fastenkur, mit deren Hilfe ich rastlos mein Inneres, also Geist & Körper, reinigte.
Herzliche Atmosphäre bei Dr. Spoerri, der einen Vollbart hat, wie der alte Tolstoj, den er maßlos verehrt, vor allem die späten pazifistischen Schriften. Er läse gern einmal, sagte er mir, *Krieg und Frieden*, aber nur als Auswahlband in der verdienstvollen Reihe von *Reader's Digest*.

Woran fehlt es uns denn?, fragte er an einem nebligen Freitag. An gar nichts, sagte ich, im Gegenteil – von allem zu vie: Hitzewallungen, Schweißausbrüche, Kälteschauer, Herzklopfen und Schlaflosigkeit, ganz zu schweigen von Angstgefühlen, Stimmungslabilität und Depressionen.
Alles ganz normal, sagte Dr. Spoerri, die Symptome seien ihm vertraut, mit meinem Hormonhaushalt sei etwas in Unordnung.
Ja dann, sagte ich mir, wenn die Hormone schuld sind, sollte man etwas gegen sie unternehmen.
Dr. Spoerri entwarf ein neues Programm, man müsse die Diät absetzen – aber schleichend –, viel Bouillon, weißes Fleisch und ein Paar Injektionen, die Frau Beata mir jeden Morgen in den Hintern verabreichen werde. Mut, Herr Singram, sagte er in seinen überhellen Räumen, Sie sind für Ihr Alter in einem ganz ausgezeichneten Zustand.
Leider weiß ich nicht genau, wie alt ich bin – ich vergesse es manchmal, wie so vieles. Muss im Pass nachschlagen, Lichtbild mit trauriger Person aus dem Photoautomaten am Halensee, Henriettenplatz.

36 Frau Beata erschien; sie war eine nicht ganz perfekte Kopie meiner Beatrice Margoti; alle meine extrem aufmerksamen Nervensysteme erlitten einen Schock, der bestimmt nicht heilsam war.
Sie hatte die schönen, großen Augen meiner Beatrice, sie hatte hohe Backenknochen, den schönen Mund und das herzförmige Kinn, aber es war doch nur eine schwächliche Kopie; ich musste herausfinden, ob sie eine Schwester in Berlin hatte.
Ihre Injektionen, je zwei in beide welken Hinterbacken, waren schmerzlos. Leider war der Kontakt nicht so eng, wie ich gehofft hatte. Sie roch – retrospektiv an diesem Freitag – nach einer medizinischen Seife.
Sie sind Schriftsteller, nicht wahr, sagte sie.

Aber nein, sagte ich, während ich voller Scham mein Genital mit beiden Händen bedeckte, ich versuchte nur, durch die schriftliche Fixierung der Vergangenheit mein Gedächtnis zu affizieren, auf dass kein Partikel verloren gehe. Kontrolliert man die Vergangenheit, so kontrolliert man auch die Gegenwart.
Ja, das ist gut, sagte sie, und wie sah Ihre Vergangenheit so aus?
Up and down, sagte ich, mal so und dann auch anders, wie das Leben zwischen Mensch und Tier mitunter spielt.
Tiere!, sagte sie.
Es war eine angenehme Nähe, Tiere schienen sie zu interessieren. Ich spürte einen leichten Hauch eines mir unbekannten Dufts. Sofort kehrten die Lebensgeister reumütig aus den verödeten Zonen zurück.
Frau Beata, sagte ich, wäre es nicht Zeit für einen Apéro in einem gemütlichen Restaurant?
Zu früh, sagte Beata, Pause erst um 18 Uhr.
Schade, sagte der düpierte Patient, eine wahre Fastenpause.
Oha, sagte Beata, Sie sagen aber auch Sachen …
Frau Beata, sagte ich getragen, ich war Tierheilpraktiker, Ethologe und ein Spezialist für verhaltensgestörte Kleintiere. Ich bemühte mich auch um Männer, Kinder und Greise als Heilpraktiker – ich absolvierte zwei Fernlehrkurse, aber die Menschen sind verschieden –, ich denke und glaube, dass ich die Sprache der Tiere besser verstehe, wenn es sich nicht um Insekten, Schlangen oder Echsen handelt.
Von Frauen, muss ich gestehen, verstehe ich nicht das Geringste, Essig, Beata, tote Hose, Sense!
Sie sah mir träumerisch in meine immer noch matten Pupillen und sagte, ich sei ein sehr interessanter Mann.
Rendezvous um 18 Uhr mit Beata im Restaurant La Bécasse noire. Bis dahin wollte ich mich vollständig regenerieren – aber vorher mit Disziplin ab in die kontrollierte Vergangenheit.
Ich hatte in meinen Notizen, das weiß ich noch genau, Freund

Passow im Dormitorium meiner Winterschlafsversuchsanstalt; und er musste entfernt werden, gleichgültig, auf welche Weise. Eine jede, nicht ganz inhumane, Weise wäre recht.

37 Die Fehlkalkulationen, die mich in das angenehme, ruhige und effiziente Haus des Dr. Spoerri brachten, sollten sorgfältig bedacht werden, vielleicht in der nützlichen Form einer Liste. Die Themen und Variationen waren die folgenden:

- Passow, der Parasit.
- Der Arche-Noah-Coup.
- Ein missglückter Liebes-Versuch mit Notärztin.
- Restitutions-Versuch in urologischen Praxen.
- Die Berliner Grand Tour oder die Exkursion in die Außenwelt gemäß der Guthschen Therapie, ungeplante und geplante Interaktionen zu unternehmen.
- Die Tode der Lebensgefährten; nicht nur Kakerlaken sind in der Erinnerung unsterblich.
- Die neue Ordnung und das Winterschlafprogramm.
- Der Kollaps.
- Die Schweiz!

Nach der Liste (eine Stunde Arbeit mit Tremor) las ich den bemerkenswerten Satz eines Stoikers in einem vergilbten Reclambändchen: «Das Vermeiden als Prinzip bedeutet für das Individuum, sich der Handlungen zu enthalten, deren Folgen sich nicht abschätzen lassen.»
Das ist neuerdings auch ganz und gar meine unumstößliche Meinung.
Bei einem Spaziergang in das idyllische Kurörtchen mit seinen putzigen Häuschen im Schweizer Stil, wenn es den gibt, kaufte ich 500 Blatt Kopierpapier à 80 g in einer Papeterie, um für meine stille Arbeit an der Vergangenheit vorbereitet zu sein.

Der gütige Dr. Spoerri hat mir die von einem berühmten Schriftsteller verlassene Schreibmaschine in einem mit Samt ausgeschlagenen Sarg überlassen, eine alte Kugelkopfmaschine, die schneller hämmert, als ein Specht denken kann.
Halten Sie, sagte Spoerri, diese Maschine in Ehren. Der Vorbesitzer litt an einer Autophobie, einem nässenden Ausschlag im Gesicht, laborierte an vielen eingebildeten inneren Schäden und ließ sich nach den Wechselbädern immer ein Emetikum reichen, meinen Spezial-Mix, dessen Grundsubstanz die unter dem klangvollen Namen bekannte Radix ipecacuana war. Die Kur schlug an; nach einer Woche rastloser Selbstreinigung und einer ganzen Seite Text machte er einen Morgenspaziergang, von dem er nicht zurückkehrte. Das war im Winter. Im Frühjahr gab man die Suche auf. Die Angehörigen wollten die Maschine nicht, sie war ihnen zu schwer. Mit seinen restlichen Effekten reisten sie dann ab.
Und Sie schreiben weiter?
Memoiren, sagte ich, mehr nicht, ein Akt der Selbsterforschung.
Eine nach innen gerichtete Grausamkeit, sagte Dr. Spoerri, sei in meinem Zustand und an diesem Ort schädlich.
Ich blieb fest, es lebe der freie Wille.

38

O heilige Arbeit am Papier und auf Papier.
Der Kugelkopf hämmerte so schnell, dass ich wegen des Lärms (da bin auch ich empfindlich) keinen klaren Gedanken fassen konnte. Als ich die erste Zeile verfasst hatte: Im Hinblick auf Eugen Passow muss der Parasitismus neu definiert werden –, rief Beata an, die attraktive Beatrice-Kopie, und verschob unser Rendezvous im Restaurant La Bécasse noire um eine Stunde.
Das Restaurant war rustikal – Holzräder und Sattelzeug an weiß getünchten Wänden, die mich schmerzhaft an meinen ok-

kupierten Dachboden gemahnten –, aber die Speisekarte war gut. Meine potentielle Liebes-Partnerin Beata sagte mir schon am Tisch, sie sei in Eile, weil sie ihre demente Mutter in Wien besuchen müsse.

Demenz, sagte ich, sei ein Problem, aber auch bei jungen Leuten anzutreffen.

Das mag sein, sagte Beata, und wir bestellten. Die Preise waren enorm – eine Tortue claire en Tasse kostete 10 Schweizer Franken, eine Truite au bleu, beurre fondu derer 24, und beim Fleisch wurde es noch horrender – ein Escalope de Cerf Buffalora (Schnitzel vom Hirsch) kostete 35 Franken.

Ich hoffte, die Schildkrötensuppe sei falsch, weil ich an Melmoth und Yvette denken musste.

Hatte ich bei Beatrice in Berlin alles falsch gemacht, wollte ich in diesem kostbaren Moment alles richtig machen.

Als der erste Schluck Fendant an mir arbeitete, machte ich Beata ein Liebesgeständnis, während der Tortue claire en tasse hatte ich prompt eine recht negative Erwiderung.

Sie sind, sagte sie, komplett plemplem.

Ich verwies nach einem Beefsteak à la tartare auf meine erfolgreichen urologischen Kuren in Berlin und die extrem günstigen Diagnosen des Dr. Spoerri; seelisch infirm, sei ich exemplarisch gesund. Fetisch Gesundheit, sagte Beata verächtlich und spießte eine schwarze Schnecke auf ihre Gabel. Ihre Lippen glänzten.

Ich stimmte zu.

Der Krankheits-Status der meisten Patienten, sagte ich, lasse schwer zu wünschen übrig, das könne man leicht sehen. In meiner Verwirrung bestellte ich eine zweite Tortue claire; die Unterhaltung mit Beata war eine Tortur.

Ich will, sagte ich, nur eine kleine Liebesgeschichte, eine Affäre auf Zeit; sie allein sei imstande, meine positiven Impulse neu zu beleben.

Sie sagte, ich sei verrückt.

Ich könne in Ihren braunen Augen versinken wie in einen Abgrund, sagte ich.
Kann sein, dass ich zu pragmatisch vorging; Poesie ist immer gut, wenn man sie korrekt placiert, möglicherweise war ein Themenwechsel günstig. Sie war ja eine gebildete Intellektuelle.
Meine lieben Eltern, sagte ich, hatten einen gemeinsamen Alzheimer, natürlich jeder für sich, das Syndrom brach etwa zur gleichen Zeit aus.
Was für eine glückliche Koinzidenz, sagte die Dame und bestellte sich Café crème.
Das wahre Wort, sagte ich; es schien gemütlich zu werden, ich orderte eine zweite Flasche Fendant.
Meine Mutter erwischte es zuerst; sie vernachlässigte ihren Körper, sie las nicht mehr, ihr Gedächtnis begab sich auf die Flucht, hinterließ aber die Erinnerung an ihre große Zeit der inneren Emigration von 1933 bis 1945. Sie hieß Helene.
Mein Vater war Max Singram, ein berühmter Maler, den erwischte es schleichend während der Arbeit an einem Riesenschinken mit einem Arche-Noah-Motiv; er brachte, glaube ich, 150 Tiere auf der Arche unter, Säuger, Amphibien, Reptilien und Vögel auf fünf Decks in Seitenansicht im Sagitalschnitt. Das Heck hatte er sich für das Finale des Bildes aufgespart, dort wollte er, wie er mir schrieb, ein Pärchen Riesenschildkröten sich paaren lassen, inspiriert von des Meeres und der Wolken Allgewalt. Auf dem Oberdeck kopuliert Noah mit einer gewissen Esther am Steuerrad, von oben stürzen grüne Fluten aus schwarzen Wolken auf die lebensfrohe Szene.
Die einzige traurige Szene war der waldigen Küste vorbehalten – dort stand einsam ein Mastodonsaurus giganteus, eine Art Riesenalligator mit einem großen Schädel, das Maul voller kegelförmiger Zähne, aus dessen rechter, großer Augenhöhle ein Auge blickte, aus dem eine bittere Träne floss, während er der Arche nachschaute.

Die Reduktion durch das Alzheimer-Syndrom zeigte sich bei Singram in der Behandlung des Körpers des Mastodonsaurus – der Maler malte einen Froschkopf, was der verständlichen Trauer des Tieres natürlich keinen Abbruch tat.
Traurige Geschichte, sagte Madame, wie endete sie?
Als Singram den Zerfall seines Gehirns und seiner Fähigkeiten bemerkte, vermachte er mir alle seine Bilder, inklusive der ‹Arche›, und zog auf Wunsch meiner Mutter mit wenig Ballast in ein exklusives Altersheim mit ärztlicher Aufsicht und sanftem Pflegepersonal in das alte Nazi-Nest Eutin.
Ich habe sie dort besucht. Ihre motorischen Funktionen hatten nicht gelitten. Sie pflegten sich. Singram stellte in seiner Suite obszöne Federzeichnungen in der Manier von Bayros her, wilde Paarungen insgesamt – riesige Schmetterlinge kopulierten mit Elephanten, Löwen bestiegen Antilopen, Mungos kopulierten mit Schlangen –, und Menschen, wenn sie überhaupt vorkamen, penetrierten Astlöcher oder spaltenreiche Tuffsteine. Ich denke, mein Vater war glücklich, denn seine Gattin Helene lebte in einem anderen Flügel. Sie trafen sich viermal am Tag in einem hübschen Speisesaal mit Blick auf einen Teich und begrüßten sich immer so herzlich, als hätten sie sich niemals zuvor gesehen, an einem Tisch, der bis zu ihrem endgültigen Erlöschen unverrückbar in ihrem Gedächtnis gespeichert war.
Beata seufzte nach dieser Geschichte.
Ihre Mutter, sagte sie, leide nur an Demenz im Anfangsstadium.
Das kann noch werden, sagte ich, ob sie auch einen Vater in petto habe.
Leider nicht, sagte Beata, aber sie müsse nach Wien.
Es gibt so viele Formen der Demenz, wie es Menschen gibt.
Das sei kein Trost, sagte Beata.
Liebe ist Trost wie die Wahrheit, sagte ich, das schrieb der amerikanische Philosoph Emerson in sein Tagebuch, nachdem

er bei einer Hure in einem Puff nahe Sacramento versagt hatte.
In Berlin, sagte sie, will ich einmal die Singramsche Arche sehen.
Immer willkommen, sagte ich, jetzt und fürderhin; das Bild elektrifiziere durch seine Unmenge positiver Impulse, ich hätte allerdings das Original verkauft und nur noch eine große Kopie.
Schreiben Sie alle diese Geschichten auf, sagte sie mit einem kühlen Blick, das ist die reine Therapie für Sie.
Ich verachte das Schreiben als Therapie, sagte ich gekränkt, es gehe mir nur um eine stimmige Rekonstruktion alter Ereignisse – die aktuellen beträfen mich nur am Rande –, aber da gebe es eine Ausnahme in der Jetztzeit; und ich fragte direkt, ab sie mich auf der Stelle, d.h. nach dem Wiener Ausflug, heiraten wolle.
Sie stieß ein zartes Grunzen durch die Nase aus und bestellte bei einer Saaltochter zwei Pflümli; leider trank ich das Zeug, und das sollte Folgen haben.
Sie sind, sagte sie, ein ewig instabiler, leicht neurotischer Krisentyp, nein danke. Sie habe genug am Hals.
In meinem armen Hirn herrschte Ebbe.
Vor den Glasfenstern, will sagen, draußen im Park, senkte sich sehr passend eine Nebelwolke sehr frisch aus dem Gebirge. Ich kann die Sprache der Tiere, sagte ich.
Was Sie nicht sagen, erwiderte sie gleichgültig.
Dann zitierte ich eine Sentenz von Cechov:
Jeder Idiot kann eine Krise meistern, es ist der Alltag, der uns fertigmacht.
Die Adipositas-Gruppe Block B enterte in diesem Augenblick das kleine Restaurant, lauter alte, verfettete Bussarde, die kreischten und schnatterten. Ich übertönte den Lärm und sagte in einem trauervollen Tonfall: Sie werden mir doch aus Wien schreiben?
Vielleicht, sagte die Schöne. Ich küsste ihre kalte, nach Karbol duftende Hand.
Sie erhob sich und verschwand.

Ich bezahlte die immens hohe Rechnung bei der extrem dürren Saaltochter. In meinem Magen fochten die Tortue, das Beefsteak, der Fendant und der Schnaps grimmig gegeneinander. In meiner Luxustoilette (mit einem Bidet aus Acryl, gletscherblau) erleichterte ich Magen, Darm, Seele und Geist; eine sozusagen ganzheitliche Reinigung, nach der es mir besser ging.
Legte mich auf mein geräumiges, für eine Person viel zu großes Bett und bedachte mein trübseliges Liebesleben. Goethe fiel mir ein in meiner Pein: ‹Die Frauen sind silberne Schalen, in die wir goldene Äpfel legen.›
Wieder Fastenkur.
Frei ist nur der Mensch, der keine Emetika mehr braucht. Nach dieser monumentalen Erkenntnis ging ich wieder an die froschgrüne Schreibmaschine; zurück in die jüngste Vergangenheit, adieu, liebe Beata, oder Servus!
Wegen der inkonsistenten Erinnerungen muss der Leser dieser Memoiren – Satz streichen – Subjekt fehlt, und die Löschtaste funktioniert so fehlerhaft wie der Verfasser.
Neues Blatt.

39 Bevor ich die Berliner Katastrophen notierte –, mit allen kostbaren oder windigen Details, las ich zur Inspiration und Freude in den Diaries meines Großvaters Edward (1860 bis 1933), in diesem Fall Kladde Numero XII unter dem Rubrum: Tode im Haus, Geburten im Zoo; eine Lektüre, die zu meiner Stimmung passte.
(Aus unerfindlichen Gründen hatte Edward alle Jahresdaten getilgt, seine Schrift ist klein, penibel und gänzlich ohne Defekte, was einen Graphologen entzückt hätte.)

Singram-House, 19** –
Jenkins der Butler starb, wohl an einer Influenza, aber nicht in Frieden, er hatte 13 Jahre; Paviane werden nicht sehr alt.

Da lag er auf seinem Totenlager auf dem Rücken, die schwarzen Pfoten auf der Brust; er trug das rot gefütterte Justeaucorps aus kostbarem Brokat, eine feine Schneiderarbeit.
Leider kann man von einem Tier keine letzten Worte erwarten, wäre freilich eine schöne Sache.
Bei mir waren, als es mählich zu Ende ging, Baron Strehlow, Dr. Stache und der greise Veterinär Mauser, der hier auf House Singram seit 20 Jahren an seinem Gnadenbrot mümmelt, wie ich überhaupt von Schmarotzern umgeben bin (s. auch Kladde IX).
Jenkins hatte einen leidenden Zug um die graumelierte Hundeschnauze, die zu seinem Zustand passte, er machte sich nichts vor. Wenn er husten musste, hielt er sich sorgsam ein battistenes Tuch vor die Schnauze, betrachtete kurze Zeit den Auswurf, schloss sodann die Augen und seufzte.
Ich bat Stache um eine Diagnose.
Der Affe habe etwas Falsches gefressen, sagte Stache.
Lungenentzündung, sagte unser Herr Mauser.
Abhören, sagte ich, aber nicht mit dem Stethoskop.
Jenkins fürchtete medizinische Instrumente; sah er eine Injektionsspritze, bellte und schnalzte er hysterisch mit den Lippen. Als der schöne Hausarzt – Modearzt einst in Paris – ein Ohr vorsichtig auf Jenkins' Brustbein legte, ergriff der Moribunde mit der rechten Pfote das linke Ohr des Arztes und drehte es entgegen dem Uhrzeiger-Sinn; das war der erste Unfall. Stache klagte dezent – er weiß, dass ich Wehleidigkeit hasse – und zog sich ans Bettende zurück.
Ich befahl Mauser ans Totenlager.
Man sollte ihn vorher sedieren, sagte Mauser.
Bald ist Jenkins für immer sediert, sagte ich, ich will genau wissen, woran das Tier eingeht.
Die Cheyne-Stokes-Atmung habe noch nicht eingesetzt, sagte Mauser majestätisch, Jenkins könne es bestimmt noch ein oder zwei Stündchen hienieden aushalten.

Der schöngeistige Strehlow, der liebe baltische Baron, auch einer meiner Parasiten, aber von der liebenswürdigen Sorte, hatte die Idee –, man möge Jenkins doch einfach von seinem präagonalen Zustand ablenken und ihm heitere Zerstreuung bieten.
Ich fand die Idee gut.
Welcher Art?, fragte ich.
Wein, Weib und Gesang gewissermaßen, sagte der weltläufige Freund.
Ich klingelte nach Johnson, der nach kurzer Zeit das Sterbezimmer betrat, sauertöpfisch wie immer, weil er die Gicht hat; kleine Aufträge übernimmt er gern, trägt aber nichts mehr.
In die Küche, Johnson, sagte ich, Order: Bananen, Kaviar, Stilton, Eierlikör. Nehmen Sie Strehlow mit.
Man muss die Leute beschäftigen.
Ja, Sir, sagte Johnson und trabte ab mit Strehlow.
Goldene Zeiten damals, als wir noch Vorräte hatten, sogar Kaviar und Eierlikör…
Post festum (nach der überaus würdigen, ja in Momenten erhabenen Trauerfeierlichkeit für den seligen Jenkins) war die Idee meines Freundes Strehlow weniger brillant, als man hätte annehmen können; als Butler war Jenkins vollkommen, als Pavian verriet er niemals seine unberechenbare Natur.
Nun gut; auf einem Teewagen rollte Strehlow das opulente Sterbe-Mahl an die Bettstatt mit Messingpfosten.
Ruhig und mit geschlossenen Augen lag Jenkins in der Pose ‹Schlafender Krieger vor der letzten Schlacht› – ein mir liebes Bild des Militärmalers Adams jun.
Jenkins, sagte ich, mein bester Moribunder, mach die Augen auf und genieße!
Jenkins öffnete seine kleinen, leicht blutunterlaufenen Augen und fixierte den Teetisch mit den finalen Preziosen,

dann schnäuzte er sich mit zwei Fingern seine fiebertrockene Nase – hatte er noch nie gemacht – und schleuderte den Rotz mit aller Kraft in Strehlows Gesicht. Johnson reichte ihm ohne ein Wort eine Serviette, die er über dem Arm trug. Mehr als das Gewicht einer Damastserviette (Damast hatten wir damals noch, man denke!) war ihm nicht zumutbar.
Erbarmung, sagte der Baron, wie scheußlich und widerlich. Ging dann beiseite. Empfindliche Leute, diese herabgekommenen baltischen Adeligen. Rotz von einem Sterbenden!
Sah an den Nüstern, dass ihm die Mahlzeit gefiel.
Jenkins belebte sich.
Das Tableau auf dem Teewagen sah sehr ordentlich aus – diverse Teller, die Flasche Eierlikör war geöffnet, eine Glasschale mit Kaviar (Beluga, ach!) ruhte zwischen den Schenkeln fetter Bananen. Leider ließ Jenkins alle Manieren fahren. Zu Lebzeiten ein aggressiver Kavalier, vergaß er in diesem Zustand alles, was er je gelernt hatte. Kluge Affen lernen leicht.
Der Zoologe Tafton hatte 1892 einem goldgelben Löwenäffchen mithilfe von Abbildungen die Technik der Fellatio beigebracht; Helen hieß diese entzückende Kreatur, und wie er erzählte, verrichtete Helen diese Arbeit freudig, ohne zu murren, wenn Eierlikör im Spiel war.
(Die Küstenwälder Südostbrasiliens gewöhnt, fühlten sich meine Löwenäffchen nicht wohl und gingen im englischen Nebel dahin.)
Ich notiere mit Kummer, dass sich Jenkins schlecht benahm … Vielleicht hatte er meinen Menschenzoo allzu scharf beobachtet; aber man sollte nicht ohne Not anthropomorphisieren, das ist nur in wenigen Fällen erlaubt.
Jenkins goss den Eierlikör in eine Glasschale (Wiener Werkstätten, ein Unikat von Kothgasser 1852; eine Blechschüssel wäre besser gewesen …), kippte den Kaviar in die gelbe

Masse, rührte mit einer ungeschälten Banane und mit einem Zeigefinger alles um und um und fraß dann mit Appetit, leckte mit einer belegten Zunge das teure Glas von Kothgasser ab und warf es Dr. Stache an die Rübe, Pardon, der Stil verlässt mich angesichts dieser schönen Erinnerungen – an den Kopf, natürlich, wohin sonst.
Große Kunst ist mitunter unsterblich!
Stache blessiert (Stirnbeule), aber der gute Kothgasser fiel in den üppig gepolsterten Schoß eines Sessels von Danhauser – (Wien 1833). Ein ergreifendes Bild, wie Jenkins vor seinem kühnen Wurf die mir teure Schale an die Lippen setzte, als sei's der Heilige Gral; den überreifen Stilton fraß er so behutsam, als wären es Oblaten. Was für ein seelenvolles Tier. Der Stache hatte ihn einmal beleidigt, meinen Jenkins, indem er über dessen neues Seidenjabot gelacht hatte, das seine glänzend roten Arschbacken freiließ. Die Würde jedes Butlers ist auf Singram House unantastbar.
Was auf fatale Weise zum Exitus von Jenkins führte, war ein dummer Zufall; Hoffnung schöpfend über des Affen Zustand durch den Eingriff höherer Gnadeninstanzen – der Husten hatte nachgelassen, die trüben Augen verdunkelten sich wieder zur üblichen Unverschämtheit, seine Nase glänzte feucht –, da erschien zu meinem Bedauern meine Gattin Aslauga (eine geborene Plagendorf), um vorzeitig zu kondolieren. Als sie Jenkins lebfrisch sehen musste, war sie schockiert, trat ans Bett und reichte ihm freundlich die Hand, das ist so ihre Art. Alle Primaten liebten sie innig, sie hatte so eine Aura … weiß Gott, auch die Makis, die Lemuren, die Makaken und die Meerkatzen.
Sie trug einen taubenhalsgrauen Shawl, ein Foulard aus Seide, den Jenkins ihr entriss – er glitt sanft von ihrem dürren Hals –, und der unglückliche Jenkins stopfte sich das Ding mit beiden Händen in den Schlund und schien zu ersticken.
Außer Dr. Stache weinten wir wohl alle, sogar der Baron

Strehlow, der eine Aversion gegen Affen hegte. Wahrscheinlich gefinkelt, aber gut gemacht – die Balten weinen bei jeder Gelegenheit, passend oder nicht.
Ich schloss Jenkins die Augen, da biss mich der Pavian mit letzter Kraft in meinen rechten Zeigefinger; er hustete und verschied, wie Dr. Mauser konstatierte, endgültig.
Erbarmung, sagte Strehlow, was für ein boshaftes Tier.
Humbug, sagte ich, der Biss war als Liebkosung gedacht.
Stache desinfizierte die Wunde, verband mich, und ich präparierte mich auf die Trauerfeier.
Unser Friedhof ist geräumig; viele Ulmen und Blumen aller Art, angelegt nach den Plänen des genialen Friedhofsgärtners Hempelmann.
Aslauga half mir bei den Vorbereitungen, sie ist eine Spezialistin für Pompes funèbres, ja bei Trauerfällen blüht sie auf. In den letzten Jahren hatte sie massenhaft Gelegenheit zu blühen. Die Küste, denke ich, ist der letzte Ort, an dem man einen Privatzoo etablieren sollte; nun war es zu spät. Der Friedhof war nunmehr größer als der Rest-Zoo mit Freigehegen und Käfigen. Viele schmerzliche Verluste, die ich nicht aufzählen mag …

40

An dieser Stelle bin ich immer gerührt; auf Verlustrechnungen verstehe ich mich perfekt, ein wahrer Buchhalter.
Für alle Fälle bestellte ich an der Rezeption einen Rotwein, den Dr. Spoerri mir ans Herz gelegt hatte. Dann widmete ich mich den Trauerfeierlichkeiten und ihrer Vorbereitung im Diary Numero XII von Edward und seiner Entourage an einem regenreichen Freitag in England.

41 Ließ Huxley kommen, ein guter Photograph, ein Schüler des großen Gli Alinari. Soll schöne Kunstwerke von Jenkins herstellen.
Setzte mich mit Strehlow in die Bibliothek, um eine würdige Grabinschrift für den Gedenkstein zu entwerfen. Strehlow ist veritabler Melancholiker, dem immer etwas Trauriges einfällt; wir setzten uns zur Teezeit an die Tische, aber kamen nicht recht vorwärts; tranken Gin, um der düsteren Stimmung Herr zu werden. Warum fraß Jenkins den Foulard, das fragten wir uns.
Es könnte sein, sagte Strehlow, es lag an dem Parfum, nur ein Verdacht ... nach Brehm seien Paviane wüste, geile und böse Tiere ...
Nicht mein Jenkins, sagte ich, der war lammfromm, eine Seele von Mensch – Pardon – Tier.
Es gibt auch böse Seelen in den Tieren, sagte Strehlow, es war die Cupiditas, die Jenkins hinriss, weil der Shawl von Aslauga mit Jicky getränkt war.
Er duftete nach Soir de Paris, sagte ich, ich wisse doch, wie meine Frau riecht.
Erbarmung, nein, sagte Strehlow, es war Jicky.
Ich bat ihn, sich um ein gutes Epitaph zu kümmern, anstatt über Parfum zu spekulieren.
Wen die Götter lieben, den lassen sie jung sterben, das wäre ein hübscher Spruch, sagte Strehlow.
Blödsinn, sagte ich, Jenkins war – in Menschenjahren gerechnet – ein Greis, von wem, fragte ich, diese dumme Sentenz sei.
Byron, sagte Strehlow, Don Juan.
Ich kann Romantiker nicht ausstehen; alles Quatschköpfe.
Da sagte der Baron, man müsse meinem Sohn Max nach Berlin schreiben – er habe Jenkins sehr geschätzt.
Ich setzte Max auf die Gästeliste; Max ist ein guter Maler, nicht so gut wie Whistler, aber immerhin; malt prominentes Gesocks der sog. Berliner Gesellschaft.

Der Baron bat um eine Erfrischung, ich klingelte nach Johnson und bestellte eine Flasche Brandy.

42 Ab hier wird das sonst penible Tagebuch Edwards ein wenig sprunghaft; aber er bemüht sich redlich, alles, was im Augenblick der Fall ist, unterschiedslos zu verzeichnen. Nach einem leider verlorenen Notat (Diary III, Rubrum Menschen – Maschinen – Tierseelen) zitierte er einmal einen Kritiker seines Mathematiker-Idols Charles Babbage: «Die Anzahl der von ihm verwendeten Wörter deckt sich fast genau mit der Anzahl der von ihm beschriebenen Dinge.» Das gibt mir zu denken.

43 Weitere mühselige Recherche über ein Epitaph für Jenkins. Der Brandy kam endlich nach einer halben Stunde. Butler Johnson transportierte die bauchige Karaffe mit beiden Händen und übertrieb wie üblich seine Gebrechen. Muss ihn abschaffen, wie so vieles.

Ließ ihn Gläser aus dem blauen Salon holen.

Dachte an die Totenrede und wer sie halten sollte.

Am besten wohl Strehlow. Hat ein angenehmes Organ und für Leichen-Reden geeignet, hatte er schon x-mal bewiesen.

Johnson brachte mit viel Zittern – Tremor bei ewiger Timidität! – zwei Gläser.

Musste an die Qualitäten von Jenkins denken. Wie schön sah er doch aus in seiner gelben Livree, wie zierlich er die Karaffe mit dem Brandy in den Pfoten hielt, über die Spitzenmanschetten fielen … die Karaffe war natürlich nur noch halb voll, denn mein Jenkins liebte einen guten Schluck – aber niemals sah ich ihn schwanken, seine Bewegungen waren immer präzise und harmonisch, auf zwei Beinen wie auf allen vieren.

Diese wunderbare Harmonie sollte ein Partikel der Totenrede werden.

Ich notierte: Jenkins' Klugheit, sein Charme, die sportive Eleganz.
Durch das große Fenster der Bibliothek sah ich in den kahlen Park. Im Nebel bei leichtem Regen sahen die Bäume aus wie Trauergäste.
Metaphern sind nicht meine Stärke.
Was gefunden, fragte ich; dachte, der Baron stocherte in seinem unversiegbaren Zitatenschatz.
Mit der Hilfe eines doppelten Brandy brachte er ein Zitat hervor:
«Glücklich ist der, der stirbt, bevor er den Tod gerufen hat.»
Von wem, fragte ich.
Bacon, sagte Strehlow.
Welcher, fragte ich, es gebe deren zwo.
Keine Ahnung, sagte Strehlow.
Ich klingelte nach Johnson, der auf sich warten ließ; trieb sich zur Teezeit immer in der Küche herum. Befahl ihm, den Bibliothekar Malmot heranzuschaffen, der seinen freien Tag hatte.
Wir fragten, welcher der beiden Bacons das kryptische Zitat ersonnen haben mochte.
In der Tat rätselhaft, sagte Malmot, ein agiler, kleiner Mann mit schwarz behaarten Händen und einem ebenso gefärbten Ziegenbart.
Es existierten, sagte er gravitätisch, in der Tat zwei Bacons, Francis Bacon, 1561 bis 1626, der die traditionelle Philosophie verachtete, weil sie deduktiv und syllogistisch vorgehe anstatt induktiv und empirisch –
Das ist mein Mann, sagte ich da, ein Empirist reinsten Wassers, gekauft das Zitat, mag's auch unverständlich sein. Hoffentlich hätten wir den Mann im Haus.
Oja, Sir, erwiderte Malmot, Francis Bacon sollte vorhanden sein, freilich ist es nach der alphabetischen Ordnung der Buchstabe B, und die Verfasser mit B befänden sich alle sehr hoch oben in der 12. Reihe.

Dann besteigen Sie die Leiter und holen Bacon runter, sagte ich.
Gewiss, Sir, sagte Malmot, er sei nicht schwindelfrei und fürchte bei diesem Abenteuer von der Leiter zu stürzen.
Wer, fragte ich nun doch gereizt, die alphabetische Ordnung angerichtet hätte?
Mein Vorgänger, sagte Malmot sofort, der Bibliothekar Frécot, der vor sechs Jahren von der Bücherleiter stürzte, und zwar beim Buchstaben W, als der Zufall es gewollt hatte, dass W und auch Z wieder in der 12. Reihe ihre Heimstatt finden mussten.
Was das Zitat betreffe, sagte er, hege er die zuverlässige Vermutung bis zur Wahrscheinlichkeit, diese Sentenz müsse man Voltaire zuschreiben, weder Francis noch Roger Bacon.
Mir war's inzwischen egal. Das Zitat gefiel mir ohnehin nicht mehr. Schickte den faulen Malmot wieder auf sein Zimmer, wo er Mäuse mit Äther ins Jenseits schickte und dann sezierte – ein Hobby.
Notiz: Muss abgeschafft werden; die Bücher werden schon für sich selbst sorgen. Abgang Malmot.
Inzwischen hatte Strehlow in einer seiner Schubladen im Oberstübchen etwas Neues entdeckt und legte es auf den Tisch –
«Wir verstehen das Leben nicht:
Wie können wir den Tod verstehen?»
Na ja, das war ganz hübsch für einen Grabstein, aber es passte verdammt nicht zu Jenkins.
Wenn einer was vom Leben verstand, dann war es mein Partner Jenkins. Ich wurde allmählich ungeduldig.
Von wem war die Sentenz?
Wenn ich mich nicht irre, sagte der Baron, stammt der Satz von Konfuzius.
Ein Sprücheklopfer, dieser Konfuzius!
Mir fiel ein, dass der Baron ein Goethe-Liebhaber ist. Goe-

the!, sagte ich, graben Sie mal in Ihrem Goethe, Strehlow, vielleicht werden Sie fündig.

Bei Goethe werde man immer fündig, sagte der Baron, aber kurze, für ein Epitaph taugliche Sätze werde man nur schwer bei ihm finden.

Geben Sie sich Mühe, sagte ich – Sie zapfen Goethe an, ich mache mich an den Entwurf für die Totenrede.

Arbeitsteilung ist eine gute Sache; wir machten uns dran. Der Baron schleppte irgendeine Gesamtausgabe des Weimaraners heran (übrigens – schöne Hunde, hätte gern einen gehabt, sind aber zu teuer – außerdem sterben sie allzu früh, das macht Kummer – keine Hunde mehr!) und grub den *Faust* um, fand aber in einem anderen Band den Satz, den er nach einem Brandy zum Besten gab –

«Und doch ist nie der Tod ein ganz willkommener Gast.»

Da sagte ich ruhig, wie es meiner Temperiertheit entspricht – Strehlow, lassen Sie Ihren Goethe in seiner Gruft; tragen Sie ihn dahin zurück, woher Sie ihn hatten, holen Sie sich Schopenhauer und Nietzsche, werden Sie gefälligst sehr schnell fündig, und lassen Sie ab vom Brandy.

44

Großvater Edward hatte recht, fand ich; Goethe ist mitunter doch recht mittelmäßig, falls das Zitat nicht von Freund Strehlow erfunden war; man kommt ja zu vielen Inventionen, wenn Dämon Alkohol die Muse peitscht, auch ich kannte Zeiten, in denen – aber lassen wir dieses allzu ergiebige Thema. Nach der halben Flasche Wein, ein überaus süffiger Montrachet, brauchte ich Schweizer Sauerstoff, Bergluft eben; ich ging die langen Gänge entlang über die Treppe durch die Zwingli-Halle und gelangte in die Gartenanlage des Sanatoriums.

Leider war es dunkel, ein Halbmond jagte durch Lämmchenwolken; die Natur ist manchmal angenehm, dann verlor ich den Weg, tappte in irgendwelche Rabatten und Beete mit harten

Zweigen unbekannter Sträucher, stolperte über eine Vase inmitten des abschüssigen Rasens, der an einem Teich endete – gottlob rechtzeitig bemerkt. Als Nichtschwimmer floh ich zurück in Richtung Haus, rettete mich auf die Terrasse und störte eine kleine Eule, die stumm auf dem Schädel eines steinernen Putto saß und mich mit schiefem Kopf fixierte, ehe sie mit einem ziemlich verächtlichen Hu! ihren Abflug machte.
Ich bin mir sicher, dass sie Puh sagte. Edward hätte das, was mir die Eule mitteilen wollte, bestimmt korrekt interpretiert.
Ich ging wieder auf mein Zimmer, um mich dem Studium des Edwardschen Diarys zu widmen, einer wichtigen Passage vor oder nach der Trauerfeier für Jenkins, die ich damals in der schlaflosen Nacht in meinem Sofatal auf dem Dachboden gelesen hatte … danach, das weiß ich genau, fasste ich jenen rigorosen Entschluss, der mich vor Passow, aber nicht vor anderen kleinen und großen Kalamitäten bewahren sollte.

45 Der Baron Strehlow ist ein Fiasko in jeder Beziehung; früher voller phantastischer Ideen und ein Meister abstruser oder bizarrer Pläne (auf dem Papier), ließ er jetzt zu wünschen übrig, er verbrauchte nur noch und war – der Balte ist zäh – selbst verbraucht, obwohl er wie alle verarmten baltischen Adeligen für zwei aß und für drei trank; hier wie an vielen Orten unserer monasterischen Enklave erzeugten die Kosten-Nutzen-Relationen keine stimmige Harmonie, weder beim Personal noch in den Gehegen.
Ich befahl ihm, auf der Stelle einen genialen Einfall für Jenkins' Epitaph zu finden, und drohte – ich schämte mich später – mit dem Entzug des Dinners.
Seine Reaktion düpierte mich.
Dinner, ja das Dinner!, sagte er säuerlich, Schneehuhn in Aspik, Schneehuhn geräuchert, kaltes Schneehuhn, warmes Schneehuhn, Würzschneehuhn, und das jeden Morgen und

jeden Abend. Wissen Sie, ich träume schon von Schneehühnern, ja, sie erscheinen gerupft mit ihren ebenfalls gerupften Küken an einem Strand mit Petersilienwäldern, während ich in einem Meer von Aspik versinke.
Pardon, sagte ich, Lieber, dann werden Sie diese Nacht einmal nicht von Schneehühnern träumen, was Ihnen entgegenkommen dürfte…
Die Wahrheit ist, dass wir einen gewissen Überschuss an Schneehühnern haben, eine Hyperpopulation war entstanden durch die ingeniöse Futtermischung unseres Veterinärs Mauser, deren Zusammensetzung er niemandem verriet. Ursprünglich hatte er die Schneehühner gezüchtet, weil er leidenschaftlich gern Eier aß – pochiert, gebraten, weich oder hart. Dr. Adam (oder ein anderer Arzt) riet ihm ab, sein Cholesterinspiegel werde zu hoch. Mauser glaubte nicht an Cholesterin, das sei eine windige amerikanische Erfindung. Während seiner Eier-Diät, die ihm gut bekam, erfand Mauser einen Brutapparat mit Wärmeschlangen, in dem jene Eier ihren Platz fanden, die für Tier und Mensch bestimmt waren, also auch Schneehühner für die Raubtiere. Will sagen, die Hühner brüteten wie die Besessenen, die Brutapparate erfüllten ihre Funktionen, wie es sich gehörte, ein Ende dieser immensen Produktivität war nicht abzusehen.
Bedauerlicherweise wurden die Raubtiere der Schneehühner überdrüssig. Die Füchse aus den Wäldern mochten Schneehuhn, aber ihr Appetit hielt mit der Gesamtpopulation nicht recht Schritt.
Ich weiß, die Subsistenz-Wirtschaft wirft viele Probleme auf, die nur ein überlegener Geist in Schach halten kann. Verschob die Lösung dieses Problems auf die Zeit nach dem Dinner; Schneehuhn gebacken nach Wiener Art. Unterbrach diesen Strom ernster Gedanken an unsere marode Subsistenz-Wirtschaft und fragte den Baron, ob er endlich ein Epitaph gefunden habe.

Ich entdeckte eine Notiz bei Schopenhauer wieder, sagte Strehlow, die ihn sein Lebtag in traurigen Stunden erhoben habe, ob ich sie hören wolle?
Raus damit, sagte ich.
Gern, merken Sie auf:
«Der Tod sagt: Du bist das Produkt eines Aktes, der nicht hätte seyn sollen: darum mußt du, ihn auszulöschen, sterben.»
Ein schöner Satz, gewiss. Eine tiefsinnige Sentenz, allemal. Aber es war nicht ganz das, was ich mir für Jenkins gewünscht hatte. Zudem sei diese Sentenz ein wenig irreführend als Epitaph, denn die Existenz von Jenkins hatte ja durchaus sein sollen; wer alles auf der Welt hätte nicht sein sollen, sei selbstverständlich eine immer wieder zu stellende Grundfrage.
Sie rühren an die Basis des Seins, sagte der Baron fromm.
Ich riet zu Nietzsche, ein immer mal wieder ergiebiger Kopf, jedenfalls in seinen misanthropischen Schriften.
Strehlow ließ Schopenhauer fallen und suchte nunmehr bei Nietzsche, in einem fetten Band mit dem Titel Das Schönste von Nietzsche, ein Hausbuch.
Während der Recherche schrieb ich meinen ersten Versuchs-Satz für die Totenrede auf Jenkins, der da hieß –:
Jenkins ist/lebt/weilt/west/falsche Optionen tilgen – nicht mehr unter uns. Der immer sinnlose Tod riss ihn aus unserer Mitte/meiner Seite/von uns.
Die Ärzte Stache, Adam und Mauser diagnostizierten einen Katarrh, Bauchweh, eine gutartig vergrößerte Prostata, eine Lungenentzündung, eine Laryngitis und Influenza. Die war's aber nicht. Mein Butler Jenkins starb den Bolus-Tod, indem er einen Shawl verschluckte/in der Form eines Foulards/Nein, heute ist kein Tag für Totenreden!
Ich begnügte mich mit Stichwörtern der Art, die kein Puritaner verdammen konnte: – Jenkins und sein finsterer Humor,

seine Reflexionsfähigkeit, sein tiefes Verständnis für das Wesen des Menschen; ich wollte an seinen gesegneten Appetit erinnern, seine parodistischen Fähigkeiten, aber auch an seine Respektlosigkeit gegenüber anderen Tieren, außer den Raubkatzen. Mit welcher Hingabe er meine Hunde flohte, an einem jeden Abend auf der Terrasse im Lichte der scheidenden Sonne, und – nicht zuletzt – wie er nach des Tages Mühen die Pfoten zu einem Gebet faltete, dessen Text nun für alle Ewigkeit nicht bekannt werden wird, schade!
Strehlow fand natürlich nichts bei Nietzsche, hätte mich auch gewundert. Fragte, ob er eigene Ideen ausgeheckt habe? Hatte er nicht. Schlug vor: «Hier ruht Jenkins in Gott». Gefiel mir nicht, war zu schlicht, auch wenn man Gott wegließ, wurde es nicht besser.
Baron, sagte ich, schließen wir diese müßigen Gedankenspiele ab. Notieren Sie das Epitaph, das uns sämtliche Umwege erspart –
ER WURDE GEBOREN, ARBEITETE UND STARB.
Großartig, sagte der Baron erschüttert, von einsamer lapidarer Kraft, Triftigkeit und Schönheit.
Das unvermeidliche Schneehuhn, wie zu fürchten stand, für jeden eines, also war der Plural angebracht, rückte unerbittlich näher.

46 Einen Edwardschen Satz aus dem Diary schrieb ich in mein Notizbuch; er bewies meines Großvaters Vorliebe für David Hume esq. –:
«Alles ist Phänomen, nichts anderes und ist nicht doch nur ein wildes Gemenge unzulänglich oder unsystematisch beobachteter Phänomene? Beobachte ein Phänomen sorgfältig und zeichne diese Beobachtung ebenso präzise auf – was man erhält, ist ein unumstößliches Faktum.»
Für die Kollektion von Fakten über Tier & Mensch beschäf-

tige ich seit 25 Jahren ca. 30 Leute von Geist, Reputation oder blindem Arbeitseifer, als da wären (gelegentlich die Lohnlisten überprüfen!):
der Baron Strehlow, Balte, Freund, Parasit, Sekretär, Gesellschafter, Trinker; hat inzwischen den Status eines Faktotums. Seine Leber wird es nicht mehr lange machen. Früher sehr inspirierter Nekrologschreiber und -redner …
ein Kustos namens Rall, für die Kollektionen, hat Asthma und begreiflicherweise eine Staub-Allergie.
Bibliothekar Malmot, ein sprechender Name, erinnert mit seiner fleischigen Nase an ein gelehrtes Schaf; fürchtet sich vor Leitern, unter denen er sich bekreuzigt.
Babkin, Privatsekretär, in Verlust geraten, will sagen: Selbstverlust durch Ableben. Ursache: (sagte Dr. Mauser) ein unbekömmlicher Fuchsbandwurm. Schöne Vorstellung, dass so ein Parasit mit dem Wirt abstirbt; legt einem immer mal wieder den ausgleichenden Nemesis-Gedanken nahe.
Dr. Mauser; nicht mit der deutschen Waffenfabrik verwandt; leidlich guter Arzt, neigt aber zu bizarren Diagnosen, die vom Wetter abhängen. Bei Regen findet er andere Krankheiten als bei Sonnenschein. Verabreicht kiloweis' Aspirin oder Chinin mit Gin. Ziehe ihn nur zu Rate, wenn die Fälle ohnehin hoffnungslos sind; auch ein Schmarotzer.
Hausarzt Stache, Allgemein-Mediziner, ein rechter Störherd-Fanatiker; es gebe nur endogene Krankheiten oder Schäden, die der Patient eigenhändig induziere. Behandelt nach Hahnemann – Akupunktur und Homöopathie. Spielte er nicht so gut Geige, hätte ich ihn längst entfernt.
Dr. Schmitt, zweiter Veterinär, der Todesengel für Moribunde, ein Experte des schmerzlosen Einschläferns, sehr gute Kraft; muss weinen, wenn er den armen Kreaturen den Todesanstoß gibt. Hatte etwas mit der Köchin Nancy, Affäre eingeschlafen.
Nancy, die Köchin, ein schwerer Fall von Adipositas; sie ist so

dick, dass sie keine Treppen mehr steigen kann – lebt immer im Parterre u. leidet an Herz-Schmerzen. Habe ihr neben der Küche den Kartoffelkeller ausräumen und tapezieren lassen; dort wird sie dahingehen. Sie hasst Schneehühner.
Sehr nützlich, einmal Überblick zu gewinnen, was das Personal wirklich macht.
Guerini, Steinmetz, vor drei Wochen Abschied für immer. Starb einen berufsspezifischen, achtungsvollen Tod, indem er einen Tag nach seiner deliziösen Canova-Copie – Amor & Psyche – einem Herzschlag auf dem Friedhof erlag. Friede seiner Asche.
Frécot, unser Taxidermist, präpariert die Seligen schön und naturgetreu, alle untergebracht in der ehemaligen Fasanerie; auf dezente Weise schwul; trieb es früher mit dem Philosophen Heyse, bis der ihn aus dem Bett warf – die Aura (oder das Odeur) Frécots sei nicht mehr tragbar. Tatsächlich haftet dem vortrefflichen Manne eine Art von Hautgout an.
Heinrich Heyse aus Heidelberg: studierte bis (Datum getilgt) bei Prof. Drömmel, einem Zoologen, später warf er sich auf die Philosophie und promovierte über Okkasionalismus – habe nachgeschlagen, was das wohl ist, in meinem Lexikon stand nur: Siehe Theorie der Gelegenheits-Ursachen, schlug ebenda nach, aber die Seite fehlte, so dass ich bis heute nicht weiß, worum es sich handelt. Stellte ihn ein, weil er sich um die Sprache der Tiere kümmern sollte – Lautlehre, Kommunikation, Grammatologie etc. –, als Phonologe war er gut, versagte aber schon bei meinen Primaten mit stimmigen Interpretationen. Spielte er nicht begnadet die Querflöte, ich hätte ihn längst entfernt.
Wäre noch der Photograph Huxley, guter Handwerker, kein Künstler. Auf den Photographien kann man aber beinahe immer erkennen, um welche Objekte es sich handelt. Er photographierte die Park-Panoramen – also das Kloster vor dem Umbau, den Park bis zum Moor – und stellte gute Porträts

aller Tiere her, sowohl zu ihren Lebzeiten wie auch im ausgestopften Zustand; bei einer Serie von Porträts von Aslauga verliebte er sich in sie. Ob Affäre – was für alle Beteiligten eine angenehme Sache wäre –, ist unklar. Hoffen wir das Beste. Denke, ich habe alle Wichtigen erwähnt, gewürdigt und abgehakt. Stop – ich vergaß

Pooley, Jonathan, Schauspieler und Regisseur, mit dem ich wichtige Experimente unternahm, die teuer waren, ideell und pekuniär ... Über eine Agentur bestellte Pooley arbeitslose Schauspieler, mit denen er Stücke für die Primaten einübte. Ich hatte, inspiriert durch Heyse, die glorreiche Idee, das Reaktionsvermögen, die Reaktionschemata und das Verständnis der Primaten durch die Vorführung rein menschlicher Dramen zu testen.

Auf der stattlichen Bühne vor den Käfigen – Schimpansen, Orang-Utans und Gorillas – gaben Pooley und die Seinen Shakespeares Dramen, vor allem die Königsdramen, einmal Schillers Wilhelm Tell (der Apfelschuss gefiel den Schimpansen), aber der Rest vom Schiller fiel durch, während wir Richard II. en suite hätten spielen können. Vor allem die Gorillas waren entzückt über die Schwert-Szenen; je mehr Gemetzel, desto weniger Obst warfen sie aus den Käfigen auf die Schauspieler.

47

Korrektur.

Nicht die Gorillas waren von der blutigen Kampfszenen entzückt, sondern die Schimpansen.

Nachdem Pooley alle Königsdramen durchhatte, reichten wir den Tieren die Kostüme und Holzschwerter in die Käfige, in der Hoffnung, sie verwandelten sie in eine elisabethanische Bühne. Vergebliche Hoffnung. Der Nachahmungstrieb der großen Primaten wird überschätzt, das ist leider ein Faktum. Die Gorillas ließen die Kostüme nach einer olfaktorischen

Untersuchung in Frieden. Der alte, aber noch virile Silberrücken Milton schnüffelte an den Jabots, den Westen und den Strumpfhosen, die wahrscheinlich nach Schweiß, Talkum und Alkohol rochen, zerfetzte sie und krönte sich mit dem Blechding als Richard II., setzte sich auf seine Hinterkeulen und fixierte mit moroser Miene Butler Jenkins, der, natürlich mit einem ledernen Maulkorb um die freche Schnauze, in der ersten Reihe sitzen durfte. Ich glaube, er hatte Namenstag oder Geburtstag.
Die Blechkrone auf dem mächtigen Schädel stand Milton irgendwie. Wir schöpften Hoffnung, Heyse, Stache, Huxley und Frécot. Ich ließ Strehlow einen Spiegel aus dem Haupthaus holen.
Milton sah einen Gorilla mit einer viel zu kleinen Krone, der wütend die Zähne fletschte und ein tiefes U-hu ausstieß... einen Laut der Wut, der Enttäuschung (Gott, worüber), vielleicht des Selbsthasses (eine psychologische Vermutung unseres Dr. Mauser), dann zerknüllte – das ist der wahre Ausdruck – Milton die Krone wie ein Taschentuch und warf den kompakten Ball dem armen Jenkins an den Kopf. Jenkins kreischte und keckerte vor Entrüstung, während sich Milton vollständig aufrichtete und rasend vor Wut mit beiden schwarzen Fäusten auf seinen majestätischen Thorax trommelte. Das Dschungel-Gebrüll Miltons enervierte, wie kann es anders sein. Die vier Löwen brüllten, das Puma-Pärchen fauchte, und sogar unser letzter Amur-Tiger stieß grollende Laute aus, was Mauser verwunderte, in Sibirien sei das Wutgebrüll eines Gorillas in freier Wildbahn Tigern an und für sich unbekannt. Ich erwiderte, dass er Unsinn rede, nicht umsonst hätte ich die Raubtiere gegenüber den Affen etabliert, damit sie sich täglich beobachteten und eines vom anderen lernte, was natürlich niemals der Fall war, aber immerhin Unterhaltung für die großen Katzen bot. Ich muss betrübt notieren, dass wir fürderhin keine Königsdramen mehr aufführen ließen.

Pooley versuchte es noch einmal mit dem Hamlet, Akt III, Szene I; ein Schauspieler namens Readel gab den Hamlet. Beim großen Monolog, der ja kein Menschenherz kaltlassen kann –

To be, or not to be; that is the question
Whether 'tis nobler in the mind to suffer –

– lauschte Milton andächtig, drehte uns dann den Rücken zu und furzte; die Schimpansen hielten die Köpfe schief und suchten weiter unverdrossen nach Flöhen, die Orang-Utangs reagierten nicht.

48 Bestimmte Gründe des Handelns oder einer Handlung (singulär oder nicht) müssen nicht unbedingt den inneren Gesetzen einer Motivation entsprechen, der Zufall ist's, der bestimmt. Wäre der Baron nicht gestolpert und in ein Sumpfloch gefallen, und hätte ich ihn nicht aus seiner misslichen Lage befreit, wären alle Ereignisse, die diesem Unfall folgten, anders verlaufen.

Für Oktober war es recht kalt, so dass ich meinen Gehpelz aus Zobel trug, bewaffnet war ich mit einem Stockdegen – beides mir liebe Objekte meines Vaters Iron, den schon lange der Rasen deckt. Bei einer seiner barbarischen Fuchsjagden hatte er sich gottlob den Hals gebrochen, die näheren Umstände tun nichts zur Sache.

Die Unterhaltung war auf beiden Seiten einsilbig, während wir durch den Zoo gingen, es war 18 Uhr, aus dem Sumpf im Norden stieg leichter, ziemlich heller Nebel.

Die Tiere schliefen. Der Käfig meines Lieblingspumas (er hieß Nikolaj) war leer, Tod durch Lungenentzündung.

Sind Sie eigentlich gesund?, fragte ich den Baron.

Ich glaube schon, sagte Strehlow, das liegt daran, dass ich nie die Krankheit fand, die zu mir gepasst hätte.

Immerhin ein Petit Four von Antwort. Mein Zoo ging unter, das war zu sehen.

Wenn Sie mit der Totenrede für Jenkins nach meinen Notizen, sagte ich, fertig sind, machen Sie bitte zusammen mit Dr. Mauser eine Inventur des Bestandes.
Gern, sagte der Baron widerwillig.
Wie traurig die leeren Volieren im Buchenhain froren; ich hatte alle die geliebten Eulen- und Krähenvögel eines Tages freigelassen.
Wir näherten uns dem vergitterten Terrain, das der Baron noch nie gesehen hatte – er fürchtete das ganze alte Gelände.
Ich hörte die Schweine grunzen, liebliche Laute.
Schweine!, sagte der Baron. Ich höre Schweine!
Es sind auch welche, sagte ich.
Der Baron verlor die Contenance, die Existenz der Schweine hatte ihn aus der Kurve getragen.
Wir traten näher, ich lockte meine Lieblinge mit der Schweinepfeife, ein schönes Modell meines Hauserfinders Gubel (er starb an einem rostigen Nagel, Sepsis und Finis) –, und alle meine Schweine trabten heran, alle meine geliebten Suidae.
Sie lebten, das kann ich sagen, auf gewissermaßen großem Fuß oder, besser gesagt: Paarhuf in einem Riesenhabitat mit Wiesen und Matten, Suhlen und Senken; im Sommer kühlten sie ihre fetten Bäuche in einem hübschen Bach-Mäander, der im Sumpf mündete; Siesta hielten sie an lauschigen Plätzchen unter Korkweiden oder in einem anmutigen Erlenhain; im Winter schliefen sie in flachen, aber geräumigen, mit Stroh ausgelegten Boxen. Sie stanken lieblich nach Moschus mit einer Beimischung von Ammoniak, grunzten freudig, ein jedes nach seiner Art, und rieben ihre rosigen Leiber am Gitter.
Zuerst drängten die Petrain-Schweine heran, gefolgt von einer kleinen Gruppe zierlicher Pekaris, dann begrüßten mich die Maskenschweine, das sind die Shar Peis unter den Schweinen, während sich die schüchternen Hängebauchschweine zurückhielten.

Es waren, denke ich, ohne Volkszählung, siebzig kerngesunde Exemplare voller Lebenslust.
Hören Sie, sagte Strehlow, diese Viecher, diese Schweine, ich meine – die sind, das ist doch Futter, will sagen, Nahrung ... für den menschlichen Verzehr bestimmt, wie die Natur es befiehlt, lieber Singram, ja, wie die Natur ... und wir ... wir müssen jeden Tag –! und dann fing er in einem sehr leidenden Tonfall bis zum Lamentieren an, über das arme Schneehuhn herzuziehen, das eigentlich, soviel ich von der Ornithologie verstehe, ein Moorhuhn ist, aber so groß mag der Unterschied nicht sein. Man solle, rief der Baron mit Emphase, das Schneehuhn leben lassen, wie diverse andere Viecher auch, die nicht schmackhaft seien, aber Schweine seien dem Genuss des Menschen zugedacht vom Anbeginn aller Zeiten, ja, er kenne baltisch-russische Rezepte für Spanferkel, z. B., Porosjonok à la Russe. Ein rechtes Gericht für den russischen Ostertisch.
Ich erwiderte ruhig, Ferkel kämen niemals auf den Tisch, und Ostern sei mir schnuppe.
Wir gingen während dieser blöden Unterhaltung langsam am Gehege entlang; noch niemals hatte ich eine so große Abneigung gegen den Baron. Hin und wieder streichelte ich die Schnauzen, diese kühlen, feuchten und rosigen Nasen, mit den Fingerspitzen. Die Schweine grunzten, jedes wollte mit mir sprechen und gab beredt Laut. Herrliche Tiere; wohl das Beste, was der gute G. hingekriegt hat, außer Affen und Raubtieren.
Auch die Füllung, sagte Strehlow, sei pures Schwein, roh und sehr fein gehackt. Unsere Köchin, sagte er, damals in Riga, gab noch Weinbrand mit Thymian und Salbei in diese göttliche Füllung.
Man könne so ein Spanferkel auch kochen.
Ihr Balten, sagte ich, seid Barbaren. (Erinnerte mich an solche Schlemmereien in Zeiten vor der Schneehuhn-Phase).
Erlauben Sie, mein Lieber, sagte der Baron, wenn man Ihre

Köchin wenigstens dazu bringen könnte, Schneehuhnpastete zu bereiten, auch Kurnik genannt, das Rezept ist das folgende –

Vor dem Unfall im Sumpf passierte noch etwas Komisches. Der Truthahn Hannibal XII. erschien im schwachen Dunst und stolzierte auf uns zu; er war der Herr über zwölf Hennen und angemessen stolz. Mich nahm er mit einem lässigen Kopfnicken zur Kenntnis und fixierte den Baron.

Ein Pfau, sagte der Baron. Auf Gut Prassendorf hielt mein Vater derlei. Sie bilden eine schmackhafte Speise, unsere Köchin Dorla bereitete sie nach folgendem Rezept –

Hannibal fixierte immer noch den Baron, ruckte mit dem Kopf, gluckste, kollerte und drehte sich einmal um seine Achse, wobei er seine nackten Ballerina-Beine zeigte – dann stürzte er sich auf den Baron, der panisch floh.

Ich beruhigte Hannibal mit einem sanften Tritt und folgte meinem bestürzten Schneehuhn-Kritiker.

Nicht so schnell, sagte ich, er möge an mein Gicht-Bein denken (ich glaube, es war das Knie an diesem schönen Tag).

Nun führte der Weg (links vom Schweinepferch) direkt zum Moor. Lassen Sie uns umkehren, sagte ich.

Unter einem Kastanienbaum blieb der gute Strehlow stehen, war bleich, zitterte mit Kinnladen und Ziegenbart und sagte tatsächlich, er habe eine Schneehuhn-Phobie von ganz unverwechselbaren, charakteristischen Symptomen – ich sage nur eines… und dann folgte sehr vieles sehr schnell.

Er träume inzwischen von Schneehühnern, in nächtlichen Träumen erschienen sie ihm als Gerippe mit vollständigen Köpfen, sie verfolgten ihn und hackten mit den Schnäbeln in seine Weichteile; einmal habe sich ein schwarzes Schneehuhn in einem Traum in seinen Bauch gekrallt und seine Leber blessiert.

Nun ja, ich war froh, dass dem Baron bei seiner Leidensgeschichte die Bildung nicht flöten ging.

Ich sagte, ich ginge zurück ins Haupthaus, das Dinner warte auf uns, Schneehuhn in Aspik, Beilage Gurken und rote Rüben.
Das gab ihm den Rest, so dass er sich aufblies wie der Truthahn. Er wurde grundsätzlich.
Erbarmung, so ist das also, sagte er im weichen baltischen Idiom: Ich habe verstanden, so wahr ich Egon Baron Strehlow bin. Was soll man sagen ... objektiv läuft im Schweinepferch ihr Kapital herum, Schwein für Schwein. Sie leben wie ein Schwein, wir alle müssen leben wie die Schweine – Pardon, ein Irrtum. Die Schweine – Ihre Schweine –, scheinen wie die Könige zu leben, sie sind wohlgenährt und rosig, wenn auch schmutzig an sich und für sich, weil sie sich wollüstig – so sind die! in der Suhle –
– suhlen, sagte ich, da er das Verb nicht hinkriegte.
Ich wollte sagen, erwiderte der Baron, – sich wälzen, mit Reflexivum.
Das tun sie, sagte ich heiter, aber Sie irren in der Annahme, Schweine seien schmutzig ... pah! Schweine sind die reinlichsten Tiere der Welt, der Mensch in seiner Hybris hat sie schmutzig gemacht; sie riechen gut, haben Sie's bemerkt –? Was mich zu der Bitte bringt, lieber Baron, öfter ein Bad zu nehmen.
Das machte ihn stumm. Ich schätze Leute, die nicht so viel reden. Gibt's was zu sagen, genügt die Kombination von Subjekt, Prädikat, Objekt, ansonsten basta.
Strehlow überging meine Bitte, obwohl ich ja nicht gesagt hatte, er röche streng. Ach, die Balten sind empfindlich.
An dieser Pauverté auf House Singram, sagte Strehlow, seien allein die Schweine schuld, und das Schlimme sei eben, dass diese trübe Pauverté eine durchaus künstlich erzeugte sei – alles flösse in die widerlichen Schweine, er wisse genau, wie teuer ihr Futter sei.
Ich erwiderte, Schweine seien Allesfresser; letzthin habe der Eber Cäsar, ein gar stattlicher Bursche von schöner Potenz,

dem Gärtner Lewis – übrigens ein Verwandter von Clive Staples Lewis, dem Initiator fesselnder Romane von christlich-ethischer Grundhaltung – einen Fuß abgebissen bei der Fütterung; Cäsar sei außerordentlich zufrieden gewesen. Natürlich, sagte ich begütigend, ernähren sich die meisten meiner Schweinchen von Gänseblümchen, Veilchen und anderen Vitaminen.

O, Singram, sagte da der Baron, ich verstehe Ihre männiglich zynische Rede zwischen Euphemismen und der Pejoration – gleichwohl –

Dies schien denn doch ein längerer Satz werden zu wollen. Ich rief ihm das Schneehuhn zum Dinner ins Gedächtnis.

Halten Sie mich nicht für naiv, sagte Strehlow und blieb am Rande unseres Sumpfes stehen; ein schöner Schilfgürtel wiegte sich in der Sonne des Abendwindes, sehr poetisch. Mitunter bin ich dafür empfänglich, aber nicht oft.

Hören Sie, sagte der Baron mit ungewöhnlicher Beharrlichkeit und tiefem Ernst (mochte an der Überdosis Brandy in der Bibliothek liegen), in meiner Jugend fiel mir – als Forstadjunkt – eine Schrift des berühmten Forschers Nicolic in die Hände, sie lautete vollständig Untersuchungen über den Einfluss des Geschlechts und der Kastration auf die Erzeugung und die Qualität von Schweinefleisch. Ja, das war der Titel dieses Werks, das meinen Vater ins Unglück stürzte, damals in Riga, unweit der Düna.

Ich höre gern Geschichten über Missgeschicke, Schicksals-Fatalitäten, Unglücks-Fälle oder fehlerhaft gedachte Kalkulationen; die bringen einen auf den verlässlichen Boden der Tatsachen. Und die Tatsachen, meine Tatsachen – der ausgestorbene Zoo, die toten Biester auf dem Friedhof – (81 Parzellen in toto mit Stelen aus Stein, mit Epitaph garniert oder ohne) – die ganze blöde Misere …

What happened, fragte ich Strehlow, der das schwärzliche Moorbiotop argwöhnisch beäugte.

Nun ja, sagte er, der Verfasser der eben genannten Schrift, Nicolic, führt in Kapitel sieben aus, wie man Ferkel kastriert – nämlich mit einer Kneifzange, Modell Keyserling; auch die Methode war beschrieben ... ohne Betäubung! Leider exekutierte mein Vater diese Operation an einem alten, impotenten, aber aggressiven Eber namens Siegfried, eine Kreuzung aus Pietrain und Bentheimer Landschwein.
Die Geschichte interessierte mich. Ich hab's mal mit Wollschweinen versucht, aber –
Der Baron bat mich, meine Wollschweingeschichte später zu erzählen. Warum nicht; vielleicht war seine Geschichte gut.
Und so passierte es, sagte Strehlow – Papa näherte sich von hinten im Koben den Hinterbacken des Ebers, rutschte in den Exkrementen aus, fiel auf die Knie, die Kneifzange entfiel ihm, noch bevor er in der Gegend der Genitalien war, und der Eber drückte ihn mit der riesigen Körpermasse an das Gatter und biss ihn – ohne jede böse Absicht – in den Hintern.
Ich kannte einmal einen deutschen Cornwall-Eber, sagte ich, der über 200 Kilo wog, das ist kein Pappenstiel.
Ganz recht, sagte Strehlow, der Eber ließ sich auf meinen Vater fallen – Tod durch Ersticken, das stellte unser lieber Hausarzt Prus fest. Man hat den Eber Siegfried dann der irdischen Gerechtigkeit zugeführt, in den man ihn füsilierte.
Traurige Geschichte, sagte ich, ich gab den armen Schweinen vor den Kastrationen einen Eimer Stout, den sie wie nichts wegschlürften, worauf sie dann selig pennten; das war zu der Zeit, als ich noch Träume von Fleischverwertung auf dem freien Markt hatte; aber die Kosten-Nutzen-Relationen erzeugten keine Hausse. In diesem Augenblick schritt Franklin herbei, ein stattlicher Leonberger; es sind dies sehr freundliche Hunde mit stolzen Allüren, große Geisteslichter sind sie nicht ...

49 Was zum Zerwürfnis zwischen dem Baron Strehlow und mir führte, war ein dummer Zufall, herbeigeführt durch zwei Handlungen. Nach seinem Bericht sagte der Baron:

Pardon – er müsse sich erleichtern – (er leidet an einer Prostatitis), holte sein Instrument aus der geräumigen Hose, bat noch einmal formvollendet um Pardon und pisste dann mit einem glücklichen Aufseufzen in den Morast; der brave Leonberger Siegfried suchte Kontakt zum Baron, stieß ihn kräftig mit der Schnauze in eine Kniekehle – sie sind wirklich nicht die Hellsten, diese Hunde –, und der Baron, noch immer auf seinem Blasenentlastungstrip, fiel strampelnd in den Sumpf. Damit grub er sich sozusagen eine Grube, in der er bis zur Hüfte verschwand.

Hilfe, sagte Strehlow zaghaft, bitte doch, Hilfe!

Das Moor umfing ihn weich, er konnte sich sogar um seine Leibesachse drehen. Das war nicht ungeschickt in dieser fatalen Lage, lavierte ihn aber tiefer in das Moorloch, aus dem Gluckern und Blasen nach oben drangen, als nagte die Moormasse voller Appetit an des Barons Extremitäten.

Es dämmerte jetzt; unter dunklen Wolken am Firmament sank die Sonne in einem sinistren Kupferglanz von gewisser Schönheit; manche Natureffekte haben doch viel für sich.

Der Leonberger verabschiedete sich verlegen. Ich nehme an, er wollte nicht zu spät zu seinem Rendezvous mit der Pudeldame Cordelia kommen, die justament heiß war. Auf seinen dicken schwarzen Pfoten trabte er im blauschwarzen Pelz davon.

Der Baron bat noch einmal inständig um Hilfe – ich reichte ihm den Stockdegen, den er freudig ergriff. Ich behielt den Degen in der rechten Hand; eine misslungene Hilfeleistung allererster Güte.

Pardon, sagte ich, nehmen Sie den Stock in beide Hände, und

legen Sie ihn quer vor Ihren Bauch. Nun stak der Baron am Stocke fest im Morast. Ich legte ihm nahe, nicht zu zappeln, und überdachte die Lage. Die war unangenehm für den Baron.
Man sollte sie ihm erleichtern, das schon.
Lieber Baron, sagte ich, legen Sie nur die Ellenbogen commode auf die Stockhülse, der Degen ist bei mir in Sicherheit.
Der gute Strehlow keuchte ein bisschen und bat erneut um Hilfe. Ich besann mich der Singramschen Gastfreundschaft.
Immerhin hatte mir der herabgekommene Adelige (Riga, ich wiederhole, falls ich es nicht notiert haben sollte) den ganzen Brehm am Kamin vorgelesen, und zum Teufel, mit einem sehr angenehmen, zum Vorlesen vortrefflichen Organ ohne die üblichen Härten, und er sprach alle lateinischen Termini korrekt aus; wir waren bis Band III vorgedrungen und würden, so die höheren Instanzen es erlaubten, bis Band IV vorstoßen, der mit den ‹Spähern› anfing, auch ‹Investigatores› genannt.
Hilfe, sagte der Baron, bitte.
Selbstverständlich, sagte ich, könne man Johnson heranpfeifen, aber er höre schlecht auf große Entfernungen. Ich wolle aber versuchen, die Brüder Tozzi (begnadete Gärtner) mit Hilfe der Pfeife heranzulocken.
Reichen Sie mir Ihre Hand, sagte der Baron, dann geht es vielleicht…
Lieber Egon, sagte ich herzlich, ich reichte Ihnen – wie schon so oft im Leben – gern meine Hand; allein, bedenken Sie, dass damit nichts gewonnen wäre, weil ich in den Armen und der Schultermuskulatur unter einer niederträchtigen Atrophie leide, so dass ich mehrere Optionen anderer Art ins Auge fassen muss, denn reichte ich Ihnen die Hand oder gar beide, verlöre ich das Gleichgewicht und leistete Ihnen unfreiwillige, ja in diesem speziellen Fall sogar unwillkommene Hilfe. Wir stäken beide im gleichen Sumpfloch. Um ihn auf-

zurichten, moralisch – meine ich, mitunter ist mir das positive Denken gegenüber Freunden nicht ganz fremd –, erinnerte ich ihn an unsere schönen Vorlese-Abende am Kamin mit Gin und Biscuit.

Den Brehm, sagte ich, haben wir erledigt, dann zwei Bände vom Buffon, die Essays von Scheitlin über Neuweltaffen und – nicht zuletzt – meines toten Vaters Abhandlung *Der Zobel – Geschichte, Vorkommen, Jagd und Verarbeitung*; ja Iron Singram, der Pelzhändler war's, der mit russischem Zobel den Grundstein zu einem Vermögen legte …

Man könnte pfeifen, sagte Strehlow, ihm werde kalt.

Pardon, sagte ich, ich pfeife.

Das Pfeifen hatte wenig Sinn; es war eine Hundepfeife, die ich benutzte.

Man höre nichts, sagte der Baron.

Abwarten, sagte ich, die Tozzis haben ein so scharfes Gehör wie Hunde; vielleicht höre uns auch der Leonberger.

Was für eine Lage, sagte der Baron.

Es dämmerte nun schon sehr stark, aber ich sah seinen weißen Bart sehr deutlich.

Ja, sagte ich, was für eine Lage; man könne sie weiter analysieren, aber es käme nichts Vernünftiges heraus.

50 Diese Stelle greift mich immer wieder ans Herz. Angesichts einer ausweglosen Lage denkt und spricht Edward klar, vernünftig und positiv. Vielleicht doch eine gute genetische Erbschaft, die sich auch bei mir kraftvoll durchgesetzt hatte.

Man muss die Lagen rechtzeitig erkennen und vorher mit allen Implikationen und etwaigen Folgen zerlegen, dann kann einem wenig passieren. Ich zerlegte mein Lebtag die schlimmsten Lagen erst dann, wenn ich mittendrin steckte, wie der Baron im Sumpf.

Ich lauschte einen Augenblick den Nachtvögeln im Park des Sanatoriums, trank meinen Wein und las weiter.

51 Mir fällt ein, sagte ich, dass ich Situationen abscheulich finde, die allzu symbolisch sind wie diese hier – sehen Sie, ich habe jetzt fünf Mal hintereinander gepfiffen. In Ihrer Lage, mein lieber Baron, fände ich es zweckmäßig, über ein Epitaph nachzudenken, für sich selbst natürlich, so leicht wiederholten sich so günstige Situationen nicht; in einer warmen Bibliothek ist's schwer, würdige, von Thanatos beflügelte Gedanken zu fassen, hier müsse es einfach gelingen …

Hilfe, sagte der Baron matt.

Die Pauverté, sagte ich, ist meine Schuld, absolut, der Preis für meine Weltflucht, meinen Egoismus … ach ja. Diese meine Enklave geht erbärmlich unter, wir sind auf einem sinkenden Schiff oder auf dem absteigenden Ast, wählen Sie das Bild, das Ihnen behagt …

Im Augenblick keines, sagte Strehlow.

Verstehe ich gut, sagte ich; wo war ich? Richtig – meine Forschungen an den Tieren … sozusagen die Idee einer instinktiven Kommunikation versus Loebschen Tropismus, gelangen ja selten oder nur mit Schweinen und Hunden – vor dem Leonberger Siegfried hatte ich in den 20 Jahren, wenn Sie sich erinnern, 30 Hunde aller Mischungen –, aber Hunde sterben schnell, und ihr begrenztes Leben dauert mich bis zu Tränen. Die Schildkröten freilich, die werden uns alle überleben, der alte Melmoth und die kleine, noch junge Yvette. Seit dem Tod von Jenkins denke ich jeden Tag an meinen Abgang, an die große Reise, den ewigen Winterschlaf.

Organisch ist alles bei mir halbwegs im Lot, von ein paar kleinen Funktionsstörungen abgesehen. Leider habe ich mit der Religion nichts am Hut, nach dem Tod kommt gar nichts, nur Leere, noch nicht einmal gefüllt mit Brackwasser wie in Ihrem Loch. Pardon, ich rühre da an sogenannte Letzte Dinge und weiß gar nicht, ob Sie dazu aufgelegt sind. Bin aber froh, dass wir einmal eine kleine Aussprache haben. Der Leerlauf des Tagesbetriebs bietet so selten Gelegenheit. Glauben Sie an Gott?

Freilich denn wohl, sagte der tapfere Baron, ER hat mich noch nie im Stich gelassen – ER führte mich vor 20 Jahren in Ihr gastliches Haus … in dieses verfallende Riesenkloster –; und ich schlafe gern in den alten, nunmehr hübsch tapezierten Ställen, selbst mit den Schneehühnern habe ich mich fast abgefunden; ein Gast darf nicht klagen.

Oha, sagte ich, Sie sind schon 20 Jahre hier? Wissen Sie was – wir leben derart in der Sicherheit dieser Mauern, dass ich gar nicht exakt weiß, ob wir noch eine Monarchie haben. Regiert der oligophrene Eduard, oder ist es ein Georg? – Ich habe keine Ahnung. Ist mir auch egal.

Weiß nicht mehr, ob meine Unterhaltung mit dem Baron exakt so gewesen ist, denke aber schon. Erinnere ich mich recht, holte Siegfried, der Leonberger, einen der Tozzi-Brüder, oder sie liefen sich durch Zufall über den Weg; jedenfalls wurde der Baron aus seinem Sumpfloch befreit und laborierte eine Woche lang an einer Erkältung; aber an jenem Abend erschien auf der pauvren Singram-Tafel Moorhuhn, dem Baron zu Ehren nach einem echt baltischen Rezept … mit Gerstengrütze.

Während seiner Rekonvaleszenz sperrte ich den Gast in die Bibliothek und bat ihn – nach meinen Notizen – die Totenrede auf Jenkins zu schreiben.

52

Es schneite stark am Tag der Trauer für Jenkins; gegen Schnee ist nichts einzuwenden, wenn er schon mal fällt. Macht alles irgendwie feierlicher. In der Kapelle war's eis-

kalt. Saß eine halbe Stunde früher in meiner Bank und gedachte der Riten, die der Baron Obsequien nannte, ein hochtrabender Ausdruck für den formlosen, aber würdigen Abschied von meinem Pavian. Also nichts Christliches, das hoffte ich.
Hatte im Vorfeld (ca. 11 Uhr) noch eine lästige Unterhaltung mit dem Reverend Treeball, der ein Faible für Bestattungen hat, egal, ob's Tiere oder Menschen sind; er liebte als dienender Stellvertreter die ganze Bagage, so sie tot war; im täglichen Umgang war er ein Stinkstiefel und Suffloch.
Da hockte ich nun und hing edlen Gedanken nach an Tod und Verwesung, Würmer und Leichenwasser (soll bei bestimmten Böden das Grundwasser verseuchen), als der Pfarrer seine gichtige linke Hand auf meine Schulter legte. Hatte meinen Zobel übergezogen, räudig, aber warm.
Sir, sagte er mit hoher Fistelstimme, ich bin's, Treeball.
Macht nichts, sagte ich, fängt gleich an, Sie können sich setzen. Ich hoffte auf leichte Zerstreuung vom Kummer (habe alles wortwörtlich ins Diary übertragen, diese Unterhaltung wie auch die Rede von Strehlow – wenn ich mich recht erinnere, nach dem Leichenschmaus).
Hochwürden war schon senil, litt an einem erbärmlichen Mundgeruch so zwischen Grab und alten Plomben.
Der Herr, sagte er, er gibt, und er nimmt, ja, das macht er wohl.
Stimmte zu.
Die Bienen, die Vögel, der Schnee, fuhr er fort, alles geworfen von Gott.
Kann man so sehen, sagte ich.
Sie begraben heute einen alten Gefährten, Sir?
Kann man so sagen, erwiderte ich und versteckte meine Nase im Pelzkragen.
Wer, Sir, fragte Hochwürden, war's, wenn ich fragen darf, weil ich ungeladen kam – ich weiß es sohin nicht.

Mein Butler, sagte ich, Jenkins.
Ein dienstbarer Geist, Sir, sagte Treeball, sieh an, also ein Verlust.
So ist es, sagte ich.
Wie lange stand er in Ihren Diensten?, fragte Treeball.
Dreizehn Jahre, sagte ich, er wurde nicht sehr alt.
Treue Dienste verzehren, sagte der Greis.
Das kam wohl hin.
Treeball scherte sich nicht um meine Einsilbigkeit.
Lady Fowser, sagte er, Grafschaft Cornwall am Hochmoor – ich vergesse immer die Namen der Ortschaften … hatte einen Butler namens Thornton, der ihr 26 Jahre ergeben war, bis er sich dem Trunk hingab und im Suff die alte Lady in ihrem Treibhaus vergewaltigte … inmitten ihrer Orchideen, die da blühten …! Eine schreckliche Geschichte, Sir, an die ich immer wieder denke, wenn ich Zeit habe.
Dämon Alkohol, sagte ich, vor allem für Butler schädlich.
Ein wahres Wort, Sir, sagte Hochwürden, wenn ich das bemerken darf.
Und Ihr Butler Jenkins, fragte Treeball, sprach dem Alkohol nicht zu, nehme ich an.
Mein bester Treeball, Jenkins soff für einen Pavian wie ein Loch, vertrug's aber wie ein Mann.
Wie –, fragte Hochwürden, Jenkins war ein – Affe?
Das war er, sagte ich, ein ganz besonderes Exemplar.
Eine Trauerfeier für einen Affen, sagte Treeball, das sei nahe der Blasphemie.
Die sei nicht spezifisch christlich, sagte ich, ein Freund hält eine kleine Rede, das sei alles. Da hüllte sich Hochwürden in seinen Regenmantel mit Kapuze, hinterließ eine kompakte Wolke seines Odeurs und setzte sich beleidigt in die vorletzte Reihe vor dem Portal.
Konnte mich dann wieder auf die Feier konzentrieren und fixierte den Katafalk mit dem kleinen Sarg aus Fichtenbret-

tern, in dem mein armer Freund ruhte. Gut, dass er den Schnee nicht mehr sehen musste, er hatte Schnee immer gehasst. Die weißen Rosen aus dem Treibhaus ließen ihre üppigen Köpfe hängen, ein jammervoller Anblick; alles passte zusammen – die Kälte, der üble Odem von Treeball, die erfrorenen Rosen und meine sinistre Stimmung.
Dann schlurfte die Trauergemeinde in die Kapelle, eingemummt in dickes Zeug; man setzte sich geräuschvoll, man hustete, man flüsterte.
Die Tozzi-Brüder legten eilig einen Kranz aus Wachs mit schwarzen Tulpen aus Papier an das Fußende der Kiste. Auf einer rosa Schleife stand *Zur Erinnerung* in goldenen Lettern; die Schleife war von einer früheren Beerdigung, an die ich mich nicht mehr erinnerte.
Es konnte losgehen.
Strehlow trug das Trauermanuskript fest gerollt und presste es an seinen Thorax. Im schwarzen Anzug und schäbigem Samt-Cape mit räudigen Bisamratten als Kragen sah der Baron so gut aus wie Jenkins in seinen besten Zeiten. Man schwieg.
Wo ist, Erbarmung, die Kanzel?, fragte Strehlow.
Er müsse ohne Kanzel auskommen, sagte ich, während der Rede könne er sich mit einer Hand auf den Sarg stützen.
Ein fettes, bleiches Mädchen mit zottigem schwarzen Haar – es war die Nichte der Köchin Nancy – trat vor den Sarg und trug zu meiner Überraschung ein Gedicht vor, das sich reimte; weil die Kleine erkältet war und ohne Taschentuch, zog sie nach jeder Zeile den Rotz hoch. Ihr schwarzer Mantel war so lang, dass er die Füße bedeckte; jedenfalls schien sie nicht zu frieren.
Das Gedicht ging so:
Kurz und siegreich war dein Leben
Konntest alle nur erfreu'n
Doch wir können nichts dir geben

Dankbar dir nur Blumen streu'n.

Gut, sie leierte, sie lispelte, ihre Vortragsweise hätte vielleicht inspirierter sein können, aber mir gefiel das Gedicht. Nach einem abschließenden Schnüffeln – durch beide Nasenlöcher – ging sie zu ihrer Bank und setzte sich neben Nancy. Schöne Stimmung. Das miese Gedicht hatte alle erhoben, irgendwie. Auftritt Baron, sehr bedeutsam.

Sagte ihm, er solle anfangen.

Strehlow erwiderte, er wolle auf Lady Aslauga warten.

Zwecklos, sagte ich, wie Sie wissen, vermeidet meine Frau alles, was mit Tod, Sterben, Trauer etc. zu tun hat, ebenso wie Hülsenfrüchte, den Alkohol und die Fortpflanzungssache, er könne also beruhigt mit seiner Ansprache beginnen.

Der Stache und der Heyse, sagte Strehlow leise, hätten ein Stück von Henry Purcell einstudiert, eine Elegie aus dem Jahre 1689 auf einen toten Papagei, aber auch für andere Trauerfälle geeignet, sehr kurz, aber von kühner Harmonik.

Das könne warten, sagte ich, er möge loslegen –, und nahm (nun alle im Visier) auf dem venezianischen Scherenstuhl Platz, der verloren neben dem Eingang zur Krypta stand, in der mein Vater Iron auf ewig, wie ich hoffe, ruht. Hatte damals den Jagdunfall im Sommer erfolgreich absolviert (Zertrümmerung der Kalotte durch Ast, Finis). Ich orderte einen Kupfersarg, der mich vor seinen trüben Emanationen schützen sollte.

Ich saß auf dem prächtigen Gestühl und faltete die Hände; der Baron hätte beginnen können, der aber verbrachte sehr nervös viel Zeit damit, das Manuskript auf dem Sarg von Jenkins zu ordnen. War wohl mit den Seitenzahlen durcheinandergeraten; nach dem Tremor zu urteilen, hatte er eine Menge Brandy intus.

Alle, alle waren sie gekommen; ich holte mein Merkbuch aus der Manteltasche und notierte:

Idee, wenn dies meine Trauerfeier, wäre das Volk nicht so zahlreich erschienen …
Kustos Rall, bon, samt Inhalator wegen der Bücherstaublunge und seines Asthmas;
Malmot ist gekommen, trotz Abneigung gegen den Toten, gut so.
Dr. Mauser hockt neben Dr. Stache, der seinen Geigenkasten wie ein totes Baby im Arm hält; neben ihm der Veterinär und Todesengel Schmitt, hat die Augen geschlossen, wahrscheinlich eingeschlummert und in Träumen von gelungenen Einschläferungen.
Hinter ihm Nancy mit ihrer Nichte (die Bea heißt, wie ich später erfuhr); Nancy pennte auch, die Nichte bohrte seinsverloren in der Nase.

53 Frécot, der ingeniöse Taxidermist und zuverlässige Pendler zwischen drei Welten, kraulte sich mit den Fingerspitzen seinen wolligen Backenbart; Grablegung, Ausstopfen, Feuer oder Küche; mehr Optionen gibt es nicht, und die Entscheidung, welches Tier nach seinem Ableben wo landen sollte, machte sich Frécot nie leicht. Als die Giraffe Livingstone dahinging – Beinbruch, so dass Schmitt seine milde Tätigkeit entfalten musste –, verarbeitete Nancy Livingstone nach Rezepten des Apicius. Der pochierte, mit Schneehuhn gefüllte Hals traf nicht jedermanns Geschmack, aber insgesamt war das Riesentier sehr ergiebig.
Da saß auch Heyse, ein guter Zoologe und lausiger Linguist; er spielte nervös an seiner Querflöte, als mache ihm der Gedanke an Purcell Lampenfieber.
Neben ihm – mit Abstand – hatte sich der Schauspieler Pooley niedergelassen; immer noch gekränkt, weil sich die Primaten als so primitive Rezipienten seiner ingeniösen Klassi-

ker-Inszenierungen erwiesen (da hätte er auch in London bleiben können, sagte er) –, meine Güte, war das lange her. Wusste aber nicht, wie lang –, die Zeit frisst die Daten und die Bilder verblassen, ach ja.

Eine Überraschung. Wer hockte auf der letzten Bank neben dem Eingang zur Kapelle – mein Bruder Robert, der Dichter, der Poet, der Romancier; hatte ihn seit zwei Jahren nicht gesehen, keine Ahnung, welcher Zufall ihn herwehte. Bestimmt nicht der Tod des armen Jenkins.

Bat ihn vor zehn Jahren, über unsere klösterliche Enklave – Tier, Mensch und Forschungen – zu schreiben, eine petite histoire für den Hausgebrauch, aber der indolente Halunke brachte nichts zustande, bastelte stattdessen öde Gedichte ohne Reime, aber immer zuverlässig elegisch – eine Zeile fiel mir ein – «Müde dieser alten Welt» usw. So ein Zeugs eben. Machte ihm (gegen Honorar) den Vorschlag, wenigstens die Chronik des Hauses Singram zu schreiben, von der Sanierung der alten Klosteranlage durch Iron S. bis jetzt. Nichts!

Robert interessierte sich weder für Baisse oder Hausse im Gestöber der Schicksale, haken wir ihn ab. Hoffte, dass er nicht wieder schnorren wollte.

Guter Einfall – gegen ein Taschengeld oder gegen die Erstattung der Reisekosten könnte der Poet ein paar Elegien auf dahingeschiedene Tiere anfertigen; verstehe ja nix von der Sache, habe aber mal gelesen, dass so eine Elegie strenge Formen verlangt, könnte ihn zur Disziplin zwingen.

Der Photograph Huxley streunte in den Seitengängen des kleinen Kapellenschiffs herum (romanisch, glaube ich), bewaffnet mit einer großen Balgenkamara, photographierte er unsere kleine Gemeinde …

Das sollte unser drittletzter Akt werden – Akt II (Leichenschmaus) und Akt III (Finale) sollten folgen.

Ich gab Strehlow das Zeichen. Strehlow hielt in der rechten

Hand das endlich geordnete Manuskript, hustete in die linke hohle Hand und sagte:
Freunde, wir haben einen Freund zu beklagen –
– hier ergab sich eine atmosphärische Störung durch das Auftreten des Truthahns Beowulf, der hinter dem Weihwasserbecken geschlafen hatte. Es ist nicht anzunehmen, dass er kondolieren wollte. Jenkins hatte ihm vor einem Jahr im Frühling vier Schwanzdeckfedern ausgerupft und sich damit vor Beowulfs Augen den nackten Arsch gekitzelt. Nun stolzierte der bis zum Sarg, schlug ein Rad, kollerte laut und schritt wie ein Snob davon.
Tja, dann kam die Rede von Strehlow, seine Rache-Suada, lauter vergiftete Pfeile, aber was soll ich sagen – im großen Ganzen hatte er recht.

54 Der Tempus-Wechsel, den sich Grandpère Edward beim Schreiben über die Macken, Obsessionen, Passionen und Blödheiten seines Personals leistet, ist für mich kein Stilbruch. Er taucht einfach ab in die gedachte künftige Vergangenheit. – So wird es gewesen sein, wenn alles vorbei ist.
Die späteren Notizen geben meiner Interpretation recht, wie man sehen wird.
Leider habe ich immer noch nicht die heiß-kalte Stelle im Diary gefunden, die mich dazu inspirierte, meinen Schmarotzer Passow ohne jede Rücksicht zu entfernen, d.h. entfernen zu lassen.
Um endlich meine verfluchten Erinnerungen an die Berliner Kalamitäten zu reaktivieren, brauchte ich diese Passage; nach meiner Erinnerung, lesend in meinen Sofatälern auf dem Dachboden vor einem Jahr, erzeugte ein einziger Edwardscher Satzpartikel die Initialzündung. Doch weiter im Text und der Stimme aus der Vergangenheit ist doch jede vergangene Minute pures Präteritum.

55 Während Strehlows monologischen und monomanischen Nekrologs beobachtete ich sorgsam mein recht reduziertes Personal. Der Anfang der Rede war harmlos –:
Freunde, wir haben einen Freund zu beklagen.
Dann geriet der Baron ins richtige Fahrwasser und fuhr fort:
Es ist allein der Tod, der manche Lebenssituation verbessert. Sie alle wissen, von wem ich spreche. Die Frage ist, was noch von ihm west, seelisch oder spirituell, hier, mitten unter uns in der Kapelle, während es draußen schneit und der Schnee sich wie ein Leichentuch über Mensch und Tier legt, auf Weiden und Sümpfe, Bäume und Pflanzen, über Gebäude und Gelände, Weiden, Wiesen, Sümpfe …
Er bemerkte die leicht zirkuläre Rhetorik rechtzeitig und überließ den Satzschwanz seinem Schicksal.
Wer war dieses Geschöpf, was war es, woher kam es, und warum ist es nicht dort geblieben?, das sind existenzielle Fragen, die uns alle berühren, während unbarmherzig der Schnee fällt, der uns einstmals alle wird decken.
Die Gemeinde war nahe am Einschlafen; Schnee-Metaphern wirken auch dann langweilig, wenn man sie mit gesamtthanatologischen Ideen kombiniert.
Er fuhr mit ein wenig mehr Feuer fort –:
Mit rastloser Energie, unerschöpflicher Geduld und fanatischem Fleiß trieb er nicht ohne Bosheit oder andere höhere Schlauheiten sein Lebtag sinn- und sittenlose Dinge. Wenn ich sage an dieser Stelle: Edward ist – Pardon, Jenkins ist nicht mehr, ja, wo ist er dann? Weilt seine schmutzige Seele – und das war sie! – noch mit einem Restbestand in seiner toten Hülle? Edw – Pardon – ich meine, Jenkins war in seinen Mußestunden ein durchaus kontemplativer Typus, wie man ihn nicht alle Tage findet. Er litt, ich kannte ihn gut, leider!, muss ich sagen, unter vielen Phobien, vor allem gegen Mitbewohner.
Der weise Brehm sagt in seinem *Illustrierten Thierleben* schon

lange vor Ed – äh – Jenkins' Geburt – ich zitiere aus Brehm II, S. 71 –:
In dieser Affengruppe – er meint die Paviane oder Hundsköpfe – finden wir die hässlichsten, rüdesten, flegelhaftesten und deshalb widerwärtigsten Mitglieder der ganzen Ordnung … Brehm siedelt sie auf der tiefsten Stufe an und sagt zum Schlusse des Abschnitts –: Jede edlere Form ist hier verwischt und jede edlere Geist-Fähigkeit in der Unbändigkeit der scheußlichsten Leidenschaften untergegangen …
Doch entsinnen wir uns an diesem Tag auch seiner wenigen guten Eigenschaften. Er hatte einen düsteren Humor, und er liebte die Blumen, darin, sage ich, war er Mensch!
Das Tier kennt die höheren Moralen nicht; Religionen strenger Provenienz sprechen ihm die Seele ab, dieser Meinung folge ich nicht vollständig – ich kannte Tiere, die seelisch begabt waren … aber nicht Ed – hm – Jenkins.
Immer wenn der Baron sich versprach, richtete die Gemeinde Blicke auf mich im Scherenstuhl; man hob die Brauen, man runzelte die Stirn, man zuckte mit den Achseln, aber eigentlich wurde die Rede mit Wohlwollen aufgenommen. Leicht schwankend, fuhr Strehlow fort; er hatte noch viele Blätter in petto.
Das seelische Vermögen bildet den Charakter, der Charakter bestimmt unbeirrbar die Moral … das sagte Goethe, das sagte auch Rudolf Steiner, das sagte Konfuzius und auch Jesus, von Moses ganz zu schweigen.
Er war gottlos!
Nun kann man als Mensch auch denken und fühlen ohne einen Gott, aber dieser Affe glaubte nicht einmal an das gasförmige Wirbeltier Haeckels oder Himmel und Hölle, die da alle irgendwie definiert – er war böse! Er verübte seine Untaten mit kaltem Vergnügen – er wird niemals ins Paradies kommen!
Vor einem Jahr brach er – ja, es war Jenkins! Niemand anders –

in meine Studierstube im östlichen Turm ein und vernichtete das grundstürzende Werk von E. Wulffen *Der Sexualverbrecher*. Er zerriss mit seinen starken Pfoten den ganzen stattlichen Band und verschonte auch die wissenschaftlichen Photographien von Tätern, Opfern, Tatorten und Mordwerkzeugen nicht! Ich schrieb gerade einen Essay über Sexualpsychologische Praktiken, und auch diese Arbeit wurde zerstört! Er machte einen Tatort aus meinem Manuskript und hinterließ ... ich sage an diesem Ort nur eines und lasse es im Raume stehen – grumus merdae!

Meine Leutchen nickten jetzt ernsthaft mit den Köpfen, als sagten sie sich – ja, so war Jenkins. Strehlow schwankte, und das Manuskript flatterte anmutig wie Blütenblätter zu Boden und drapierte sich um Jenkins' Kiste. Es war ein mühsames Geschäft, die Blätter wieder aufzusammeln. Der Redner kam schwer hoch. Mit der Ordnung war's vorbei; aber der Baron raffte sich zusammen.

Verehrte Gemeinde!

Seit 20 Jahren beteilige ich mich als Geisteswissenschaftler an Kommunikations-Versuchen mit dem Tier. Initiator und Genius dieser nicht immer fruchtbaren Experimente war natürlich Sir Edward, unser aller Mäzen und Genius Loci, aber auch unser Prof. Heyse aus Heidelberg, Linguist und Pommologe nach Promonotion und Habilitat.

Pause; die Leute wurden, was soll ich sagen, affiziert, wenn das der wahre Ausdruck ist. Dr. Mauser und Dr. Stache tauschten klinische Blicke ... Ich reichte dem armen Freund meinen Flachmann mit altem Cognac. Der Baron regenerierte sich für einen Moment und fuhr dann fort:

Wo war ich, ja, hier und dort.

Die Sprache der Tiere, sie existiert, aber man versteht sie nur mit diachronischer oder synchronaler Simulatan-Übersetzung. Wir fingen mit Enten-Küken an, gingen dann zu Grausgansküken über, viel Kommunikation, mitunter gar keine,

und wir ließen die Vogeltiere in Frieden enden in der Röhre, ja – vogelfreie Forschung.
Dann schritten wir fort in gerader Progression und nicht sediert, zu den Quadrupedalen, will sagen zu den Vier- und Mehrfüßlern, den Sau… den Säugern, wie's wohl im Plural heißen muss, jawoll!
Das Trauerpublikum nahm diese Rede mit andächtiger Heiterkeit auf, von Sorrow-Work keine Spur; na ja, war auch nicht anders zu erwarten gewesen; zog den Schädel tief in den Zobelkragen und wartete ab; der gute Strehlow verbaselte seine Rache …
Das Tier!, sage ich, und das sagte auch unser Dr. Heyse, ist nur Mensch, wo es dem Affen gleicht! Das Tier in diesem Sinne – versteht den Sinn menschlicher Laute und gibt Gegen-Laut, jawoll! Ich sage nur eines Doppelpunkt – Sinn! ist nicht gleich Bedeutung, nein! Das wäre die Havarie im Meer der Bedeutungen, ergo hätte es keinen Sinn.
Meine Damen und Herren!
Verehrter Sir Edward!
Unsäglicher Jenkins!
Wahrlich ich sage euch, mein Leben war, wenn es hochkam, Mühsal und Erniedrigung … mitunter in prismatisch kontemplativen, wenn nicht gar kognitiven Momenten sprang mir Jenkins auf die Schulter und flohte mich – wenn es nicht flöhen heißt – am Kopfe, während er sich metaphysischen Betrachtungen hingab …, dann pisste er mich oder mir oder allen in den Nacken und schlich sich in die nächtliche Küche, um dortselbst Nekro-Philister-Arbeit an toten Schneehühnern zu leisten …
Komme noch einmal und bin schon am Ende des Tunnels, aus dem kein Lichtlein für mich brennet wie beim trotzigen Transfer der Nahtod-Erfahrungen – auf die Bedeutung von ‹Sinn›.
Was wäre der Mensch im Verhältnis zu den prima Primaten,

wenn er nicht unaufhörlich Bedeutungen erzeugte im wahrsten Sinn dieses Wortes, jawoll.
Jenkins und meine Gemeinde überließen sich jetzt ganz ungeniert ihrem Vergnügen; hin und wieder tauschten die Herren Stache und Heyse interessierte Blicke und nickten dann unisono mit den gelehrten Schädeln; Hochwürden Treeballs Mund stand weit offen. In seinem zahnlosen Maul bewegte sich rastlos die Zunge, als spräche er ein Gebet. Mit der ernsten Stimmung war's Essig.
Die Affen, jawoll!
Ihre Sprechwerkzeuge, sie sind multilingual und kooperativ bis zum Cunnilingus, das ist die Lage, und sie ist sozusagen bald am Ende, wie wir alle bald am Ende werden sein, jawoll – sein können! Sprach Dun Scotus in dunkler Stunde und –
Da öffnete sich die Kapellentür, Butler Johnson erschien im Brokatjabot mit Spitzenbäffchen; er ging tief gebeugt und ließ die Arme schlaff an den Seiten hängen; er sah aus wie ein alter, von allen Flöhen schon zu Lebzeiten verlassener Affe; ein Anblick, der mich rührte, aber nur einen flüchtigen Augenblick lang ... Wir sahen, das bemerkte ich mit aller Schärfe, alle aus wie Primaten in humanoider Verfassung, müde, traurig, aufgerieben und am Ende. Johnson setzte sich bescheiden auf die letzte Bank.
Beschloss, sein Gehalt um 1 Pfund zu erhöhen, bewies er doch seinem Erzfeind Jenkins die letzte Ehre.
Ich bewunderte meinen Schmarotzer Strehlow; eine Maus hatte einen Berg parturiert.
Ich rufe euch zu:
Die Menschen sind verschieden, und es ist alles, wie es nun einmal ist. Wir pfropfen und pfropfen, Sinn generiert Sinn ... ohne Bedeutungsverluste, eine Maschine ... Wunder der Mechanik .... Muss schließen. Wenn die männliche Maus weint, das ist nichts Schlimmes, enthalten ihre Tränen doch einen Sexualduftstoff, der die Mäusedamen willfährig

macht, wie Gott der Herr – leb wohl, Jenkins, fahr zur Hölle, mögen alle im Fegefeuer auf ewiglich schmoren ... Edward und Robert und die frigide Dame Aslauga, die Schweine –
Dem Baron entglitten die Blätter; er wollte sich am Sarg auf dem Katafalk festhalten; der war aber nicht ordentlich arretiert, und so stürzte er samt Katafalk, Kiste und Jenkins auf die roten Steinplatten.

56 Die Brüder Tozzi räumten den Baron beiseite und machten Ordnung. Dann trugen Heyse und Stache den Sarg, gefolgt von der kleinen Schar, zum Friedhof des Parks; es hatte wieder geschneit, eine fahle, schwefelfarbene Sonne schien auf die Szene. Neben der Kopie Amor & Psyche von Canova hatten die Brüder Tozzi ein Loch gegraben, aber der Boden war zu hart, und sie hatten 12 Eimer heißen Wassers gebraucht, bis die Erde so weich war, um das Geviert auszuheben, in das Jenkins versenkt wurde.
Der Reverend bat darum, dem Toten einen letzten Gruß ‹entbieten› zu dürfen. Na, mochte er, Jenkins konnte nichts mehr schaden. Treeball pumpte sich auf, schmatzte und sagte dann mit seiner hohen Greisenstimme:
Das Leben der Toten ist mühsam und allzu lang.
Ich aber rufe dir nach:
Der Ruhm mag schwinden,
Aber die Vergessenheit ist ewig!
Das war ein schönes Epitaph, das dem guten Treeball da eingefallen war, lobte es sehr, alte Schule, sagte ich, klar und luzide wie irgendwas von Fulk Greville oder wie der Poet hieß. Danke, Sir, sagte der Greis, war hoffentlich verständlich ... Ohne Prothese ist Gottes Wort schwer zu artikulieren. Meine Gemahlin Lucy hat sie gestern verlegt ... sie möchte an dem Leichenfeuer, will sagen, dem Schmaus teilnehmen, hoffe, das findet Ihre Zustimmung; sie ist ja immer hungrig.

Sagte, sie sei willkommen.

Spricht ja nicht viel, wenn sie den Mund voll hat, sagte Treeball. In unserem Heim zwanzig Jahre Taubheit, eine wahre und für alle fruchtbare Genese – von leichter Harthörigkeit bis zur Taubheit, aber ich höre leider ganz ausgezeichnet ... ja, des Nachts höre ich die Pfoten unserer Mäuse auf dem Dachboden – es sind Völker, eine Plage wie eine jede Überbevölkerung, mag's in China oder Indien sein ... liegt daran, dass die Katzen dahingerafft wurden, war wohl die Staupe oder ein Infekt; ja, Sir, manchmal ist mir der HERR ein Rätsel ... Was war Lucy vor vierzig Jahren für ein hübsches Ding ... abends und noch ohne Mäuseplage beteten wir zusammen im Schlafzimmer ... im Kerzen-Schein, und ihre rosigen Arschbacken leuchteten unter Musselin, und die Titten, Sir, die –

Ich hätte gern den Rest der frommen Andacht gehört, aber plötzlich gab es einen furchtbaren Lärm – der erinnerte in seiner Wildheit an die Magengeräusche von Riesen; Stache und Heyse schändeten mit Querflöte und Geige den armen Henry Purcell. Ein Schwarm Krähen flog auf und krächzte entsetzt; na ja, Musik muss nicht schön sein.

57 Edwards Stil ließ ein wenig zu wünschen übrig, zu salopp, finde ich, es kommen zu wenige Fermente ins Spiel, die thanatologische Stimmung (seine Intention?) war gar nicht übel getroffen, aber dem Bericht hätte poetisches Bemühen wohlgetan – der Schimmer von Kerzen in Kandelabern oder das Spektrum des Lichts in den Spitzbogenfenstern der Kapelle ... ganz und gar fehlen die Gerüche in seinem ego-zentrischen Stimmungstableau. Aber es ist ein kostbares Dokument stoischer Trauer und gefassten Abschieds.

58 Wir begaben uns zum Dinner ins ehemalige Refektorium – viel Eichenholz, viel ornamentales Schnitzwerk, schön irgendwie. Der Baron fehlte, Aslauga auch und die Dame Treeball dito.

Trübe Stimmung.

Der Baron laborierte am Brandykater, musste ein stattliches Vieh sein, der umsichtige Heyse (mieser Musiker, aber großer Arzt) hatte ihm ein Emetikum eingeflößt, nun ruhte er auf dem Rücken in seinem Kastenbett, auf der hohen baltischen Stirn lag eine mit Eis gefüllte Wärmkruke.

Mochte er leiden.

Ich hatte unsere Köchin um ein Irish Stew gebeten.

Leichenschmaus, was für ein behagliches Wort. Johnson trug zusammen mit Nancy den riesigen Kupferkessel in den Saal – kein Unfall; in den Oberarmen hatte Johnson immer noch Affenkräfte.

Mein Lieber, fragte Stache, was werden wir genießen?

Strehlow gefüllt mit Jenkins, sagte ich. Dieser Tag war nicht mein Tag.

Auf dem Rechaud stand der normannische Kupferkessel, in dem der gute Jäger Iron Singram seine gehäuteten Zobel zu Gulasch verkocht hatte. Nancy in ihrer blauen Schlachterschürze hob den Deckel und die Gäste Nasen und Nüstern. Aus dem Kessel drangen bizarre Gerüche. Ich hatte Nancy angewiesen, alles zu verarbeiten, was an guten Resten vorhanden war; die Details kannte nur sie.

Irish Stew à la Jenkins, sagte sie triumphierend, nach einem Rezept von Nancy Hobson!

Hatte das Stew erst einmal den natürlichen Widerstand von Zunge, Rachen, Schlund und Speiseröhre überwunden, ruhte es eine halbe Minute im Magen, bevor die Magennerven reagierten. Der Magen, sagte unser Dr. Mauser, sei ein widerstandsfähiges Organ, nur das Darmhirn, ein sensibler

Romantiker unter den inneren Organen, neige zu unberechenbaren Äußerungen.
Ach ja, sagte ich, auch hier Kommunikation.
Man löffelte lustlos und goss nach jedem Bissen den sauren Claret nach. Ich selbst aß nur Brot und beobachtete meinen treuen Menschenzoo. Die Gesellschaft erinnerte mich an eine traurige Horde Affen; sie aßen alle liederlich, schmatzten, soffen zu viel, warfen sich Brotkügelchen an die alten Schädel und bekleckerten mit der sehr substanziellen Brühe das Tischtuch, einstmals in guten Zeiten glänzender Damast. Reverend Treeball schlürfte nur die dunkle Brühe und ließ das Feste in der Schüssel; hin und wieder stützte er sich in typischer Primatenhaltung auf den Tisch und spähte zur Tür; erwartete wohl seine alte Lucy.
Wie die Affen, sagte ich mir immer wieder, wir sind musisch begabte und gelehrte Affen (hatte morgens beim Rasieren im Spiegel die Visage eines alten, kranken Orang-Utan, kaum Haare auf dem Schädel und eine breite und schiefe Fresse, erblickt).
Malmot sagte nach dem ersten Löffel, nicht einmal die vom Blei vergifteten Römer hätten dieses Gericht zu sich genommen, obwohl Apicius in seinen Rezepten einmal (allerdings im Anhang) mit Moschusdrüsen und Haselmausleber gefüllten Ziegeneuter verzeichne.
Wie in einer Theaterkantine, sagte Pooley.
Ich habe schon vor zehn Stunden in London gespeist, sagte Bruder Robert, schon immer ein genügsames Huhn.
Er habe einmal trockenes Mumienfleisch mit Sesamsauce im Tal der Könige verkostet, sagte unser Taxidermist Frécot, der Geschmack sei sehr ähnlich.
Sagen Sie immer nur die Wahrheit, ermunterte ich die ganze Gemeinde. Rall sagte hustend, die Sache sei zu scharf für ihn, und stürzte vier Becher Claret.
Hatten wahrscheinlich Kaviar und Eierlikör erwartet oder

eine andere, dem Anlass angemessene Kombination, vielleicht Fish and Ships, reiner Luxus.
Der liebe Doc Heyse saß wie seine eigene Leiche vor dem Teller; die forensische Analyse war wohl noch nicht in seinem Analyse-Apparat; aber er hatte den Mund so voll, dass an Gutachten nicht zu denken war.
Das war die Lage.
Der Einzige, der imstande war, die generösen Künste der Köchin Nancy angemessen zu loben, war mein sorgloser Veterinär Schmitt.
Sublim, sagte er, ganz deliziös, vor allem der Nachgeschmack.
Die Tischnachbarn starrten ihn an, als habe er gefurzt.
Ich bitte Sie, sagte Schmitt, ich habe auf meinen Exkursionen im Ausland, vor allem in Afrika 1912, massenhaft Tiere nach dem Krepieren probiert…
Sehr schmackhaft, stöhnte Treeball wollüstig, vor allem das Dünne, das reine Manna, das nach einem Tischgebet verlangt hätte. Diese Idee stimmte mich heiter; ließ einen Löffel fallen, tauchte unter den Tisch und nahm einen anständigen Schluck Cognac aus dem Tulasilber-Flachmann.
Holen Sie's nach, sagte ich, Sie haben recht, das Gebet fehlte. Als er sich ins Zeug legen wollte, erschien die Gattin Lucy. Sie trug einen Pelzmantel, wie ich sehen konnte, halb Mäuse- und halb Katzenfell. Ich erkannte an ihrer linken, mageren Flanke das Fell von Willy, einem gestromerten Kater; er war ein fetter und sanfter Eunuch gewesen, der die Mäusejagd schon in blühender Jugend wegen einer angeborenen Indolenz aufgegeben hatte.
HERR, sagte Treeball und bekreuzigte sich lässig, Dank für diese Speise, die da trächtig ist von allen Elementen, die DU uns schenktest; Lachs ist darin, wohl auch ein betagter Hammel, Rüben und eine Pastete ungewisser Zusammensetzung. Wahrlich, Sir Edward, Sie führen ein reiches Haus. Dann hob er die wässrigen Augen gen Himmel – graue Stukka-

tur – und rief: Selig sind, die da geistlich arm sind, denn das Himmelreich ist ihrer Seele sicher, selig, die da Leid tragen, denn sie sollen, sie sollten, ja was zum Teufel – der Claret ist alle!

Nancy brachte noch ein paar Flaschen.

Eine rechte Feststimmung kam nicht auf.

Die Dame Treeball rührte im Teller. Ihr Busen ruhte auf dem Tisch. Der Gatte beobachtete die Gattin mit offenem Mund und sabberte ein wenig auf seinen Kragen.

Ich bat Johnson, der an eine Kommode gelehnt schlief, Lady Aslauga zu bitten. Sie allein hatte die Begabung, eine so öde Gesellschaft zu beleben, wenn sie gut gelaunt war.

Und wirklich, sie kam und sah prachtvoll aus in ihrem Cape; auf dem flachen Dekolleté lagen irgendwelche alten Klunker, das mausgraue Haar hatte sie zu Mauseschwänzchen geflochten. Ich raffte mich auf.

Meine Lieben, sagte ich, die Damen seien endlich da, nun sollten wir heiter sein ... Jenkins schwebe wie ein Engel über uns –

– und Gott segne uns alle, sagte der Reverend und küsste die Hand seiner Lucy ...

Ich mag den alten Dickens, nicht alles, beileibe nicht. Großer Reichtum an Herzlosigkeit, die mir zur Seele spricht (Zitat wohl aus den *Christmas Tales* war in Ordnung).

Hielt dann eine lange Rede, der Bibliothekar mit seiner reinlichen Handschrift hat sie protokolliert, es wird nichts verloren gehen; mitunter verlor ich leider den Faden, aber die Linie stimmte –

Liebe Freunde, sagte ich stehend, wie es höflich war in der Situation.

Freunde, Feinde und Artgenossen!

Trinken wir auf das Wohl aller guten Geister dieses Hauses, auf die, die uns voreilig verlassen haben, trinken wir auf Jenkins, ja, lassen Sie uns trinken auf unsere Forschungen *Über*

das Seelenleben der höheren Tiere, die viele Arbeit und die dürftigen Resultate ... Trinken wir auf die Welt außerhalb unserer kleinen Enklave, von der wir – bislang! – verschont blieben ...
Es lebe Georg V., auch Kaiser von Indien seit 1911, wie ich in einer Gazette las ... stammte unser Elephant Mura Dang daher ... ein Hoch auf ihn! Schleppte er doch fleißig Holz heran, bis er im Sumpf versank – Hoch!
Amen, sagte der Reverend (war der Einzige, der auf mein hochgestimmtes Gerede reagierte; die anderen hockten auf ihren Stühlen wie versteinert).
Ich trinke auf die Irische Frage, mag man sie bald lösen. Ein Toast auf den alten Vauxhall, dem das Benzin fehlt ... Liebe Co-Hominiden, ich trinke auf meine liebe Familie ... auf meine Frau Aslauga, mit ihr vergattet, nein, zu ihr vergattert seit nunmehr 30 oder 31 stillen Jahren ... Gegenstand meiner langjährigen Selbstverleugnung und Entsagung. Immerhin haben wir einen Sohn, Max, gezeugt im Engadin, eine goldene Herbst-Nacht ... wo war ich – ja, und drei Jahre später, das Jahr, als Dilthey *Erlebnis und Dichtung* schrieb, zeugten wir hieda den zweiten Sohn, Michael, der gleich nach Ankunft in dieser Welt die Augen für immer schloss – Prost, mein Sohn. Ab da verlor meine Aslauga ihre Schönheit – sie hatte die Schönheit einer feuchtäugigen Gazelle im Morgentau – und machte eine Metamorphose durch ... Sie missbilligte meine Forschungen, sie absentierte sich permanent ... sie wurde hostil gegen meine gesamte Existenz, meine, gottja, Aura und vernarrte sich in Jesus; ein Konkurrent, dem kein Mann gewachsen ist –
Er lebe am Kreuze, rief der Reverend, Prost!
Ich trinke dir zu, sagte ich, geliebte Aslauga, mit Max ist dir immerhin ein Wurf gelungen – er ist ein genialer Maler ... ich schrieb ihm wegen Jenkins nach Berlin; wie man sieht – er kam nicht; mag auch er leben ...

Genug Familie, liebe Schicksalsgenossen, nun zu den Einzel-Würdigungen … den Leistungen, den Erfolgen im Mahlstrom der Zeiten … Bibamus!
Einen Toast auf Rall –
– Gott sei seiner staubigen Seele gnädig, murmelte Treeball.
– unseren Kustos und Historiker, der sich sein Asthma redlich erwarb … Ich trinke auf Malmot, unseren Bibliothekar Malmot. Fuhr gern mit dem alten Vauxhall-Lastwagen in das Antiquariat von Dobson & Cie in Hampton, um dort Erstausgaben zu versilbern – den ganzen Milton, den guten Chaucer und meinen geliebten Lewis Carroll mit den Illustrationen von Tenniell; er verscherbelte auch eine herrliche Ausgabe von Joseph Ernest Renans *Vie de Jesus*, die du, liebe Aslauga, wie ich weiß, schmerzlich vermisst.
Malmot verließ hastig den Saal; die Flügeltür schloss so gut wie lautlos; ich schätze dezente Abgänge.
Malmot, meine Damen und Herren, das wird Sie interessieren, erwarb sich für den Erlös eine schöne Duodez-Ausgabe der *Hundertzwanzig Tage von Sodom* mit reizvollen Vignetten von Lalande, wissen Sie, ornamental gelöste Kopulationen in allen Positionen, die für diese Sache vorstellbar sind.
Auf den lieben Gott, rief der Reverend mit frommer Emphase, auf die Positionen, auf die Potenz, auf die Leidenschaft, auf die Liebe –
Lucy Treeball erstickte des Gatten Aufzählung (mehr war's ja nicht) und sagte: Kusch, Jonathan!
Meine Aslauga fixierte mich kalt tête-à-tête sozusagen, stand auf, schmiss ihren Stuhl um und rauschte ab. Fand Malmots Abgang irgendwie stilvoller, nichtsdestoweniger ist der Ausdruck ‹Abgang› immer etwas anrüchig, egal, in welchem Zusammenhang zwischen Himmel und Hölle. Ging zum Nächsten über; hatte mich wieder gesetzt. Meine Leute hörten mir auch im Sitzen zu. Hätte gern Studien über Das Sitzen gemacht.

Nun einen Toast auf Babkin, meinen Privat-Sekretär –
Sir Edward, sagte freudig Reverend Treeball, Babkin ging schon vor drei Jahren den Weg allen Fleisches, ich selbst war es, der ihm das letzte Öl mit Pfeffer und Salz reichte. – Und ich hielt die Totenrede unter der wunderbar schweinischen Skrolptur – Pardon – Skulptur von Casa – nein, Canova auf dem von Tieren und Toten überbevölkerten Friedhof, und ich sagte am Grabe, Babkin, sagte ich: Ist der Odem auch perdu –
Schon gut, mein Bester, exzellent – aber danke, sagte ich.
Es hat sich, rief Treeball, sogar gereimt … damals.
Babkin, nun gut, sagte ich, es lebe sein Fuchsbandwurm.
Halleluja, sagte fröhlich der Reverend.
War wohl der Einzige, der sich amüsierte.
Ich toastete auf unseren Dr. Mauser … in memoriam – nichts Menschliches war ihm fremd, seine prognoselosen Diagnosen wandte er ohne Vorurteil auf Mensch und Tier an; von wenigen Irrtümern abgesehen, starb alles saniert.
Ich trinke auf Dr. Stache, Hausarzt und Sterbebegleiter von unerreichbarem Rang, ist er doch der Erfinder der Störherd-Theorie und adelt durch seine Kunst die Große Zahl …
Wie ich sah, hatten sich einige Gäste davongemacht – ich saß am Tischende und zählte den traurigen Rest –, die Treeballs warteten wohl auf ein himmlisches Dessert. Heyse bot mir noch die Stirn, der Dr. Schmitt, Taxidermist Frécot und der Photograph.
Strehlow fehlte, dem ich gern einen Nachruf zu Lebzeiten kredenzt hätte. Ich schickte Johnson in seine Schmerzenskammer.
Das Finale war kurz; wollte zu Bett und bei einem Rouge in den alten Photoalben blättern; nichts erhebt einen Mann mehr, als positive Erinnerungen aufzufrischen.
Der Baron erschien; keine Ahnung, wer wen stützte, sahen beide mitgenommen aus, Strehlow und der alte Johnson, den

ich um einen letzten Dienst bat – er möge aus dem Keller zwei Flaschen Château Margaux bringen.
Der Baron sah würdig aus – den hageren Leib hatte er in einen seidenen, ehemals indigofarbenen Morgenmantel gehüllt … Reichtum aus dem Erbe seiner Mutter, die wie so viele baltische Mütter in diesen postrevolutionären Zeiten behauptete, Gesellschafterin bei den Romanows gewesen zu sein.
Die Aussicht auf einen Grand Cru belebte die Gemeinde sichtlich, vor allem Reverend Treeball.
Ein Margaux, rief er mit seiner hohen Fistelstimme, vortrefflich! Trank ihn anlässlich der Trauerfeier für Lord Saxon … trauriges Schicksal schon zu Lebzeiten … erlitt Kopfschuss bei Patrouille in Verdun im Oktober 1917, widmete sich der Schweinezucht und fiel in Jauchegrube, Ende, aus, dahin. Ich stellte meine Predigt unter das Motto von Pascal: «Alles menschliche Unglück rührt von dem Unwissen her, wie man ruhig im Zimmer bleibt …» Kam gut an. Als die Lady starb – Blutvergiftung nach Schweinebiss (es waren Hampshires, wohlgemut, fit und fett), legte ich das Paulus-Wort zugrunde: «Haben als hätte man nicht» – kam gut an.
Ich dankte dem Reverend für seine Informationen. Johnson brachte die Flaschen.
Die beiden letzten, Sir, sagte er und schloss ein Auge. Ich verstand; Solidarität des Personals tut wohl.
Im Park tobte ein Schneesturm, aber im Kamin gloste noch Glut, wie man so sagt. Friedliche Stimmung, alle irgendwie groggy.
Eine Flasche reservierte ich für mich, den Rest teilte sich die Mannschaft.
Johnson bot dem Baron einen Teller Irish Stew an, der lehnte höflich ab und hielt sich an Brotreste.
Liebe Freunde, sagte ich und saß wie ein alter normannischer König an der Tafel, nun zum Letzten mit diesem zwölf

Jahre alten Wein ... sozusagen letzte Toasts auf die Erinnerungen an unsere gelehrte Enklave Singram –
Auf die Schweine! Mögen sie noch lange unbehelligt leben.
Man erhob die Gläser auf die Schweine.
Auf die Schildkröten, mögen uns Melmoth und Yvette überleben!
Auf Jenkins, den bravourösen Butler!
Nur Treeball hob sein Glas (hatte niemals Unannehmlichkeiten mit Jenkins gehabt) und sagte, der Affe sei dem Menschen verschwistert, wie die Hure der Mutter, Prost.
Der Reverend, sagte ich freundlich, lasse es heute an Geist nicht fehlen, trinken wir nun auf die anderen Gefährten, die uns verließen. Wir tranken.
Ich denke gern an alle zurück, sagte ich, freilich nur an die Tiere, an den auch sterblichen Rest denke ich mitunter ohne Liebe, aber ohne Zorn –
Trinken wir auf die allgemeine menschliche Insuffizienz ... auf den heroischen Eskapismus, auf die Enklave, die das Paradies war.
Wir taten es.
Und jetzt allein und nur für mich, liebe Freunde, ganz speziell auf die Parasiten und die Parasiten der Parasiten, auf die kleinen Bandwürmer der großen Bandwürmer – ich trinke auf den Baron Strehlow!
Strehlow erwiderte den Toast comme il faut, ganz armer und dankbarer Schmarotzer.
Sir Edward, sagte er, auf House Singram, weitab von den Widrigkeiten des normalen Lebens, lernte ich an diesem Orte und dank Ihrer weisen Anleitung die Kahlheit und Öde meines Lebens zu überwinden ... alles ist determiniert, obgleich ich nicht an die Prädestination glaube ... ich trinke auf das Positive, tritt es auch mitunter in zweifelhafter Gestalt auf ... in der Form reicher Tierliebhaber, auf Sir Singram!
(Der Baron knallte die Hacken zusammen, hatte früher mal

gedient). Auf die Schildkröten, die bei ihrer göttlichen Größe vier Eimer real turtle soup ergeben hätten, aber ich trinke auch auf Schneehühner im Winter und Sumpfhühner im Sommer. Dann schwieg er und sagte ernst: Ich trinke nie mehr auf den Dr. Heyse, Herrn Schmitt, auf Taxidermisten und nicht auf geile Photographen, die da unzüchtige Photographien sedierter Damen des Hauses herstellen, um mit ihnen zu, ja, zu –

– wichsen, sagte ich hilfreich.

Danke, sagte der Baron; Huxley verließ den Saal.

Herrliche Rede, sagte Treeball, sag selbst, luzide Lucy – meine Frau liebt die Rhetorik der Exhibitionisten, jene Reden, gehalten mit eingezogenem Schwanz, bei Jesus! Wahrlich, das muss ich konstatieren –

Reverend Treeball war der Einzige der Tafelrunde, dem der gute Margaux zu einer flotten, ja unerhofft frischen Zunge verhalf.

Ich selbst war schwer angeschlagen. Weiß das wahre Finale nicht mehr. Kamen irgendwie auf tödliche Krankheiten. Der Baron behauptete, Magenkrebs zu haben und bald sterben zu wollen.

Sterben, sagte Dr. Heyse, sei keine Entschluss-Sache, wenn man eine Krankheit durch ein falsches Leben erworben habe. War schwerlich was einzuwenden. Der Reverend hatte noch einen Geistesblitz, für den ihn Johnson nach meiner Order mit einem Glas Margaux aus meiner Pulle belohnte; er sagte: Die Krankheit zum Tode ist alles, was wir Sterblichen hienieden haben.

Dr. Schmitt sprach von seinen Demenz-Anfällen, die bei ihm nicht mehr ins Gewicht fielen, hatte seine Approbation schon vor 10 Jahren eingebüßt … und Frécot, überraschend berauscht, gab seiner Hoffnung Ausdruck, uns alle perfekt auszustopfen.

Hob dann, denke ich, die Tafel auf, noch ehe wir einen Ka-

talog würdiger Epitaphe für jedermann notiert hatten, und so ging ein schöner und friedlicher Abend endlich zu Ende.
Liebe Feinde, sagte ich an der Tür – wir werden morgen gegen 11 Uhr (commode Zeit) eine Exkursion unternehmen, verbunden mit einer Inventur; bitte informieren Sie noch heute die Erniedrigten und Beleidigten.
Danke.

59 Nach der Exkursion.
Alles sinnlos. Ging mit dem Baron, er lief gebückt wie ein alter Primat.
Injurien, sagte er unter Ulmen, greifen die Natur an. Täte ihm alles leid; sei doch mitunter eine ergreifende Symbiose gewesen von Geist, Gefühl und Interesse – ähnlicher Beobachter-Status, fügte er in seinem weichen Idiom hinzu.
Stimmte zu, Zustimmung spart Energie. Gute Sache.
Viel Schnee auf den wenigen begehbaren Pfaden im Park.
Muss Strehlow meine letzten Gedanken diktieren, später.
Aus der großen Vermehrung unguter Zeichen habe ich geschlossen, dass meine Zeit abgelaufen ist.
Nun muss gestorben sein, sagte ich halblaut in meinem Zobelpelz.
Sehr vernünftig, erwiderte der Baron in seinen dünnen Biberkragen, muss ins Haus, Kälte nicht mehr gewohnt, anders als im Baltikum.
Gehen Sie, sagte ich. Wärmen Sie sich, mein bester Verkrachter, an kultivierten Gedanken über Sex, Crime, Kalorienerwerb und den Tod. Mehr gibt es nicht. Guten Tag. Begreifen Sie die Omen.
Begrüßte die Schweine, die auch mich freudig begrüßten, viel zartes Grunzen, im Stall mädchenhaftes Quieken. Nachdem ich zwei Pfund Kandiszucker verteilt hatte, öffnete ich (ohne einen bestimmten rationalen Entschluss) das Gatter

und ging zurück ins graue Château. Zeit für den ewigen Winterschlaf.

60 TESTAMENT Edward Singram 192*

Meiner Frau Aslauga Singram (geborene von Plagendorf) vererbe ich die bescheidenen Latifundien, unser kleines Kloster samt Nebengebäuden und Inventar; Legate in Form von Geld wegen Insolvenz leider nicht möglich.

Meinem Bruder Robert vermache ich die Gesamtausgabe Flauberts, dem er nacheifern soll als ein Idol, was Stil betrifft. Arbeit an einem Relativsatz in einer 45-Stunden-Woche, das ist Genie und Fleiß.

Die Herren Doktoren (med. & vet.) sollen das petrifizierte Junge des Brachiosaurus aus dem Mesozoikum haben; mögen ihre Forschungen blühen und gedeihen; Fundort war unterhalb des Cowdon-Hügels, viel Glück.

Huxley vermache ich eine Familienpackung der Lloydschen Potenzpillen (Patent erloschen); hilft bei der Fortpflanzungssache.

Bibliothekar und Dieb Malmot soll glücklich werden mit vierzehn Jahrgängen der Zeitschrift Spirits der Theosophischen Gesellschaft zu London.

Kustos Rall kriegt die Kollektionen der Bilder und der Serendipity-Fundstücke aus dem Tier-, Pflanzen- und Mineralreich.

Baron Strehlow vermache ich die 232 Zobel-Felle, die mir mein Vater Iron hinterließ. 1920 okkupierten Motten die kostbare Ware. Aber vielleicht lässt sich aus den Resten noch eine schöne Patchwork-Decke machen; auch die Bockbüchsflinte Irons soll er haben, sehr schöne Intarsien (Fuchsjagd in England) von dem Büchsenmacher Quiller-Couch aus London. Munition ist vorhanden. Item vermache ich dem Baron meine Unterhaltungen mit Jenkins, niederge-

schrieben anlässlich der gemeinsamen Nachtlektüre von Kierkegaards *Krankheit zum Tode.* Er wird verständigen Gebrauch von diesen Kleinodien machen. Der Geist weht, wo er will.
Reverend Treeball nebst Lucy, mir stets liebe Gäste, erben meinen Weinkeller – ich wünsche diesem Paar viele köstliche Abgänge in der vollkommenen Ausgewogenheit zwischen wuchtiger Kraft und Eleganz der Weine aus Pauillac. Möge Reverend Treeball seiner Gabe an einem jeden Grab treu bleiben, nämlich seiner Fremdheit gegenüber den Zeichen und dem Bezeichneten.
Auch ER schuf aus dem Chaos die Allgewalt des Heterogenen.
Bin am Schluss.
Sollte ich jemand vergessen haben, bitte ich um Pardon.
Nachsatz.
Scheißgedächtnis.
Der Heyse, auch Nachlassverwalter, möge an eine gewisse Molly Pitch, London, Fleetstreet 21, Hinterhof C, 2. Stock, meinen Rubinring senden, der, aufgemerkt! an meinem rechten Zeigefinger steckt; immer dann, wenn ich begriffsstutzigen Zeitgenossen etwas exemplarisch erklärte, hob ich diesen, was in toto nicht viel gebracht hat. Der Heyse soll mit seiner braven Schrift das Gedicht von O'Shaugnessy beilegen, das mit den unsterblichen Zeilen anhebt: «Why did my summer not begin»…
An Molly selbst nur diese Zeilen:
Liebste Molly,
bin in der nächstbesseren Welt, wie ein alter Barde einmal sang, und grüße und küsse Dich von ganzem Herzen überall von oben bis unten und dann noch mal. War ich auf und in dir, spielte die sog. Fortpflanzungssache keine Rolle mehr.
Alles Liebe – Dein Edward.
Nachsatz II

Tu, was du tun musst, schon zu Lebzeiten, später kann man es nicht mehr, und das ist schade. E.

Letzter Nachsatz, nicht sentimental –

Der Doc vet. (egal, wer) mag in die Tiefe gehen – im großen Teich, westlich der Schweinesuhle, leben, denken und fühlen vier alte Karpfen – Lester, Chester, Bester und Rester –, sie erblickten ihre wässrig-schlammige Welt im Jahr Achtzehnhundert und ein paar Zerquetschte, keinen Schimmer; sie sind kregel und erfreuen sich göttlicher Gesundheit; man könnte an ihnen das Altern studieren. Siehe die Forschungen von Dr. Memmett in Dublin über die gegen das Altern indizierte tägliche Dosis von Karpfendärmen; von der Köchin zu verarbeiten zu einem visceralen und stercorösen Brei – der gute Memmett wurde immerhin 114 Jahre alt, bis ihn ein Gang in den Weinkeller (Treppe abwärts, Dunkelheit) das Leben kostete.

Möge uns dieser Gang auch im höchsten Alter beschieden sein.

Allerletzter Nachsatz, müde.

Die beiden Schildkröten soll mein Sohn Max bekommen – mag er in Berlin deren Altersresistenz studieren und ihre göttliche Trägheit. Als Sujet betrachtet, kann man viel über die Kunst und die des Überlebens lernen, wie über sinnlose Beharrlichkeit, was vielleicht auch für die Kunstszene gilt, Gott weiß.

E.

Nach meinem Tod bitte folgende Dinge, Objekte etc. vernichten oder löschen oder ausmerzen oder tilgen – es gibt unbändig viele Synonyma für diese Tätigkeiten – oder über den Jordan gehen lassen oder versenken – (denn wozu haben wir die Attraktion Sumpf) – freilich unter dem edlen Vorbehalt, meine Gattin Aslauga legte Wert auf das Zeug, dann möge sie es behalten …

Das Naturalienkabinett kann komplett weg; schon zu meinen Lebzeiten interessierte sich kein Schwein für die Relikte. Vielleicht sollte man die Kollektionen dem Waisenhaus von Knockton schenken, ein wahrhaft philanthropischer Gedanke…

Zum Sterben schön war und ist das Naturkundemuseum, ein wahrer Kosmos von Szenen, Panoramen und Dioramen aus der Tierwelt …, in der unser Taxidermist von Genie sein Bestes gab, was Naturtreue, Schönheit und wissenschaftliche Exaktheit betrifft. Wie gern ging ich am frühen Morgen in die kleinen Säle mit den Exponaten, wenn die Sonne durch das sinnreiche Oberlicht Szenen aus Steppe, Savanne und Urwald so golden illuminierte, als wäre der erste Tag des Paradieses eben angebrochen; heitere Empfindungen überkamen mich bei der Betrachtung der Haselmaus, die in ihrem kunstvollen Kugelnest Winterschlaf zu halten schien, das winzige Körperchen zusammengerollt und die Pfoten über den Schnurrhaaren gefaltet, tief ergeben dem reduzierten Stoffwechsel. Ich hatte gute und auch tiefe Gedanken, unter denen ich sonst nicht leide. Die kontemplative Betrachtung dieser Wunder machte kurzfristig einen besseren Menschen aus mir…

Und dann die kopulierenden Leoparden, die sich während des Actus purus allzeit und anhaltend à tergo tagelang der Fortpflanzungssache widmen, ohne ihrer überdrüssig zu werden…

Nicht ganz so gelungen schien mir von jeher Frécots Waldstück – Genoveva wird von einer Hirschkuh geatzt, während sie ihrem Säugling die Brust reicht; leider musste der Taxidermist statt Menschen Affen nehmen, in diesem Fall Schimpansen, Mutter und Kind, bekleidet mit Kostümen aus dem Fundus von Pooley. Die Legende verlangt nach einer Hindin, Frécot fand würdigen Ersatz in einer Gazelle…

Nicht vollkommen, sagte er, Wachspuppen oder gar Echtmenschen sind ansprechender, aber wo auftreiben … die Prä-

paration eines Menschen wäre eine wunderbare künstlerische Herausforderung, gesetzt, er habe nichts Ansteckendes. Mir war seine Enttäuschung sehr begreiflich.
Ein Künstler seines Ranges benötigt das angemessene Material. An das Personal wollte ich nicht rühren, vor allem nicht an das weibliche, und schöne weibliche Gäste von außerhalb besuchten uns so selten, dass man sie nicht einer alten Legende wegen opfern sollte.
Ein großer Wurf dagegen war der sinnende Auerochs auf Frühlingswiese, eine Gruppe mit Schlangenköpfen spielender Zwergmungos in anmutigen Posen und der Löwe Hugh (er starb nach lang ertragenem Leiden an Schwermut) in der Savanne ruhend beim Mittagsschlaf; leider war sein goldener Pelz von Motten beschädigt, insgesamt sah er majestätisch aus, aber auch tieftraurig mit seinen schwarzen Lefzen.
Mein Herz hängt an den Exponaten, aber es sind Staubfänger; sie müssten mich nicht überdauern.
Was soll der Unfug des Sterbens.

61 Leider brachen an dieser Stelle (Diaryum XII) alle Notate ab, so dass ich nicht weiß, was in der schönen Enklave später geschah.
Purer Neid auf Großvater Edwards reine Existenz, keine Frage – «frei von albernen Skrupeln, frei von Moralen oder Submoralen, frei von dem mit Dummheit, Niedrigkeit und Mammon unterteuften Zeitgeist» – (Zitat aus Edwards Diary VI) – ja, und frei warst du (im Tonfall eines Nekrologs) von allen Phobien und Idiosynkrasien, mit denen wir kleinen Sterblichen auf diese mäßig gute unter den besten dieser Welten reagieren müssen. Als freier Geist warst du absolut therapie-resistent, du brauchtest keine Aversions-Therapie, warst niemals gegen Deinesgleichen allergisch, du bist deinem Stern gefolgt, blieb er auch dunkel, wie deine unablässigen Forschungen am Tier,

dessen Seele, Reaktions- und Elaborationsfähigkeit. Zum Finale stieg vermutlich eine kleine Emanation aus den Fieberdünsten – die uneingestandene Autophobie im Stadium der Reife ... Edward, du warst ein alter Menschensack, voller süffiger Gifte – verzeih' diese unwürdige Metapher; auf deine Weise hast du deine Aslauga, geborene Plagendorf geliebt, mehr noch deine Affen, vor allem Jenkins, mit dem du nächtliche Colloquien abhieltest über Metaphysik, den Positivismus, den Wiener Kreis und Aschraths Buch *Über das seelische Vermögen der Tiere*; möge dich, da nun die Erde dich deckt, eine Allgüte, eine konfessionslose Gottheit in einem paradiesischen Jenseits mit jenen Geistern kombinieren, die dir aufgeklärtes Vergnügen verschaffen bis zum Ende aller Zeiten.
Naja, so oder ähnlich. Schade, dass du deinen Sohn Max (mon pauvre père) nicht mochtest; er war der vielleicht beste Maler der Fauna der Welt und hätte dir ein wahres Porträt von Jenkins oder Aslauga und Strehlow hingelegt. Schwamm drüber, zu spät wie so vieles.
Letzte kleine Erkenntnis vor dem Schlaf.
Habe keine Ahnung von der menschlichen Psyche, ein Leiden aber doch: Therapeiaphobie. Angst vor Therapie und Therapeuten.

62 Nach der Lektüre schlief ich bis in den Nachmittag, machte einen Spaziergang durch Lärchenwälder und setzte mich an den Tisch.
Ab in die Vergangenheit.

Was soll der Unfug des Sterbens.
Man könnte sich im verrücktesten Kosmos wohnlich einrichten, wenn der Blick auf die Welt radikal ‹positiv› ausfiele. Ich fasste damals den Entschluss, meine künftigen Lebensmanöver exakt so zu ordnen, wie es Edward in seiner Lebensheiterkeit

unternommen hätte; dann, so dachte ich, wäre ich hinreichend salviert und würde alle Blödheiten des Lebens mit Ruhe, Kaltblütigkeit und Gleichmut überstehen.
Ich verließ mein Sofatal; Totalreinigung. Passow schlief noch immer. Seiner Brieftasche entnahm ich eine Visitenkarte und rief die mysteriöse Olga an.
Eine dunkle weibliche Stimme sagte: Wer spricht.
Singram, sagte ich, Arthur Singram, Herr Passow befindet sich bei mir, er hatte einen Unfall.
Was für Unfall, fragte Olga, schlimmer oder weniger schlimm.
So mittelschwer, sagte ich, es lag am Alkohol, Herr Passow hatte einen Kollaps.
So, Kollaps, sagte Olga, schlimmer oder weniger schlimm.
Hätte schlimmer sein können, sagte ich, wären Sie so freundlich, ihn abzuholen. Ich bezahle auch das Taxi.
Er ist transportierungsfähig?, fragte Olga.
Denke schon, sagte ich, bringen Sie Ihr Hündchen mit. Dann buchstabierte ich meine Adresse.
Ist weit, sagte sie, ist mihsam, werde kommen in Stunde.
Ich dankte. Der erste Schritt lag hinter mir.
Ich fütterte die Tiere; der Kater verweigerte seinen teuren Fraß, Whiskas mit Thunfisch. Ich bot ihm Nordseekrabben an, kein Interesse; Liebeskummer, man sah die Zeichen. Beatrice, mein Alter, sagte ich, die schöne Notärztin ist für uns beide ein Problem. Wir wollen es positiv lösen, lass uns ein paar Prioritäten setzen, Yorick. Zuerst muss der Parasit entfernt werden, dann lösen wir das Dilemma Margoti. Begleite mich bitte.

63 Damals habe ich, schlaflos vor Ärger über Freund Passow, meine trüben Stagnationen, die Armut und den ganzen Rest – inklusive des blinden Testosteronspiegels –, Mut, Energie und sogar gewisse vitale Intentionen aus den Notaten

meines Großvaters gezogen, einen Gewinn ohne Verlustkalkulation; das brave Gedächtnis lieferte alles nach ohne Murren. Hätte ich doch nur korrekt kalkuliert.

64 Wir gingen, Yorick und ich, in mein Winterschlafzimmer.

Passow schlief noch immer.

Der Kater hob die empfindliche Nase und flehmte vor Ekel, sprang aber auf den Bürostuhl, der noch die süßen Moleküle der Dame Margoti verströmte, schnüffelte andächtig und machte sich dann davon. Konnte ihn verstehen – Passows Aura war stark.

Passow, schrie ich in sein Ohr, Olga kommt gleich!

Passow rührte sich nicht. Wie hieß eine schöne Novelle (Verfasser vergessen) – *Atemverlust*.

Ich beugte mich über den Gast. Als Leiche hätte er Unannehmlichkeiten verursacht; gottlob aber atmete er und stank nach Urin und Schweiß. Kein Wunder, hausten auf einem Wirtskörper doch Millionen von Wesen; wie ich in einem Apothekenjournal gelesen hatte, unzählige Actino-Bakterien, also Cyrone, Propionen, massenhaft Mikrokokken und andere Parasiten. Was sich in den Därmen herumtrieb, hätte ich erst nachschlagen müssen. So groß war mein Interesse nicht.

Steh auf, sagte ich, und wasch dich, und versetzte ihm einen Uppercut mit dem nassen Waschlappen.

Passow stöhnte.

Mein Blick fiel auf ein Blatt, auf das ich ein Zitat kalligraphiert hatte:

«Wie Du denkst, so wirst Du sein!
Darum fort mit allen veralteten, müden, ausgetragenen
und negativen Gedanken! Fülle Deinen Geist mit neuen,
frischen Gedanken der Liebe, der Güte, des Vertrauens
und des Glaubens.

Dadurch kannst Du tatsächlich dein Leben erneuern!»
Norman Vincent Peale hatte recht; Edward auch.
Wo bin ich?, fragte Passow (zu Recht, wie ich fand).
Du hattest, sagte ich so gütig wie Florence Nightingale, einen Kollaps erlitten.
Ohja, ohja, das war's, sagte Passow.
Er wirkte beschädigt. Sagte, er müsse sein Leben ändern.
Das sei immer gut, sagte ich, er müsse es – als Idee – sehr schnell ändern, in einer halben Stunde stehe Olga auf der Matte.
Olga, sagte Passow, er kenne keine Olga.
Sie bringt den Hund mit, sagte ich.
Gott hat mich verlassen, sagte Passow.

65 Nach landläufigen oder populären Erklärungen diverser Philosophen in einschlägigen Lexika wird der Zufall so definiert:
a) Ein nicht beabsichtigtes und nicht vorhergesehenes Ereignis oder
b) eine Tatsache, die vom Willen unabhängig und der Erkenntnis unzugänglich ist,
c) kann man sich sparen – als ein Zufälliges wird der durch Kreuzung zweier Kausalreihen bewirkte Vorfall bezeichnet. Der Verfasser ist wahrscheinlich Versicherungsagent.
Die Reihenfolge dieser Zufälle war erstaunlich, nicht die Zufälle (oder Geschehnisse, wie unser alter Freund Bergengruen gesagt hätte).
Der endliche Abgang von Passow war ein Dope, das vitalisierend auf mein verschlafenes Nervensystem wirkte; ich fühlte neue Kräfte, denn Olga kam wirklich – eine hübsche hagere Henne mit rotem Haar – und schleppte Passow ab und weg und fort, wie ich hoffte, für alle Zeiten. Sie brachte einen kleinen weißen Köter mit, der auf seinen krummen Beinen den Dach-

boden erforschte, bis er auf die beiden Schildkröten stieß; er markierte kurz das rechte Bein meines Ohrensessels und floh dann zur Dame seines Herzens.

Passow wurde von seiner Olga halbwegs repariert und durch ein Bad saniert; sie schnatterte die ganze Zeit zärtliche Flüche in einem mit Französisch legierten Deutsch-Russisch und boxte ihn bei seinen Gängen zwischen Stryker-Bett und Bad in die Milz und auf den Hintern.

Adieu, Servus. Lebwohl, sagte er zum Abschied.

Merci, Monsieur, sagte Olga, dieser Mann, er macht mehr Mühe als verdient.

Dann war es still. Von draußen hörte ich in diesem schönen Lebens-Augenblick die Geräusche der alten und fremden Außenwelt – das Rauschen der Autos auf der Stadtautobahn und das Pfeifen der S-Bahn.

Passow hinterließ mir im Klosettbecken ein hässliches Exponat – groß, grünbraun und verzweifelt gekrümmt, ein wahres Siegel der Freundschaft.

66

Erster Zufall.

Der Lastenfahrstuhl gab seine alte Seele im dritten Stockwerk auf, stöhnte noch einmal in seinen Eingeweiden, zitterte eine Weile und rührte sich nicht mehr.

Der Hauswirt (dritter Stock) erschien nach einer halben Stunde, ein älterer unförmiger Mann in karierten Puschen; er hatte Mittagsschlaf gehalten, seufzte und ging in den Keller, wo er dunkle Operationen an der Maschine vornahm; und richtig setzte sich das alte Ding wieder in Bewegung. Im Parterre wartete Herr Machsoll (so hieß er) und kündigte mir die Wohnung wegen Eigenbedarf, er müsse einige kranke oder verarmte Verwandte oder Bekannte dort unterbringen, ganz klar war die Sache nicht, aber ich könne mir Zeit lassen und alles in Ruhe erledigen.

Nun gut, dachte ich, du wolltest dein Leben ohnehin ändern. Der Geist des Zufalls funktionierte so glatt und geschmeidig wie ein Schweizer Uhrwerk.

67 Zwei Tage später avisierte sich am Telefon ein Herr vom Tierschutzverein, es sei Anzeige gegen mich erstattet worden. Der Mann stellte sich am vierten Tag (ein windiger Freitag) als Glinz vor und wollte mein Domizil inspizieren.
Die beiden Schildkröten mümmelten gerade Salat aus der geblümten Porzellan-Schüssel.
Da, sagte er, ja, da sind se ja wirklich, echte Schildkröten! Und Sie halten die auf einem schmutzigen Dachboden! Das sei nicht artgerecht und verstoße gegen viele Gesetze des Tierschutzgedankens, die er mir vorlesen wolle, er habe sie leider nicht alle präsent.
Welche Tiere ich noch hielte?
Einen alten Kater, sagte ich, und einen blinden Ara.
Det sei nich verboten, sagte Herr Glinz, aber die Schildkröten.
Er setzte sich nachdenklich in meinen Ohrensessel und strich den roten Vollbart; auch sein Haupthaar war schmutzig rot und erinnerte mich an einen nicht sehr gesunden Orang-Utan.
Man könne sie dem Zoo überlassen, sagte er dann, zwei Plätzchen seien vakant. Für den Transport sorge seine Organisation, ich käme dann mit einem Unkostenbeitrag billig davon. Schildkröten auf einem Dachboden voller Staub, ohne Sonne, ohne Tümpel! Auch große Land-Schildkröten bedürften des Wassers … Er ritt noch eine Weile auf dem Fehlen eines Tümpels herum. Melmoth und Yvette fraßen gleichmütig weiter.
Die sehen echt traurig aus, sagte Glinz.
Das sei das Wesen der Schildkröten, sagte ich, getrennt von fließendem Wasser und der Sonne, wird man wahrscheinlich melancholisch.

Ach ja, sagte Glinz und beobachtete die beiden. Wie alt sie wohl seien, das sei die Frage.
Melmoth, sagte ich, das Tier mit den drei Beinen, gehörte meinem Urgroßvater Iron. Er sei älter als Yvette und männlichen Geschlechts. Stellen Sie sich vor, Sir Herbert Spencer, ein berühmter Philosoph aus England, schaukelte ihn als Kind auf den Knien – ich meine natürlich Melmoth und nicht Iron. Nur keine Verwechslungen!
Natürlich, sagte Glinz, selbstverständlich, wie alt war denn dieser Herr Spencer?
Warten Sie einen Moment, sagte ich, das muss ich nachschlagen. Es stand alles im grünen Notizbuch.
Mein Urgroßvater schenkte diese Schildkröte, also Melmoth, Sir Spencer 1881 – die beiden waren befreundet –, aber warten Sie. Spencer hat auf Melmoth' Rückenschild eine Signatur hinterlassen und einen Spruch eingeritzt, eine Sentenz –
Tierquälerei, sagte Glinz.
Herbert Spencer, sagte ich.
Wir beugten uns über Melmoth, der seine dicke graue Zunge nicht zurück ins Maulinnere befördert hatte. Er sah ein bisschen blöde aus oder hatte einen sehnsüchtigen Gedanken an Cognacpralinen. Die Sentenz hieß: *Semper homo bonus tiro est*, darunter H.S.
Wat soll det bedeuten, fragte der Tierschützer, er könne kein Latein.
«Ein guter Mensch bleibt immer ein Anfänger», sagte ich, das wäre meine unbeholfene Übersetzung.
Da is wat Wahres dran, sagte Glinz und kratzte sich den roten Schädel. Soso, der Philosoph Spencer 1881 …
Tod Disraelis in England, sagte ich hilfreich, Mark Twain publiziert seinen *Bummel durch Europa*.
Mir leider, sagte Glinz, im Augenblick keen Begriff.
Ich schlug Böcklins *Toteninsel* vor.
Die kenn ick, sagte Glinz begeistert. Kenn ick, ha ick zweimal Urlaub gemacht.

Es war gegen 12 Uhr, und die Sonne warf einen strahlenden Blick durchs blinde Atelierfenster auf die polierten Panzer der beiden Schildkröten; auf den konvexen und konkaven Oberflächen spiegelte etwas wie ein matter Regenbogen. Ich poliere ihre Panzer, sagte ich zu Glinz, jeden Abend mit Olivenöl.
Hoffentlich kalt jepresst, sagte Glinz streng.
Aber sicher doch, sagte ich, wo käme man sonst hin.
Tja, sagte Glinz. Muss jetzt weiter. Ein Fall von Tierquälerei in der Droysenstraße 10, eine Blut-Tat, eine Kastration.
Glinz wurde gesprächiger. Die Sonne verschwand wieder.
Die Schildkröten zogen sich zurück; zuerst Yvette, dann wendete sich schwerfällig auch Melmoth und folgte seiner Geliebten.
Allerliebste Tierchen, sagte Glinz, aber keene Artjerechtigkeit nich, tut mir leid.
Was war das in der Droysenstraße, fragte ich, für ein Fall – wohl ein ähnliches Kaliber?
Ach nee, sagte Glinz betrübt …, ’n Mann, stellen Se sich det vor, hält inner Zwei-Zimmerwohnung einen Honigdachs …!
Mellivora capensis, sagte ich, herrliche Tiere! Sie gehören zu den Marderartigen, sein Bruder ist der Vielfraß.
Sie kennen sich aber aus, sagte Glinz wohlwollend …, ja und eines Tages musste es passieren – es war eine Speisekammersituation: Der Honigdachs sucht Honig in dunkler Nacht, schmeißt natürlich viel ’raus, Marmelade von Schwartau sagt ihm nichts, mit Recht, wenn Se mich schon fragen – Besitzer kommt in die Kammer, der Dachs is voller Frust –, und da is passiert, was passieren musste.
Was?, fragte ich.
Kastration, sagte Glinz genussvoll.
Oi, sagte ich, unter den Afrikanern ist der Honigdachs nicht umsonst gefürchtet.
Wie wahr, sagte Glinz sehr prononciert, Mythen umweben ihn

mit einem blutigen Schleier. Und seine Krallen sind so scharf wie Rasierklingen, und er schlägt stets von unten nach oben zu! Mit beiden Pfoten in seiner herrlichen Wendigkeit.
Hat der Mann überlebt, fragte ich. Mir gefiel die Geschichte.
Überlebt schon, sagte Glinz, aber nicht sein Gemächt, ich meine sein – Geschlechterapparat.
Begreiflich, sagte ich, man hätte dem Honigdachs ein Glas Honig reichen müssen.
Für diese artgerechte Betrachtung der Sache, sagte Glinz, sei es leider zu spät gewesen; man müsse wilde Tiere eben artgerecht halten.
Wir verabschiedeten uns freundlich.
Die Schildkröten müssten wahrscheinlich vor ihrer Vergesellschaftung im neuen Zoo-Habitat in die Therapie, das sei eine milde Quarantäne, geführt von einer Frau Dr. Loos-Habel, deren Ruf untadelig sei unter den Reptilien; sie habe einmal durch Mund-zu-Mund-Beatmung einer Babyboa das Leben gerettet, als sie an einem zu großen Kaninchen zu ersticken drohte.
Sie hängen an die Tiere, sagte Glinz, es tut mir leid. Aber Tierschutz is keene Schimäre. Schaffen Se sich Göttinger Versuchsschweinchen an, lieb und anhänglich, Allesfresser, jelehrig und stubenrein – da brauchen Se keene Freundin nich … Die tun allet für Sie – bitte unterschreiben Sie doch noch dieses Protestdokument gegen innereuropäische Schlachtviehtransporte.
Ich unterschrieb.
Wer hat mich eigentlich denunziert, fragte ich an der Tür.
Ein jewisser Lassow oder Rassow; ich dürfte es Ihnen eigentlich jar nich sagen, aber Sie sind mir sympathisch. Hier überreiche ich Ihnen, weil Sie es sind, unsere Vereinszeitschrift – *Dein Freund das Frettchen*, entzückende Tiere, frohsinnig und gesellig. Nichts spricht jejen einen Aufenthalt auf einem Dachboden wie diesem, na denn!

Ach ja, dachte ich später während der Gesamtplanung, warum keine Frettchen, wollte ich doch mein Leben ohnehin mal wieder ändern.

68 Um mich abzulenken, blätterte ich im grünen Notizbuch und fand unter Pragmatismus & Liebes-Evolutionen den Eintrag: s. Briefwechsel Spencer – Iron Singram, Karton XXI.

Die Briefe fanden sich tatsächlich dort in einer Saffianledermappe, etwa 20 Stück mit dem handschriftlichen Vermerk: Transkribiert von Edward Singram.

Lieber Herbert Spencer,

schreibe Dir aus St. Petersburg. Januar, sehr kalt, aber Hotel leidlich, komme eben aus dem Pelzpalast, wo ich 400 First-Class-Zobel ergattert habe, und fand Deinen Brief nebst Essay. Schon interessant, dass, wie du ausführst, die Evolution dem Gesetz der Erhaltung von Materie und Kraft untersteht, ja, warum auch nicht – und worin sie so allgemein besteht – also Anhäufung (Integration) von Stoff unter gleichzeitiger Zerstreuung (Dissipation) von Bewegung. Und dies hat mich affiziert, dass die Entwicklung über relativ unbestimmter, unzusammenhängender Gleichartigkeit (Homogenität) wieder zu bestimmter, zusammenhängender Ungleichzeitigkeit (Heterogenität) bis zu einer Rückläufigkeit der Entwicklung, die Du Dissolution nennst – bis zum Aufnehmen, von dir als Absorption bezeichnet, sehr interessant! Nur was Du im Hinblick auf die Bewegung (oder Entwicklung mit begleitender Auflösung (Desintegration)) meinst, das habe ich nicht kapiert, aber es war ein wodkareicher Tag. Du solltest vielleicht eine populäre Fassung Deiner Theorien für Pelzhändler verfassen. Aber gute Ideen hatte ich bei der Lektüre durchaus.

Habe gerade eine angenehme Affäre mit einer Dame namens Nadja, sie leidet an sog. Zufällen und hat niedliche hysterische Anfälle. In Behandlung ist sie bei einem Dr. Ossipowitsch, der mit Therapien arbeitet, dass sich einem der Pelz sträubt. Will nicht weiter darauf eingehen – jedenfalls kam ich über Deine Theorie auf einige Analogien zwischen den allgemeinen Entwicklungsgesetzen und der Liebes-Mechanik.

Was ist diese Emotion anderes als die Integration von Stoff bei gleichzeitiger Dissipation männlicher Kräfte – und bald schlägt die schöne Homogenität um in die übliche Heterogenität und die darauffolgende Dissolution, jenseits der Absorption und dem Finale, was Deiner vortrefflichen Idee der Desintegration vollkommen entspricht.

So viel für heute.

P.S. 1: Von der Idee, eine Schriftstellerin heiraten zu wollen, rate ich ab.

Auch wenn es George Eliot ist, wie Du schreibst, von der ich noch nie ein Buch gelesen habe. Bin kein großer Leser. Die wenigen Schriftsteller, die ich auf den Geschäftsreisen kennenlernte, waren immer eitle, ziemlich blöde Burschen wie z.B. Strindberg, den ich in Stockholm durch einen dummen Zufall kennenlernte – ein aufgeblasener Hysteriker, der aussah wie ein Kater im Liebeswahn, obwohl Frauenfeind.

Aber die Misogynie (ein Begriff, den unser Dr. Ossipowitsch benutzt) soll weit verbreitet sein, eine ganz natürliche Reaktion, wie mir Dr. O. erklärte, und er hat recht. Wenn ich das Lachen mancher Damen höre, sträubt sich mir das Zwerchfell – widerlich. Und ihre Mundhöhlen sehen aus wie rot gefütterte mit Gold intarsierte Ridiküls – Pardon, der Wodka spricht aus mir.

Verzeih Deinem alten Freund diese ein wenig dissipativen Bemerkungen. Du schreibst von der Dame, sie habe eine zu lange Nase; das ist natürlich ein ernsthafter Einwand, den man immer wieder prüfen muss. Bei Männern ist eine lange Nase kein Makel. Dante hatte eine lange Nase und avancierte dennoch. Ich kannte einen russischen Jäger, der einen langen Kolben hatte und – Pardon.

Ja, die Frauen! Als meine Natalia – die kleine Plubat, ich habe sie einmal beschrieben, wenn Du Dich erinnerst, die süße Eichkatze! – mir meinen Sohn Edward zur Welt brachte und einiges andere mehr – muss schließen.

Mein lieber Herbert, mach weiter so, Du bist auf dem richtigen Weg. Lass Dich nicht beirren. Erledige die Phänomene, wie sie kommen, Schuss für Schuss. Such Dir für Dein Refugium am Regent's Park ein hübsches Weibchen mit Stupsnase und Grübchen, braunen Augen und einer vollen Unterlippe und werde glücklich.

P.S. 2: Habe Deine Dame in einem Literaturlexikon nachgeschlagen, bis sie offen vor mir lag, dann schloss ich die Seiten und sagte laut: Nein! Überlege mal – Methodistenhaushalt, Bildung und sog. religiöse Konflikte. Na hör mal. Und dann noch Psychologin, eine Sache, die ich für die trübsinnigste auf der Welt halte.

Wörtlich steht in der Lit.-Geschichte:

«Ihre Gestalten sind nie statisch, sondern entwickeln sich im Verlauf der Handlung.»

Du lieber Himmel – erst Integration und dann wahrscheinlich die übliche Dissipation, nein danke.

Herbert, nimm keine Romancière, such dir ein hübsches Weibchen mit blonden Locken, einer kleinen Adlernase – entzückend! und eisblauen Augen; aber braune Augen bei einer echten Blondine haben mehr, als die Literatur liefern kann.

Ganz der Deine. Iron S.

(Die Epistel von Spencer auf diesen wodkareichen Brief ist kurz)

Lieber Iron,
Dein Brief hat mich erreicht. Für einen deutsch-stämmigen Engländer eine wackere (brave) reaction, aber Du hast Manches missverstanden. Ich halte die Deutschen für ein nicht besonders inspiriertes Volk. Sie tauchen viel in die Tiefe, aber wie Kollege Huxley zu Recht sagt, tauchen sie ziemlich schmutzig wieder auf. Und Euer Goethe, den ich einmal aus Versehen las (Faust)! – unser Marlowe mit seinem Faustus ist besser, und der ist nicht so mystagogisch konfus. Siehe oben.
Mein lieber Iron, natürlich lässt sich eine Theorie auf jede mögliche Weise interpretieren, das ist lediglich (und zu meinem ewigen Leidwesen) eine Frage der Definition. Aber bedenke bitte immer einmal wieder die Differenz zwischen Definiens und Definiendum – ein Zentrum, nicht immer an einem Punkte zu kurieren, wie euer Großfürst Goethe sagt! Ich meinte natürlich den totalen Kosmos, nicht nur den betrüblichen Teil der menschlichen Existenz, der da ‹Liebe› genannt wird und den Großteil niederschmetternder Literatur (oder gar das Leben) betrifft.
Lies das Zeug einfach noch mal, wenn du nicht besoffen bist.
Glückwunsch zu den Zobeln. Werde übrigens nicht heiraten.
Wohne jetzt bei zwei Damen von beruhigender Geschlechtsneutralität. Das Essen ist so ähnlich, will sagen: keine Magenbeschwerden, und so ist in meinem kleinen Kosmos alles in Ordnung.
Dein Herbert Spencer.

69 Der Entschluss, Ordnung herzustellen, ist immer ein großes Projekt, das man am besten im Sitzen sondiert; so saß ich im Edwardschen Ohrensessel – die Ohrendeckel mit dem verblichenen Chintz steckten bestimmt voller Bazillen und verschlafener Grübeleien – und dachte intensiv an Die Ordnung, an Tabula rasa, an ein System für die Kollektionen

von der Aga-Kröte (Modell Singrams fürs Archebild) bis Zyste, einer sentimentalen Erinnerung Edwards an eine geglückte Operation in London; die Zyste lag in einer Holzkiste von Edward seit 1924 und schwamm, erinnere ich mich korrekt, in einem bernsteinfarbenen Glaskolben.

Ich litt niemals am Messie-Syndrom.

Ich finde Leute ganz unerträglich, die nichts wegschmeißen können, und habe mein Lebtag immer mehr expediert, als ich aufhob. Es wäre nützlich, dachte ich an diesem Tag im wie immer unentschlossenen April, zwei Zonen auf dem Dachboden zu etablieren – Wegzuschmeißendes und Aufzuhebendes, eine simple, binäre Operation von unangreifbarer Qualität, sozusagen nur ein Kreidestrich auf den rötlichen Holzdielen, die eine Trennung zweier Sphären bedeutete – zwischen dem Sinnvollen und dem Sinnlosen, zwischen nützlichen und überflüssigen Objekten, Exponaten, Relikten und sentimentalen Souvenirs.

Ich fragte die Schildkröten, deren Köpfe nur einen Augenblick aus den Panzern erschienen und sich dann gleichmütig zurückzogen – kein Salat in Sicht.

Ich konsultierte Yorick, der zu keiner vernünftigen Antwort fähig war. Verständlich in seinem Zustand; er hockte unter seiner schon lange erloschenen Rotlichtbirne und putzte sich unausgesetzt, vor allem die Schnurrhaare und die Augenbrauen – ein symbolischer Akt, er hatte keine mehr. Sah mich nur aus seinen gelben Augenmurmeln an.

Mit Wright hatte ich mehr Glück. Mein gegen die Welt, wie sie ist, animoser Ara öffnete ein blindes Auge, spuckte eine Erdnuss aus dem Schnabel, mit der er lange meditiert hatte, und hielt einen Monolog, dessen Grammatik zu wünschen übrig ließ. Seine Suada lautete ungefähr so –

Passe. Passez. Probat. Pardon. Probabilismus. Kuss. Fick die Tante. Alter Schisser. Ungewisser. Arschloch. – All allright –

Dann hustete er stark, wie nur ein Ara husten kann, ließ den

Schnabel offen stehen wie ein Huhn, das den Pips hat, und fiel von der Stange in den Abfall (Körner und Kot) auf den mit einem Blatt Zeitung bedeckten Boden seines Käfigs.
Ich glaube nicht, dass eine Krankheit Wrights zum Tode führte. Ich legte ihn auf ein Kissen, lagerte ihn vorschriftsmäßig auf der Seite, bedeckte ihn mit einer Serviette aus Leinen und wusch im Badezimmer seinen Käfig. Hatte kein gutes Gewissen – ein Fall von Vernachlässigung.
Nach der Reinigung, Aktivität tat gut in der Situation, polsterte ich seinen Käfig mit einem Handtuch und goss in seine Trinkschale einen nicht eiskalten Champagner-Cocktail mit Eierlikör, der ein jedes Leiden mildert, gleichgültig, welcher Ätiologie …
Als ich Wright in den Käfig auf die Stange setzte, schwankte er wie ein Betrunkener, hielt sich aber eisern mit den Krallen fest in der Balance, in der er mühelos trinken konnte.
Labe dich, mein Bester, sagte ich, nichts als ein Schwächeanfall. Zwischen seine Lieblingskörner schmuggelte ich eine viertel Tablette Amitryptilin, den wahren Engel unter den Antidepressiva. Ach ja, mir kommen jetzt noch die Tränen.
Gut, er trank, der Cocktail schmeckte ihm, er verweigerte aber feste Nahrung. Nachdem er getrunken hatte, den bunten Kopf erhoben wie Homer, der nach dem mot juste sucht, öffnete er weit seine blinden Augen und den Schnabel und sagte zu mir (ich habe jeden Partikel notiert):
Ingram (er konnte kein S sprechen), bald exitu … gutes Leben, Gemüt im Eimer, ab dato Toten-Tod. Ubjekt wird Objekt. Ruhe im Karton. Cks!
Ich wusste, er wollte ‹Exitus› sagen – mitunter glückte ihm der Buchstabe X, dann musste er in heiterer Stimmung sein. E-, sagte er – Ekitüs, fin!
Nach dem ziemlich guten Nasal schloss er die Augen, seine Federn sträubten sich, und er fiel tot von seiner Stange oder fiel von seiner Stange und war tot, die Reihenfolge ist mir nicht

ganz klar. Das war der zweite Tod nach Passows Mord an den Kakerlaken.

Für seinen Limbus legte ich den Leichnam in einen alten, ausnahmsweise leeren Karton, setzte mich in den Sessel und las weinend die alte Zeitung aus dem Käfig, auf der er sein Geschäft besorgt hatte.

Yorick kam vorbei und kondolierte kurz. Katzen lässt der Tod kalt.

Als der Naturforscher de Baron (nach Edwards Diary VI *Rachegedankenbewusstsein bei Tieren*) während eines Mittagsschlafs den Geist aufgab (1889), erwischte seine Haushälterin einen Kater namens Sue (Katzen hören gern auf Laute mit S) dabei, wie er mit Genuss an Barons Zunge kaute, die der Gelehrte in der Agonie zuletzt der Welt gezeigt hatte.

Ein klarer Rache-Akt, schrieb Edward befriedigt, hatte de Baron doch dem armen Vieh die Schnurrhaare abgeschnitten, um zu beschreiben, wie tölpelhaft sich eine Katze ohne Tastsinn in der Welt benimmt. Eine schöne Ausnahme!

70 Als ich das schmutzige Kotblatt las, Rubrik Kunstmarkt, fiel mir eine Annonce auf: Biete Vorstudien des Malers Bassano zu seinem Bild DIE ARCHE NOAH gegen Höchstgebot. Chiffre etc.

Wäre Wright nicht plötzlich, unerwünscht und unerwartet dahingegangen, hätte mir der Zufall nicht meine glorreiche Idee beschert.

In einer überregionalen Zeitung annoncierte ich noch am Tag des Todes von Wright – einem traurigen Montag –:

‹Sammler bietet verschollenes Gemälde mit epochalem Anspruch: Max Singrams ARCHE NOAH, 1942. Besichtigung nach Vereinbarung. Legende und Provenienz vorhanden. Chiffre etc.›

Am Mittwoch fand ich im Briefkasten eine Epistel folgenden, recht hoffnungsvollen Inhalts:

Sehr geehrter Herr,

bin am Œuvre Max Singrams sehr interessiert, vor allem an der *Arche Noah*; sammle auch Zeichnungen, Lithographien, Gouachen oder Feder. Schicken Sie bitte Ihre Adresse an das Hotel (s. Briefkopf.) Will Sonntag 11 Uhr bei Ihnen erscheinen. Berlin an Wochentagen ist nach Mauerfall unerträglich überlaufen. Gruß, A. Schlitz.

Ein Sammler, der wie das amerikanische Bier hieß, erweckte Hoffnung in mir. Vielleicht ein Millionär?

Ich ging ans Werk, nachdem ich zwei alte Fluprim mit Coca-Cola geschluckt hatte, nach meiner Erfahrung der reine Energie-Dope; in der Zeit des Finales war ich süchtig nach dem Zeug. Im harmonischen Einklang aller meiner Kräfte bestellte ich eine alte Freundin – Sport, Rudolf Steiner, später Zen-Shiatsu (sie hatte Muskeln wie ein Boxer, die sie, wie ich noch später erfuhr, spirituell atmen ließ), denn ich wollte Papas *Arche Noah* in einem würdigen Rahmen präsentieren.

Am Donnerstag erschien die Zen-Athletin; sie hieß Jutta und sah (wir danken alle Buddha) mehr nach einer Anabolika-Kur aus, als nach Shiatsu-Versenkungen.

Lang' her, sagte sie, ich sähe ja beschissen aus – und ob ich etwa mit ihr schlafen wolle.

Wo sie bloß hindenke, sagte ich, kraft meiner Impotenz führe ich ein rein spirituelles Leben voller Tee und Kontemplation.

Da lächelte im muskulösen Körper ihre Seele.

Zuerst desinfizierten wir meine Schlafkammer, die Versuchszelle für den Winterschlaf, und stopften die Waschmaschine (sie hieß Ophelia) mit Laken und Bezügen. Ophelia (eine geborene Miele) war gutwillig, wollte aber nicht überfordert werden. Ich hatte sie immer mit Zartsinn behandelt, d.h. selten benutzt.

Ich stählte mich noch einmal mit einer Doppeldosis Fluprim, bevor ich das Totenhaus nach Überlebenden absuchte.

Fluprim Roche H71
Zus.: 1 Dragee: 10 mg Dextromethorphan-hydrobromid, 5 mg Phenindami-tartrat, 5 mg Ephedrinhydrochlorid, 200 mg Salicylsäureamid, 2000 I.E. Vitamin-A-Acetat (Arovit) und 50 mg Vitamin C (Cedoxon)
Ind.: Prophylaxe und Therapie von Erkältungskrankheiten; grippale Infekte, Katarrhe der Atemwege. Schnupfen mit den Begleitsymptomen Husten, Schleimhautschwellung, Fieber, Kopfschmerzen, Gelenk- und Muskelschmerzen.
Dos.: Erw. je nach Bedarf 1–3-mal täglich 2 Drag. unzerkaut mit Flüssigkeit nach dem Essen.

Im Schleudergang stieß Ophelia Laute aus, die wie Hamlet-Hamlet klangen; bei 1000 Umdrehungen machte sie einen kleinen Luftsprung und blieb stehen, bis man sie entwässert hatte; keine Ahnung, was sie sich dabei dachte.
Während Jutta das Ihre tat, entdeckte ich auf meinem Schreibtisch ein schönes Souvenir – das Notizbuch der schönen Notärztin Beatrice Margoti; ich schlug nach und fand Eintragungen aus der schlaflosen Nacht:

> «A. Singr. Netter Psychopath, leidet unter Messie-Syndrom, Früh-Senilität und traurigen Zuständen.»

Ich seufzte; sie soll nicht recht behalten! Nein.
Es war prachtvoll, eine Frau von Juttas Kaliber beim Arbeiten zu beobachten.
Wir müssen, sagte ich nach einer Pause, den Dachboden clean machen, am besten wäre es, alle Objekte, die Kisten, die Kasten, die Kartons und die Exponate, in zwei Haufen aufzuteilen – ein Haufen links – Wegzuschmeißendes, ein Haufen rechts – Aufzuhebendes. Natürlich leide ich nicht unter dem Messie-Syndrom; ich hänge nur an ein paar Dingen meines Lebens.
Ich will nicht ins Detail gehen.
Besitz, sagte Jutta, sei für die Seele eine Belastung.
Ohne Frage, sagte ich.

Nach vier Stunden hatten wir vier Haufen, die noch einmal überprüft werden sollten.
Links war eine Riesengalerie ausgestopfter kleiner Tiere, die mein Vater für Vorstudien zur Arche gesammelt hatte; dahinter wälzten sich die vielen Totenschädel von Tieren aus der Sammlung Edwards, und im Gelände rechts stapelten sich Bücherkartons und in der Mitte ein Turm kleiner Kartons, Inhalt unbekannt. Auf dem Sekretär von Röntgen hockte der sehr interessierte Yorick, der erst floh, als wir das schwere Möbel verrückten. Ach, wir verrückten viel an diesem langen Nachmittag.
Nach sechs Stunden gab es einen gewissen Überblick, und das Riesen-Gemälde war freigeschaufelt.
Wir teilten uns eine Büchse Corned Beef.
Ich bezog mein Stryker-Bett. Die Matratze stank nach Sagrotan und Essigspray.
Der gute Locke schrieb einmal: «Arbeit um der Arbeit willen ist gegen die Natur.»
Die Empiristen haben immer recht.
Ein paar Moleküle von Passow machten sich im Schlafzimmer noch breit, aber sonst war alles clean; ich stellte die Klimaanlage – ein kleiner, immer hysterisch überlasteter Apparat – auf 11° Celsius. Rief den Kater, und wir schlossen für eine Stunde unser Refugium ab. Das Notizbuch unserer Beatrice bettete ich neben mein Ohr auf das frische Kissen; Yorick schnüffelte attraktive Pheromone und legte sich auf meine Brust, eine Pfote auf den Notizen unserer potentiellen Geliebten.
Die gute Jutta weckte mich gegen 20 Uhr und verlangte ihr Honorar. Ich suchte lange in meiner anämischen Brieftasche und kratzte, glaube ich, 150 Einheiten der inflationären neuen Währung zusammen. Sie bestand auf einer Ekel-Zulage. In einem Seitenfach fand ich noch einen Not-Schein, einen Fünfziger, den sie schweigend nahm. Du bist ja richtig 'runtergekommen, sagte sie zum Abschied. Ich müsse mein Leben ändern.

71 Am Sonntag erschien pünktlich Mr A. Schlitz, ein verfetteter juveniler Greis, ein wahrer Bloodhound in der klassischen Typologie der Tierähnlichen – mit rot unterlaufenen Augen, deren untere Lider die entzündete Bindehaut entblößten, die rosigen Backen hingen herab wie beim Bluthund die Lefzen (die korrekte Bezeichnung ist natürlich Schweißhund), das üppige weiße Haar trug er mit einem blauen Gummiband gebunden, und der Hals quoll als Wamme über ein gelbes Seidenhemd; unter seinem Trenchcoat leuchtete ein großzügig kariertes Sacco in durablem Stoff, die grauen Hosen fielen weit und komfortabel auf Stiefel aus zwiefarbenem Leder, weiß und schwarz; es fehlten nur die Gamaschen eines der Helden meiner Lieblingscomics. Er war ein Riese, aber freundlich.

Schöne Überraschung, sagte er, Sie sind ein Singram – a shoot von Max, I presume. Sprach er deutsch, dann mit einem leichten Akzent.

In der Tat, sagte ich, mein Vater war Max Singram.

Schlitz schaute auf mich hinunter und lächelte.

Well, sagte er, unverkennbare Ähnlichkeit, my name is Aram.

Arthur, sagte ich, und wir machten noch einmal shake hands.

Wo ist das Bild?, fragte er und warf seinen Mantel auf den Ohrensessel, den ich an die Nordwand gerückt hatte, damit der teure Gast *Die Arche Noah* im Sitzen betrachten konnte.

Ich hatte wegen des Riesenformats natürlich keine Staffelei auftreiben können, glaubte aber, Max' Arche werde auch auf nackten Dielen Zauber und Pracht entfalten. Sie war von einem Laken verhüllt, das Ophelia Miele mit viel klagendem Hamlet-Hamlet blütenweiß ausgespuckt hatte. Feierlich wie bei einer Schiffstaufe zog ich den Schleier vom Rahmen.

Wow, sagte Schlitz und setzte sich mit offenem Mund auf den Trenchcoat; seine Lefzen hingen über dem Hemdkragen. Wow!

Aram, sagte ich, wollen Sie etwas trinken?

Why not, sagte er, zu diesem Anlass. Ein Champagner wäre nicht schlecht.
Naja, ich war wieder einmal nicht präpariert. Außenwelt-Besuche nicht gewöhnt, hatte ich nur das gute Paderborner.
Aram, sagte ich, auf einen derart exklusiven Besuch war ich nicht gefasst; es gebe nur Dosenbier und eine Flasche Rotkäppchen-Sekt. Schlitz fixierte aus seinen Bloodhound-Augen die Arche.
Nothing, sagte er –, ah, Rotkäppchen, DDR-shit, I know.
Ich schleppte den Messingtisch an die Flanke des Ohrensessels, brachte Gläser und öffnete die Flasche.
Arthur, sagte Schlitz, Ihr Vater ist – für mich – der beste Tiermaler der Welt. Wissen Sie, ich sammle, ich sammle wenig, nur The Best of all. Ich habe daheim in Amerika Balthus, ich habe viele Degas, ich habe drei Escher, den Mann mit den vier Dimensionen, ich habe göttliche Courbets – alle Löwenjagden –, aber die Singram-Arche ist exzellent. Sie wussten nicht, dass ich Ihren Vater gut kannte. Wir haben uns aus den Augen verloren. Lost. Verlust irgendwie. Er blieb in der Nazizeit, ich ging nach Amerika 1932. Der beste Entschluss meines Lebens. Deutschland war shit, heute vielleicht immer noch, presumable.
Schlitz trank einen Schluck, stand auf und trottete zum Bild.
Light wrong, sagte er, ich möge ihm eine Lupe reichen und ihn allein lassen mit der Arche Noah seines alten Max.
Ich reichte ihm eine Lupe und ging.

72

Am Schreibtisch im Schlafzimmer begann ich den ersten Liebesbrief seit 20 Jahren, natürlich ein Entwurf.

Verehrte, liebe Frau Dr. Margoti!

(Komma statt Ausrufezeichen; ist zu hysterisch)

Unsere Begegnung hat mich berührt.

Komma, nichts hat mich mehr berührt als unsere Begegnung.

Unser Zufallsrendezvous in der Nacht unter denkbar ungünstigen Umständen hat mich so affiziert, dass ich…

Ihr Besuch warf mich um, derlei erwartet man nicht von Notärzten!
Liebe Beatrice, meine Erwerbsbiographie ist eine billige, aber ich habe mich immer bemüht, den Mühen des Lebens und der Arbeit auf meine Weise gerecht zu werden; was mir fehlte, war eine Frau, die meine diffusen Bedürfnisse in jene Bahnen lenkt, die –

Liebe Frau Doktor,
Denke ich an jene Nacht, in der Sie meinen Freund Passow therapierten – wir saßen in meiner Schlafanstalt –, so bewahre ich in meinem sonst schlechten Gedächtnis doch einige Details an Ihre Schönheiten, während Sie meiner Erzählung nicht aufmerksam lauschten (wie ich dachte), sondern erschöpft vom Dienst am Kranken schlummerten …Ihre süßen und vollen, etwas bleichen Lippen unter Ihrer klassisch aquilinen Nase mit den erlesenen Voluten hätte selbst den heiligen Antonius zur Konversion gezwungen; die Königin von Saba wäre nichts gewesen gegen diesen Eindruck, während die Nacht über uns fiel, meine Tiere schliefen, alle Dinge schliefen, auch Sie!
Ihre klugen braunen Augen waren leider geschlossen, sonst hätten Sie die brennenden Liebespfeile aus meinen Augen (die übrigens grau-grün sind) auf Sie – Lippen, Nase, Augen und Ihre liebliche Stirn-Kuppel) bemerkt. Da bin ich mir ganz sicher. Der Physiologe Brennet, ein Freund (seit 1981 stationiert im renommierten Irrenhaus in Haar bei Göttingen) sagt in seinem Buch *Physiologie des Geistes*, erschienen bei Ambrosius Barth: «… dass, wenn sich potentielle Liebende begegnen, allein der Gedanke über das weitere Geschehen elementar entscheidet. Die pontifikalen Hirnzellen, korres-

pondierend über die Hirn-/Blutschranke zwischen Vagus, Darmhirn und der Zirbeldrüse (siehe Descartes!), senden nach dem simplen, dem menschlichen Geist eigentlich unwürdigen, aber zweckmäßigen Schema Sender und Empfänger telepathische Impulse aus. Sendet der Mann an eine Frau, die er begehrt, das volle Potential, wobei das Auge natürlich involviert sein kann, über die Kaudallappen auf das Objekt, sträuben sich seine Haare, die Drüsen beginnen zu arbeiten (die bartholinischen wie die cowperschen in toto), und die Subjekte verfallen einander, wie ich es in meinem Buch *Clash and the human Situation* ausführte.»
Liebe Beatrice Margoti, hätten Sie an jenem auch gefühlsmäßigen Abend nicht Ihre schönen Augen geschlossen, es wäre alles ganz anders verlaufen.

Liebe Frau Beatrice, liebe Frau Dr. Margoti – Wir müssen aus den Krankheiten, die unvermeidlich sind, das Beste herausholen – (Hamilton).

Und das war die endgültige Fassung meines letzten Liebesbriefes – (den verrückten Brennet hatte ich getilgt):

Liebe Frau Dr. Margoti,
Sie haben Ihr Notizbuch bei mir vergessen.
Sollte es nicht in meinem sehr persönlichen Chaos
verschwinden (Todesfall, Umzug & andere Leiden),
holen Sie es bitte sehr bald ab. Sie sind eine gute Therapeutin!
Siehe Seite vom 19. April.
Ihr Arthur Singram

73 Dann besuchte ich meinen Gast Schlitz, der versunken, die große Lupe in der rechten Hand, in meinem Ohrensessel saß und auf das Gemälde starrte; neben ihn hatte sich zu meiner Überraschung Kater Yorick in einer konversationsfreundlichen Haltung gesellt.
Habe ihm gerade das Gemälde erklärt, sagte Schlitz, und ihn darauf aufmerksam gemacht, dass unter den 147 Tieren – ich habe gezählt – kein einziger Hund die Singramsche Arche besteigen durfte; sehr vernünftig, ich hasse Hunde … subalterne Geschöpfe, passen zu ihren dämlichen Besitzern … Singram hatte recht – ein Tier, das auch nur vorübergehend, wie bei dieser Sintflut-Legende, seine Fremdheit aufgibt, ist nicht würdig, in diesem Meisterwerk vorzukommen. Diese Peinture! Diese Lasuren – Sie verstehen etwas von Malerei, Arthur?
Das war eine Frage.
Lieber Mr Schlitz, Pardon, Aram – nicht die Bohne. Ich weiß nur, was gut ist und was nicht.
Das reicht vollkommen, sagte Schlitz. Sie wissen wahrscheinlich nicht, welche Bindemittel und Pigmente Max benutzte –? Oder welches Material, welchen Stein als Anreibe-Platte?
Nach der Klarheit der Farben, sagte er, könne man annehmen, es sei Porphyr gewesen, also das dichte, feinkörnige Eruptivgestein; und die Pigmente – von Bleiweiß bis Tresterschwarz habe Max garantiert gemixt wie die alten Meister.
Schlitz trat wieder zur Arche.
Betrachten Sie einmal diesen alten Pavian auf dem Ast der Blutbuche im Segment vier rechts oben – Quadrant 44 –, der misstrauisch den Himmel voller Regenwolken beäugt, als wollte Max zeigen, dass der Affe Angst hat, aber auch hochmütig ist – sehen Sie seine Augen –, und diese Große Reise verweigern wird, you understand.
I see, sagte ich.
Arthur, sagte er, sehen Sie sich das weiße Kaninchen im Vordergrund an – was bemerken Sie.

Dass es ein Hase ist, sagte ich.
Noch besser, sagte Schlitz, thank you, passt noch besser, denn unterziehen Sie einmal das Profil einer Prüfung mit der Lupe – was sagen Sie nun?
Es hat, sagte ich, etwas sehr Menschliches irgendwie.
Sure, sagte Schlitz, es ist ein Porträt Ihrer lieben Mama, der guten Helene.
Da sei was Wahres dran, sagte ich.
Hat wenig anthropomorphisiert, der gute Max, sagte Schlitz, ein paar Tiere vielleicht, wie z. B. die Eule auf dem Ast über der weißen Häsin, ein Selbstporträt von Max, what a picture …
In der Tat, mein Vater hatte physiognomisch enorme Ähnlichkeit mit einer Eule – wütende grüne Augen unter einem wilden Schopf.
Schlitz hockte sich wieder auf seinen Mantel, der treulose Yorick folgte ihm und setzte sich auf den Hintern, den Schwanz um die Vorderpfoten gelegt.
Beide starrten Noahs Arche an. Schlitz entnahm einem Lederetui eine dünne Zigarre und entzündete sie mit einem silbernen Feuerzeug von Dupont. Da ist Geld, dachte ich mir damals, Geld ist Freiheit, aber Freiheit wozu eigentlich.
Arthur, sagte Schlitz mit Enthusiasmus, haben Sie bemerkt, dass die sich küssenden Wiesel in einer anderen Manier gemalt sind – eine Hommage an G. Stouters Bild *On Point* von 1854, desgleichen der *Pointer im Schilf*, der die beiden Wachteln fixiert – man sieht es an den Federn; die Affen auf dem Rasen – Gibbons und Makaken, sagte ich geistesgegenwärtig; für Affen war ich durch Edward Experte.
– well, sagte Schlitz, die da Backgammon auf dem ägyptischen Brett spielen, zwei Spieler, drei Zuschauer, You see, dieser Bild-Partikel ist wieder eine Hommage an Frans Francken aus Antwerpen 1621 mit dem Titel *Affen beim Brettspiel* – und so hat unser Genie Singram viele Parodien und Allusionen gemacht in diesem Götterbild – die schönste vielleicht ist die in Quadrant

17 links – ein trauriger Affe betrachtet wilde Dahlien – sehen Sie die melancholischen Mundwinkel und das Licht auf der Pupille des rechten Auges – eine perfekte Hommage, Sie werden es erraten haben – an Gabriel Cornelius von Max und sein Gemälde *Affe mit Blumen am Fenster*, Datierung nicht bekannt, Öl auf Mahagoni, 32 x 23 – yes, selbst von Max hat Max nichts vergessen ... *Ape with flowers at the window*.
Der Affe, sagte ich, sei ein Schimpanse.
May be, sagte Schlitz, may be, in der Kunst, solle sie perfekt sein, sei alles präzise.
Im Segment 2 des Atelierfensters erschien eine matte Sonne und warf einen flüchtigen Strahl (sehr kurz) auf ein Lämmchen, das maßlos töricht an einer Distel roch.
Wissen Sie, sagte Schlitz, ich habe nicht mehr viel Zeit, irgendein dunkles Magenleiden, auch das Herz ... die Verdauung ... Sein Entschluss sei aber fest, in remembrance of Max, seinen alten Freund, wolle er dieses Bild erwerben – I need it, sagte er und paffte wild seine Zigarre.
Ich erwiderte, dass ich mich ungern von der Arche trennte.
Self evident, murmelte Schlitz, aber ich muss es haben.
Ich dachte ans blöde Lämmchen (wahrscheinlich eine Hommage an einen alten Meister, den ich nicht kannte) und sagte einen Satz aus einem alten Film, der mir einfiel: Sie sollen es haben. Das Zitat zog.
Arthur, sagte Schlitz, Sie werden es nicht bereuen. Und er streifte mit einem dicken Zeigefinger die Asche ab; der graue Kegel fiel auf Yoricks Kopf, der sofort entrüstet hinter einem Müllhaufen verschwand. Schlitz schrieb einen Scheck auf seinem feisten Schenkel aus, den er dezent neben der leeren Flasche Rotkäppchen deponierte, fixierte mich mit den Augen eines Bluthundes, der Beute gemacht hat, und sagte: Da haben Sie einen guten Coup gelandet.
Zur Feier des Tages holte ich das Sixpack Paderborner aus dem Kühlschrank, 4,8 % Vol., und wir tranken auf die Kunst. Aram

belehrte mich; alles sei inzwischen Junk Art, also Shit, Dreck, Mist oder, wie das gute deutsche Wort: Scheiße.
Nach dem zweiten Bier, das er aus der Dose trank wie ich, fragte er, was ich so treibe.
So gut wie nichts, sagte ich.
Wohl keine Malerei, sagte Aram, oder eine andere künstlerische Tätigkeit.
Wie man's nimmt, sagte ich, ich widmete mich Tier- und Menschen-Therapien, um das Elend für sie und zwischen ihnen zu mildern.
Bigotter Hund, sagte Schlitz begeistert, was für eine Geschäftsidee. Wonderful.
Aram, sagte ich an diesem herrlichen Tag im April, was werden Sie mit Singrams Arche machen …
Nothing, sagte Schlitz, ich horte privat. And that's the situation in my home – ich sitze im Kellerkabinet in meinem Haus in Virginia, hänge den Singram auf, installiere meine Riesenlupe auf Lafette, Pardon, dem Stativ und gehe dann für lange Zeit spazieren im Paradies der Tiere von Max Singram, bis ich krepiere.
Er schüttelte vor Wonne den Hundeschädel. Seine Hamsterbacken – die Lefzen – bebten.
Rückzug, Arthur, ist das Beste, was einem Menschen machbar sein sollte – now, you can. Do it, Arthur!

74 Der Scheck von Aram Schlitz, schrieb ich damals, macht frei, ein paar Jahre bestimmt; nie wieder Corned Beef von Aldi, nie wieder Büchsenbier.
Nun heißt es pragmatisch handeln. Die Handlung als solche, schrieb der Philosoph W. Hamilton, ist eine der Erscheinungsformen der Willensfreiheit unter Berücksichtigung der Zweck-Tätigkeit; ich denke mir, der Mann meint, dass Handlungen zweckmäßig sein sollten. Einleuchtende, goldene Worte.

Und in einem philosophischen Wörterbuch konnte ich lesen, dass der Mensch nicht eigentlich das denkende Wesen sei, sondern das handelnde; und eine kleine Fußnote verwies zurückhaltend auf das Stichwort: siehe auch Aktivismus a. a. O.
Ich für meinen Teil und das Restchen Lebenszeit will wohlbedachte Handlungen, basierend auf meiner angeborenen Positivität – (große Mengen positiver Impulse hatte ich nicht mehr in petto), gelenkt von Klarheit und Distinktionsfähigkeit im Hinblick auf die erstrebten Ziele.
Das war's, was ich an diesem regenreichen Sonntag niederschrieb.
Yorick trabte zu meinem Sessel, in dem ich vor Glück leicht betäubt hockte, setzte sich vor mich auf den Hintern und warf mir einen scheelen Blick zu, der mich zu Handlungen zwang. Wir teilten uns die letzte Dose Corned Beef, während ich ihm die schöne Geschichte von Upton Sinclair (amerikanischer Romancier, später Okkultist) erzählte, in der ein Fabrikarbeiter samt Galoschen in einen Riesenkessel voller Fleisch fällt, und die mechanischen Messer verarbeiten das arme Schwein ungerührt zu Beef.
Die Sache, sagte ich zu Yorick, passierte 1933 in Chicago. Weiß nicht, ob ihm die Geschichte gefiel, denn er ließ seine Portion auf dem Teller liegen, stieß dezent auf, putzte sich mit der linken Pfote die Schnurrhaare und starrte mich an. Ich weiß, sagte ich, es ist nicht das Futter; es ist die Notärztin Beatrice Margoti. Yorick zuckte mit allen Schnurrhaaren, erhob sich und richtete majestätisch seinen räudigen Schwanz auf; dann fing er an, kraftvoll zu schnurren. Seine gelben Augen waren aufmerksam und kalt auf mich gerichtet.
Mein lieber Yorick, sagte ich, Frauen können das Leben eines Mannes verstören, ja gar vernichten … ich kenne da Beispiele … Entsinne dich der großen Tragödien, denke an Heloïse und Abelard – der wurde sogar kastriert! Pardon.
Oder denke an den armen Maupassant, der so um die 3064

Frauen hatte und sich doch hoffnungslos in ein tropfnasiges Dienstmädchen verliebt, das ihn nicht erhört; über die Gefahren des fleischlichen und psychischen Kontaktes mit dem schönen Geschlecht muss man nicht sprechen, ich sage nur zwei Worte – Syphilis und geistige Depravation, von den Nebenkosten einmal abzusehen, also Blumen und das ganze Zeug, Restaurantbesuche … Kintopp, Langeweile im Theater … oder denke an Tristan und Isolde, eine Liebesgeschichte, die trotz aller chemischer Vorhaltungen in die Binsen ging.

Ruf dir die unglückselige Liebesgeschichte aus Entenhausen ins Gedächtnis – die Affäre zwischen Donald und der zickigen Daisy; natürlich keine Affäre – er kriegt sie nicht, diese frigide Tante mit ihren dämlichen Damenkränzchen und caritativen Aktivitäten; in diesem keuschen Kosmos wurde nicht einmal geschnäbelt, wie die alten Balten das Küssen nannten, nicht ein einziges Mal, Yorick. Kein Petting mit Donald an einem milden Mai-Abend in seinem alten, tangerinroten Ikarus auf einer waldigen Lichtung, in der Ferne das Lichtermeer und die Skyline von Entenhausen; kein Deep Petting – flaumige Bürzel an Bürzel – und Daisy ganz gaga vor lauter Lust.

Yorick fixierte mich intensiv, als wolle er sagen: Lass doch Enten da, wo sie hingehören, in der Bratröhre. Er war ganz entschieden kein Freund von Anthropomorphisierungen in der Kunst des Comics.

In New York, sagte ich, fand ich einmal in der 42. Straße eine herrliche Karikatur – Donald hebt seiner geliebten Daisy das Röckchen hoch und macht sich an die Arbeit, wie man vermuten darf. Die Walt Disney Corp. missbilligte natürlich diesen Einfall, der schnell wieder von den Plakatflächen verschwand, obwohl sie ja alle in Entenhausen und anderswo mit nacktem Bürzel agieren, sogar Oma Duck oder Donalds permanenter Konkurrent Gustav G.

Du begreifst bitte, was ich dir sagen will an diesem heiteren Sonntag. Yorick sah immer noch missmutig aus.

Schau, mein Bester, sagte ich, wir sind inzwischen alte oder ältere Herren, unser Hormonhaushalt ist reduziert, in unserem Testosteron-Spiegel werden wir keine Frau mehr erkennen dürfen, wie die Bibel sagt. Yorick verließ die Blick-Achse und ließ sich nach Löwenart nieder – eine Pfote eingerollt, die andere gestreckt; einen Augenblick erinnerte er mich an eine Photographie des Leonbergers, über den Edward (Diary VII, *Meine Tiere*) geschrieben hatte –:

> Hält sich für einen Löwen, der dumme Hund. Teilt aber in seinem Wesen nur drei Eigenschaften mit ihm – Faulheit, Majestät und Gefräßigkeit.

Wie ich eben sagte, wir werden ohne eine urogenitale Therapie kein Weib mehr hienieden erkennen dürfen.

Auch du, mein Freund, quälst dich mit der Pinkelei und dem lästigen Restreservoir, dem wir mit rotem Kopf nur noch Tröpfchen entpressen können. Das ist die Lage. Ich hole uns jetzt ein gutes Paderborner, ab Montag gibt es nur noch Champagner.

Und ich brachte eine Dose aus dem Kühlschrank und für Yorick mit Wasser verdünnte H-Milch; er neigte ja aus Liebeskummer zu unberechenbaren Durchfällen. Für die laufenden Agenda schrieb ich: Katzenklo machen. Montag Torf kaufen.

Yorick verschmähte die verdünnte Milch und kratzte verächtlich neben der Schüssel.

Die Schildkröten begriffen die Zeichen; Yvette erschien zuerst – um das hornige Maul verdrossen –, dann schleppte sich auch Melmoth heran; ich machte ihnen eine gute Mahlzeit – ausgelöste Avocados, grünen Salat, Äpfel und Erdnüsse in einer opulenten Sauce aus Eierlikör und Maggi, die sie schätzten.

So hatte ich eine zufriedene Gesellschaft (außer Yorick), die meinen Selbstgesprächen lauschte.

Nun zu dir, düpierter, in Liebe entflammter Yorick, sagte ich, merke auf – auch du bist seit Jahren keiner rolligen Dame mit wahrhaft virilem Interesse gefolgt, obwohl wir einmal eine sehr

attraktive Mieze in Pension hatten, du wirst dich an die schöne Nancy erinnern, gestromert und gefleckt, die Herkunft ein bisschen anrüchig, halb Angora, halb Manx –
Du warst voller Begierde – ich möchte den Ausdruck Altersgeilheit vermeiden –, wenn sie sich charmant anbot ... das Hinterteil unter der lauschigen Lunte leuchtete wie ein jungfräulicher Schneeball, während sie dir kokette Blicke zuwarf; zu allem bereit, ach ja. Aber du ließest die Dame in ihrer Not allein und wärmtest, einsam in deiner Impotenz, die alten Knochen unter der Rotlichtbirne; einem Anachoreten ähnlich, der in der Wüste von Heuschrecken mit Honig träumt, hast du recht weise ausgesehen.
Was ich sagen wollte, man muss handeln, hier und jetzt und vor allem in unserem Alter. Die unausweichliche Therapie heißt, sich bestimmten, vielleicht medikamentös indizierten Prozeduren von Andrologen und Urologen zu unterziehen. Hier fehlt natürlich jede Romantik; aber ihr Kater habt ohnehin kein Gefühl für Romantik, von Ausnahmen abgesehen. Ich denke an die schöne Beatrice mit den Wangenknochen eines Raubtiers, der wir zum Opfer fallen wollen. Aber eines musst du kapieren, Kater Yorick, wir sind Konkurrenten. Will sagen, nur einer kann gewinnen.

75 Der Rekurs auf die hübsche kleine Schlampe Nancy setzte bei Kater Yorick trübe Engramme in Gang, das konnte ich mühelos beobachten in diesem gesamtmaskulinen Konnex – die Leiden des älteren Mannes auf dem dornigen Pfad zur Reanimation des Triebs – falsch! –, der Trieb war ja noch virulent, die Absichten präsent. Die Potenz sollte uns animieren, traurige, aber vernünftige Gedanken. Da musste ich sehen, und es war ein demonstrativer Beweis, dass Yorick mich begriffen hatte, in einer bequemen Seitenlage leckte er mit geschlossenen Augen sein Genital, einen roten konischen Zapfen,

der Nancys Entzücken gewesen wäre. Schon gut, sagte ich, mein Urologe heißt Sorge; um dich muss man sich keine Sorgen machen, was diese Angelegenheit betrifft. Der Kater warf mir im harmonischen Einklang mit Hirn und Hormonhaushalt einen sehr gelben Blick zu und schritt – mit zwei Ruten gewissermaßen – arrogant in das aufgeräumte Weichbild davon. Hör zu, sagte ich in die Dämmerung, morgen werde ich einen Transportkorb besorgen; dann gehen wir zusammen in den Katzenpuff Pussy-Palace; wir nehmen ein Taxi, denn das Institut residiert in Wittenau, weit entfernt. Dort kannst du deine späten Phantasien mit Angora-Miezen, Feld-Wald-und-Wiesenkatzen, herrlichen Exoten wie Siamesinnen und anderen Weibern ausleben.

Yorick schwieg.

Es gebe da auch eine Sado-Maso-Abteilung; die Domina mit den schärfsten Krallen trage nicht zu Unrecht den Namen Pussy Galore und sei unter erfahrenen Besuchern ebenso gefürchtet wie beliebt; in einem Zimmer warte eine alte Katze namens Molly Detento, die berühmt sei für Felisfellatio, besonders präferiert von älteren Katern, die eine der üblichen Kopulationen wegen der Anstrengung scheuten; und höre, sagte ich beschwörend: Die teuerste Mieze ist eine Salzkatze mit Stupsnase, so wild und zärtlich wie Cleopatra mit Mark Anton.

Yorick kannte weder die ägyptische Geschichte noch Shakespeare – so ließ ich's sein.

Blödkopf, sagte ich. Im geheimnisvollen Boudoir 12 – unter Kennern gerühmt, wenn sie die Begegnung überlebten – wartet eine Königin auf dich, The golden Princess of Africa, eine Zibetkatze; freilich sei ihren Liebespielen nur ein Athlet gewachsen, ein He-Man, vielleicht Mike Tyson oder Clint Eastwood … Zur Not auch du.

Das gab Yorick den Rest.

Er trabte vorbei, Nase hoch, Schwanz unten, seine Erektion war, wie man so sagt, im Orkus.

76 Als Tierheilpraktiker, der ich einmal war, spendete ich seelisch infirmen Tieren das, was der verständige Therapeut Tonisierung nennt, also Trost und Rat, im Fall des Katers Yorick durch eine Puff-Erzählung in einem phantastischen Katzen-Milieu. Ich dachte damals ernsthaft – Sonntag vor dem furchtbaren Montag –, seine Affekte gedämpft zu haben; wie sehr sollte ich mich irren …

Die Erinnerungen hatten mich angegriffen, es war Zeit für eine Erfrischung. Aus Gründen der Disziplin – Außenreize suchen und aushalten – ging ich in den Speisesaal.

An meinem Tisch 14 fand ich Spoerri in Gesellschaft einer reizvollen Schwarzen mit vollen dunklen Lippen (rot-violett), hohen Backenknochen und Augen in der klassischen Mandelform, wie man sie aus ägyptischen Gräbern der Königsfamilien kennt, mindestens 18. Dynastie. Es war neun Uhr abends, nicht zu spät für ein kleines Diner.

Schön, Sie zu sehen, sagte Spoerri, darf ich vorstellen, das ist Madame Hotep, eine nubische Prinzessin. Nach einem Unfall auf der Corniche von Alexandria verlor sie ihr Gedächtnis, die Folge ist eine durchdringende Migräne.

Ich setzte mich ihnen gegenüber auf einen der bequemen Polsterstühle.

Und sie leide, fuhr Spoerri fort, an Wortblindheit, einer cecité verbal pure. Ist sie nicht ein Bild von Frau …? Für mich, mein lieber Singram, ist Nofretete wieder auferstanden – aber wohlgemerkt, die Quarzit-Fassung aus dem ägyptischen Museum, Saal IV im Parterre. Kommunikation ist leider im Augenblick nicht möglich, sie schweige wie ein Grab, sei aber durchaus bei Appetit.

Auf der ländlich karierten Tischdecke stand eine silberne Platte mit einigen Entremets wie Kaviar, Toast, Lachs, kleinen Pasteten, Bündner Fleisch, Gänseleberpâté und ein Cocktail de Crevettes.

Die Prinzessin stocherte mit der Gabel lustlos in den Köstlichkeiten; ihre Miene war moros.

Plötzlich sagte sie sehr moduliert ‹Tahina›.
Der Doc war verblüfft.
Natürlich, sagte er, Tahina… selbstverständlich; aber was ist das?
Eine Sesam-Paste, sagte ich.
Der brave Spoerri orderte bei der dürren Saaltochter diese orientalische Spezialität.
Ich bestellte eine Consommé à la Moelle und eine Forelle blau. Spoerri lud mich selbstlos zu einem Glas Roederer cristal ein. Die Magnum-Flasche war schon zur Hälfte geleert.
Wie es mit meiner Erinnerungsarbeit voranginge, fragte er.
Leidlich, sagte ich, das Gedächtnis liefere nicht alle Details vollständig.
Das sei normal, sagte Spoerri, und wie sich die Migräne fühle?
Auch leidlich, sagte ich.
Schön, sehr schön, das freut mich. Das wird bei Ihnen dauern. Aber nur eine lange Behandlung ist eine erfolgreiche Behandlung. Eine kleine Sauerstoff-Kur täte mir gut. Die Prinzessin sei ein anderer Casus; er tippe nach allen Symptomen auf eine Migraine accompagnée, die mit Sprachstörungen einhergehe.
Ja, die Migräne, sagte Spoerri, ist eine Geißel, ein wahrer Hortus conclusus im cerebralen Gesamt-Geschehen; der Schmerz sei ein Refugium im Meer der uneindeutigen Zeichen; er stürzte ein Glas Champagner. Nehme an, er vertrug den Alkohol nicht so gut, weil ihn die Prinzessin so affizierte.
Leider weiß ich nicht, sagte Spoerri nach einer Pause, ob sie mich versteht; sie schweigt, sie schweigt entrückt, nicht feindlich gegen die Umgebung, was ja verständlich wäre nach dem Prinzip Schweigen versus Weltenlärm. Ihr Schweigen hat etwas Göttliches.
Das Schweigen, sagte ich, sei das gegengiebigste Gespräch.
Reden Sie keinen Unsinn, sagte der Doc streng, sonst bekommen wir einen Migräne-Anfall, Hitzewallungen und Schweißausbrüche.

Pardon, sagte ich, das war ein Zitat von Rilke.
Du lieber Himmel, sagte Spoerri, ja dann! Was kann man von einem Zwangsneurotiker mit obsessiven Neurosen – zu denen nicht zuletzt das Schreiben von Gedichten gehört – anderes erwarten …, aber immerhin, als Patient hätte er sich hier gut gemacht… Ängste, Phobien, Schwindel und wahrscheinlich eine permanente Migräne, ähnlich einem Juckreiz in der Großhirn-Hemisphäre. Sie sollten Ihre Lektüre wechseln. Wo war ich, ja, das Schweigen.
Meine Mutter, sagte ich, schwieg in ihren letzten Lebensjahren, als habe sie ein Gelübde abgelegt, inspiriert von einem französischen Autor namens Picard, der über *Das Schweigen* ein Werk verfasst hat.
Unsinn, sagte Spoerri gereizt, Picard sei ein taubstummer Tiefseetaucher gewesen, ich möge doch nicht alles durcheinanderbringen, denn die Konfusion befördere meine Ausfälle.
Die Tahina kam in einer Porzellanschüssel garniert mit kleinen Gurken.
Die Prinzessin roch mit herrlich geweiteten Nüstern an der grau-gelben Masse, lehnte sich zurück und sagte deutlich: Merde alors, Shit, Mist, Dreck – und zum bestürzten Spoerri: Crétin! Moron! Donkey! Vieux tringleur!
Danach zog sie sich zurück in ein sozusagen beredtes Schweigen.
Auch wir schwiegen.
Sie hat gesprochen, sagte Spoerri, sie hat ihr Schweigen gebrochen.
Es scheint, sagte ich, dass sie sehr polyglott ist, vielleicht eine Intellektuelle oder ein internationales Callgirl.
Spoerri bestellte eine Flasche Fendant.
Ich machte ihn darauf aufmerksam, dass der Fendant aggressiv stimme. Mir egal, sagte er und schwieg. Am Nebentisch, Gartenseite, saß ein indischer Herr mit einem safranfarbenen Turban, der trübsinnig ein Glas Milch fixierte.

Herr Singh aus Kalkutta, sagte Spoerri; er machte Geschäfte mit Kuhdung und/oder Guano; irgendwann ging ihm sein Karma abhanden, oder es war nicht mehr präsent oder meldete sich nicht mehr, aber ich verstehe nichts vom Buddhismus. Aber eines ist sicher – Herr Singh sei der beste und symptomreichste Migräniker, denn er je in einer Gruppe hatte.
Karma, sagte ich, sei ein hinduistisches Konzept von Ursache und Wirkung – wer tugendhaft lebe, baue ein gutes Karma auf, wer sündhaft lebe, ein schlechtes, das gute Karma sei wichtig für die spirituelle Progression und eine qualitätvolle Reinkarnation.
Gutes Karma, schlechtes Karma, sagte Spoerri, er solle erst einmal seine Laktose-Intoleranz in den Griff kriegen, dann regeneriere sich auch sein Karma-Dings.
Der Fendant kam, Spoerri trank.
Herr Singh, sagte er, habe ihm einmal seine Wunsch-Reinkarnation beschrieben – er wolle im nächsten Leben eine Kröte sein unter einem bemoosten Stein, in einer lieblichen Landschaft mit milden Temperaturen.
Ich fand die Idee vernünftig; warum nicht.
Ich glaube, sagte Spoerri nach einer kurzen ergiebigen Pause, Madame Hotep missbilligt meinen Bart, ja ich fürchte, sie findet ihn ekelhaft wie so viele Frauen, vielleicht leidet sie unter einer Pogonophobie; er werde sich noch vor der Abendtherapie rasieren.
Die Phobie gegen Bärte sei verbreitet, sagte ich, ich kannte in Berlin eine Rottweilerhündin, die zuverlässig bärtige Männer biss.
Soso, sagte Spoerri, tat sie das … Naja, vielleicht hatte sie recht.
Ob Singh nur an Migräne leide, fragte ich.
Die Erwiderung zeigte ein tiefes Verständnis für die Probleme des indischen Patienten.
Was soll er denn sonst noch haben, sagte er, wenn sein Karma weg und futsch ist …

Was für ein Abend.
Die Forelle hatte viele Gräten; im Schädel war alles ruhig, nur der Tinnitus klingelte beharrlich.
Sehen Sie unauffällig zum Tisch 12, sagte Spoerri, das ist Herr Beaumont aus Dornach, Anthroposoph; der kannte noch den berühmten Rittelmeyer, ein spiritueller Lyriker von einsamer Klasse, und Beaumont schlug eines Tages die Idee der sogenannten Verstandes-Seele auf den Geist … die Folge, ich sage es deutlich – eine migrierende Migräne vom Kopf bis zu den Füßen; wobei – er hob seinen dicken rechten Zeigefinger –, wobei ich nicht der Theorie meines Kollegen Aebersoll aus Bern folgen mag, der ernstlich behauptet, alle Schäden, Syndrome, Morbi, Phobien und Allergien gingen allein von den Füßen aus. Nun ja, er wandelt auf diesem Irrpfad schon lange ohne Fußschmerz oder andere Malaisen und verdient damit in seiner Klinik unverschämt viel Geld – aber er irrt, er liegt falsch, denn alle Leiden gehen vom Kopfe aus, wie man unschwer an Herrn Beaumont demonstrieren kann; während seiner Migräneanfälle – das stellte sich bei der ersten Exploration heraus – erlebt er taghell wie in einem Wachtraum unaufhörlich die *Faust-I-* und *II-Aufführungen* in Dornach.
Kenne ich, sagte ich erschüttert, hat er die Anfälle danach, oder lösen die Faust-Spiele selbst den Anfall aus.
Das weiß ich doch nicht, sagte Spoerri gekränkt, ich verabscheue Theater, nichts als dummes Geschrei, pfui Teufel. Es gibt nur ein Stück, das ich schätze, das ist von Jules Romains; mein lieber Vater sah 1923 die triumphale Premiere dieses Textes und brachte mich so auf den rechten Weg.
Es war *Knock oder der Triumph der Medizin* und wurde über tausendmal aufgeführt, ein Dreiakter; seine grundstürzenden Erkenntnisse haben weltweit mehr Ärzte und Therapeuten beeinflusst, als der Laie denkt.
Die Grundthese ist die folgende, sagte Spoerri, kein Mensch ist so gesund, als dass er – bei ausführlicher Diagnose selbstver-

ständlich – sich nicht in einen Patienten verwandeln ließe; man muss nur die Auspizien deuten ... oh, sagte er, Obacht, da kommt die Gruppe des Kollegen Häberlein, das sind lauter Leute, die an den Folgen ihrer Nahtod- oder Jenseitserfahrungen laborieren, Sie wissen schon – dunkle Tunnel und am Ende das ominöse Licht sage ich, der Häberlein aber behauptet, es sei numinos, ein ewiger Streit zwischen uns.

Und die Therapie, fragte ich.

Dem Kollegen, sagte Spoerri, sei noch keine kohärente eingefallen, zumal die Gruppe nicht mit homogenen Erfahrungen aufwarten könne. Der eine Teil bestehe leidenschaftlich auf der Tunnelmetapher, der andere auf der Röhrenmetapher; halt ein scholastischer Konflikt, aber eigentlich sei für eine stimmige Behandlung Tunnel oder Röhre doch Jacke wie Hose. Häberlein habe – bis zu ihrem Ableben – mit der Expertin Kübler-Ross korrespondiert.

Worüber, fragte ich.

Nun, das Röhren-Tunnel-Problem, sagte Spoerri, und natürlich die Licht-Effekte am Ende, in Lux gerechnet, halt entweder ominös, numinos oder nur lax.

Wie sieht denn das Grundleiden der Leute aus, fragte ich.

Die Prinzessin gähnte und zeigte kurz ihre wohlgeformte Zunge, sie schien sich zu langweilen.

Der Häberlein, sagte Spoerri, hat die Theorie, dass der Tunnel-Röhren-Effekt den Wunsch nach einer Total-Regression symbolisiert, die die Überlebenden post festum noch einmal erleben wollen; die eine Gruppe hat nach dem Blick ins Jenseits den Wunsch, fromm weiterzuleben, die andere will halt zurück – je nach der Todeserfahrung, die hat ja schon etwas Individuelles, sowenig sich die Leute auch lebfrisch unterscheiden mögen.

Der Kollege Häberlein trat zu uns, ein fetter kleiner Mann mit blauschwarzem Rasurschatten um die Lippen und gegeltem schwarzen Haar.

Die Prinzessin wandte sich ab und betrachtete einen Stich an der Wand – *Absturz vom Matterhorn*, eine sehr schöne, sorgsam ausgeführte Studie über abrupte Sterbemomente ohne Tunnel oder Röhre.

Grüezi, Spoerri, sagte Häberlein, wollt nur sagen, morgen kommt der Apparat, dann fang ich an; ich nehm mit den Meinen noch einen Apéro. Wünsch guten Abend.

Er ging zum Tisch mit den Todesanimierten, die da ernst saßen, verstrickt in ihre noch nicht ganz letalen Abgänge.

Ich bin, sagte Spoerri, immer begeistert über Häberleins Patientengut und -material; es enthält so viele Möglichkeiten, Herr Singram, so viel Potenzialität.

Die nubische Schönheit gähnte wieder dezent.

Zeit zum Schluss, sagte Spoerri.

Letzte Frage, sagte ich, was hat es mit dem Apparat von Ihrem Kollegen auf sich.

Der Häberlein, sagte Spoerri, sei kein Theoretiker und nur am Geld interessiert. Er wolle jetzt alle seine Nahtod- und Jenseitsaspiranten in den Tiefschlaf oder ein künstliches Koma versetzen, damit sie wenigstens im Traum noch einmal ihre tröstlichen Erfahrungen machen könnten, unter dem Häberleinschen Rubrum: Ich weiß, dass es ein Leben nach dem Tod gibt.

Spoerri erhob sich.

Wir müssen gehen, sagte er mit sanfter Stimme zur Prinzessin.

Auf Ihr Wohl, sagte ich, trinke ich den Rest des Fendants – es war ein Aigle, sagte mein Doc, die Saaltochter hat sich wieder geirrt.

Welche Therapie, fragte ich, hätten denn Sie für die Neubelebten, die Reanimierten, also die Gruppe?

Man muss, sagte Spoerri, das können Sie sich für Ihre eigenen Zustände merken, nicht immer verrückt, plemplem oder gaga sein, um unter geistigen Ideen zu leiden, egal, woher sie kommen.

Der Abschied war kurz. Ich blieb leicht betäubt über den Forellenresten sitzen.
Die ‹geistigen Ideen› beschäftigten mich. Mein Doc war, elektrifiziert von der Prinzessin, so blau wie meine Forelle.

77 Der kleine Ausflug hatte meinem Nervensystem geschadet; am Abend Kopfweh, kalte Füße und kalte Gehirnhaut; viel Juckreiz auf Kopfhaut soll, sagte mir einmal Finriß in Berlin, ein Altersphänomen sein.
An der Olivetti keine Einfälle für einen ersten Satz; lag daran, dass mir der Tag nicht einfallen wollte, an dem die Schildkröten unter der Aufsicht von Herrn Bilz abgeholt wurden.
Unruhiger Schlaf in verwickelten Laken; dumme Lage; träumte von dieser heillosen Welt, in der es keine Gesunden mehr gab, ausgedacht und dann fundamental etabliert von diesem Dr. Knock, der bestimmt eine Erfindung war; wenn nicht, dann ein furchtbares Genie.
Mittagszeit, draußen Dunst, der gottlob die Berge verbarg.
Telefonierte mit der Assistentin in Spoerris Souterrain-Praxis. Die meldete sich gaumig – Hier ist die Praxis Spoerri, mein Name ist Glock, was kann ich für Sie tun?
Hier Singram, ist der Doktor zu sprechen.
Hat eine Sitzung, sagte die Stimme.
Wo?, fragte ich in meiner mentalen Konfusion.
Im Becasse noir, sagte Frau Glock.
Danke, sagte ich.
Das Restaurant war so gut wie leer. Auch mein Kopf war leer; ich bestellte eine Flasche Miranda und einen Armagnac.
Da saß ich und versuchte mein kleines, privates Universum wieder zu möblieren in der nützlichen Reihenfolge Mo/Die/Mi/ Do/Frei/ Sa/So/ – eine wahre Schicksalsmelodie ab dem 2. Mai. Keine Bilder erschienen, die Daten waren diffus oder

blass. Man muss, sagte ich mir, d. h., du musst dich auf den Abschied von den Schildkröten konzentrieren.
Zwei große Holzkisten materialisierten sich vor meinem leicht myopischen geistigen Auge.
Gleichzeitig trat Dr. Spoerri aus der Toilettentür, direkt neben der Schwingtür zur Küche. Ich fand diese Lage nicht sehr hygienisch; aber in Ägypten liegen die Klosetts auch immer neben der Küche.
Stelle bei neuerlicher Lektüre fest, dass ich – im Kopfe, wo sonst – einen Bandwurm von Wahnsinn ernährte. Ich benötigte dringend der Medikation.
Spoerri trat an meinen Tisch, setzte sich und sagte, ich sähe blendend aus, der Ausflug in die Außenwelt sei doch immer die beste Therapie.
Ich stelle Ihnen jetzt Herrn Prussac vor – hallo, rief er, ich bin hier, kommen Sie!
Ein kleiner Greis mit weißem Haar setzte sich graziös.
Doktor, sagte ich, mein Gedächtnis ist mir abhandengekommen.
Ob Gedächtnis oder Karma, sagte Spoerri, das lässt sich schon regeln.
Herr Prussac trug ein Dinerjackett, darunter eine schmerzhaft bunte Brokatweste, die mich stark an die Westen des Pavians und Butlers Jenkins erinnerte. Ich mochte ihn sofort.
Sie lieben, sagte mein Tischgast, üppige Blondinen mit großen Brüsten, die Athletinnen im Reiche des Eros.
Falscher konnte er gar nicht liegen.
So ist es, sagte ich, Sie haben den Scharfblick Henri Bergsons.
Michel Prussac sollte sich ein halbes Jahr später von seinem Balkon im 4. Stock auf die Sommerterrasse des Sanatoriums stürzen, in der linken Hand eine Photographie von Daniela Bianchi, der Bondgespielin aus *From russia with love.*
Mein Gedächtnis –, sagte ich noch einmal.
Wird überschätzt, sagte Spoerri, wie Sie gleich sehen werden, überflüssig, liefert immer nur falsche Daten, dumme Irritatio-

nen, selbstgefinkelte Täuschungen, Blödheiten aller Art in Serie – was der Mensch sich merkt, das sind Niederlagen, und die allein sind real, sonst zählt nichts. Herr Prussac, erzählen Sie bitte Ihre Geschichte – sie ist lehrreich, lieber Singram, bitter und süß. Herr Prussac besiegte durch die Fixierung seiner Biographie, die er endlos und mit Variationen, Textvarianten und neuen Lesarten repetieren kann, seine Grundmigräne. Ein sehr bemerkenswerter Fall, der selten in der Psychopathologie verzeichnet worden ist. Pardon, ich drücke mich zu klinisch aus – ich brauche eine Karaffe Pflümli –, Sie halten doch mit, mein lieber Michel.

Avec plaisir, sagte Herr Prussac.

Doktor, sagte ich, mein Gedächtnis – es flieht mich.

Unsinn, sagte Spoerri, es entlässt Sie – ich müsse das als ‹Entlastung› akzeptieren.

Die Getränke wurden serviert.

Prussac öffnete die sensiblen Lippen und sah in seine Vergangenheit.

Ich war, sagte er mit warmer Stimme und leichtem Akzent, Beleuchtungs-Ingenieur bei allen großen Filmen dieser Welt … bei de Santis, bei Visconti –

Sehr gut, sagte Spoerri und streichelte Prussac über das lichte weiße Haar; – ich besiegte seine Migräne, lieber Singram, und damit seine Gedächtnis-Ausfälle durch die Fastenkur à la Plötz und barfuß, dies nebenbei. Fahren Sie bitte fort, Michel, der Anfang war gut, aber lenken Sie doch bitte Ihre Erinnerungen auf die Damenwelt.

Bon, sagte Prussac, gern.

Ich merkte schon als Kind, dass mich die Frauen lieben, und ich liebte sie voller Kraft zurück … élan vitale!

Die Erste war Silvana Mangano, und wir liebten uns in *Bitterer Reis*. Es war eine große Liebe, ein Coup de Foudre.

Dann meine erste ganz große Liebe, Mylène Demongeot, eine Affäre, die bis Monica Vitti anhielt.

Ihr folgte an einem schwülen Tag in Rom Rossana Schiaffino, bei der mich zu meinem Leidwesen Laurent Terzieff ausstach. Er rettete sie nicht vor dem Abstieg; ich hätte es gekonnt.
Na, na, sagte Spoerri, bitte keine Erfindungen spekulativer Natur, mein Bester. Wir wollen doch bei der Wahrheit bleiben.
Elke Sommer ließ ich aus, die Filme genügten nicht meiner Kunst der Illumination, sagte Michel.
Ein sehr sympathischer Casanova.
Leider entging mir die herrliche Ulla Jakobsson in *Sie tanzte nur einen Sommer* von Arne Matson 1951. Dann drehte ich mit Truffaut *Tirez sur le pianiste* – Michele Mercier war ein Erlebnis, das ein Mann nur einmal im Leben ... Wir arbeiteten dann noch bei *Jules et Jim* zusammen, aber die Moreau reizte mich nicht – enfin –, zu meinem Leidwesen entging mir Jean Seberg ... ich litt damals an einem Herpes simplex am Sack.
Bitte, bitte, sagte Spoerri, wir hatten vereinbart, dass Sie an dieser Stelle ‹Skrotum› sagen.
Pardon, sagte Prussac, diese Fastenkur erzeugt Vulgarität.
Neunundfünfzig im Mai drehte ich mit Thiele. Nicole Badal war eine Schönheit, vielleicht die Schenkel ein wenig zu rund, aber sonst makellos, vor allem die Unterlippe. Ja, es sind die Lippen, es ist der Mund, an diesen Details hängend, wird der Mann zum Maniak.
Herr Prussac, sagte ich voller Achtung, ich bewundere Ihre Karriere –, wie ging es bitte weiter, z.B. mit Gina Lollobrigida ... die mich im *Glöckner von Rotterdam* sehr affiziert hat –
– Nein, nicht *Rotterdam*, sagte Prussac, *St. Èglise* –?
Notre-Dame, sagte Spoerri.
Bien égale, sagte Prussac, sie wäre mir lieber gewesen als Sophia, aber, merde alors, die italienischen Stars sind alle Zicken, Pardon, mediterrane Schnecken – ganz anders als die Engländerinnen und die Amerikanerinnen, was für eine Klasse. Ehe ich Leslie Caron liebte, bei einem Film von Forbes *Das indiskrete Zimmer*, liebte ich Kim Novak, in welchem Streifen ich sie

illuminierte, kann ich nicht mehr erinnern. Ja, ich war ein Glückskind, eine von den Göttern der Liebe und der Schönheit privilegierte Existenz. Monsieur Monod sagte mir einmal – dieser berühmte Philosoph –, die Liebe sei Zufall und Notwendigkeit; diese Sentenz begleitete mich bis zur Affäre mit der Dame Ruquette, deren Vornamen ich vergaß …, aber diese Frau, cette femme, diese Göttin, sie schaffte mich … Sie verfügte über einen genialen Genitalapparat, mit dessen Hilfe ich die höchsten Gipfel der Lust erklomm – war das korrekt?
Spoerri griff wieder ein und sagte, sein Imperfekt sei gut gesetzt, aber er solle die Obszönitäten lassen.
An der Stelle, sagte Prussac mit großen Augen, war ich ja noch gar nicht. Sie war unten rasiert, wie sagt man, epiliert, und ein so ganz und gar von Haaren entblößtes zartes weibliches Organ sei von unmenschlicher Schönheit, halb Baby, halb Madonna. Und die Titten, Pardon, der Busen – brombeerfarbene Brustwarzen im Kaliber 9 mm –
Jetzt, sagte Spoerri, geht er ins Detail, assez! Michel.
Wie war's mit Liz Taylor, fragte ich, eine schöne amerikanische Frau …?
Nicht so herrlich, sagte Prussac, wie mit Laura Antonelli.
Schade, sagte ich.
Es war ein Fest der Liebe und – hier stockte Prussac, sah an die Decke und schwieg. Unser Doc flößte ihm einen Cognac ein.
Wo war ich, fragte Prussac, ah bien – ich merkte schon als Kind, dass mich die Frauen lieben. Mein erstes Abenteuer spielte sich malerisch in der Provinz ab, … sie hieß Emma, Emma Bovary, und war mit einem Landarzt verheiratet, einem öden Typ, und wir ritten zum Spiel der Liebe immer in einen Wald. Sie hatte kleine Brüste und da unten einen lichten Wald, in dem unsere Pferde weideten, Zügel an Zügel.
Das ist, sagte Spoerri leise, die konfabulative Phase, in der er die Königin von Saba besteigt. Assez, mon ami, auf zur Fastenkur.

Muss vorher auf die Toilette, sagte Prussac. Bonne nuit.
Was für ein Mann, sagte ich, was für ein Kavalier, was für eine Existenz, was für eine Erfolgsquote ... und er hatte alle diese phantastischen Frauen.
Haben, als hätte man nicht, sagte Spoerri zerstreut; mir kam seine Bemerkung etwas zweideutig vor.
Einige Fragen hatte ich noch zu diesem interessanten alten Burschen.
Ob er innerhalb dieser Perseveration die Elemente seiner Eroberungen wechselte, fragte ich, ob sie Modifikationen unterworfen werde.
Selten, sagte Spoerri, er erobert eigentlich immer die gleichen Damen, denen bleibt er treu und gestattet sich keine Abweichung.
Kommen neue Frauen in seinen Harem, fragte ich.
Früher, sagte Spoerri, ist aber schon viele Jahre her, ließ er einige der Schönen aus Liebeskummer über die Klinge springen; aber diese Idee ließ er fallen, weil sie ihm Migräne machte; erzählt er jetzt seine Geschichte ohne die Suizide, ist er beschwerdefrei. Kurz, er therapiert sich selbst durch die Wiederholung seiner maßlosen Erfolge ...
Glauben Sie ihm, fragte ich.
Das sei doch belanglos, sagte Spoerri, ob sie objektiv wahr seien. Was ist schon Wahrheit auf dem Feld der Erotik, lieber Herr Singram, da wird gepfropft und gepfropft wie in der Literatur auch, wie mein Landsmann Ramuz einmal schrieb.
Mit welchen Lieferungen Prussacs Gedächtnis noch aufwarten könne?
Schwer zu sagen, erwiderte der Doc; vor drei Jahren belästigte er meine Assistentin Heidi Glock während der Lichttherapie mit obszönen Angeboten und simulierte auch hin und wieder eine angeblich schmerzhafte Erektion unter den violett gestickten Initialen M.P. Das Heidi ging natürlich nicht auf diese Angebote ein. Nebenbei gesagt – es wäre auch vergeblich. Michel

leidet seit Jahren unter der erektilen Dysfunktion, da helfen keine Lichtbäder. Meine kleine Glock, die mir zur Hand geht und mehr als das, sieht übrigens tatsächlich aus wie das herrliche Heidi aus unserem wahrscheinlich besten Schweizer Roman von der Johanna Spyri. Wissen Sie, ich les das Werklein alle sechs Jahre, und es erhebt, stärkt und stählt alle Kräfte der Resistenz, die man als Therapeut nun einmal bei einem so vielfältigen Patienten-Material braucht, ach ja, was nicht alles im Strom schwimme, Sozialphobien, Nudelallergien, larvierte Depressionen, Adipositas, Bulimie, Reizdarmsyndrome oder ganz allgemeine Grenzdebilität ... ich sage immer: Der potenzielle Patient ist im Durchschnitt so blöde wie seine Syndrome – von ernsthaften Krankheiten einmal abgesehen, aber gegen die haben wir ja die Lichtbäder ... – ich könnte Ihnen Geschichten erzählen ... Warum wollten Sie mich eigentlich sprechen?

Alte Probleme, sagte ich, das Versagen der alten Synapsen, matte Neurotransmitter, Trauer der Zellen und immer kalte Füße und kalte Gehirnhaut; die alten Leiden.

Sie sind kerngesund, sagte Spoerri, aber freilich ... dennoch. Hier. Und er überreichte mir ein Sixpack Filmtabletten, die so schön gelb schimmerten wie mein heiliges Pantozol.

Nehmen Sie diese Tabletten, sagte Spoerri, sie sind eine geglückte pharmakologische Komposition meines Kollegen Blondel aus Montreux und helfen gegen Depressionen, mentale Ausfälle, prophylaktisch auch gegen Prädemenz, fluten die Glia-Zellen, erotisieren die Zirbeldrüse – das schrieb jedenfalls Blondel in einem vielleicht etwas zweifelhaften Beipackzettel, den Sie lieber nicht lesen sollten; der Nebenwirkungen sind nicht so übermäßig viele.

Die Bemerkungen Spoerris kamen mir seltsam vor, vielleicht Pfümli-indiziert. Aber da ich Therapeuten rückhaltlos bewundere, hörte ich ruhig zu.

Sie waren bei den Nebenwirkungen, sagte ich.

Ja, die, sagte Spoerri, ich muss gleich ins Souterrain, die Nahtod-

Gruppe feiert heute einen Geburtstag mit der Adipositas-Gruppe. Wissen Sie, gruppendynamisches Verhalten war mir immer ein Rätsel – ich setze auf das kranke Individuum, wo war ich?
Nebenwirkungen, sagte ich, von Subtranzo.
Keine Ahnung, warum er das so genannt hat, sagte Spoerri – ja Flatulenz, dann Durchfall, danach Ruhe ohne Kopfschmerz. Guten Tag. Der Michel ist schon seit 15 Minuten auf der Toilette. Muss helfen. Auch so ein Syndrom. Helfen, immer nur helfen. Mir hilft kein Schwein.
Was denn Prussac auf der Toilette mache, fragte ich; vielleicht ein Leidensgenosse beim Pinkeln, ein Bruder in Prostatitis. Man könnte sich austauschen.
Das Übliche, sagte Spoerri, er stehe und sinniere vor dem Becken La Rochefoucauld, in der Hand sein bewährtes Instrument, und sage die Namen seiner Göttinnen auf, von Emma Bovary bis Liz Taylor; wolle es gar nicht tröpfeln, bete er innig zu Greta Garbo.
War das nicht vor seiner Zeit, fragte ich.
Fragen Sie ihn selbst, sagte Spoerri, schöne Geschichte. Cecil Beaton spannte sie ihm in einem Fahrstuhl im Plaza aus.
Wie alt ist Monsieur Prussac, fragte ich den Rücken von Spoerri.
Er wird morgen 91, sagte er über die Schulter, besorgen Sie doch im Souvenirshop ein schönes Präsent für ihn; er wird es Ihnen mit seinen deutschen Affären bestimmt danken – Affären mit Sonja Ziemann, eine herrliche Frau nach seinem Bericht, O.W. Fischer nahm sie ihm weg oder Heinz Rühmann, ich hab's vergessen, und dann Marion Michael, das Dschungelmädchen, oder Ingmar Zeisberg und Ruth Leuwerik. Und fragen Sie ihn, warum er niemals in Holland einen Film illuminierte, wenn das der exakte Ausdruck ist. Und kommen Sie morgen zum Lichtbad mit dem Heidi Glock. Servus.
Dr. Spoerri, sagte ich nervös, hilft denn diese Evokation von Namen und Situationen bei Verhalten und der ewigen Tröpfelei und verstocktem Restreservoir.

Keine Ahnung, sagte Spoerri, noch nie ausprobiert, wäre doch einen Versuch wert.
Funktioniert es denn bei ihm?
Ich weiß es nicht, sagte Spoerri, mir halb zum Abgang zugewandt. Ein guter Arzt muss immer wissen, was er weiß und – mehr noch – was er nicht weiß, das ist Ethos! Das ist die Idee vom alten Hippo – immer zu wissen, was man nicht weiß. Ich weiß es nicht, weil ich selten auf Patiententoiletten das Wasser lasse.
Ich begleitete den fürsorglichen Doc zum Ausgang.
Wenn man, sagte ich, beim Wasserlassen unter den bekannten öden Konditionen leide, könne es dann nicht sein, dass die Evokation eines geliebten Frauennamens – also Ulrike, Uta, Karin oder Beatrice – allein in der Vorstellung eine Erektion hervorrufe, die das Pinkeln zum Scheitern brächte?
Nichts ist unmöglich, sagte Spoerri streng, dazu sind wir Therapeuten ja da, nicht wahr, oder?

78

Der Kater hatte sich in den letzten vier Jahren neunmal aus dem Staub gemacht, immer heimlich und über die Treppen; nur einmal benutzte er unbemerkt den Lastenfahrstuhl, als mir der Postbote eine falsch frankierte Sendung retournierte.
Yoricks Freiheitsdurst war unermesslich, vor allem Ende April; Hormonchaos ist anzunehmen.
Um mich für einen Spaziergang zu wappnen, schluckte ich meine Pillen und Filmtabletten, das famose Fluprim, für alle Fälle Aspirin, das milde Amitriptylin und endlich, o help me, please doctor, 40 mg Pantozol.
Vielleicht finde ich ihn auf dem Friedhof Grunewald, einem idyllischen Ort, an dem Yorick schon manchen Liebeskampf auf stummen Gräbern und Grabsteinen bestanden hatte; lädiert und stinkend kehrte er dann zurück.

Liebe, dachte ich an jenem frühen Abend, lädiert wahrscheinlich immer; muss ein Gesetz sein.
Während mir diese Art Tiefsinn durch den Schädel ging – Leben, Liebe, geile Kater und die X-Beine der Notärztin –, wusste ich noch nicht, dass ich die Pillen verwechselt hatte; statt Pantozol hatte ich 100 mg Viagra im Leib.
Hin und wieder lockte ich Yorick, komm her, lass dich nicht bitten. Hinter einem Buchsbaumgestüpp rief ich: Pussy, Pussy, weil Katzen S-Laute mögen; eine alte Dame begoss gerade ihren Gatten unter Vergissmeinnicht und Tausendschönchen, ließ die Gießkanne sinken und starrte mich misstrauisch an.
Kein Yorick in Sicht. Die Luft war angenehm. Die Sonne ging matt hinter einer wilhelminischen Familiengruft unter; in den Bäumen sangen die Amseln, erfahrene Meister abendlicher Elegien; manche übten noch mutierend, aber üben muss man auch im Stimmbruch.
Eine Gruppe Stare (neben den Elstern meine Favoriten unter den heimischen Vögeln) hielt in der Blutbuche westlich des Grabes von Sudermann einen lauten Convent ab; hin und wieder schwieg das Völkchen, und eine Einzel-Stimme, wohl der Chef, sagte: Nee, negativ, und dann ging's choral weiter.
Mir war irgendwie poetisch zumute.
Auf einer Bank rief ich meine Gedanken zur Raison, sie blieben diffus. Ich dachte an Edwards Tagebücher und Urgroßvater Irons *Erinnerungen eines Jägers*, leider unabgeschlossen. Da merkte ich sozusagen mitten in der Hose, subventral, ein gewisses Rühren, eine Unruhe und eine Art von nicht sehr dezenter Elevation, die sich ohne meinen Willen materialisierte, wenn das, dachte ich mit freudigem Erstaunen, der klinische Ausdruck für dieses Wunder ist.
Natürlich stellte ich mir ein paar existentielle Fragen wie: Warum hier und jetzt, auf einem Friedhof und weder eine Notärztin noch der abtrünnige Kater in Sicht.

Der glühende Punkt in der lumbalen Zone korrespondierte mit dem Gehirn, das schöne Vorstellungen erzeugte, auf die ich nicht weiter eingehen will …
Freier Wille, dachte ich, denk an die Zeit … was ist Zeit … Wie lange dauert ein aktuelles ‹Jetzt›, ehe es durch ein anderes ersetzt wird usw.
Wie sagte der alte Aristoteles:
Nur die Gegenwart ist gegeben, die Vergangenheit ist nicht mehr, die Zukunft ist noch nicht. Irrtum, sagte ich … meine Gedächtnis-Leistung, die Retention, ist unter dem Einfluss der Firma Pfizer im Augenblick – Jetzt – Gegenwart und extrem aktuell – herrliche Vergangenheits-Punkte, eine wahre Kette jetzt wieder aktueller sinnlicher Gegenwart … Haut, Parfüm, Lippen, Umarmungen – lauter herrliche Daten, die alle einmal Jetzt-Momente waren und jetzt wieder sind.
Ach, ich überließ mich wollüstig diesen Konfusionen da auf der Bank in der Dämmerung. Wind kam auf, die Bäume flüsterten mit den armen Toten. Ich sagte mir im pharmakologischen Traum: Du träumst nicht, es funktioniert ja, dank Pfizer; und Aristoteles liegt schief mit seiner Zeit-Theorie, das zeigen doch die lebhaften Engramme. Der große Erzieher Alexanders hatte auch schon in der Mäuse-Frage geirrt …
Mir fielen die Vorfahren baltisch-russischer Provenienz ein – Iron, Edward und Max. Die hätten keiner Ermunterung durch die Chemie bedurft, die nicht! Aber ein Wunder immerhin.
Ach ja, dachte ich und schrieb's dann auf – die Wunder der Natur, die heiligen Mirakel des Eros; muss das alles nachlesen. Iron, der alte Zobeljäger und Pelzspekulant in St. Petersburg, ließ sich nach glücklichen Auktionen von Freund Duschinskij einen ganzen Posten Damen in seine Suite bringen; der war schwul und kurzsichtig, so dass seine Auswahl sehr eigensinnig war – gleichwohl, Iron liebte sie alle, die Kurzen, die Dicken, die Dürren und die Schönen.
Auf einen kahlen Grabhügel ohne Namen, ohne Stein streute

ich 200 g Trockenfutter für meinen Kavalier auf Achse und verließ die kleine Nekropole.

79 Nach dreizehn Stunden Schlaf (eine Stunde mehr als Donald D. in seinen besten Zeiten) war ich bereit für die Große Exkursion, eine bescheidene ‹Grand Tour›, kurz, für eine Besuchsrunde, die in baltischen Familien des 19. Jahrhunderts so beliebt wie auch üblich war. Man reiste mit leichtem Gepäck, besuchte liebe alte Freunde und Freundinnen, Bekannte und Verwandte auf ihren Gütern, genoss je nach Saison die Küche und den Keller, plauderte, ließ sich zur Jagd einladen und reiste nach einer Woche oder einem Monat wieder ab; es kam in diesen Zeiten nicht so darauf an, die Gastfreundschaft ist heilig, und wer sie gesund übersteht, nimmt sie gern noch mal in Kauf im nächsten Gut…
Ein entfernter Großonkel von mir, Gotthard, verbrachte sein ganzes Leben auf diese Weise, bis er 1891 im Gouvernement Pleskow an einer gefüllten Wachtel erstickte. So ein Bolustod ist für alle Beteiligten eine unangenehme Sache; da die Gastgeber den ‹Heimlich-Griff› nicht beherrschten, ging der Gast dahin ohne Wiederkehr.
So viel zur Gastfreundschaft; man soll sie mit Vorsicht in Anspruch nehmen.
Als methodischer Mensch hatte ich eine Liste angefertigt, die Adressen wünschenswerter Besuche:
Praxis Curtius/Horak, die jetzt im Grunewald residierten, eine sehr gute Adresse;
dann wollte ich den alten Atopiker und Allergiker Hohensee aufsuchen; wer weiß, vielleicht war er mit seinen Studien über *Gewalt in der Gesellschaft* vorangekommen.
Auf meiner Liste stand auch der liebe Dr. Cordes, der gegen Patienten und Krankheiten allergische Analytiker, seines Zeichens auch ein leidenschaftlicher Atopiker und vor allem ein

gewiefter Spezialist für Ekelreaktionen, deren einsamer Meister er hoffentlich noch immer war. Verkroch sich in eine schwarze Kiste.

An Dr. Gottinger auf meiner Liste konnte ich mich nicht mehr recht erinnern; nur einen seiner Sätze hatte ich in meinem Notizbuch treulich aufbewahrt: Der Mensch ist auch in seiner Schwäche ein distinktionsfähiges Wesen. Er war auch der Mann, der mir geraten hatte, mich normalen Alltagssituationen auszusetzen; ich machte ein kraftvolles X neben G wie Gottinger; unvergesslich seine positive Reaktion auf Alkoholismus. Nichts geht über qualitativ gute Krankenkarrieren, vor allem im Leben von Ärzten und Therapeuten.

L wie Lobowitz, der gute Freund, Uhlandstraße – der hatte durch eine Doppelohrfeige in der U-Bahn sein Gehör fast ganz verloren, fühlte sich auch im tauben Zustand wohl. Für alle Fälle notierte ich während dieser Vorbereitung: unbedingt Ohropax!

Der Letzte auf der Liste war der unvergessliche Finriß, Heilpraktiker, Alkoholiker, Allergiker und einer der besten Phobiker, die ich je kennen- und schätzen gelernt hatte, außer dem Kunsthistoriker Pohl, der war ein noch größeres Kaliber und sein Arsenal an Aversionen ungleich raffinierter instrumentiert. Er genoss inzwischen einen gewissen Ruhm; wer weiß, welche Therapie es ihm gestattete, Kunstobjekte (z. B. bei einer Vernissage) zu fixieren – oder gar den Künstler selbst –, ohne einen dezenten Vomitus im Taschentuch anzudeuten; später erfuhr ich, er trage seidene Atemmasken in einer Farbe von tödlichem Scharlachrot. Diesen Meister musste ich kennenlernen, hatte ich ihn bisher doch nur aus achtungsvoller Distanz bewundern dürfen. Ich hoffte auf Erfahrungsaustausch, wir Panphobiker haben ja manches gemeinsam.

In der Passage Schlafzimmer-Badezimmer warf ich einen Blick in den ziemlich blinden Spiegel von Sheraton, den mir Max aus dem Besitz von Edward vermacht hatte – ein bleiches Gespenst

mit Bierbauch, weitere Details will ich mir ersparen und für schlechtere Zeiten bewahren.
Ich fühlte mich subjektiv aufgeräumt, vital und positiv.
Ein willkommener (oder unwillkommener) Besucher kleidet sich dezent; die Wahl war nicht schlecht – schwarze Hosen und ein graues Harristweed-Sacco, in der Brusttasche ein lila Taschentuch.
Ich packte in meinen schwarzen Aktenkoffer von Delsey mit Stahlkanten am Boden – das Ding ist auch als Waffe gut – Edwards Flachmann aus Tulasilber, gefüllt mit altem Armagnac, und eine kleine Flasche Tequila als Geschenk für den immer bedürftigen L., drei Nummern der nicht sehr erfolgreichen Zeitschrift *Du und das Tier*, in der ich vor langer Zeit meine Aufsätze für den Fernlehrkurs Tierheilkunde des Schweizer Instituts Sanitas gegen geringes Zeilenhonorar veröffentlicht hatte:
Können Hamster zuckerkrank werden?
Endogene und exogene Psychosen bei Fabrikschweinen
Störherdsymptomatologie der Papageien
Liebesschmerz – Studie über die Trennungen schwuler Pinguine
Trauer von Haushasen und -kaninchen unter dem Einfluss von Brom
– und meinen letzten Beitrag:
Intersubjektive Depressionen bei Scheinschwangerschaften von Windspielen.
Mit diesen Arbeiten hatte ich in der Fachwelt nicht reüssiert, aber Werk ist Werk.
In dem hoffnungsvollen Haufen ‹Wegzuschmeißendes› wälzten sich bei näherer Betrachtung einige Objekte, die ich doch nicht über Bord werfen wollte.
Die Welt da draußen wartet auf liebevolle Gastgeschenke, und ich wäre sie los für alle Zeiten.
Sollte sich z. B. Borst, der Taxidermist (2. Preis Salzburg), noch nicht in einem Akt träumerischer Metempsychose selbst ausgestopft haben (er träumte ja als Philosoph von vielen sinnlosen

Ideen), wäre ihm eine auf zwei Hinterpfoten sitzende Etruskische Spitzmaus im Gebet bestimmt willkommen; eine schöne Arbeit aus der Sammlung Edwardscher Preziosen.
Der Kater war immer noch absent.
Man sollte auch geistige Erlebnisse weiterreichen, dachte ich; Broschüren, Aufsätze oder Privatdrucke mit entlegenen oder seltsamen Themen können auch den stumpfsinnigsten Kopf mitunter affizieren.
Der geräumige Delsey nahm noch ein paar Büchlein auf, deren Abwesenheit niemanden störte. Da war Blooms Kampfschrift (1913) *Der Hass auf die Zeit – oder die Mechanismen der Aggressionsabfuhr* – und ein Sonderdruck aus *Psychologische Rundschau*, eine sehr anregende Arbeit über *Liebe, Erotik & Sexualität*, versehen mit inspirierten Diagrammen samt einem Anhang *Über die natürlichen bipolaren Störungen zwischen den Geschlechtern* meines väterlichen Freundes Müller-Suur, Göttingen. Dazu passte ein kleines Lederbändchen *Kamasutra für Blinde*, das ich einmal einer blinden Freundin in Basel geschenkt hatte; sie ertastete mit leicht geöffneten Lippen die erhabenen Zeichen mit den Fingerspitzen und sagte dann hin und wieder ‹O nein› oder ‹Das ist doch wohl nicht möglich›.
Weil der sentimentale Wert gering war, legte ich es zu den anderen Präsenten.
Andere Objekte dieser schönen Art legte ich dazu – ein *Gesamtverzeichnis der Schriften Rudolf Steiners* – 204 Seiten! sehr selten, kaum bestoßen, keine Stockflecken!
Norman Vincent Peales *Die Kraft des Positiven Denkens*, ein blauer Band mit wespengelber Schrift, war zwar ein bisschen angebufft, aber für den Gebrauch ging's hin.
Für Frau Horak, die kluge Anita, hatte ich noch nichts Passendes. Sie las gern französische Theoretiker aus der fruchtbaren Ideenwiege Paris, leider nichts mehr im Haus; alles expediert.
Also musste was mit Tieren her.
In einem Karton stöberte ich den alten Paul Eipper auf, ein

Büchlein mit dem Titel *Tiere sehen dich an*. Auf dem Titelblatt schaute ein Seidenäffchen traurig ins Objektiv.
Nach langer Überlegung (der Kater Yorick hatte seine spezielle Exkursion immer noch nicht beendet) ergänzte ich meine Gaben durch eine Westentaschenpistole, eine Beretta im Kal. 6.35, ein schönes, nie benutztes, schwarz brüniertes und poliertes Ding mit einer unerheblichen Macke: der Schlitten funktionierte nur widerwillig. Potentiell war das Pistölchen – bei guten Nerven ohne Tremor, nüchtern, kaltblütig und ohne Zugluft – auf ca. zehn Schritt verhältnismäßig tödlich; leider hatte ich keine Munition, aber als Briefbeschwerer war er so gut wie eine der unbezahlbaren Paperweights von Armand.
Ich war gerüstet, verschloss den Koffer, schrieb eine Nachricht an die Witwe Polenz, Untergeschoss: Kater entlaufen, bitte Obacht, abzugeben bei Arthur Singram IV. Etage.
Die Polenz hatte vier Katzen, mit denen sich Yorick in seinem Zustand gut vertrüge – greise Damen, alle sterilisiert –, dann rief ich ein Taxi und fuhr zur Commerzbank, um den Scheck von Aram Schlitz, dem Gönner und Kunstliebhaber, einzuzahlen.

80 Die Kontrolle der Vergangenheit ist eine für die aktuelle Gegenwart derart signifikante Angelegenheit, dass man sie keinem mangelhaften Gedächtnis überlassen sollte; früher hatte ich sogar ein eidetisches, das viele schöne, leider auch irreführende Bilder lieferte. Ich rief bei Dr. Spoerri an; wer sich meldete, war Frau Dr. Beata – Nachname entfallen.
Die schöne Ärztin – auch sie hatte X-Beine wie das Berliner Originalmodell – saß vor ihrem Laptop und beobachtete ein Cluster statistischer Daten mit Zacken wie Fieberkurven.
Wie war's in Wien, fragte ich; alle Daten präsent, ihre Mutter war nicht mehr ganz richtig im Kopf.

Sie fühle sich ausgezeichnet, sagte Beata, sei aber dementer denn je.

Wie sich die kleine Schwäche denn äußere, fragte ich, an fremden Schäden immer interessiert.

Die Mutter hatte wirklich in zwei Wochen Erstaunliches geleistet, alle Achtung.

Setzen Sie sich, sagte sie. Spoerri hatte einen Autounfall in Arlesheim, einen Klapf, wie der Schweizer zu sagen pflegt.

Hoffentlich nichts Ernstes, sagte ich.

Gehirnerschütterung, sagte Bea unerschüttert.

Guter Therapeut, sagte ich.

Geht so, sagte Bea.

Speditiv irgendwie, sagte ich.

Aber wie, sagte Bea.

Ich brauche da ein Mittel, sagte ich, liebe Beata –

Ja, wer nicht, erwiderte sie abwesend, hören Sie zu – ich habe in Wien ein Protokoll über die Abenteuer von Mama geschrieben – noch vor der Flucht aus dem Hotel Wandl …

Am 1. Mai brannte Mama – sie heißt Alma – beinahe die Kapuzinergruft ab, als sie an der Grabstätte von Ferdinand II., Kopfende, ein offenes Feuer machte und sich Würstchen am Spieß briet; sie wollte mal wieder ein Picknick wie in alten Zeiten; mit dem Attest von meinem Wiener Analytiker Eisendle löste ich sie aus.

Am 4. Mai flambierte sie im Sacher einen Palatschinken mit Petroleum; eine geistesgegenwärtige japanische Gruppe photographierte das Tableau und löschte dann den Palatschinken, den Tisch und Mama mit einem Tischtuch.

Heiliger Strohsack, was für eine muntere alte Dame.

Ab da, sagte Beata, ließ ich sie nicht mehr aus den Augen … Aber Alma ist vital … und sie entwickelt bei ihren Exkursionen Bärenkräfte …

Apropos Exkursion, sagte ich, ich brauche dringend ein –

Ja schon, sagte Bea, später …

Spaziergang am Graben – ich geb jetzt die Blödheiten nur noch kursorisch wieder –, sie tritt ein bekanntes Mitglied der NPÖ in die Testikel; sie hatte Bergstiefel an. Mehr Trittsicherheit, sagte sie beim Verhör. Nach zwei Tagen hatte ich sie wieder draußen. So ein Attest wirkt viel bei österreichischen Behörden ... Zwei Tage konnte ich sie mit Stroh-Rum im Zaum halten; tat uns allen wohl.
8. Mai – Exkursion im Fiaker, Einstieg am Stephansdom, ging alles gut; dann schmiss sie ab Heldenplatz ordinäre Mohrenköpfe auf Passanten und schrie danach jedes Mal: Vivat Gott, sie ist ja Katholikin, holte Kopf nach Kopf aus dem Plastikbeutel und zeigte nach jedem Wurf den Stinkefinger.
Auf dem Polizeirevier verhörte sie ein sehr freundlicher Beamter. Der sagte ‹des war amal fällig, hätt i gern selbst gmacht, geht aber nicht, wegen des Tourismus, gnä' Frau.› Nach drei Stunden war sie wieder in Freiheit wegen der von Eisendle attestierten Demenz.
Liebe Bea, fragte ich, während meine Gedanken sich lichteten, war Ihre Frau Mutter heiter bei ihren Aktionen ...
Heiter sei gar kein Ausdruck, sagte Beata, die alte Kuh war selten in ihrem Leben so vergnügt. Sie ließ sich nicht im Haus halten. Wir wohnen in der Schönlaterngasse, von da kann man zu Fuß leider alle zentralen Punkte erreichen.
Welche, fragte ich, haben Sie noch erreicht?
Beinahe alle, sagte Bea kummervoll; gingen wir aus, da hat sie sich schön gemacht, nur die Bergstiefel durfte sie nicht mehr anziehen; sie nahm stattdessen ihre High Heels von Bruno Magli, schöne Schuhe, vierfarben.
Nachmittag, Griensteidl. Alma behauptet Harndrang. Gebe nach. Will keine Begleitung. Die Tasche hatte ich vorher durchsucht. Keine Streichhölzer, kein Benzin, kein Feuerzeug. Ober tuscheln am Eingang der Toilette – eine fette Toilettenfrau schnattert, Aufruhr.
Was musste man entdecken? Die Mama hatte alle ihre Lippen-

stifte in einem Handtaschenfach mitgenommen – sie bevorzugte Chanel – und die Spiegel und Wände, Türen und Konsolen, sogar die schwarzen Kacheln der Damentoilette mit obszönen Graffiti verziert...

Wie obszön, fragte ich.

Eine Generalabrechnung war's, sagte Bea seufzend, mit ihren alten Kerlen, Männern, Ehegatten und Liebhabern... immer auf ihre pathologische Weise konzis und luzid; und die Abrechnung da auf der Damentoilette umfasste die ganze Genealogie...

Sie schluchzte dezent durch die Nase.

Ich reichte ihr das Seidentuch, das ich immer beim Schreiben trug; auf diese Weise versäumten wir einen prachtvollen Sonnenuntergang im Park.

An der schönen Literatur interessiert, bat ich um Textbeispiele.

Bea schnüffelte und schwieg.

Bitte, sagte ich streng, es muss heraus; nichts entlaste die Erinnerung mehr als die offenbarte Wahrheit. Ein Satz, den ich noch präsent hatte, entweder von Bloch oder von Bollnow.

Sie reichte mir ein Blatt im Din-A4-Format und ich las –

Poldi, Schlepphoden.

Nowak, dein Bart stank nach Käse!

Gustavo – dein Kind wird eine Hure!

Gustavo war, sagte Bea, mein leiblicher Vater, ein Rinderzüchter, den eine Stampede bei Gewitter in Argentinien erwischte.

Oi, oi, oi, sagte ich, da habe sie aber eine schlimme Mutter – und ich trocknete zärtlich ihre Tränen. Man kam sich näher.

Noch ein Fiasko mit Mama, fragte ich.

Kärntner Straße, sagte Bea gefasst. Spaziergang, Mama brav, gefüttert mit vier Valium. Alma sieht Mann, der einen Dackel mit Leine verprügelt; sie holt aus dem Staubmantel von Hechter eine kleine Dose – Pfefferspray –, reißt sich von der Leine, Pardon, von meiner Hand und besprüht Mann aus einer Distanz von 20 cm; hohe Arztkosten, weil Mama mit einem Dolch, dem alten Briefbeschwerer von Gustavo, Gott hab ihn selig, den Kerl auch am Hals blessierte.

Was für eine Frau, sagte ich. Meine Mutter dagegen, war auf die gewöhnlichste Weise dement – Gedächtnisausfälle und falsche Erinnerungen.

Seien Sie froh, sagte Bea, seien Sie bloß froh.

Na, und, wie ging's weiter?, fragte ich. Wien wurde mir immer lieber. Nichts im Demel angestellt, nichts in der Hofburg, nichts in Schönbrunn? Vielleicht bei den Lipizzanern? Kein Brand im Dorotheum?

Bea erwiderte, Alma sitze jetzt im Spital in der Obhut vom Dr. Eisendle, der ein milder Therapeut sei, verordnete er doch nichts anderes als Roten-Rüben-Kren, Tafelwasser und ein aggressionshemmendes Mittel namens Paxforte, eigenhändig von ihm in langen Labornächten kreiert.

Ob sie wirklich glaube, fragte ich, dass ihre Mutter dement sei, ich hätte nach diesem Referat einen ganz anderen Eindruck, ja ich hielte Alma für absolut gesund, vielleicht ein wenig ungestüm, aber die Verwirrungen, wenn man sie schon interpretieren müsse, seien doch wunderbare Akte, um der Realität zu begegnen.

Sie sind ja verrückt, sagte Bea, und sie wisse gar nicht, warum sie mir das alles erzählt habe.

Nun ja, Menschen und Tiere fassten schon immer auf rätselhafte Weise Vertrauen zu mir.

Sie stand auf, und ich nahm ihre X-Beine in Augenschein; ein schöner Eindruck am Abend.

Was wollten Sie eigentlich, fragte sie.

Ginsengwurzelextrakt, sagte ich, es helfe bei Gedächtnisausfällen. Aber die Geschichte mit Alma habe mich geheilt.

Der Spoerri, sagte Bea, arbeite seit Jahren an einer Arznei für Gedächtnisregeneration; er habe eines erfunden – bislang noch ohne marktgängigen Namen –, das aus Ganglienzellen

von Schafshirnen bestehe, er sei aber noch nicht dahintergekommen, wie man – ohne Klagen der Probanden – die Blut-Hirn-Schranke passieren könne.
Danke nein, sagte ich fest. Die Erzählung über Alma habe mir alles gegeben, was ich brauche. Ich müsse jetzt noch ein wenig schreiben, vielleicht bis Mitternacht – eine wichtige Passage aus meiner Autobiographie –, dann könnten wir im Bécasse vielleicht noch einen Apéro nehmen.
Sie waren, sagte sie an der gepolsterten Tür, sehr hilfreich für mich.
Zuhören, sagte ich, liebste Bea, sei die beste Therapie. Wenn sie ihrer Frau Mama schreibe, solle sie bitte Grüße von mir ausrichten und meine Bewunderung für ihre schöne, wenn auch etwas planlose Resistenz.
Sie sind, sagte die Dame Bea, ein verrückter Typ.
Da hätten Sie mich mal früher erleben müssen, sagte ich mit Wehmut. Das war einmal! In actu bin ich freundlich, liebenswürdig, heiter, gutmütig, freundlich, zuvorkommend, höflich, zuverlässig …
Sie habe zu tun, sagte Bea (Nachname immer noch nicht präsent), aber ich fuhr fort und sagte: Bescheiden und fleißig. C'est tout, ergo haben Sie recht – ich bin ein bisschen verrückt. Apropos Verrücktheit, das ist als Begriff zu allgemein, Sie sollten triftigere Begriffe verwenden, ich persönlich bevorzugte den Terminus ‹Alienation›, unter Betroffenen auch als ‹Entfremdung› bekannt und beliebt; was an dieser Ganglienzellengeschichte dran sei? Immerhin eine hochinteressante Idee und vielleicht ein Labsal für gehirndämmerungsaktive Patienten in aller Welt …
Nichts sei dran, sagte Bea wütend, sie sah entzückend aus, nichts als eine windige Idee Dr. Spoerris zwischen Galen und Cagliostro, angesiedelt im fahlen Limbus der larvierten Scharlatanerie, nichts als ein Flop, nichts anderes als ein teures Placebo, aber enorm erfolgreich.

Schon Mama appliziert, fragte ich.
Sicher doch, sagte Bea, die springe auf alles, was ihr Heilpraktiker verabreichten; man könne ihr auch Zuckerwasser geben.
Es richte, fragte ich, doch keinen Schaden an?
Natürlich nicht, sagte Bea, sonst hätte ich ja wohl nicht... Sie seufzte – ein schöner Anblick, vor allem im Profil.
Und Ganglienzellen, sagte ich, seien nicht enthalten?
Keine Spur, sagte Bea, die würden sowieso, wie viele Neurozyten, aus dem Rückenmark gewonnen; sie wisse da aber nicht Bescheid.
Ja dann, sagte ich, schade; wogegen der chemische Mix denn helfe? Wie ich erfuhr, half das neue Medikament gegen ausnahmslos alle Schäden, unter denen das Individuum leiden kann – von der Abasie (die völlige Unfähigkeit zu gehen, ein leider seltenes Syndrom) bis zur Zyste – häufig und nicht angenehm, also durchaus behandlungswürdig.
Bea konnte sich schwer von ihrem Mamachen trennen. Warum, Arthur, fragte sie, stellt sie solche Sachen an?
Weil sie nicht dement ist, sagte ich, sie ist ein freier Geist.
Demenz und Schwäche, also alterspezifischer Marasmus, sagte die Doktorin, könne man leichter ertragen und gingen, abgesehen von der Pflege im Haus, nicht so in die Kosten.
Bea, sagte ich zum Abschied, hören Sie – der einzige Lapsus, den sich Ihre alte Dame erlaubte, war der, auf der Fiaker-Exkursion Passanten mit Mohrenköpfen zu bewerfen, sie hätte Jubiläumskrapfen schmeißen sollen, das wäre effizienter gewesen... die sind saftiger und richten mehr an.
Die waren ihr, erwiderte Bea, wahrscheinlich zu teuer.
Ach ja, sagte ich, für derlei gesellschaftssanitäre Aktionen brauche man eine hohe Rente.
Wir seufzten.
Ich bat um die Universalmedizin von Spoerri; ich persönlich habe nichts gegen Placebos.
Sie reichte mir eine kleine braune, seriös aussehende Ampulle.

Man kann's innerlich anwenden, sagte sie, injizieren, aber auch äußerlich, bei einem Fußbad zum Beispiel.
Danke, sagte ich, liebe Bea, und entzifferte das Etikett, auf dem ich in einer kunstvollen Antiqua las – X 14 – Horak & Borst & Co., Berlin-Grunewald.
All rights reserved.
In einem Atemzug fiel es mir wieder ein – ich war zu Fuß zur Bank gegangen und hatte erst dann ein Taxi in der Leibnizstraße genommen zur Praxis HORAK & BORST & CO.

81

Auf dem Messingschild in Augenhöhe las ich:
TIERHEILPARK HORAK
und in kleineren Großkapitälchen –
STÖR ERDCENTER.
Die Buchstaben waren schwer zu entziffern; das Messing war dunkel angelaufen wie von einem Pilz. Ich fragte mich, was ein Stör Erd-Center wohl sein mochte; ich wurde bald belehrt.
Eine üppige junge Dame öffnete mir die Tür im Parterre.
Sie kam mir bekannt vor; Namen vergesse ich immer, Gesichter nie.
Welcome, sagte sie, bienvenue, entrez, sit down – wo mein kleiner Patient sei?
Ich sei der Patient, sagte ich geistesgegenwärtig.
Macht nichts, sagte die Dame, is egal, kommen Se näher.
Gern, sagte ich verbindlich, wo bitte, finde ich Frau Anita Horak?
Warten Se, sagte die Dame und atmete tief ein. An ihrem Hals bis zum Ende des Dekolletés konnte man zarte vernarbte Bisswunden sehen wie von sehr kleinen Tieren – sie war, o kostbare Erinnerung, die junge Frau aus dem Wedding, deren Frettchen ich einst therapiert hatte. Name entfallen.
Die habe, sagte die Frettchendame, 'ne schamanistische Sianxe mit 'nem toten Stichelhaarköter, janz frisch vastorm –

Autocrash, und das Herrchen sei auch zugegen. Ich solle doch im Wartezimmer Platz nehmen.
Was machen Ihre Frettchen, fragte ich an der Tür.
Na wat is denn det, sagte sie, woher wissen Se –
Ich sagte würdig: Singram, Arthur Singram – ich war einmal Ihr Therapeut und der Ihrer Frettchen ... königliche Tiere.
Sie warn det, sagte die Dame, I remember – Raguse meine Name, rechte Hand von die Priesterin.
Was machen Ihre lieben Gefährten, fragte ich.
Aus einem der Zimmer erklangen rhythmische Tamburinschläge.
Ick habse abjeschafft, sagte die Raguse, lieb sindse, aber die Blutverluste waren an die Grenze zur Neu-Infusion, und ick hab 'ne seltene Blutgruppe. Wie's kam – Charles und Camilla gingen ein, dann hat' ick Boduin und die Fabiola, aber die hatte dauernd wat annen Unterleib, dann kamen Harald und sein Weibchen – ick sach Ihnen eins –, Frettchen als Lebensjefährten werden überschätzt. Placieren Se sich, ich sach mal Bescheid.
Das Wartezimmer war luxuriös, Glastische, bequeme Fauteuils, Luxuszeitschriften und ein automatischer Wasserspender, der zuvorkommend röchelte, als ich den Knopf drückte, aber nichts in den Plastikbecher abließ.
An den Wänden hingen schöne Graphiken, Stiche und Lithographien von Meckseper, Daumier, und sogar einen Max Singram entdeckte ich aus der späten Periode – *Ku Weide*, Osttirol 1938. Das h fehlte, oder man hatte es getilgt.
Ich warf einen Blick in den Hinterhof – vier bunte Mülltonnen umringten einen rachitischen Baum –, da betrat eine Erscheinung das Wartezimmer, was sage ich da, eine Hohe Dame, eine Majestät in einem scharlachroten Cape mit Pelzbesatz vom Hals bis zu den Fußspitzen – unverkennbar Frettchenpelz, modisch mit Goldhamster-Passagen versetzt –, in der ich sofort Frau Horak erkannte; wir hatten uns nie im biblischen Sinn sozusagen irgendwie ...

Sie erkannte mich nicht (mir ist bekannt, dass mich kein Schwein erkennt, ich bin unsichtbar) und sagte:
Sagen Sie nichts, ich erkenne Ihre Leiden. Verlust ist Verlust, und Sie wollen kontaktieren. Wo ist das Tier?
Habe keines bei mir, sagte ich, ich bin –
Ich spüre Ihre Aura, sagte die gute Anita.
Sie hatte ein asketisches Gesicht, um den Ausdruck Antlitz zu vermeiden, und strömte Güte, Ernst, Würde und ein zartes Rüchlein Odeur de Souris aus.
Anita, sagte ich an diesem Punkt präkognitiver Kommunikation, ich bin es, Arthur, Arthur Singram, Ihr alter Leidensgefährte, Kamerad schlimmer Scharmützel zwischen Mensch, Krankheit und Tier … Waffenbruder im Kampf gegen Pharao-Ameisen, der unerschrockene Verbreiter von Sagrotan in Sprayform –
Da sah sie mich an und sagte: Mon dieu, Arthur, quelle coup, Sie sehen ja beschissen aus. But, mais, enfin, Sie sind's.
Im Schlummerraum tauschten wir uns bei einem anständigen Clos Sainte-Anne aus – Vita gegen Vita.
Als Schamanin, sagte sie, dürfe sie eigentlich keinen Alkohol trinken, aber accident sei accident.
O du süße Vergangenheit, o du kraftlose Zeit, die mit Löwentatzen manches zerstört, aber auch viel bewahrt in ihren Spuren … über diesen Satz muss ich noch einmal bügeln; er gibt nur das Gefühl wieder, hat aber noch keine exakte Fassung gewonnen.
Ich machte ein Kompliment über ihre Schönheit.
Voyons mon chèr, sagte sie; es war ein Wille, ein voluntas fem., was meine Person betrifft. Las Prospekt: Dordogne, Fettreduktion mit Ultraschall und Elektrostimulation plus Diät; ab da Levitation, selbst die Flechte erstarb sans Konnex mit der Rest-Psyche, c'est tout. Sehen Sie selbst!
Sie lüftete ihr Gewand und zeigte mir kurz ihr rosiges epiliertes Schambein rechts, den Anlass vieler therapeutischer Gespräche an der Bar der alten Praxis.

Sie elementarisieren sich, sagte sie, bon Arthur, wie eine Erscheinung aus der Vergangenheit, wie eine apparation, wie wir Schamanen zu sagen pflegen.
Sieh mal einer an, dachte ich, wer hätte das vermutet ... eine Konversion, ein nagelneuer Kosmos voller Geister und Dämonen, unerlöster Seelen mit magischem Zauber unter dem Klang babylonischer Tamburine, alle Achtung.
Respekt, sagte ich, was denn wohl ein STÖR ERDCENTER sei?
Das H sei geklaut worden, sagte Anita, korrekt heiße es Störherd-Center.
Liebe Anita, sagte ich, ich wolle keine Kritik üben, aber sie möge bedenken, dass dieses schöne Kompositum da draußen auf der Messingtafel ein irreführender Ausdruck sei, als befände sich an diesem Ort ein Center für ‹Störherde›; nicht die ‹Störherde› störten den Betrachter, sondern das ‹Center›, ob es nicht besser sei, exaktere Komposita zu erfinden wie z. B. Kompetenzzentrum für Störherd-Untersuchungen.
Nein, sagte Anita, Fremdwörter wirkten verstörend auf Mensch und Tier.
Verstehe, sagte ich.
Was aus der alten Mannschaft geworden sei, Curtius und auch Borst?
O, Curtius, sagte Anita, ... ach Arthur ...
Borst geht es gut, sagte sie nach einer Pause ... wir waren eine zeitlang verlobt, ging schief. Beinahe wäre ich wieder ekzematisch geworden, wenn er mich mit seinem Formalin-Finger liebkoste; man riecht das Zeug auch in einer Konzentration von 0, 4 %. Ich glaube, ich war glücklich.
Sie hatte nichts verloren, meine liebe Anita Horak, sie deformierte immer noch unschuldige Wörter und applizierte neue Blüten am kahlen Stamm der Grammatik.
Auch seine lumbale Praxis, sagte Anita, war selten illuminiert.
Ich schloss daraus, dass im Reiche des Eros nicht viel los ge-

wesen war. Schade, sagte ich, aber immerhin ein großer Künstler.
C'est vrai, sagte Anita; stellen Sie sich vor, Arthur, er stopfte den Dackel eines Botschafters – ging an einem Leberleiden ein – so herrlich aus, dass Mr Weston ein Traumhonorar zahlte, das wir in die Praxis steckten. Wissen Sie, Sorrow-Work realisiert sich nicht nur symbolisch am konservierten toten Tier, es rentiert sich metaphysisch über den Tod hinaus.
Wie schön für Sie, sagte ich zu Anita, aber was macht mein alter Freund Curtius?
Das sei eine Geschichte pour une fourchette, sagte Anita.
Ich übersetzte ‹fourchette› und kam auf ‹Gabel›, was die Sache etwas rätselhaft machte.
Anita seufzte. Ich hatte ja nix gegen Borstens formalinisierte Finger-Spiele; es war der Geruch ... was rein Formales ist ja so ein Goût nicht gerade bei der fleischlichen Fusion ... und ich hatte toujours die Vision: Er will mich ausstopfen.
Da kann keine Erotik schillern, sagte ich, Sie haben recht.
Sie waren immer ein so extrem verständnisvoller Mann, sagte Anita und schnüffelte. Sie kapierten stets den Partialtrieb und seine Kreisbahnen von der Liebe bis zur Libido.
Das ‹Verständnis› und das sog. ‹Verstehen› sagte ich, sei schon immer mein Unglück gewesen ... bei Mann und Maus und anderen Problemen.
Sie haben die Seinsverfassung eines Entdeckers, sagte Frau Horak und presste meine rechte Hand an ihren Busen.
Curtius, sagte ich, wir kamen von ihm ab.
Scheiße auch, sagte sie, pardon, ich wollte natürlich sagen: Merde! Das ist eine traurige Geschichte; dazu muss ich eine rauchen. Sie holte aus der Nebentasche ihres Priestergewandes eine Schachtel Gitanes. Schmecken wie Arschhaare, aber es muss sein ... Rauchen Sie, Nikotin macht Esprit.
Gern, sagte ich und nahm ihre Zigarette, die schon brannte und stank.

Eine allzu intime Geste, sagte Anita, sie steht nur Männern zu, die meine Flechte goutierten – Sie nicht, Arthur, Sie nicht. – Attention s'il vous plaît: Anruf von einem Zirkus in Zwickau – das ist Balkan, geistloses Land, Provinz, horrible ... Wir fahren à trois, ich, der Curtius und mein alter Borst.
Eine kompetente Gruppe, sagte ich und hustete.
Gitanes inhaliert man nicht, sagte Anita indigniert.
Tant mieux, sagte ich brav.
Écoutez, sagte Frau Horak, Zirkus erreicht, sehr pauvre. Was war los – der Löwe krank, hieß Pluto.
Der Gebrauch des Imperfekts ließ mich Schlimmes ahnen.
Interruptieren Sie nicht immer, sagte Anita – der Löwe lag in einem Käfig, très petit, auf der Seite, und Dompteur hatte Betäubungspfeil in Lende appliziert.
Borst fragte den Direktor: Woran leidet der König der Wüste.
Ruhe, Borst, sagt Curtius, ich werde explorieren.
Und er explorierte im Käfig, kniete vor dem Tier, das zu schlafen schien, es aber nicht tat complet. Erkenntnis später, als es zu spät war.
Der arme Löwe, sagte ich.
Shut up, sagte Curtius, ich sagte: Das Tier hat Funktionsstörung, man muss das Geflecht der Gesamtstörungen durchdringen, dann kommt man zum Stör-Herd.
Der Löwe, sagte mein blöder Borst, sei ein Greis und das Fell mies.
Berberlöwen sehen in der Blüte der späten Jahre so aus, sagte der Direktor.
Ich referiere nur, Arthur, ich interpretiere nicht. Ein guter Therapeut muss auch schweigen, wie der Philosoph Precourt zu sagen pflegte.
Ruhe, sagte dann Curtius, wie es mit seinen circensischen Leistungen bestellt sei.
Sehr gut, sagte der Dompteur, bei der letzten Vorstellung schritt Pluto durch einen Reifen und apportierte dabei ein

Sträußchen Vergissmeinnicht; danach sei dann – noch in der Manege – der Kollaps passiert.
Der arme Bursche, sagte ich, Raubtiere im Zirkus sollten verboten werden.
Der Ansicht, erwiderte Frau Horak, sei Curtius schon immer gewesen; er liebte Löwen. Enfin – dieses Tableau: Curtius kroch voller Emphase und Empathie auf den Löwen, um unser X14 zu spritzen, da richtete sich der Wüstenkönig etwas auf, hob seinen Kopf und gab dem armen Curtius mit der linken Pfotentatze oder Tatzenpfote oder Pfote allein oder Tatze seulement – eine Ohrfeige!
Danach war Curtius nicht mehr der Alte.
Wie ging die Geschichte aus, fragte ich, war der Löwe wohlauf?
Mais oui, sagte Frau Horak, aber nicht Curtius. Seit dieser Löwenkalamität hat er sich sehr verändert … Sie werden sehen. Im Moment darf man ihn nicht stören … er schreibt an seinem polaren Roman.
Ob er denn noch therapiere nach allen Regeln der Kunst, fragte ich.
Non, sagte Frau Horak, er wird nie wieder ein Tier berühren … er ist in Angst und in Ängsten; in diese Gravitation ist er begriffslos geraten …, er fürchtet sich vor allem und jedem …; als der unsensible Borst ihm einmal eine taxidermierte Katze zeigte, stürzte er sich aus dem Fenster, gottlob: Wir haben ja Parterre.

82

Kann man Curtius sehen, fragte ich, einen unverbindlichen Blick auf ihn werfen.
Frau Horak lächelte sanft; nur dann, wenn Sie sich verkleiden, sagte sie, mit Ski-Mütze (ein sehr buntes Ding aus Wolle, das sie mir reichte) und einer dunklen Schnee-Brille; er schreibe ja an seinem polaren Stück …
Was, fragte ich, ist ein polares Stück oder ein bipolares; Anita,

woran leidet denn unser armer Curtius … welche Störherde liegen vor?
Signifikant, sagte die Horak, sei eine durch den Tatzenhieb erzeugte oder hervorgerufene Paranoia mit einem Schuss Verfolgungswahn.
Welche Therapie, fragte ich streng.
Keine ganzheitliche, sagte die Therapeutin, das wäre für seinen Zustand zu früh; Curtius müsse Menschenaufläufe, Lärm, den Umgang mit Katzen und normalen Menschen meiden, er dürfe nichts Ungekochtes essen oder Früchte zu sich nehmen, die in die Höhe wachsen.
Ich sah mit Achtung und Vergnügen, dass Anita ihre Therapien differenziert hatte.
Respekt, sagte ich, da könne man ja nur noch gesund sein.
Sagen Sie nicht einen solchen pompös intrikaten Scheiß, Arthur, erwiderte Madame, und jetzt Obacht – Instruktionen beachten: Unser Curtius hält sich für eine Bühnenfigur namens Knock aus dem Stück eines Franzosen mit dem Titel *Knock oder der Triumph der Medizin* –
Kenn ich, sagte der belesene Arthur, Jules Romains schrieb's in den Zwanzigern, und er schrieb auch einen hübschen Roman früher oder später, *Der Gott des Fleisches* –
Arthur, sagte Frau Horak, in seiner Anwesenheit bitte keinen Schweinkram.
Zelt, fragte ich, und wieso Schweinkram, na hören Sie mal –
Geduldig sagte Anita, Dr. Knock alias Curtius sitze bei einer Gruppensitzung … einer südpolaren Supervision mit Probanden – Robert Falcon Scott, dessen Gattin, seinem Förderer Dr. Clemens Markham, Amundsen und natürlich Fridtjof Nansen – in der Antarktis. Der Sturm komme von einem Tonband, und ich möge doch bitte diese Bananenstaude in der Hand halten wegen seiner Angst vor Skorbut. Ich tat alles, und wir traten in einen großen, dunklen Raum, in dem ein gelbes Zelt aufgebaut war.

Dr. Knock, sagte sie, hier sind Besucher ... haben Sie noch Sitzung?
Moment, sagte die schwache Stimme meines Freundes, bin bald am Ende.
Wir blieben achtungsvoll vor dem Zelt stehen. Der Sturm heulte, mitunter flaute er ab und brauste erneut auf. In den ruhigen Phasen war Curtius' Stimme deutlich zu hören: Ihr Polarforscher seid alle plemplem ... die Nordwestpassage ging ja noch, ein Sonntagsspaziergang, bravo, Amundsen, da capo, Nansen. Scott, mein Bester ... Sie fangen heute Abend pünktlich noch einmal mit der missglückten Expedition zum Südpol an, aber Schneeflocke nach Schneeflocke. Amundsen darf heute Pemmikan speisen und Sekt trinken auf den Erfolg dieser absolut sinnlosen Aktion, dieses idiotischen Unternehmens ... der Südpol, Sie Schwachkopf, und dann in Konkurrenz zu Kapitän Scott ... anstatt, meine Herren, Vernünftiges zu unternehmen – die Welt ist voller Elend; sie hätten Robben retten oder Lö–
Hier stockte mein Freund und schwieg, während der Tonbandsturm aufheulte.
Sir Robert Falcam, sagte Curtius, Sie sind ein reicher Blödkopf ..., aber wie ich sehe, leiden Sie an einer Krankheit zum Tode. Die Einzige, die sich perfekt verhielt, meine Herren, war Kathleen Scott, die liebe Gattin, die mit Nansen vögelte, als Sie sich von Edgar Evans ernährten, obwohl der Untergewicht hatte ...
Curtius, mein Lieber, rief Frau Horak, wir hatten obszöne Ausdrücke untersagt ... sind Ihre Probanden nun fort?
Alle sind sie fort, sagte Curtius kummervoll, ... nach einer halben Stunde werden sie transparent, und dann lösen sie sich auf. Nur Scott hockt noch hier ... er wusste ja nichts von dem Betrug, weil er schon tot war.
Er hat einen Schock, sagte Frau Horak.
Man könne nicht auf alle Toten Rücksicht nehmen, sagte Curtius.

Da ist was Wahres dran, sagte Frau Horak. Schicken Sie ihn weg!
Er wird aber noch nicht transparent, sagte Curtius kummervoll. Als Geist ist er vollständig gesund, leider –
Das ist der Grund, rief Frau Horak, dass er noch nicht transzendiert. Sie müssen Ihre Vorstellung von ihm modifizieren, Scott muss weg – imaginieren Sie doch einen riesigen Eisbären, das hat schon mal geholfen –
Keine Raubtiere kommen mir ins Zelt, sagte Curtius, aber mir fällt etwas ein, Moment – Scott, Ihre Gesundheit hat inzwischen das Ausmaß einer Provokation angenommen, das kann ich nicht dulden, das geht zu weit. Sie sind psychisch depraviert, Sie haben Skorbut, und Ihre Ehe ist im Eimer. Sie schreiben heute Abend Ihre berühmte Tagebuch-Notiz ‹Lieber ein toter Löwe als ein lebendiger Esel›, und ich rufe Sie dann zur nächsten Sitzung: – *Kathleens geheime Treffen mit Nansen in Berlin* oder *Das bipolare Rendezvous* – bis dahin alles Gute.
Der Sturm ebbte ab, das Band war zu Ende, und man hörte nur noch Weißes Rauschen.
Curtius ist immer noch ein guter Therapeut, sagte ich.
Na ja, sagte Anita, er ist sich über die Subjekt-Beziehungen nicht im Klaren; ich weiß nicht, wie er seine Gespenster als Dr. Knock abstoßen könnte; wäre er Dr. Knock, woran er als Curtius nicht zweifelt, könnte man eine zweite Figur von außen ins Zelt transponieren, aber das mindert ja seinen Wahn nicht. Vielleicht hat Curtius eine Schläfenlappen-Epilepsie erlitten.
Ob er an religiösen Wahnvorstellungen leide, so zwischendurch in den Sitzungspausen?
Keine Ahnung, sagte Anita Horak.
Nicht sehr hilfreich, dachte ich. Stuhlgang, fragte ich.
In Ordnung, sagte sie, er geht auf die Gasttoilette und verkriecht sich danach in seinem Zelt.
Musik, fragte ich.

Tja, sagte sie, schon ... er hört immer die Mädchengruppe Baccara –
Zwei seien noch keine Gruppe, sagte ich –
– und immer denselben Mist: Yes Sir, I can boogie.
Im Zelt wurde es dunkel – die Notbeleuchtung flackerte.
Könnte ich, fragte ich –
Nein, sagte Anita, besser nicht, denn jetzt träume er multipolar – eine Gruppe Eisbären attackiert ein Rudel Löwen.
Lassen Sie uns gehen, sagte ich resigniert; ich war knocked out.
In der Retrospektion – Besuchsrunde und Exkursion bei alten Freunden, Geschäftspartnern, Therapeuten, Heilpraktikern, Internisten und zu anderen Methoden konvertierten Analytikern – gehört die Visite der Praxis Horak zu den schönsten Erlebnissen. Freilich, der Laden lief nicht gut trotz beherzter Diversifikationen, wie Frau Horak im Schlummerraum III (Vögel) sagte.
Die Idee, nur moribunde Tiere zu behandeln, war so fruchtbar nicht, obwohl Borst sie alle in anrührende Dermoplastiken verwandelte; der Ausdruck ‹ausstopfen› war verpönt.
Borst, sagte mir die Horak vertraulich, fühle sich ein in die betrübte Seele der trauernden Besitzer, mache es sich dort während der gemeinsamen Trauerarbeit heimisch und kriegte dann, dermoplastisch gesehen, jede Pose des Lieblings hin, die gewünscht wurde.
Nur ein Beispiel, sagte Anita, ein Graupapagei bekam einen Herzinfarkt beim Sekundentod seines Weibchens. Borst hat Hugo, so hieß der Papagei, auf den Ast fixiert, von dem er tot herabgefallen war; in der linken Kralle hielt er sein kleines Herz, der Schnabel war halb geöffnet und das Auge weh – dieser Ausdruck, sagte Anita, hatte Ausdruck und Seele, was nicht das Gleiche sei.
Sie zeigte mir das Exponat; in der Tat, der Eindruck war gewaltig. Leider hatte der Besitzer das teure Tier nicht abgeholt und auch nicht die Trauer-Exploration bezahlt.

Und das passiere dauernd, sagte Frau Horak. Wir saßen jetzt im Schlummerraum IV für Katzen.
Liebe Anita, fragte ich, wie sieht der normale Geschäftsbetrieb aus, wenn er mal erfolgreich ist?
Ich, sagte Frau Horak, nehme alle Kleintiere, gesunde, verstörte oder moribunde, und heile sie, so gut es geht.
Welche Methode? fragte ich. Methoden sind immer wichtig und nützlich.
Methode Precourt, sagte Frau Horak, Philosoph, Freund von Descartes, den er 1637 in Leiden kennenlernte, eine kurze und feindliche Begegnung. Als Descartes in Stockholm bei der Amazone Christine an einem Infekt verschied, der eine resultierte Selbsttäuschung –
Wir waren, liebe Anita, bei Monsieur Precourt.
Der Result bei Philosophen sei wichtig, sagte Anita.
Eine rätselhafte, extrem gebildete Frau, diese Frau Horak, begabt mit analytischem Vermögen und einem Begriffsregister, das selten vorkommt – und dabei so trinkfest wie keine Zweite. Wie sah denn der oder das Result, was immer das sein mag, bei Precourt aus?
Klar und distinkt, sagte sie. In seiner *Seelenkunde der Höheren Tiere* beweist mein Precourt unmissverständlich, dass alle Tiere Schwestern und Brüder der Menschen sind und eigentlich nur beschädigte Reinkarnationen und keine Mechanismen ohne Schmerzempfinden.
Wessen, fragte ich zu recht, Reinkarnationen?
Das erfuhr ich leider nie, weil Borst im Flur auftauchte, der vom Labor in den Haupt-Trakt führte, in der linken Hand eine tote Stockente am Hals.
Sie kriegte die Kurve nicht mehr, sagte er, fixierte mich und blieb stehen: Sie sehen aus wie Stan Laurel, erste Klasse.
Nach einem hungrigen Blick verschwand er in einem der vielen Zimmer. Schade, er erkannte mich nicht.
Als Objekt haben Sie nicht missfallen, sagte Frau Horak, Borst

träumt als Taxidermist vom Menschen als dermoplastischem Kunstwerk.
Konnte man ihm nicht verdenken.
Muss wieder ins Zelt, sonst flippt unser Curtius aus, wenn er seine Ölsardinen nicht pünktlich bekommt …
Grüßen Sie ihn, sagte ich, grüßen Sie alle … Meinem Freund Curtius wünsche ich Glück für sein Stück über die Südpolforscher – ein gewaltig kaltes Thema, aber auch heiß durch Liebe und Betrug, Tod und Ölsardinen. Besorgen Sie ihm ein Eskimomädchen. Das muss nach Tran riechen und antarktischer Freiheit.
Ich weiß ja nicht, sagte Frau Horak, was Sie so alles als Heilpraktiker angestellt haben, aber Sie sind immer noch ein guter Therapeut. Servus.
Grüßen Sie auch Borst, sagte ich; hoffentlich macht er noch seine symbolische Trap-Art mit Mäusen und Fröschen … das platonische Gleichnis, Sie erinnern sich.
Das Symbolische sei ihm fremd geworden, sagte Anita. Außerdem bringe kein Schwein mehr tote Mäuse, Frösche, Hamster oder Meerschweinchen.
Schade, sagte ich.
Dann überreichte ich Madame das Geschenk – Eippers *Tiere sehen Dich an* – für Sie, liebe Anita, sie könne es aber auch Curtius leihen.
Danke, sagte Frau Horak ergriffen (wie es mir schien), sie wolle es gern behalten; das hübsche Buch dem alten verstörten Compagnon zu leihen, sei sinnlos – der lese schon lange nicht mehr; den *Triumph der Medizin* habe sie ihm – bewaffnet mit einer Schneebrille – im Zelt vorlesen müssen.
In seiner Angst-Phase introduzierte ich zeltintern so manche Literatur – natürlich auch Riemanns *Grundformen der Angst* – aber er durchdrang es nicht recht. Dann gab ich ihm Puders *Die Logik unliebsamer seelischer Ereignisse* – ein nützliches Buch! Er strengte alle seine Geisteskräfte an, durchdrang es aber nur an

der Peripherie und mit ephemerem Verständnis ... seine Demotivation nimmt zu in gerader Proportion zu seinen Atrophien und dem Skorbut.
Skorbut, sagte ich, liebe Anita, gehöre in alte Romane über die Christliche Seefahrt –
Ach was, sagte sie, ich sei ja interniert in Ahnungslosigkeit. Curtius als Knock und mitunter als Scott verzehre ausschließlich Ölsardinen und verachte Früchte oder Gemüse und das ganze gesunde Zeug. Scott, das sagt er, hatte keine.
Ach, Arthur, es ist alles so sinnlos.
Irgendwo rauschte eine Spülung, röchelte und schwieg dann wieder. Ich wurde traurig, raffte mich auf und sagte – Liebe Anita, seien Sie froh, dass unser alter Curtius eine ziemlich kohärente Wahnvorstellung hat, ewiges Eis, südpolare Natur und kein Löwe in Sicht.
Er ist gaga, sagte Frau Horak und schnüffelte. Und ich habe Mitleid.
Falsch, sagte ich, ganz falsch; Sie müssen wieder positiv denken. Was ist schädlicher als irgendein Laster – das Mitleiden ... Das sagt Nietzsche an einer mir entfallenen Stelle. Mitleid mit dem Tier unter Umständen allemal, wenn es nicht beißt, sticht oder schlägt, aber mit Menschen nevermore.
Der Praktiker in mir regte sich. Besorgen Sie sich Wal-Tran, sagte ich, parfümieren Sie sich mit Ambra, verführen Sie unseren armen Curtius als Eskimo-Mädchen, legen Sie Buckelwal-Gesänge in den Kassettenrecorder, das sind Tiere, die selten an Land kommen, und er wird alle Löwen der Welt vergessen.
Man müsse ja wohl Opfer bringen, sagte Frau Horak, aber wo könne man Anfang Mai Waltran und Ambra auftreiben ...
Eine Frage der Logistik, sagte ich, und des Positiven Denkens, und das sei saisonunabhängig.
Madame zweifelte an meinem Vorschlag, der ja nichts als eine Empfehlung war.
Versuchen Sie es, Anita, sagte ich, Trial-and-Error-Prinzip, kann

nie schaden – und kümmern Sie sich nicht um die Rezensenten in Ihrer Umgebung, nichts als Scharlatane, Bluffer und Schaumschläger!
Sie haben recht, Arthur, sagte Frau Horak.
Viel Vergnügen mit Eipper, sagte ich, er hatte den gewissen Blick auf die unerlösten Kreaturen und war ein Freund von Max Singram … Wie oft gingen sie zusammen in den Zoo, das war in den Dreißigerjahren, um die Bonobos beim Kopulieren zu beobachten; der Sozialkontakt ist die beste Therapie, Anita …
Schade, sagte Frau Horak zum Abschied, dass Sie so früh resignierten, was Tier und Mensch betrifft und ihre Sanierung … Der Welt ging ein guter Mann abhanden, Servus.
Adieu, Anita, sagte ich.
Ich fand diese Entwicklung erfreulich, küsste Anita die Hand und ging.
Im Taxi dachte ich an schöne Details aus der Praxis C. Man sollte sie speichern. Ich ging noch einmal zurück. Vor dem Zelt Dr. Knocks lag ein Staubwedel, der wie die Quaste eines Löwenschwanzes aussah; in der trüben Beleuchtung konnte ich eine Sentenz in Großkapitälchen lesen, mit Tesafilm an die Zeltwand geheftet:
DER RUHM MAG SCHWINDEN, ABER DIE VERGESSENHEIT IST EWIG.
Im Flur lag eine tote Katze auf dem Rücken, im Maul den nackten Schwanz einer Ratte; im Schlummerraum II glänzte eine Batterie brauner Ampullen mit der Aufschrift X14; Anitas Lippen waren bleich, die Augen katzengrün; sie würde es schwer haben als Eskimo-Mädchen; Borsts Augen erinnerten an Schusslöcher mit dunklen Schmauchspuren, seine gelben Haare, Bürstenschnitt, hatten den charmanten Pelzstrich junger Löwen, und die Lippen glänzten schwarz wie die Lefzen eines alten.
Die erste Tour hatte mich erschöpft; home, sweet home.

83 Im Supermarkt kaufte ich Rotwein, Toast, Räucherlachs und Sahnemeerettich, um trübe Impressionen – Leben, Liebe und Tod – in Schach zu halten; fragte bei der Witwe nach Kater Yorick – immer noch auf Exkursion oder ausgewandert oder überfahren – und fuhr in mein leeres Domizil; um 18 Uhr rief die Notärztin an, sie wolle ihr Notizbuch abholen. Das tat sie dann auch und betrat den Dachboden mit dem Kater im Arm.

Ihr Tier?, fragte sie.

Ja, sagte ich, Tag, Yorick.

Schönes Tier, sagte sie.

Wein, Lachs, Dosenbier, sagte ich.

Keine Zeit, sagte die schöne Frau. Ihre braunen Augen ruhten mit Wohlwollen auf dem Kater, der es sich auf ihrem Arm bequem machte, als sie im Ohrensessel saß, die X-Beine nebeneinander, schmiegte der blöde Kater seinen dicken Schädel in ihre Hände, stieß hin und wieder ein beseeltes Meng oder ein aggressiv-zärtliches Miaoh oder Mau aus und benahm sich schamlos. Wäre gern an seiner Stelle gewesen. Yorick rieb seine braune Nase an ihren kleinen Brüsten unter der bestickten Seidenbluse, schnurrte wie ein Verrückter und schien außer sich vor Liebesekstase und hielt die Fahne oder Rute so steil erhoben, dass sein rosiges Rektum zu sehen war.

Süßes Tier, sagte Beatrice, wohl rollig, wie.

In der Tat, sagte ich, das kann man wohl sagen, irgendwie schon ... Auf seine Weise ... die Natur ... der Frühling ... die Eindrücke auf dem Friedhof –, und während ich den Wein öffnete, stammelte ich weiter dummes Zeug.

Muss gleich weiter, sagte sie, ab 20 Uhr Notdienst.

Wer ist nicht in Not, sagte ich. Weiß heute nicht mehr, warum ich nicht inspirierter war. Auf der Unterlippe, ungeschminkt, bemerkte ich einen kleinen Fleck, vielleicht ein Herpes-Bläschen im Vorstadium. Bei Patienten holt man sich viel. Schon der Anblick genügt manchmal. Ich sah auf ihre aquiline Nase

und in ihre braunen Augen, die da schimmerten, wie Liebende zu sagen pflegen; ach, die Poesie.
Am meisten erregte mich der kleine dunkelrote Punkt auf der Unterlippe. Ich erinnerte mich an eine Geschichte von Tombari, in der sich ein junger Eichkater in ein Eichkätzchen verliebte, weil es ein ‹schlechtes Zähnchen› hatte, und meine Liebe wuchs. Wann ich ihre linke Hand ergriff, weiß ich nicht mehr. Es war jedenfalls der falsche Zeitpunkt; das meiste im Leben passiert zu falschen Zeit-Punkten.
Yorick versetzte mir einen Tatzenhieb, der sich gewaschen hatte, wie man unter Kennern sagt. Ich gab ihm eine leichte Ohrfeige. Beatrice, sagte ich, ich muss Ihnen etwas sagen.
Beatrice hörte nicht zu, sie leistete Samariterdienste am geilen Kater.
Armes Tier, sagte sie. So ein Herrchen. Schlägt Katzen – er ist wohl eifersüchtig.
Ich hatte Terrain gewonnen.
Eifersucht zwischen Konkurrenten ist ein gutes Thema.
Pardon, sagte ich, ich bin eifersüchtig auf den verdammten Kater.
Immer diese Verwechslungen, sagte die Notärztin.
Frau Dr. Beatrice Margoti, sagte ich, ich liebe Sie.
Yorick glotzte mich mit seinen gelben Augen – starr wie Murmeln – an und leckte Beatrice unter dem Kinn. Sie kicherte klangvoll. Der Scheiß-Kater lag an ihren Brüsten und simulierte den Milchtritt.
Urgroßvater Iron hätte ihn abgeschoben oder auf andere Weise eskamotiert und der gute Edward ihn mit einem Harem rolliger Katzen versorgt; ich aber hatte keine in petto.
Max Singram hätte ihn gemalt auf dunkler Grundierung und sein meliertes Monokel mit einem Gloss-Effekt versehen – falscher Ausdruck –, aber der exakte fiel mir schon damals nicht ein. Mein idiotischer Kater, Pardon, Yorick, der du nun schon lange unter der Erde liegst, hatte einen irren Ausdruck in den

Augen, wie ein besoffener Mönch bei dem Mysterium tremendum kurz nach einer Erscheinung.
Muss jetzt gehen, sagte die Dame.
Yorick war bestürzt; muss das sein, sagten seine gelben Augen unter den spärlichen Augenwimpern, bleib hier, ich werde dich lieben bis in alle Katzenewigkeit, mein Glied ist klein, aber dein, oh lass uns ewig –
Einen Kuss bitte, sagte ich an der Tür.
Ach, mein lieber Arthur Singram, was muten Sie mir zu, sagten die weichen Lippen mit dem potentiellen Herpes, – überlegen Sie mal, was bei einem Kuss alles passieren kann –
Gern, sagte ich, für Sie immer –
Streptokokken, apathogene Neisserien, Staphylokokken, Milchsäurebakterien und andere anaerobe Kokken und Stäbchen…
So ging auch diese Liebesgeschichte in die Binsen.
Nehmen Sie bitte den Kater mit, sagte ich, sonst hätte ich in der Nacht keine Ruhe.
Nur in Pension, sagte die schöne Ärztin, Sie dürfen ihn bald abholen.
Danke, sagte ich, und wir stopften Kater Yorick in den Katzenkorb, in dem er sofort verschwand.
Man sollte ihn kastrieren lassen, sagte Beatrice.
Ja, sagte ich, warum nicht, Kastrationen bereinigen das Feld.
Melden Sie sich, sagte die Notärztin, Sie sind ein leptosomer Zwerg, aber gar nicht so dumm wie die meisten Männer.
Gern, sagte ich, nach der Kastration.

84 Nichts auf der Welt geht über eine waschechte, wasserdichte, kohärente und realitäts-resistente Wahnvorstellung; in jeden Wahn, den ich zu meiner Freude kennenlernen durfte, hatte ich mich schnell eingelebt.
Bei einer Flasche Champagner – wegen des würdigen Anlasses

ein Roederer cristal – und Keta-Kaviar auf Toast überdachte ich diesen schönen Tag.
Ich trank auf Aram Schlitz, auf die Tiere der Singramschen Arche, auf Kater Yorick, der auf Frau Dr. Margotis Schoß seine Liebes-Lypemanie vergessen durfte, ich trank auf Melmoth und Yvette, auf den Ara Wright; vielleicht lernte er im Paradies der Papageien nagelneue Schimpfwörter, ich trank auf die Geister der toten Kakerlaken und endlich auf Curtius – als Dr. Knock und Mr Scott –, den Südpol und auf die Schamanin Horak; hoffentlich steigt die Zahl ihrer schadhaften Kundschaft.
Ich glaube, dass Franz Curtius in seinem Zelt, umtost von antarktischen Stürmen vom Band, ein glücklicher Mann war, und blätterte in meinen Notizen mit Fallstudien.
Kontrolliert man die Vergangenheit, wirft sie manchmal ein angenehmes Licht auf die aktuelle Zeit; so war's auch an diesem Abend.
Der erste Fernlehrgang lag hinter mir, ehe ich dann notgedrungen auf die Tierheilkunde per Fernkurs II umsattelte, Menschen gaben mir nicht so viel –, da rief mich eines Tages ein älterer Herr an – er hatte meine Annonce im Boulevard-Blatt entdeckt und bat um einen Besuch.
Ich machte gern Privatbesuche; ab und zu ergaben sich überraschende Bekanntschaften mit tierischen Hausgenossen.
Der Herr hieß Blunz und war, wie ich später erfuhr, ein bekannter Goethe-Forscher. Als er mir die Tür öffnete, zitterten seine Hände, er war ca. 80 Jahre alt, ein kleiner Greis mit bleichem Teint, gelben Augen (Hepatitis?) und dürftigen Strähnen auf dem hageren Schädel.
Blunz hatte sich zu seinem 60. Geburtstag drei südamerikanische Fransenschildkröten geschenkt, die aussehen wie überdimensionierte Austern auf vier Beinen; der Panzer ist so groß wie eine Salatschüssel, voller Buckel und Berge, zerklüftet wie ein Hochgebirge, sehr sonderbare Amphibien, aber sie schienen

nicht das Problem. Klaustrophobie, das war's. Ein wirklich interessanter Fall; ich war entzückt.
Er führte mich in ein großes Zimmer, in dem drei der riesigen Schildkröten träge herumkrochen.
Mutter, Vater und Onkel, sagte Blunz mit matter Stimme. Er war Österreicher und sprach ein weiches Honoratioren-Wienerisch, wie ich's mag.
Herrliche Tiere, sagte ich, woran leiden sie?
Die nicht, sagte Blunz, ich leide.
Sein Tremor sei ein Zeichen, sagte ich.
Wie bitter wahr, sagte Blunz, es seien allemal herrliche Tiere, aber ihre Population überschreite jedes Maß – und er zeigte mir in den anderen Zimmern, inklusive Bad und Schlafzimmer, die Resultate dieser behaglichen Wohngemeinschaft. Überall krochen vorpubertäre, adoleszente und schon reifere Fransenschildkröten herum. Es roch stark nach Seetang.
Sie sind, sagte der Goetheforscher, in der Überzahl.
Wie viele es denn seien?, fragte ich.
Er habe schon lange keine Volkszählung mehr veranstaltet, sagte Blunz, und jeden Überblick verloren.
Schauen'S, sagte er kummervoll, der Wolfi zeugte mit der Christiane 16 Eier – 15 gingen ein wegen eines Wasserschadens; sehen Sie die vielen flachen Bassins? Was ich schon an Wasser-Kosten hatte, Sie können's sich nicht vorstellen ... Gottlob hab ich eine hohe Prämie für die Haftpflicht... na, und dann zeugte August mit Ottilie wieder Eier, die leider alle gediehen, es waren wieder 16 Stück.
Eine magische Zahl, sagte ich.
Kann man wohl sagen, erwiderte Blunz.
Und jetzt, jetzt fühle ich mich bedrängt von Panzern, Höckern, den Geräuschen der zwei Krallen der Vorder- und den drei Krallen der Hinterfüße, ihrem maßlosen Appetit ... also der ganzen Präsenz. Täglich müssen sie abends in ihre Bassins, tags hiev ich sie wieder heraus. So ein Tier wiegt so viel wie ein Kasten

Bier … Sie stehen da so in einer Pfütze, wollen Sie eines, in den Bierkästen transportiere ich die Biester immer.
Ich nahm an, und wir setzten uns auf eine trockene Landzunge – zwei Stühle, unter uns ein grauer Fluss auf Plastik. Ich war ratlos und das Bier zu warm. Ulrike hatte mit ihrem kräftigen Fransenschnabel irgendein Kabel des Kühlschranks lahmgelegt.
An einer Stelle, sagte Blunz traurig, habe der große Goethe einmal geschrieben, Tiere seien nur Zerrbilder der Menschen.
Das sei nicht ganz unklug reflektiert, sagte ich, aber wenn man die Tiere lieben solle in all ihren Gestalten und Metamorphosen, sähe die Sache schon anders aus.
Da hätte ich recht, sagte Blunz. Er persönlich habe sie in sein Heim gebracht als urweltliche Relikte einer verschollenen Welt. – Die vielen potentiellen Metamorphosen habe die Franseschildkröte eben verweigert, und deshalb hänge sein Herz an ihnen, nunmehr aber sei es zu viel.
Er sagte ‹zuvühl›; es klang wie ein Seufzer. Eine Schildkröte schlurfte mit einem eindrucksvoll rötlich-blau gebuckelten Panzer heran, ein Auge lebhaft auf Blunz gerichtet.
Das ist Ulrike, sagte er, die sich hemmungslos August hingab.
Eine rechte Familien-Tragödie, sagte ich. Denke, das Humane kam nicht zu kurz. Noch immer ratlos, wie ich meinen Notizen entnehme.
Naht ihr euch wieder, schwankende Gestalten, sagte ich zur Kröte, die früh sich einst dem trüben Blick gezeigt …
Gut gesagt, rief Blunz und warf belebt meine Flasche Bier vom Tisch, komme ihm irgendwie bekannt vor.
Ulrike streckte ihre Lederzunge aus dem Maul und labte sich am Bier.
Mein Rücken, sagte Blunz, ist kaputt; ich kann sie nicht mehr baden – der Nachwuchs von Lotte und Riemer kriegt gerade Junge, will sagen: 15 Eier sind schon deponiert! – Ich muss weichen … ich habe keinen Platz für meine Existenz … die ewigen

Wasserschäden übersteigen meine Mittel, wie die Gesamtpopulation.
Blunz schleppte mit viel Tremor eine Flasche Cognac und zwei Gläser aus einem offenbar noch nicht okkupierten Raum und hielt einen kleinen Monolog.
Das Schlimmste ist, dass diese lieben Tierchen 50 Jahre alt werden. Ich bin jetzt 82 und nicht mehr gesund... Der Tod rückt näher... Die Grube... Die Gruft, na eben das alles... Heilen Sie bitte meine Rückenschmerzen. Die *Chelus fimbriatus* kann nicht klettern. Hätte sie eine Metamorphose durchgemacht, könnte sie. Ich fühle mich bedrängt. Nehmen Sie noch einen Cognac. Ich vergaß Raum und Zeit der Gegenwart, falscher Genitiv –? Pardon, ist der Kohl noch Kanzler?
Ich musste bestätigen.
Blunz versank in seinem Monolog, dem ich gern lauschte. Fatalitäten dieser kostbaren Art hört man selten.
Die lieben Dinger fressen leider keinen Kohl, sonst wären die Futterkosten nicht so hoch – wo war ich, ja! –, Sie werden mich alle überleben, und das ist schwer erträglich. Subjektiv, meine ich, vielleicht eine sentimentale Marotte. Habe alle meine Bedenken, die Liebe, das Wasser, das Futter, die Kosten mundiert. Es geht nicht mehr. Denke an Brand. Wäre wegen Feuerwehr ein Wasserschaden, aber ist das eine Lösung? Sie alle hier werden 50 Jahre alt. Sind Wolfgang und Christiane 50, bin ich nicht mehr, von den nachfahrenden Generationen abgesehen, die die beiden Ur-Eltern werden überleben. Es ist ein Dilemma.
Der ingeniöse Passow wäre auf Schildkrötensuppe gekommen, in mir weste Mitgefühl, günstig gemixt mit Pragmatismus.
Prof. Blunz, sagte ich, hören Sie. Nichts als Zeitverderb ist die Liebe, das sagte Goethe im *Götz* der ersten Fassung –
Eine große Schildkröte betrat das Proszenium, kroch zu den Pantoffeln von Blunz und entließ einen grünen Wurm aus ihrer Kloake.

Das war Eckermann, sagte Blunz, der entlaste sich gern in menschlicher Gesellschaft, kriecht dann unter mein Bett und schnarcht voller Gefühl.
Das war mein Stichwort. Gefühl sei nicht alles (keine Ahnung, ob nun Goethe, Eckermann, Riemer oder John. Jedenfalls passte es in die therapeutische Situation des Anfängers) – Man müsse dieses unglückliche Passepartout (die Flasche Cognac war beinahe leer) rigoros ändern, ja, einer Metamorphose unterziehen. Unparteiische Gerechtigkeit geböte, sagte ich streng (Eckermann am 24. März 1825), die lieblichen Tiere zu verkaufen. Dann seien alle Wasserschäden, Futterkosten und Sentimentalitäten gedeckt.
Blunz ergriff meine feuchten Hände.
Eine humane Lösung, sagte er, danke – wissen'S, in schwachen Augenblicken hab ich schon an Schildkrötensuppe gedacht – wär aber zuviel Publikum gewesen, na! Und jetzt geben Sie mir noch ein Mittel gegen die leidige Klaustrophobie und die immerfort nassen Füße.

85 Das Telefon seufzte und spielte dann den Anfang des Hits der beiden Damen Baccara *Yes Sir, I can boogie* – am anderen Ende war Passow, der mich zu einer Trauerfeier einlud.
Für wen oder was, fragte ich. Verfluchte Außenwelt.
Olgas Hund sei im Eimer, sagte Passow aufgeräumt, also hinüber, tot, im Arsch, kurz: hin – und er müsse den Trauertext für die Hinterbliebenen verfassen, in diesem Fall für Olga und für den toten Hund, und ob ich ihm mit ein paar Stichworten aushelfen könne; bezahlte ich ihm das Taxi, komme er gern vorbei.
Bleib, wo du bist, sagte ich; tote Hunde gehörten nicht zu meiner Praxis.
Passow hörte nicht zu.

Olga, sagte er, will's irgendwie religiös, ich nicht.
Der Hund, so erfuhr ich, hatte im Keller Rattengift gefressen, seine Agonie habe vier Stunden gedauert.
Warum hast du keinen Tierarzt gerufen, fragte ich, und das arme Schwein einschläfern lassen?
Wegen Olga, sagte Passow, weil sie sagte, der wird noch, vitales Tier.
Der Köter tat mir leid. Mein gutes Herz siegte.
Du bist schon an der Arbeit, nehme ich an, also mitten in deiner Laudatio funebris –, das ist schön. Dann lies mal vor, was du hast…
Passow las: Seele von Hund, geistiger Liebreiz, dem Nächsten zugetan wie sich selbst, aufopferungsvolle Liebe. Wir sitzen jetzt an seinem Lager – er ruht unter einem Seidenshawl in seinem Lieblingskorb, und wir, wir weinen.
Tatsächlich brachte mein alter Schmarotzer ein stilisiertes Schluchzen zustande.
Nicht viel, was dir eingefallen ist, sagte ich, hör zu und referiere dann kurz – wie sah es mit seiner Vita aus – willst du einen halbwegs guten Nekrolog, muss die Vita einen solennen Lebenslauf enthalten, der dem Seligen würdig ist.
Wer ist selig?, fragte Passow und schnüffelte.
Der tote Köter, sagte ich.
Was heißt ‹solennen›, fragte Passow.
Feierlich, sagte ich, enthoben irgendwie – was seine Eigenschaften betrifft –, muss den Tatsachen nicht entsprechen, wie bei keiner Trauerfeier auf dieser Welt. Biss er zum Beispiel Leute?
Wenn er sie kannte, sagte Passow, dann nicht, da er die meisten Leute in seiner Umgebung – also Olgas Freunde aus der Kultur – nicht kannte, unterlief ihm mitunter ein kleiner Fehler. Danach war er stets schuldbewusst und ließ die Rute hängen.
Ein schöner Zug vom Hund, sagte ich. Wie hieß er?
Anton, sagte Passow, weil meine Olga den Cechov so liebt.

Soso, sagte ich, Anton. Das sei ein glanzvoller Name, sehe man von der Grammatik ab – nämlich dem Homonym, dem Synonym und dem Antonym.
Was du nicht sagst, erwiderte der verstörte Passow.
Die Unterhaltung machte mir mehr und mehr Vergnügen.
Es ist immer erfreulich, wenn man Freunden in dummen Situationen helfen kann. Das Helfer-Syndrom wird zu Unrecht verachtet.
Ich sagte zu Passow, ich müsse mehr über Anton wissen ... Leben, geistige Eigenschaften, Familiensinn, Gesinnung, Charakter, das Liebesleben, seinen Glauben, sein Verhältnis zu Werten und –
Mit Glauben könne er dienen, sagte Passow erfreulich kurz, – wie Olga, russisch-orthodox.
Das bringt uns nicht weiter, sagte ich, lassen wir das Religiöse da, wo es hingehört. Könnte man sagen, Anton sei ein ethisch oder moralisch hochstehender Hund gewesen?
Nicht direkt, sagte Passow nervös, aber er habe immer – und das nach jedem Biss – ein schlechtes Gewissen gehabt.
Das ist viel, sagte ich, das ist schon beinahe alles. Was soll auf dem Grabstein stehen?
‹Hier ruht mein Anton, der die Welt liebte›, sagte Passow.
Ein hübscher Grabspruch. Bestimmt nicht von Passow.
Mir fiel ein Nekrolog ein, den einst der kummervolle Tierfreund Edward auf ein schwarznasiges Schaf namens Cordelia gehalten hatte, ein sanftmütiges, frommes Geschöpf, von dem Edward in seiner Predigt sagte –:
‹Meine Damen und Herren, ich bin mir sicher, dass mein seliger Liebling Gott schaute, während er wiederkäute.›
Du fängst folgendermaßen an, sagte ich zu Passow, mit einem Gebet und einer Hymne mit dem Titel – die Noten schicke ich dir per Post – Jesus, tender shepherd, hear me –
Kann kein Englisch, sagte Passow beleidigt, mach's auf Deutsch –.

Einfach, sagte ich – Jesus, zärtlicher Schafhirt, höre mich –
An wen sich das richte, fragte Passow.
An alle, sagte ich. Pass auf, Passow. Eine andere Hymne wäre auch passend, vielleicht hundegerechter: Hark! Hark, my soul! Angelic songs swelling.
Gefällt mir gut, sagte Passow befriedigt, die herrlichen Laute brauchten keine Übersetzung ... dieses Hark! ist Erinnerung genug an den Köter, die Linie sei jetzt klar und überschaubar. – Was aber ist ein Antonym – Moment, Olga will mit dir sprechen.
Ihre Stimme war belegt, tief mit schönem Timbre.
Hier Olga, sagte sie, ich habe Jevgenij beobachtet, tiefe Reaktion bei diese Person Eugen, ist gut, hat begriffen; wir denken, ist Idiot, aber vielleicht er macht Sache mit Anton-Tier gut – schicke Einladung für pompus funebralität. Bis dann.

86 Erfrischt von diesem Gespräch (man hilft gern, wenn man kann), kehrte ich zu meinem Champagner zurück. Leider verbrannte der Toaster (ein bauchiges Modell namens Kitchen's Hero) mein Brot, ich aß den Kaviar mit einem Hornlöffel direkt aus dem Glas; Stil ist alles.
Drei Generationen hatten die Hornlöffel benutzt – in Russland Iron und seine zobelpelzigen Gespielinnen, Edward in England und Max Singram in Germany –, die gelbgrünen Löffel waren so dünn geworden, dass eine Kerzenflamme durchschien. Auch Objekte haben Stil, der Hero versagte mit Eigensinn – verbrannte er einen Toast, ließ er den nächsten im Ur-Zustand; der übernächste einer Serie war wieder in Ordnung. Vielleicht haben Objekte etwas gegen mich.
Der Mond schien im Segment 12 der zweiten Reihe von oben in einem kriegerischen Rot; seltsam – vom Anbeginn aller Zeiten hat ein jedes Geschöpf auf der Oberfläche unseres Planeten dieses Gestirn gesehen, viel Poesie dabei, von Shakespeare bis

Friederike Kempner, von Lope de Vega bis Landru (Berufsmörder); jedenfalls unbemerkt blieb er nie.
Der Mond, jawohl – weibliche Kräfte, Yin bei den Chinesen.
Ich verbat mir jeden Gedanken an Beatrice und ihre träge schmelzenden Blicke; ich muss mehr auf die Tempus-Formen achten.
Was aus Blunz wurde, weiß ich nicht.
Wird bei seinem Rheuma schwerlich nach Südamerika gereist sein, um seine Weimarische Gesellschaft auszuwildern, wo sie endlich den Mond in heißen Nächten aus verwunderten Augen hätte verfolgen können.
Es war totenstill. Über mir Luna, nicht gerade ein Temperamento lunatico. Unter mir übte die greise Lehrerin Hertz holprig-beherzt Chopins große Polonaise Es-Dur, op. 22.
Sie spielte für ihre dreizehn Katzen, deren lebendiges Triebleben (inzestuös in ihren jungfräulichen Augen) durch Kastration und Sterilisation ein irreparables Ende gefunden hatte.
Die Kater, sagte ich einmal im Fahrstuhl zu ihr, könnten an Herzverfettung sterben.
Was macht's, sagte Emma Hertz, mögen sie hinfort andere Stühle besteigen (nehme an, dass diese vorzügliche Bemerkung von ihrer Montessori-Ausbildung inspiriert wurde).
Sie sah mich scharf an.
Herr Singram, ein Sexual-Tohuwabohu ist nicht zu dulden; hören Sie: Väter vögelten ihre Töchter, Gattinnen gaben sich Neffen hin, Neffen wieder eroberten mit den bekannten Lustschreien mitten in der Nacht ihre Tanten, während es die Tantchen wieder mit den Cousins trieben! – Da musste das Skalpell den Schluss-Strich ziehen, den eine gewisse Moral gebietet – Schluss mit Genuss. Freilich – sie würden fett und träge, aber der Liebeslärm sei unterbunden, die lieben Katzen kackten jetzt mehr als früher, aber alle dämmerten einer positiven Zukunft entgegen.
Welcher?, fragte ich.

Sie werden mir, sagte die alte Dame, immer extrem nahe sein, auch nach ihrem Ableben.
Wie das?, fragte ich.
Ich habe, sagte Emma Hertz, das Rheuma, die Polyarthritis, Niereninsuffizienz, ein Karpaltunnelsyndrom und friere unaufhörlich. Dagegen helfen nur Katzenfelle, und so sind Gustav und Madame Pompadour, die Geschwister Louis und Louise, der kleine Pascal und die fette Madame Chatelet und all die anderen immer bei mir, als lieber Pelz auf alter Haut.
Natürlich wurden die Kater fett und die Katzendamen träge; Madame Hertz lud mich einmal zum Tee ein; sie las der müden Gesellschaft auf Französisch Balzac, Flaubert und die Katzen-Szene aus Montherlants *Erbarmen mit den Frauen* vor, an Sonntagen Renans *Leben Jesu* oder den frommen Paläontologen Teilhard de Chardin.
Man müsse ihren Geist geschmeidig halten, sagte Emma.
Die Katzen lagerten auf Lederpouffs, kleinen Fauteuils oder auf Miniaturstühlen unter Tiffany-Lampen. Es war alles sehr stimmungsvoll; gegen die Pipi-Chat-Dünste sprühte sie Fliederextrakt.
Der Kater Flaubert war besonders rund geworden; er ruhte in einer kleinen Wiege (Biedermeier). Sein Leib quoll aus dem kostbaren Meuble, aus dem Maul hing seine Zunge, die oft mit Hilfe eines Sticks befeuchtet wurde.
Das Mäulchen, sagte die Hertz, sei im Alter geschrumpft.
Kieferveränderung in hohen Jahren sei normal, aber er sei allzu fett.
Ach was, erwiderte Frau Hertz. Mein Gatte, Gott hab ihn!, verfettete schon sehr früh. Sitzende Tätigkeit ist immer schädlich. Er schrieb an einem Buch über Leben und Tod oder so; fragte man ihn, was er mache, sagte er, ich schreibe, im Intransitiv, wenn das der korrekte Ausdruck ist.
Immer eine Sache der Objektbindung, sagte ich, jedenfalls in Zweifelsfällen.

Soso, sagte Emma Hertz und benetzte die Zunge des roten von der Altersträgheit matten Katers in der Wiege.
Zu fett, sagte sie, das mag stimmen, was meinen Seligen betrifft. In zwölf Jahren schrieb er 27 Kladden voll, alle im Format DIN A5 in grünes Kunstleder gebunden, das Papier war kariert und links gelocht, zum Finale hin waren es über 2400 Seiten, und er sagte nach jedem Arbeitstag, Musil sei erledigt durch die qualitativ hochwertige Prosa im Hertz-Stil.
Alle Achtung, sagte ich, was für eine tapfere Hybris.
Viel war nicht dran, sagte Frau Hertz; hat dann das Ding mehr als hundert Verlagen angeboten; es passe nicht ins Programm, hieß es in den Formbriefen. Na, er resignierte, wickelte das dicke Manuskript in Alufolie, versenkte es im Schreibtisch, lag traurig herum und las bis zu seinem Ende nur noch Kataloge diverser Versandhäuser. Er entschlief sanft, in den Händen einen Katalog von Beate Uhse. Mein Seliger war so fett geworden, dass er kaum in einen normalen Sarg passte, er quoll sozusagen über die Ränder und –
Danke, sagte ich … muss meine Tiere füttern.
Und in Gedanken schloss ich den Sargdeckel über der unglücklichen Existenz dieses Mannes und Gatten. Vielleicht ein Genie.

87 Gern denke ich an Frau Emma Hertz, Lehrerin für Französisch, Handarbeit und Geographie. Aus der liebevollen Patchwork-Kreation aus Katzenfellen wurde nichts; eines Tages stolperte sie über eines der Katzenklos im Badezimmer, stürzte und blessierte sich tödlich an der rechten Schläfe. Die Katzen fraßen sie nach einigen Tagen der Entbehrung an, aber ihre Kiefer waren zu schwach, so dass sie keine ernsthaften Schäden mehr anrichten konnten.
Wer weiß, wer sich unter ihren Pelzen wärmt.
Wieder ein Kapitel abgeschlossen.

Ich köpfte die zweite Flasche Roederer.
Mit Wehmut dachte ich an die Arche Singrams.
Meine private Arche, das von allen verlassene Habitat, war still und dunkel; der Mond beleuchtete das rauchgrüne matte Glas der Champagnerflasche.
Singram, der Maler, hatte nicht alle Tiere gerettet.
Mein eidetischer Tresor lieferte eine Preziose, die Aram Schlitz trotz Lupe entgangen war; ich würde ihm schreiben müssen.
Am Ufer dieses unvergleichlichen Bildes inmitten der phantastischen Flora – Lärchen, Hibiskus und Farnkraut – schlief ein Albertosaurus, die Vorderpfoten gefaltet zum Gebet. Das flache, gepanzerte Kinn verschmolz mit den Sonnenreflexen auf den Farnblättern, darüber leuchteten schwarzblaue Gewitterwolken mit einem opulenten Silberrand, sehr stimmungsvoll und bis zum letzten Pinselstrich kalkuliert düster. Max hatte den kleinen Saurier nach einer Skizze von Lawrence Lambe gemalt. In meiner kleinen Kulturgeschichte ausgestorbener Tiere von Lionel Hampton jun. stand:
«Albertosaurus, Aasfresser, s. Abb. S. 123, der die meiste Zeit seines Lebens faul herumlag und sich nur, wenn der Hunger ihn überkam, niedrig schlurfend auf die Suche nach etwas Fressbarem machte.»
Warum zum Geier hatte Max sie als Schatten auf die Rahsegel gemalt und diese liebenswürdig indolente Echse schlafend am Ufer zurückgelassen, während ein anmutiges Pärchen Siebenschläfer – eine sehr parteiische Wahl, nehme ich an – an Bord gehen durften … Zwei Säbelzahntiger backbord, die vor Zärtlichkeit sabberten, und zwei Einhörner, obwohl keine Jungfrau an Bord war, in deren Schoß sie, der Legende nach, ihre Köpfe legten. O du rätselhafter Max Singram. Hatte er es der armen Kreatur erlaubt, von einem vergangenen, vielleicht vergeudeten Leben zu träumen, und ließ es taktvoll die neue Zeit versäumen?
Der Albertosaurus verpasste den Transfer. Als die schwarze

Flut stieg, blieb er ruhig liegen, eine kleine Weile wurde er von den Wellen getragen, dann ließ er sich mit einem winzigen Sauerstoffvorrat auf den Grund des Meeres sinken, öffnete noch einmal Augen und Nüstern und starb.
Ich erinnerte mich an einen Brief, den Max schrieb, bevor er sich Hand in Hand mit Helene in die Demenz begab.

Lieber Arthur,
leider ist es zu spät, eine mir liebe apokalyptische Vision zu realisieren, den Untergang der Arche Noah am Kap Horn oder einer der üblichen Meerengen, Suez oder Panama. Egal, den Untergang aller, die da ertrinken, der Stammvater, seine Huren, seine Söhne und leider auch alle Tiere, leider auch die. Soll das Menschengeschlecht untergehen, müssen auch die Tiere leiden. Bestimmt Gottes Ratschluss, obwohl dieser Halluzination nicht zu trauen ist. Stell Dir das ungemalte Bild so wild und schön vor wie Géricaults *Untergang der Medusa*.
Das Schiff sackt gerade, Heck oben, ab. Man sieht nur den schwarzen Schornstein von Noahs Schnapsbrennerei, einen wahren Phallus – ein Symbol aggressiver Träume; auf den Fluten treiben ein paar Bottiche mit Hanf.
Noah zeige ich beim Absaufen. Ein Detail lag mir am Herzen: In einer Vergrößerung – Bild im Bild wie in einem Comic von Barks mit D.D. in einer blaugrünen Extralasur, vier Schichten, wie es Leonardo mit der Spitze seines Zeigefingers hinkriegte – sieht man (hätte man gesehen, o hoffnungsloser Irrealis) im Bart des Patriarchen zwei Amöben, beide gelähmt und fusionsunfähig durch Gottes göttliche Gabe Alkohol; Ende der Menschheit, Finis.
Gutes Finish, wie?
Ich hoffe, Du hast an diesem imaginierten Tableau ebenso viel Freude wie ich.
Max.

88 Die Lichtkur im Sanatorium, Leitung Heidi Glock, ist angenehm einfach und dämpft die Neurasthenie; Spoerri hat sich ein dämmerungsaktives Stroboskop konstruieren lassen; die Leuchtblitze haben die milde Kraft ewiger Lichter auf Gräbern, nach einer Behandlung kann man schlafen wie ein Hamster im Winter. Großartige Sache gegen Schlaflosigkeit, würdiger Ersatz für den unerreichbaren Winterschlaf.
Das Heidi, vermutlich die speditive Geliebte meines Docs, sitzt am Kopfende der weichen, mit Gummi überzogenen Designer-Liege namens Füssli und erweckt in ihrem gaumigen Idiom Assoziationen.
Sie hören, sagt sie, Meeresrauschen.
Sie sitzen auf dem Matterhorn.
Das Meer steigt.
Sie sehen Wolken.
Sie sehen – Obacht auf die Reihenfolge, Herr Singram! – eine Cumulus floccus, äquivalent dem Anblick von Schaumkronen des Meeres…
Sie sehen eine Cirrus uncinus, die schaugen aus wie die kleinen Flaumfedern weißer Vögel …
(Bei der ersten Lichtkur zitierte ich im Halbschlaf den Satz ‹Saatkartoffeln haben Augen, sind wie Deine anzuschaugen› – da gab mir das Heidi einen Klaps auf den Bauch und sagte, ich dürfe die assoziative Kette nicht unterbrechen; bat um Pardon.)
Jetzt ruhig atmen, sagte sie, stellen Sie sich eine Cirrus aviaticus vor … sie schaugt aus – von oben nach unten – wie der Kondensstreifen einer abstürzenden 707 … , aber sie verschwindet wie ein Albatros im Meer, und Sie, Sie hocken immer noch auf dem Matterhorn, Herr Ihrer Nerven …
Und jetzt erscheint uns der Cumulus mediocris, die Wolke als Hüter der Schwelle vor einem Gewitter …
Heidi Glock, sagte ich im Halbschlaf, unterlassen Sie jede Anspielung auf Steiner und die *Höheren Welten*, sonst sag ich's Spoerri.

Der Doktor gehöre längst zu den Eingeweihten, sagte das Heidi mit ihrer schönsten Esoterik-Stimme, selbstgewiss und leicht belegt.
Das Matterhorn machte mich nervös. Ich schlug eine flachere Landschaft vor.
Gern, sagte sie, die Heidi – denken Sie an das Heidi, unten weiße Schäfchen, darüber Cumulonimbus mamma usw. –
In dem Stil assoziierte sie, während ich dissoziierte; jeder nach seiner Façon.
Ich dachte an meine unvollständigen Memoiren, Kapitel Hertz – Katzen, Fransenschildkröten –, Blunz, an Kaviar (statt Keta-Kaviar doch einmal Beluga oder Sevruga), an einen neuen Toaster, der sein Feuer in Schach halten könnte, und endlich an die liebe Praxis Horak, Anitas Berufung zur Schamanin und an den bipolaren Südpol-Wahn meines Curtius, der sich in uneindeutiger Rollenverteilung für Scott oder Dr. Knock hielt infolge der Ohrfeige eines müden Zirkuslöwen.
Das war nicht verrückt; mein Toaster war verrückt, Objekte können durch Gebrauch verrückt spielen.
Auch Blunz war nicht verrückt; er hatte nur die Folgen des Eros unter Schildkröten verkannt, wie die Hyperpopulation allgemein seit Mr. Ehrlich unterschätzt wird – (die Bevölkerungsbombe – ein Schrei, der durch die große Zahl der Nebenstimmen leider unterging).

89 Traf auf dem Flur zum Restaurant meinen Doc Spoerri; die Unterhaltung war angenehm einsilbig, mir war nach Kommunikation nicht zumute. Auf seiner hohen Stirn blühte eine prachtvolle violette Läsion, wohl eine direkte Folge seines Unfalls in Arlesheim.
Nun, mein Lieber, war unser Heidi mit der Lichtkur effizient, alles in Ordnung, und wir sind wohlauf, will ich hoffen … habe einen Wahnsinnskopfschmerz, den ich nach der Trousseau-

Methode besiegen muss: man füge sich an einer anderen Stelle einen Zweit-Schmerz zu, der den ersten, und so weiter, Sie werden's kennen; klappt nicht immer, aber methodisch gesehen, ist die Sache in Ordnung, sagte Spoerri.
Wohl wahr, sagte ich, die Säfte-Theoretiker hätten immer recht.
Kann sein, sagte Spoerri. Roch stark nach einer frühen Erfrischung. Ich bot ihm Drops von McIntosh an.
Heute hat's Nebel, sagte er, macht gute Nerven für die innere Stimmung. Man kann schlechte Gedichte von Hesse lesen oder auch *Niebla* vom alten Unamuno, der mit dem tragischen Lebensgefühl. Wie ich mit meinen Memoiren vorankäme, hoffentlich erfolgreich.
Sehr gut, sagte ich, liege gut in der Zeit.
Schön, sehr schön, sagte Spoerri, und Ihre Migräne – gut in Schuss?
Absolute Werte, sagte ich, da helfe keine Therapie.
So ischt's, sagte der Doc und befingerte sein Stethoskop, alles merde. Auf Melioration kann man nicht setzen. Genießen Sie den Nebel. Sie müssen alles wesentlich finalistischer sehen, lieber Singram, nur so ordnet sich eine Existenz und wird rund, oder? Servus. Wir sehen uns im Becasse, wenn's der Doppelschmerz erlaubt. Pochierte Forellenbäckchen auf Kaviarschaum an Cumberland-Sauce.
Der lädierte Doktor öffnete blindlings eine Tür zur Abteilung Spirituelle Ganzmassage (was immer das sein mochte), rief noch: O, Pardon, Mesdames, und steuerte in die Patiententoilette, deren Tür er sorgsam abschloss.
Der Doc ist verrückt, dachte ich, wie alle. Eine begrüßenswerte Evolution, basiszentriert betrachtet.

90 Eine schöne Überraschung.
Vor meiner kleinen Suite im ersten Stock wartete Monsieur Prussac. Es war ein Tag voller positiver Ereignisse. Man

muss sie nur vollständig in Raum und Zeit integrieren und dann interpretieren, wenn man Zeit hat.
Monsieur Prussac, sagte ich, wie angenehm.
Er kam auf einen Nachmittagsbesuch, von dem ich hoffte, er werde kurz sein.
Der große Lover hatte sich in einen seidenen Morgenrock geworfen; auf dem üppigen Dschungelgrund mit grünen Bäumen und gelben Lianen flogen exotische Vögel; in der Höhe seiner Genitalien trabte ein Tapir zu einer dunklen Wasserstelle.
Muss, Pardon, sagte er, dringend, habe lange auf Sie gewartet.
Aus einer Art Herrentasche lugte ein eleganter Flaschenhals mit Stanniolkorken.
Blase kann nicht mehr warten. Er legte die rechte Hand mit einer ansehnlichen Häufung von Altersflecken auf die Wasserstelle in einem opaken Grün-Blau.
Prostatitis, sagte er, vielleicht eine Urethritis, wie Dr. Spoerri nach einem Blick diagnostiziert hat, ganz unspezifisch.
Nachdem der alte Herr sich ausgiebig auf meiner Toilette erleichtert hatte, setzte er sich auf den Sessel am Fenster (nichts als Nebel, der stieg, weilte und waberte) und sagte, er habe intensiv über den Wert des menschlichen Lebens nachgedacht.
Das ist gut, sagte ich zerstreut, Werte solle man unablässig prüfen. Er sei zu den folgenden Schlüssen gelangt, sagte Prussac, in Folge oder auf Grund einer Tablette, ein Geschenk von der Assistentin Glock …
Ja, das Heidi, sagte ich, enorm speditive Person.
C'est une passionnée, sagte der Monsieur und seufzte; hören Sie zu – nach der Einnahme der Tablette schlief ich neun Stunden. Nach dem Aufwachen geistige Élévation, Clarté, distinkte Vorstellungen en masse, seelische Reserven regeneriert, die Synapsen wie nach einem Ölwechsel beim Auto, Stoffwechsel perfekt, Stuhl makellos (hier holte er geläufig eine Polaroid-Photographie aus seiner Tasche, die in der Tat eine anständige

Agglomeration im Becken zeigte; Spoerri präferiert die deutsche Pfannen-Anlage nach Brenning wegen der klinischen Übersicht) – und, das Beste, die Regeneration alter Erinnerungen, begleitet von fruchtbaren Ideen für die Zukunft.
Die Olivetti wartete auf mich, die Berliner Reminiszenzen, das ganze Up & Down –
Ja, das ist phantastisch, lieber Prussac. Die Werte, sagte ich, werden Sie wohl nach dieser Tablette von unserem Heidi anders formatiert haben. Für neue Ideen über Moral, Submoralen und Ethik war ich seit jeher empfänglich, mochte es sich um Meerschweinchen oder Menschen handeln.
Öffnen Sie uns diesen Wein, sagte der alte Herr, und nehmen Sie eine Davidoff.
Als ich die Flasche entkorkte, erfuhr ich, er habe ein finales Tagebuch angefangen, aus dem werde er später lesen – Liebesleben, Eheleben, auch das, Filmerlebnisse und Beleuchtungsabenteuer.
Der Proband P. machte einen vorzüglichen Eindruck auf mich, da lacht das Herz des empathischen Therapeuten.
Draußen alles verschwommen, sagte der kleine Greis und blickte zum Fenster – aus seinem Morgenrock fiel ein kleines weißes Brüstchen, das er verschämt zurückstopfte –, aber da drinnen, er klopfte kräftig auf den weichen Torso und hustete, Klarheit und Wahrheit. Beim Trinken hüpfte sein Adamsapfel im faltigen Schildkrötenhals. Hin und wieder fuhr die linke Hand mit ausgefahrenen Krallen in seinen Schritt unter dem Morgenrock (Motiv weißer Kakadu mit erigiertem Kamm); er schien sich nicht zu kratzen, überprüfte wohl nur, ob nach alles an Ort und Stelle war. Trug mir dann in einem langen Monolog die Schönheit und die brisante Wirkung der neuen Tablette vor, gewissermaßen eine Anti-Knock-Tablette, denn sie regelte, wie ich erfuhr, kraft magischer Stoffe uneindeutiger Zusammensetzung – ein Geheimnis – ohne ärztliche Eingriffe in die physische Integrität Stoffwechsel, Nerven, das alles!, wäh-

rend alle Organe planmäßig, freudig und sozusagen folgerichtig funktionierten.

Kurz, sagte er, ich bin –

Hier unterbrach er die Suada, um auf die Toilette zu gehen; nach kurzer Sitzung kehrte er zurück, noch während der Spülkasten rauschte, und vollendete seinen Satz: – ein neuer Mensch.

Langsam und oval erschien die rötliche Sonne über einem bergigen Buckel.

Prussac versank in einem Denk-Akt, seine Lippen waren geöffnet und zeigten unmäßig weiße Zähne; seine Augen waren geschlossen, er sah aus wie der geköpfte Hammelkopf, den ich einmal in Paris gesehen hatte, in der Rue Mouffetard. Lange her. Werde mir diese Tablette auch geben lassen, sagte ich, um ihn aufzumuntern.

Triumphal trichotomische Wirkung, sagte der Alte, aber lassen Sie's sein, ich verlöre durch das Zeug die tägliche Illusion und könne nur noch ans Finale denken. Dann trottete er wieder zur Toilette und hielt eine lange Sitzung mit sich selbst ab.

Bien, sagte er nach seiner Rückkehr. Sah nicht sehr erleichtert aus. Er bat um einen Cognac, der Kreislauf habe sich noch nicht an die Tablette gewöhnt.

War bestimmt contraindiziert. P. trank und verschluckte sich.

Habe heute Notiz gemacht, sagte er, – alors – neben Komposthaufen besteigt Igel eine Bürste mit gelben Borsten, und er rammelt, was das Zeug hält. Fin.

Positive Intervention tat not.

Der arme Igel, sagte ich, hielt in den Nebelschwaden diese Bürste für ein attraktives Albino-Weibchen.

Merde, sagte der liebe Prussac, unten herrschte kein Nebel.

Ich schlug in der folgenden Reihenfolge Irritation durch Deviationsfall in der Natur, den freien Willen beim Tier, den Irrtum ohne Vorbehalt und Irritation durch meteorologische Bedingungen vor. Kein leichter Proband, mein Monsieur. Was hätte wohl Anita Horak in dieser Situation gesagt.

Mir fiel keiner ihrer quasi analytischen Trostsätze ein in dieser schweren Stunde ohne Nebel, mit Igel, Bürste und einem traurigen alten Mann.
Il fait un brouillard épais, sagte Prussac, sah mich aus großen Augen an und fiel vom Sessel.
Der bestürzte Therapeut regenerierte ihn, stabilisierte ihn mit zwei Kissen auf der Couch und flößte ihm Aspirin mit C ein, wahrscheinlich Vitaminmangel; ein ordentlicher Marasmus senilis sieht phänomenal anders aus, wenn er sich mal zeigt.
Merci bien, sagte Prussac. Mental, cher ami, mental derangiert, aber physisch absolut intakt. Ich habe ein Präsent für Sie, ein Cadeau, eine Preziose.
Ich bat ihn, nicht so viel zu sprechen, denn er litt unter Atemnot, fürchtete aber, er könne auf meinem comfortablen Sofa einschlafen.
Das Sichtbare, sagte ich, lieber Prussac, das heißt die sichtbare Materie, sei manchmal eine Chimäre.
Diesen Satz hatte einmal Anita zu der Besitzerin einer kleinen, schwarzen französischen Bulldogge gesagt, die an Haarausfall litt. Prussac lag da auf dem Sofa und zeigte seine haarlosen Beine mit gelben Knien; das blasse, sehr reduzierte Genital, das so viele Damenbekanntschaften gemacht hatte, lag erschöpft auf seinem linken Schenkel.
Ich bedeckte seine Blöße mit der Decke der Nächstenliebe.
Hören Sie, sagte er, Sie sind mir sympathisch, ich schätze Sie – wir sind Brüder im Nebel der Schweiz, geworfen irgendwie -. Ich vermache Ihnen meinen rätselhaften Körper, ein Schatzdepot, diese kostbare Stoffsammlung aus der Ursuppe Gottes, diese meine sterblichen Agglomerationen schon zu Lebzeiten ... nach meinem Tod dürfen Sie mich ausschlachten ... die Nieren sind herrliche, kleine Steine ... die Leber verträgt noch jederzeit einen Methusalem Bordeaux ... die Galle, sie kennt mich nicht, das beruht auf Gegenseitigkeit ... eine letzte Dosis Sperma vermache ich einer entzückenden Witwe mit Kinder-

wunsch in der Dordogne … mein Blut mag ein junges Mädchen namens Catherine empfangen, leicht anämisch, ist sie wohl inzwischen 60 Jahre alt … die Milz … lassen wir die Milz beiseite –, peut-être Katzenfutter; der Körper ist reich … meine Augen – Sie haben doch alles notiert, Monsieur Singram – spende ich dem Blindeninstitut Parnass in Paris … meine Blase – non! Die Speiseröhre ließe sich wohl implantieren – Sie haben keinen Einwand, Singram, bon. Was man aus Därmen machen kann, weiß ich nicht, possibile Violin-Saiten – égal … meine Lunge, zuviel Gitanes und Gauloises, allerdings blonde – non, wäre eine Zumutung. Nun endlich mein Herz – das stehen bleibt, denke ich an seinen künftigen Gebrauch –, kein Unwürdiger soll es kriegen, ich dachte an Sie …!
Die Haut, ach, die süße Haut der Frauen, die meine – nicht zu denken! Alt, schlaff, ohne Mehrwert … es sei denn, man könnte aus ihr Stiefelchen anfertigen für eine herrliche Madame aus Limoges, die immer an den Füßen fror, Größe 36.
C'est le testament. Ich werde unseren Dr. Spoerri informieren über diese Verfügungen, sollte ich eine zweite trichotomische Tablette zwischen Körper, Seele und Geist-Doping noch überleben.
Gute Nacht.
Und der alte Prussac zog die sanatoriumsinterne Decke über den Kopf und schlief ein.

91

Diese ominöse, polyvalente Pille – muss Spoerri konsultieren. Nach Prussacs Abgang (ich meine nicht seinen endgültigen) im Morgengrauen räumte ich auf. Der liebe P. hatte sich meine Decke unter den Nagel gerissen, den Cognac und ein sehr bestoßenes, eselsohriges Exemplar eines Buches aus der Bibliothek von einem gewissen Paulo Coelho, der unaufhörlich Wanderungen durch sein ‹inneres Reich der Spiritualität› unternahm, Lebenshilfe-Futter für düpierte Manager,

Sozialhelfer und Kindergärtnerinnen; ein sog. Weltbestseller; mir konnte er gestohlen bleiben. Ich gönnte Prussac den Stoff. Stellte mir das alte Wrack unter der Decke vor, gurgelnd mit einer in Cognac aufgelösten Tablette, in die Blutbahn gespült und gedopt durch positive Sätze Coelhos wie ‹Verbindung mit sich selbst› oder ‹Was tue ich hier› oder ‹Was ist der Sinn des Lebens›.
Schwamm drüber.
Mochte der alte Bursche seine Sinn-Defizite auf diese Weise in Balance bringen; seine Organ-Präsent-Idee hatte mich irgendwie gerührt; kommt nicht alle Tage vor und dann noch von Patient an Therapeut. Tolle Sache eigentlich. Hinterließ an der Rezeption ein Billett für ihn –

Lieber Freund,
Sie sollten sich besseren Büchern anvertrauen. Pflegen Sie doch bitte die Lektüre großer Forscher wie Amundsen oder Nobile, Scott besser nicht. Lesen Sie Major Hardys Bericht *Verloren in Alaska* – existenzielle Situation, aber ausgewogen – Hardy treibt mit zwei Indianer-Mädchen auf einem Floß – und nur ein Zelt für drei! auf dem Yukon. Kälte! Todesangst! Sex! Letzter Zwieback! Das ist Literatur, das ist Leben, so hält man das Sinndefizit in Schach, unter dem wir alle leiden. Die lateinamerikanische Literatur wird überschätzt.
Der Ihre, Arthur.

92 Fortsetzung des Berichts, die objects rétrouvées.
Da ich nicht plante, die Praxis Horak/Curtius noch einmal zu besuchen, packte ich ein paar nützliche Geschenke zur Lektüre im Scottschen Zelt beim Licht der Petroleum-Lampe, während der Recorder südpolare Stürme zum Besten gab.
Mich sorgte, dass die kleine Verwirrung des Freundes Curtius

noch keinen wirklich therapierbaren, in allen Details kohärenten Wahn abgab. Entweder er wollte nicht, oder er konnte nicht.

Gegen das Sein-Können etc. (Duns Scotus) kann man nichts machen – man lebt oder man lebt nicht. Basta. Gegen den Primat des Willens (s. alle Philosophen) vermag ein Mensch alles oder nichts. Gegen das ‹können› oder ‹nicht-können› lässt sich so manches ins Feld führen. C. musste infiltriert werden, das war's.

Wäre seine Idée fixe vollständig – Löwen, Südpol, Zelte, Knock-Identifikation, alles das –, er wäre ein glücklicher Mensch.

Mein Helfer-Syndrom blühte wie ein Herpes, an dem ich gottlob im Augenblick nicht laborierte.

So schlitzte ich den Karton ‹Tierbücher› auf und suchte die wahre Literatur. Die Liste war nicht stattlich, aber exklusiv –

Clarence, der einäugige Löwe von Susan Pleasance. Monographie.

Ist der Löwe der König der Tiere? Aufsatz der Zeitschrift *Der kleine Tierfreund.*

Heft Nummer drei war ein Hit, von dem ich mich ungern trennte –

Zur Ontologie der Körperlichkeit des Löwen (der Verfasser hieß Dybnik, ein versoffener Skandinavier, der noch niemals seine Kneipe verlassen hatte).

Lohmantel – *Als mich ein Löwe zerriss. Eine Nahtod-Erfahrung.* Ich hatte nur die erste Auflage, die zweite hatte einen besseren Titel – *Zerfleischt von Löwen, Nahtod-Erfahrungen.*

Ich legte noch dazu –

Rollige Katzen, heiße Kater – was tun – von einer Rachel Herman, Verlag Methuen mit *Balz- und Kopulations-Illustrationen in Wort und Bild* – ‹hier beißt Haderer (Kater) das Weibchen (Sibylle, Burma-Zucht) in den Nacken (Vorbiss, siehe auch Seite 213)›.

Die Ausbeute an nützlichen Schriften für den Südpolforscher war weniger ergiebig, als ich gehofft hatte. Die Lektüre sollte ja keine aleatorische Auswahl sein, sie musste zu seinen Träumen im Klepperzelt passen und irgendwie helfen oder zerstreuen. Literatur kann unter Umständen durchaus hilfreich sein, gerade in stürmischen Zeiten an einem Südpol. Siebzig Prozent aller Leser, sagte mir einmal Regler (ein Schüler von Leo Spitzer), suchten in der Literatur Lebenshilfe und Identifikationsangebote nach simplen Modellen, brauchbaren Sinnofferten, die man mühelos absahnen und auf die eigene Existenz beziehen kann.

Als Regler die Literatur satthatte, sattelte er auf Phytotherapie um und hatte enorme Erfolge mit Korallen-Kalzium-Schaum gegen die Volkskrankheit ‹Übersäuerung›, eine Erfindung aus den Siebzigern.

Stieger, *Melancholie, Diätetik und Trost.*

Iris, die Polarfüchsin von Georg Emmett Katzenberger.

Der Tagtraum. Eine phänomenologische und experimentelle Studie.

Krafft-Ebing, *Psychopathia sexualis.*

Zu diesem Paket legte ich einen kleinen Brief –

Lieber, verehrter Scott,

Ich schreibe Ihnen vom Nordpol, von Zelt zu Zelt.

Wir haben gerade einen Südost-Sturm; hoffentlich halten die Heringe und die Taue. Wir machen uns letzte Gedanken, was unser Schicksal betrifft, es ist schlimm, aber wir haben Usa, ein entzückendes, etwas speckiges Mädchen von der Bäreninsel, südlich von Spitzbergen. Sie hat schwarzes Haar, erfreuliche Formen, ist lieb und wärmt uns alle. Wer wen wärmt, wird am Abend ausgelost. Hatte kein Glück – mein Streichholz war zu kurz, die Nächte ohne Usa sind lang. Sie riecht nach Tran, aber ihre Umarmungen übertreffen in jeder Hinsicht Blizzards, Hurrikans, Tornados und Orkane – oder wie die anderen harmlosen Wetterlagen heißen. Viel Konkurrenz habe ich nicht mehr – unser Dr. Munz – (Psychologe

und Beobachter) erstickte an einem Knochenknorpel von Wammler, unserem verdienstvollen Meteorologen aus Wien, der jedes Wetter analysierte, bis es dann doch immer ganz anders eintrat – ach ja, die Irrtümer zwischen Prognose, Diagnose und Finale, während die Nornen ihre Fingerspitzen benetzen; wem sage ich das.
Schubel lebt noch, sehr dürr, ein beseeltes Gerippe, seines Zeichens Geometer – er irrte sich nie bei Entfernungen, die zweieinhalb Kilometer auseinanderlagen, ein Genie. Leider ist sein Geist verwirrt – zu viele Kristalle? Zuviel Usa ? Zuviel Kälte, wer weiß –? Er zitierte noch den letzen Satz unseres Spenders Munz, bevor ihn Usas Walrossmesser traf – ‹Alle Menschen sind Arschlöcher, und man kann sie nicht therapieren›.
So ein Satz passt natürlich zu der Gesamtsituation, auch in Ihrem berühmten Zelt. Wir sind nicht mehr zu retten.
Der letzte Gaskocher fiel aus; nun ist auch die letzte Chance auf Humanbrühe auf kleiner Flamme dahin. Es war immer so heimelig im Zelt. Draußen tobte (weste, rumorte, heulte oder machte) der Sturm das Seine, drinnen die trauliche Petroleum-Lampe, in den Töpfen brodelten noch vor acht Tagen – ach, ich möchte diese traurigen Details nicht durch eine metaphysische Betrachtung trüben –, während jetzt, Pardon, später, sagt Usa, die Eisbären einfallen werden.
Munz sagte, hier kämen keine vor, aber hat sich immer geirrt. Dieser Ort, nehme ich an, ist der Eisbären Paradies.
Immerhin sind Eisbären keine Löwen, das hat schon der alte Brehm einwandfrei festgestellt.
Mein Bleistift versagt. Graphitverlust.
Schubel starb.
Finalsatz, rührend – Leben ist Sterben, der Tod ist belanglos. Auch ich mache mir Gedanken gewissermaßen über Trauriges. Munz sagte mir vor seinem altruistischen Abschied, er

leide an Magenkrebs. Das war mir unangenehm, beeinträchtigte – o Moral, wo bist du! – nicht den Appetit.
Der Mensch ist nicht nur fallit, er ist schmutzig, er ist eine Kloake.
Man höre Eisbären nicht, sagte Usa in dunkler Sprache, man spüre sie aber mit allen Sinnen, wenn sie uns erreicht hätten, das habe noch eine halbe Stunde Zeit.
Der Bleistift ist ein Stummel, gehe jetzt wieder zur alten Schreibmaschine über, lieber Freund – genieße deine Phantasien, bleibe im Zelt, erwarte Löwen und Eisbären – Anita Horak hat garantiert für Deine letzten Visionen – bleib tapfer – zwischen ihren herrlichen Brüsten ein Walrossmesser, das sie Dir rechtzeitig wird ins Herz stoßen können. Grüße bitte Anita, Borst und Dr. Knock –
Dein Arthur.
PS: Bei meinem kurzen Besuch musste ich zu meinem Leidwesen entdecken, dass Du in Deinem Zelt keine Tiere beherbergtest. Der berühmte Ornithologe Norstroem (ein Freund meines Vaters, dem er eine Sammlung schöner Schwanzfedern vermachte) zähmte eine Familie Lemminge, die er bei kaltem Wetter unter seinen Achseln schlafen ließ. Lemminge sind schwer aufzutreiben. Schlage stattdessen Polarfüchse vor. Die sinnen immer auf Blut, man kann sie aber auch an Milchspeisen gewöhnen; solltest du immer noch an deiner Laktose-Intoleranz leiden, gib ihnen Katzenfutter, und teile mit diesen geselligen Geschöpfen die Mahlzeiten. Sie sind sehr hübsch und kommen in den folgenden Farbkombinationen vor – im Winter schneeweiß mit einer schwarzen Schwanzspitze, eisblau oder bleifarbene Exemplare hat man schon gesehen. Wie Urgrandpa Iron berichtet, duften diese Füchse in Zelten leicht nach Moschus. Der Polarfuchs *(Vulpes lagopus)* ist anschmiegsam, aber diebisch und wird Dir in Deiner Eiswüste viel Freude bereiten.
Ich persönlich halte im Moment, der bald vergehen wird, ei-

nen Lebensrückblick, eine Retrospektion und lasse alle Ereignisse (oder Geschehnisse, wie Bergengruen, der Freund unseres Hauses, gesagt hätte) Revue passieren; das Erledigte, das, was man abtun kann und muss, stopfe ich in einen kackbraunen Müllsack. Nichts ist gewiss außer der Vergangenheit (Seneca). Good oder bad luck für Deine Forschungen.
Arthur.

93 *Entwurf I*

Meine Meriten für die verantwortungsvolle Vertretung in der Praxis für auffällige, verstörte, kranke oder traurige Tiere hatte ich am renommierten Institut Sanitas erworben; die drei Säulen der Anstalt hatten mich früh überzeugt: erstens Philosophie und Persönlichkeitsbildung, zweitens Gesundheit und Heilkunde und endlich Psychologie.
Die Lehrbriefe waren gehaltvoll. Mein Coach, oder wie man das in diesen Kreisen nennt, war eine Dame namens Jaeger, der meine Briefe bis zum Abschluss gefielen. Ich war ein idealer Kandidat, weil mir die Millionen Leiden der Menschheit und des Individuums am Herzen –
Entwurf II
So ein Fernstudium ist eine sehr angenehme häusliche Sache, aus der ich befriedigt hervorging … Pathophysiologie (27. Studienbrief) musste ich leider wiederholen, weil eine Frau in meinen Leben trat, die –
Die Seminare und die Intensiv-Kurse besuchte ich gern; Basel ist eine hübsche Stadt. Die Anstalt (oder die Akademie) liegt in Arlesheim, mit der Tram 20 Minuten vom Aeschenplatz entfernt.
Entwurf III
Während des Seminars Störherd-Diagnostik, das mir viel bedeutete, kamen wir uns näher, Regula Jaeger und ich. Ihr Vater war vor einem Jahr in Wiesen von einer Alm abgestürzt mit ei-

nem schönen Blick auf den Piz Michel; er war, sagte sie, Narkoleptiker, da könne ein solcher Unfall leicht passieren. Das Phänomen Narkolepsie sei hochinteressant, nicht nur für Betroffene. Schlafanfälle seien das, inklusive Tonusverlust.

Mein Großvater Edward hätte in den letzten Jahren seines Lebens in England dieses Syndrom willkommen geheißen, misslangen doch regelmäßig seine Winterschlaf-Experimente.

Ich notierte alles in mein grünes Notizbuch, was mir Regula aus ihrer Praxis –

Entwurf IV

Ich verliebte mich in ihre blauschwarzen Locken und ihre schrägen, gletscherblauen Augen; ihre volle Unterlippe war –

Entwurf V

Eine irgendwie physiologisch-psychisch-physische Gesamtfusion, wie sie Dr. Chesser in *Grundformen der Liebe* so eindringlich bis zum Coitus (und auch den Katzenjammer danach) analysiert, wollte nicht zustande kommen. Das lag a) an einem denaturierten Hormonhaushalt und b) an ihren rigorosen moralischen Prinzipien.

Entwurf VI

Alles falsch.

In Wahrheit war Hebbel der Grund, *Gyges und sein Ring*, Aufführung im Goetheanum, mit Schleiertanz und Eurhythmie, ein Erlebnis ohne Beispiel. Sie ging mit, ihre Nüstern – ich lasse diese sinnlichen Details einfach weg – sind quälend. Hätte ich mehr Enthusiasmus gezeigt, sie wäre –

– auch muss der traurige Irrealis getilgt werden.

Geistige Erlebnisse dieser Art erzeugen bei gewissen Patienten nervöse Unruhe, Harndrang, eine reaktive Depression und einen Juckreiz auf der Kopfhaut; ich denke, habe alle Störungen nach dem Kunstgenuss exakt verzeichnet.

Wir gingen zu Fuß den hohen Berg bis zur Tram.

Die Unterhaltung war unvergesslich. Sternenzelt und das alles.

Alles Probanden, sagte ich.

Wer?, fragte Regula.
Das Publikum, sagte ich.
Was Sie nicht sagen, erwiderte Regula.
Schweigen.
Krank irgendwie, sagte ich.
Die Grenzen zwischen Gesundheit und Krankheit, sagte Regula, seien ganz wahnsinnig ins Fließen geraten.
Das ist ja das Schöne für den Heilpraktiker, sagte ich – Risiko und Chance.
Wir kommen nicht zusammen, Arthur, sagte Regula, wenn Sie solche Ansichten oder Meinungen haben.
Das mochte wohl stimmen.
Regula, sagte ich, Pardon, Hebbel warf mich aus der Bahn. Wissen Sie, dass er einem Eichkätzchen namens Putzi extrem zugetan war – er zog es allen seinen unglücklichen Frauen vor.
Ja, die Tiere, sagte Regula, wir aber müssen die Menschen retten.
In meiner Erinnerung sagte ich, glaube ich – gern, aber Tiere seien mir lieber.
Sie sind nicht seriös, sagte Regula.
Die Sterne glitzerten nicht schlecht.
Mein Vater, sagte sie, Schönheitschirurg in Zürich, hatte einmal einen analfixierten Schäferhund namens Dieter, auch das Tier ist nicht grundsätzlich gesund oder gut, es ist wie der Mensch ein Mix von Trieben und Trauer zwischen den Polen Krank und Gesund.
Mich interessierte die Therapie am analfixierten Schäferhund. Unterm Schwanz riechen, das ist normal; aber eine Analfixation bei Kötern kommt nicht einmal in der *Sammlung psychiatrischer und neurologischer Grundrisse* von Klooß und Steinicke vor, die sonst eine jede Abweichung von der sog. Normalität penibel verzeichnet haben.
Es war, sagte ich vorsichtig, eine sexuelle Deviation.
Diese Diagnose stellte mein Vater auch oft, sagte Regula kum-

mervoll, aber es brauchte eine effiziente Therapie ... der Hund litt, und die Umgebung litt auch.
Freud, sagte ich, habe bemerkt, die häufigste Krankheit sei die Diagnose.
Falsch, sagte mein hübscher Coach, das sagte Karl Kraus, und er lag auch daneben! Sie war schon ein verdammt gelehrtes Mädchen. Dr. Jaeger traktierte die Nase des Hundes mit Alaun, deren Schleimhäute nicht mehr funktionierten, eine olfaktorische Katastrophe für jeden Hund, sagte Regula, er wurde eines Tages auf dem Barfüßerplatz von einer Tram überrollt, da hat es viele Trams. Mein Vater sagte bis zu seinem Tod, das sei ein Suizid gewesen. Ich mag's glauben.
Rigorose Therapien, sagte ich, beseitigten mitunter Patient samt Schaden, das sei normal.
Sie sind, sagte sie an der Haltestelle, kein ethisch besonders hochstehender Mensch.
Der Berichterstatter war entzückt; das hatte ihm noch nie eine schöne Schweizerin mit blauschwarzen Locken und eisblauen Augen gesagt.
Ich schöpfte wieder Hoffnung.
Aus der Affäre wurde nichts.
Letzter Spaziergang oberhalb des Goetheanums zu einem großen Gartenlokal aufwärts. Wir sprachen über Patienten und ihre Krankheiten, was sonst.
Freue mich auf das beschädigte Patientengut, sagte ich (das Zertifikat in der Tasche), wenngleich es bedauerlich sei, dass ich keine ernsthaften Schäden wie leichte Nervenleiden, mentale Irregularitäten, cerebrale Dunkelheiten und andere Störungen beseitigen dürfe.
Ich sei ethisch überhaupt nicht hochstehend, sagte die Dame Jaeger.
Ich wolle ja nicht dauernd an maroden Körpern herummachen, dem Geist gelte mein human interest, wozu hätte ich sonst so viele Nebenstudien betrieben, sagte ich. Regula belehrte mich

über die Tatsache (sie sprach von einem unhintergehbaren Faktum der Human-Verfassung), dass der Leib ein heiliges Gefäß sei, eine Art Gral, ja eine endermale Wiege, gefüllt mit sinnreichen Organen, Blut und anderen Säften, voll von Seelenkräften, die da nach der Erkenntnis höherer Welten strebten in hoffnungsvoller Unablässigkeit –

Da küsste ich sie heftig; sie war unwiderstehlich.

Sie war so verblüfft, dass sie ihre Lippen öffnete (sie hatte einen untherapierten Schnupfen) und mir erst nach vier Sekunden eine Ohrfeige gab, links, glaube ich, ihr passiver Kuss hatte nach Fendant (Gartenlokal), Infludo (von Weleda) und Plombe geschmeckt (sie hatte einen Besuch beim Zahnarzt hinter sich).

Arthur, sagte sie, o Arthur, das hätten Sie nicht ... nicht jetzt ... nicht hier ... nicht mit mir, nein!

Ich liebe deinen Leib, das heilige Gefäß, sagte ich, deine Organe, sekundär und primär, bien égale, lass mich von dir lernen, sozusagen Ethik und Moral, alles, was zu einem Liebesleben gehört, ich bleibe in der Schweiz, auch wenn das Bier barbarisch schmeckt ... Wohl die längste Liebeserklärung meines Lebens, während über uns Cumulonimbus-Formationen sich ballten wie eine gequälte Seele.

Sie müssen noch viel lernen, sagte Regula, bevor ich die Tram in Richtung Basel bestieg, von der sie drei Jahre später überfahren wurde; es gibt solche Koinzidenzen ähnlicher Zufalls-Einfälle, auch wenn der Aeschen-Platz (Schäferhund Dieter) ganz andere Straßenbahnen beschäftigte.

Der Abschied war kurz und schmerzvoll. Adieu, sagte die präsumtive Geliebte.

Lesen Sie! Lesen Sie den Ey und den Merleau-Ponty, den Gabriel Marcel und mit Obacht den Sartre, der Georges Bataille schadet wenig, muss aber nicht sein.

Jeder Bataille gewachsen, sagte ich mit Tränen in den Augen, jeder Lektüre, die du magst. Adieu.

In einem Plastikbeutel von Migros überreichte ich mein letztes Präsent – P. J. Möbius, *Über das Pathologische bei Goethe.* Fing an zu regnen. Donner rumorte über dem Goetheanum. Viel sentimentale Stimmung in der Tram.
Im Möbius hatte ich als Buchzeichen eine Kunstpostkarte aus der Dordogne hinterlassen – zwei karamellfarbene Schweine weiden auf einer Wiese mit Butterblumenschirmchen kurz vor ihrer Reise mit dem Wind.

94 Als Heilpraktiker war mir kein Heil beschieden, die erste Praxis dümpelte so dahin, nach dem zweiten Quartal gab ich die Kuno-Fischer-Straße auf; nehme an, der Lietzensee war zu abgelegen.
Ich hatte chronische Verstopfung behandelt, aber auch rätselhafte Durchfälle, chronische Schnupfen – (Herr Singram, mir läuft seit einem Jahr die Nase, ich bin so deprimiert) –, diffuse Leiden der sog. Erfolgsorgane, gegen die ich gern Zuckerpillen zum Selbstkostenpreis reichte; ich kämpfte gegen virulente Hick-ups, extrahierte eine Baby-Banane aus der Vagina einer frühreifen Elfjährigen (sag aber meiner Alten nichts), ich heilte die Maulsperre eines jungen Mannes, Ursache unbekannt, durch eine kostenlose Ohrfeige; gegen Magenschmerzen und Sodbrennen verteilte ich Antazida, gegen nervöse Unruhe, Schlafstörungen und Gedächtnis-Schwächen empfahl ich wie mein schwedischer Kollege Peterson Rohkostperioden in Verbindung mit dem Konsum roher Kalbsleber.
Waren mir die Patienten sympatisch, durften sie die Leber anbraten; gegen Fettleibigkeit verordnete ich Nahrung nach Rezepten der Omarschen Heildiät, kam immer gut an; gegen Fußschweiß, weit verbreitet, benutzte ich Rezepte des guten Mességué, die schon König Faruk von Ägypten mit Hilfe von Terpentinöl und Zitronensaft geholfen hatten – seine Geliebte Minutolo soll sich nicht mehr beklagt haben; diese kleinen Er-

folge retteten nicht vor der Einsicht, dass mein Konzept falsch war.

Andere Kollegen, die ich wegen erfundener Beschwerden aufsuchte, zeigten mir klar, auf welche Weise man Engpässe vermeidet. Ich will keine Namen nennen; einige Kollegen könnten mich verklagen; ihre schwarzen Gelder ruhen längst auf Konten in Zug oder Zürich.

B. praktizierte Heilfasten, kochte selbst seine wässrigen Suppen mit blumigen Namen und machte einen schönen Schnitt.

L. lehrte den Positiven Impuls, egal, gegen welche Leiden, verknüpft mit Atmen nach Feldenkrais oder Dürckheim; ein anderer setzte auf Kreative Grenz-Erfahrung und eroberte mit Rollen-Spielen (immer in Gruppen, das war lukrativer) das opulente Reich der Phobiker, der Nervösen und der Neurastheniker, auf seine Verfahren möchte ich nicht eingehen, sie könnten mir einmal nützlich sein.

Die Praxis in der Droysenstraße (nach einem erfolglosen Gastspiel in der Margaretenstraße im Grunewald mit den üblichen Placebos) ging etwas besser, weil ich eine neue Kombination erfand – Grenzerfahrungen – sie mussten nicht kreativ sein, die normalen wie Schlaflosigkeit oder chronische Müdigkeit reichten aus – versus Positive Impulse. Jeder Mensch hat eine Menge dieser Impulse; ich benutzte den Ausdruck ‹Schwingung›, der hat etwas Lebhaftes, und das Lebhafte kam bei meinen Probanden immer gut an. Auf hypnotische Techniken kam ich durch Zufall, als ich den Schmerzphysiologen Dr. Polsatt wegen eines lästigen Furunkels in der Leistengegend konsultierte. Der begabte Therapeut hatte sich eines Tages aus Versehen eigenhändig hypnotisiert; wie ich erfuhr, glaubte er nicht an Hypnose.

Nach dem Besuch einer jungen Dame, die unter extrem starken Frauenschmerzen litt, hatte er während der Beschreibung ihres Leidens seine Bréguet-Uhr vor ihren Augen pendeln lassen – die Dame fiel (sollte dieses Verb korrekt sein) in einen

Schlummer, und Dr. Polsatt ‹sprach sie an›, wie wir Therapeuten so sagen.
Und er sprach zu ihr: Sie haben eigentlich gar keine Beschwerden, Sie sind eine Dame ohne Unterleib, Sie haben keinen Uterus, Sie werden schwerelos, alle Ihre lumbal ordinierten Organe verflüchtigen sich wie ein zarter Hauch ... Sie haben nie wieder Schmerzen – und die Dame erwachte – der Doc weckte sie durch einen Kuss auf die Lippen –, und sie hatte nie wieder die bekannten Schmerzen.
Eine Erfolgsgeschichte.
Genial, sagte ich.
Polsatt ließ sich ein Pendel aus Silber bei einem Juwelier anfertigen, und so war es gekommen, dass er sich in einer müßigen Minute selbst hypnotisierte; seine Helferin weckte ihn mit einer Ohrfeige.
Der Mensch ist zum Leiden geboren und laboriert an seinen Schäden, bis er, endlich behandelt, saniert stirbt, schrieb ein berühmter Arzt. Albert Schweitzer? Camus? Keine Ahnung. Ich aber hatte die Menschen satt; ja, hätte ich auf Chirurg studiert oder Gynäkologie, da wären wesentliche, sozusagen existentielle Einschnitte in die menschliche Natur möglich gewesen unter den Fittichen des ethischen Eros, der erst die Relationen zwischen Angebot und Nachfrage, Nutzen und Kosten und nicht zuletzt – finalistisch gedacht – zwischen Sinn und Bedeutung stiftet. Man sollte jetzt einen Punkt setzen.
Als mir das alles klar wurde, ließ ich die Praxis sausen und machte am Halensee einen letzten Versuch:

Kommunikation – Verweigerung
Therapie
Für Mensch und Vieh
Arthur Singram
Mo–Sa 9–12, 15–19

95 In den Tagen der vielen Besuche war Olgas Hund gestorben, und Passow lud mich zur Trauerfeier ‹in einem festlichen Rahmen› ein; da ich eine Schwäche für Pompes funèbres hatte, ging ich hin.
Die Villa in einer Seitenstraße der Königsallee, Grunewald, gehörte der reichen Larissa Petrovna, deren edlem Windspiel Elvira ich einst eine Scheinschwangerschaft indiziert hatte.
Nun stand Elvira Tamara von Hatzenfeld ausgestopft in der Eingangshalle auf einem mit schwarzem Samt bezogenen Brett; der Taxidermist Borst hatte sie in eine seelenvolle Pose gebracht – sie saß auf den Hinterkeulen, die Glasaugen gegen eine blau-weiß bemalte Kassettendecke gerichtet. Aus ihrem linken Unterlid perlte ein gelber Tropfen.
Ein sehr dürrer und bleicher Passow in einem zu geräumigen Anzug führte mich in den Garten, in dem die Trauergemeinde wartete, ca. zehn Personen und ebenso viele Hunde, die schläfrig in die Mai-Sonne blinzelten. Manche saßen, manche standen, einige schliefen schon, wie die Gäste heimgesucht vom Daemon meridianus.
Olga reichte mir eine tränenfeuchte Hand, Larissa, immer noch ein schönes beleibtes Frauchen, ließ sich die Hand küssen, was ich von Herzen tat, witterte ich doch langwierige Therapien, rekrutiert aus diesem hundereichen Cercle; alle adipös, die Hunde wie die Besitzerinnen. Die Herren waren in der Minderzahl – neben Larissa stand der Gatte, ein kleiner, feister Mann mit einem kugelrunden Riesenschädel, auf dem grauweißer Flaum wie eine Tonsur blühte; daneben hatte sich der Chauffeur Igor placiert, wie immer in seiner schwarzen Lederkluft, an der Leine einen dicken Pitbull, der triefte und sabberte. Ich diagnostizierte Appetit und eine reife Konjunktivitis.
In der Mitte des englischen Rasens hatte man ein Loch gegraben; neben dem Loch stand ein Barhocker, auf dem eine kleine Tasche von Gucci mit Anton ruhte.

Ist besser als Urne, sagte Larissa, dort er wird ruhen bis Jingste Gericht in Ewigkeit Amen.
Hoffentlich, sagte sie zu Olga, ist Passow der Deine nicht wieder, wie er kann.
Er wird sein, erwiderte Olga. Eine Art Bonmot und der Situation angemessen.
Missen warten, sagte mir Larissa vertraulich, Passow wirft sich iber Popenkleid, um zu sein wirdig wegen Anlass Anton. War entzickendes Tier, kleiner Bulldog ungeschändet von Dogge – sie warf mir einen sanften, vorwurfsvollen Blick zu; Sie haben gesehen meine Elvira Tamara – sie war Sääle von Hund. Später es wird geben Champanskoje, Kaviar und Blinis und ein Pörkelt für die Hunde.
Sevruga molossol, sagte der Gatte mit einer hohen Stimme, die nicht zum Riesenschädel passte, und für die Damen Belon-Austern – sie kamen gestern aus Arcachon …
Die Damen hinter der kleinen Grube für Anton, ich zählte sieben bunte Frauen in fließenden Gewändern mit Pelz-Stolen um die dicken Hälse, schienen nervös und plauderten mit ihren Hunden.
Man wartete. Vielleicht war Passow geflohen, wäre ein letzter Sieg Antons gewesen.
Man sollte reichen Drinks, sagte Larissa, bitte, Igor, gib Anweisung. Diese neureichen russischen Weiber, sagte sie majestätisch, garderobieren sich immer falsch.
Auch mir war nach einer Erfrischung zumute.
Die Rosen um den Rasen-Limbus rochen stark. Anton konnte es noch nicht sein.
Liebste Larissa, sagte der kleine Gatte, man hätte Olgas Anton vielleicht doch auf Eis legen sollen, er hätte Platz gehabt in der neuen Tiefkühltruhe.
Nein, sagte Olga, Anton liebte diese Tasche von Gucci, ich trug ihn spazieren im Grunewald jeden Tag!
Grunewald!, sagte Larissa verächtlich und warf mir einen Blick

zu. Wir hatten, sagte ihr Gatte, einen anständigen deutschen Modus vor – das Bestattungs-Unternehmen Drangsal & Harms wollte einen hübschen Kindersarg liefern in Creme mit Messinggriffen, Buchenholz, sehr teuer – und ein Pfarrer sollte die Predigt halten ... Homiletisch gesehen, war die Trauerrede klar – das Kind mit biographischen Konturen ... aber Olga war dagegen.
Er hob seine Augen gegen den lavendelfarbenen Himmel.
Aber was will man gegen den Eigensinn einer Frau in Trauer, sagte er und seufzte, wenn sie ihren Hund verloren hat – obwohl, wissen Sie, Dr. Singram, der Hund als solcher in seiner durch Menschen erworbenen Servilität der ideale Bettgenosse ist, gottlob aber ist die Lebensdauer begrenzt –
Da erschien Igor mit seinem Pitbull, gefolgt von einem Diener mit Tablett voller herrlich leuchtender Gläser; den ersten Boten der Entspannung folgte ein zweiter mit einer Batterie geeister Wodkabecher.
Die Trauergemeinde belebte sich.
Als Therapeut unter dem lukrativen Kreuz des Fetischs Gesundheit habe ich gewisse Bedenken gegen Alkohol, er versaut die Gesundheit und verschweint das Subjekt, aber gegen seine segensreiche Wirkung bei Trauerarbeit kann man nichts sagen.
Wir Männer hielten uns an die Cocktails – ich habe sie noch alle im Gedächtnis, Sehnsuchtspartikel meiner relativen Abstinenz im Sanatorium Spoerri, als Palette eines berauschten Malers, hier die Liste –
Dr. Martini
Gimlets im Tumbler
Silver Fizz
Singapore Sling
Tom Collins
Black Russian
White Lady
Cuba libre

Daiquiri und – für präventiv denkende Trauergäste – Bloody Mary.
Wir tranken. Ich hielt mich wegen meines Faibles für Rum an ein Glas Cuba libre und schenkte die Zitronenscheibe dem Pitbull, einer Hündin, wie Igor sagte, und schwanger. Aus quellenden Augen sah sie zu mir auf und spuckte dann die Vitamine aus.
Wievielter Monat, fragte ich.
Letzter Fick ist her vier Monate, sagte Igor.
Ich wagte keine Prognose. Nicht vor Larissa. Ihr Name sei Irina, sagte der Chauffeur. Unser trauliches Gespräch wurde unterbrochen.
Geh suchen dummen Passow, sage Larissa.
Besser nicht, sagte Olga und versenkte ihre rote Nase in einen schneeweiß gemixten Arrak.
Eine angenehme Stimmung.
Die Würde der Trauerfeier (Passow noch immer nicht in Sicht) litt ein wenig durch das schlechte Benehmen der Hunde. Sie ahnten wohl (Larissa sagte etwas Ähnliches zu ihrem Walrossmann), einer der Ihren sei den Weg allen Fleisches gegangen, nahmen aber die Trauer-Arbeit nicht ernst. Sie streunten durch den geräumigen Garten, hoben hin und wieder ein Bein, markierten kleine Bäume, Birken oder was anderes, begrüßten sich, indem sie freudig Afterkontakt nahmen, und zwei weiße Spitze kopulierten in der Taxushecke.
Wie bei Cechov, sagte Olga gerührt und presste mit der linken Hand ihre rechte Brust. Ein Neufundländer-Rüde grub einen Rosenstrauch aus – Larissa trat ihn kräftig in die Flanke. Eine ätherische Barsoi-Hündin namens Gretchen schmiss in ihrer Verwirrung den Barkocker mit Anton in der Guccitascheasche um, die nun zur Unzeit ins Grabloch fiel – Olga rettete sie mit Tränen in den Augen; ein Unfall, der die anderen Hunde zu neuen Taten ermutigte.
Ein Chow-Chow namens Rasputin biss in seiner Verlorenheit einen Dackel.

Der Riesenschnauzer, er hieß, glaube ich, Rex, schleppte eine kleine auberginenfarbene Dame angeleint samt Wodkaflasche in ein Gebüsch; nur ein braun-weiß gefleckter Bassett hatte den Ernst der Stunde begriffen, hockte traurig vor dem präsumptiven Grab Antons, ließ die Ohren hängen und träumte von einem schlichten Epitaph. Der Hund hieß Arthur und sah so betrübt aus, als glaube er nicht an einen Hundehimmel. Tröstete mich mit dem Gedanken, dass alle Bassets auf der Welt konstitutionelle Melancholiker sind.

96 In einer meiner depressiven Phasen vor 30 Jahren (mehr oder weniger, die Daten werden blasser, muss was dagegen tun) schaffte ich mir ein Pärchen Graupapageien an. Sie verstanden sich nicht. Sie saßen stumm auf ihrer Stange, kein Laut zwischen ihnen, keine Zärtlichkeit.
Ich nannte das Männchen A und das Weibchen B.
Nach einer Woche des Schweigens begann sich B die Brustfedern auszurupfen, sehr sorgsam, beinahe systematisch und Feder nach Feder. Die Tierärztin diagnostizierte eine Aspergillose, eine Schimmelpilz-Infektion oder Federfollikel-Entzündung und gab mir eine Arznei und Antibiotika.
Psychostress wegen Einsamkeit, sagte sie; ein Gefährte müsse zu ihr in den Käfig.
Sie hat einen, sagte ich, aber die Liebe wolle nicht blühen.
Dann könne man nichts machen, sagte sie und entließ mich mit dem kahlen Vogel.
Ich fütterte sie mit Hormon-Körnern. Die Liebe entbrannte nicht. Dann begann auch A, sich seiner Federn durch Ausrupfen zu entledigen, Feder nach Feder, erstaunt beobachtet von B, seiner potentiellen Geliebten; bald saßen sie dicht nebeneinander auf der Stange und rupften sich gegenseitig die Federn aus, vor allem an den Stellen, die sie mit dem eigenen Schnabel nur schwer erreichten. Endlich kahl, verlobten sie sich, benahmen

sich bräutlich, bereinigten in der Nacht die Terrains von Restgefieder und zeugten in nackter Liebe drei Eier. Sie brüteten einträchtig in ihrem Nest, das ich mit Watte gepolstert hatte, und starrten sich liebestrunken aus ihren gelben Augen an und plauderten. Nach und nach wuchsen die Federn nach, und je mehr Federn sie hatten, desto weniger kümmerten sie sich um ihre drei Eier, aus denen nichts wurde. Sie waren einander wieder fremd. Gewiss ein Lusus naturae.

97 Weiß der Geier, wie ich auf die verdrehte Graupapageien-Liaison gekommen bin. Muss zu Spoerri, vielleicht hilft die Pharmakologie.
War um 16 Uhr 10 im Praxistrakt, setzte mich auf den Hartplastikstuhl und sagte:
Dr. Spoerri, seit Wochen in diesem Sanatorium fühle ich mich so wohl, wie es meine Zustände gestatten; das Essen ist gut und genießbar und schlägt keine feindlichen Wellen in den Gezeiten der Verdauung. Es könnte öfter Selleriesalat geben. Manchmal ist die Panade der Wiener Schnitzel zu dick; das alles wissen Sie als Diätetiker. Die Co-Patienten sind angenehm. Ich lernte ganz andere Phobien, Allergien und Idiosynkrasien kennen als die, unter denen ich selbst leide. Glückwunsch für diese überlegene und aparte Auswahl. Sie sind ein ausgebuffter Kenner der Materie. Ihre therapeutischen Maßnahmen fruchten wenig, schaden aber auch nicht, mehr kann man nicht erwarten.
Doc Spoerri, leicht ausgedörrt von den Freuden mit der nubischen Prinzessin, hob eine Hand und fragte, worauf ich hinauswolle.
Sie werden es erfahren, sagte ich, er möge sich in Geduld fassen. Ich fuhr fort. Ich wusste exakt, was ich wollte, es war mir nur momentan entfallen.
Wie Sie wissen, schreibe ich an einer Lebensbeichte. Derlei Berichte – auch ohne belletristischen Ehrgeiz abgefasst – ver-

langen nach Stil, nach Delikatesse, nach einem gewissen Esprit de Finesse, kurz: nach Form.

Spoerri murmelte abwesend: Ja, was kann man denn da wohl tun?

Diese Frage stelle ich Ihnen, sagte ich, es hat wenig Sinn, wenn Sie das Problem einfach umkehren und ausgerechnet mich fragen, was man tun könne.

Wo denn das Problem liege, fragte Spoerri und betastete nach dieser Frage eine Stelle in seiner Leistengegend.

Das Problem, sagte ich geistesgegenwärtig, liegt im mentalen Feld.

Ja dann, sagte Spoerri und bot mir Pflümli an, das er in tiefen Gedanken in eine kleine Vase mit einem vertrockneten Schneeglöckchen goss und dann selbst trank.

Danke nein, sagte ich, folgende Symptome – Müdigkeit, Schlaflosigkeit, Erschöpfung schon beim Besteigen des nächtlichen Bettes. Spoerri belebte sich kaum merklich.

Ich sei, sagte er, eben ein ausgebrannter Fall.

Mein lieber Dr. Spoerri, sagte ich streng, da müsse ihm schon was Besseres einfallen, denn diese Erschöpfung, erzeugt durch gutes Essen, falsche Therapien, üble oder unausgedachte Verschreibungen, die Schweizer Luft oder alles zusammen, verwirre und reduziere meine intellektuelle Kapazität.

Sie sollten das Burn-Out-Syndrom nicht verachten, sagte Spoerri, Millionen leiden darunter. Es liege an der Hypophyse, die wegen der Hysterie des Hypothalamus –

Reden Sie kein Latein, sagte ich, mir war das Problem wieder eingefallen.

Mit meinen Synapsen und den Neurotransmittern sei etwas in Unordnung.

Das sei normal, sagte Spoerri, Millionen –

Unterlassen Sie die großen Zahlen, sagte ich; es ist so – ich schreibe, und dann fällt mir so viel auf einmal ein, dass die Gesamt-Masse der Formlosigkeit verfällt.

Schon fatal, sagte der gute Spoerri, gehen Sie spazieren, lenken Sie sich ab, lieber Arthur, schauen Sie sich im TV einen Porno an … Ich hab hier einen sehr guten amerikanischen – *The devil in Miss Jones*, sehr saftig, aber auch literarisch mit einer echten Intrige zwischen einem Exorzisten und einer Nymphomanin, der Konkurrent sei ein Präsidentschaftskandidat während der Vorwahlen und –
Doc, rief ich, stop. Sie gaben doch Monsieur Prussac eine Pille … eine Tablette … eine bestimmte. Prussac ist jetzt wie neugeboren, er liebt das Leben, er hat kleine Ansätze von Erektionen, und seine Erinnerungen steigen so reichhaltig aus seinem Schädel wie Champagnerbläschen in einem Spitzglas.
Lieber nicht, sagte Spoerri, der Prussac hätte das gar nicht erzählen dürfen … diese Tablette … eine Frucht langer Laborarbeit in Nächten ohne … ich gab sie dem armen Prussac, weil er unter falschen Erinnerungen litt oder irreführenden … Er sollte zu seinem wahren Selbst kommen … einem endlich authentischen.
Erstens, sagte ich, nehmen Sie den Ausdruck ‹authentisch› auf der Stelle zurück. Zweitens dieses Zitat für Sie von Savinio: «Der Mensch ist eine Bahre, der sein falsches Selbst transportiert», und drittens (ich stand auf): Ich will diese Zauberpille!
Ich kriegte sie, keusch eingehüllt in eine Serviette unseres Bécasse noire.
Die Wirkung, sagte Spoerri, sei manchmal formidable, die chemische Zusammensetzung noch nicht ganz ausgereift, die Nebenwirkungen mitunter überraschend, die Kontraindikationen leider nicht in längeren Zeiträumen überprüft, aber ich sei ein guter und braver Klient, und er wolle nichts unversucht lassen, meine Leiden zu lindern.
Das ist, sagte ich zum Abschied, ein wahres Wort, des alten Hippokrates würdig.
Wir schauten uns dann noch einmal ernst in die Pupillen, ich ging, nahm die Tablette, und alles war gut.

98 Die Nebenwirkungen des speziellen Spoerri-Dopes sind minimal – gelber Stuhl (besser als grün), leichte Übelkeit in der Zwerchfellzone (erträglicher als Unterbauchschmerz) und eine Art von Hirnsausen, als liefe im Kopf ein winziger Elektromotor.

Ich wartete auf die geistige Elevation, von der Prussac geschwärmt hatte. Nichts passierte.

Ich wartete auf die Regeneration alter Erinnerungen mit goldenen Details, nichts passierte.

Mir fehlten die signifikanten, d.h. die exakten Daten über die Trauerfeier für den Bulldog Anton, so dass ich zur Teezeit den lieben Prussac besuchte. Vielleicht war die Tablette für mich zu hoch oder zu niedrig dosiert. Bei Medikamenten kann man alles falsch machen.

Fand Monsieur Prussac in unguten Zuständen, da war nichts mit trichotomischer Elevation von Körper, Seele und Geist. Wie es uns gehe, fragte ich …

Wie man sagt im Deutschen, sagte Prussac – mies, marodiert, er träume von tombes, Gräbern, alles ist sinnlos … des Lebens dernier cri … Eine aliénation d'esprit. Ich werde mir eine Katze anschaffen. Er rollte sich auf seiner blutroten Chaiselongue zusammen und zog eine Decke unter das schlaffe Kinn.

Merde, sagte er, mit médication, eine merde aussi les tablettes. Es habe einen hypomanischen Rückschlag bei ihm gegeben.

Man nennt das, sagte ich verständig, besser eine hypomanische Nachschwankung; sie trete auf, wenn die depressive Phase durch die Antidepressiva beendet sei.

Viel sei beendet, sagte Prussac, manches ende nie, und man solle erst gar nicht anfangen.

Kryptische Sentenzen. Ich reichte ihm einen mit Perrier verdünnten Whiskey aus eigenen Beständen.

Wollte nur wissen, fragte ich, ob sich Ihr Potential, will sagen Ihr Reservoir, die Schatzkammer seliger Erinnerungen, geöffnet hat, entweder beim Sitzen oder beim Liegen, es gehe mir nur

um den Effekt. Leistung, sagte ich, Triumphe der Vergangenheit, Highlights, die der seelischen Reserven; vom Ganzen zum Wahren usw.
Prussac schwieg, und es war ein irgendwie böses Schweigen, als habe ihn die ganze Welt gekränkt. Auf einer Kommode stand aufmerksam wie eine Armee vor der Schlacht die gerahmte Erinnerung – die Photographien seiner Verflossenen.
Das waren noch Frauen, sagte er, Schönheiten sondergleichen, alle für mich.
Prussac hatte die Göttinnen der Nouvelle Vague bevorzugt; unter einem Photo von Michèle Mercier war die Signatur einer französischen Fanpostkarten-Agentur zu entdecken.
Ein trauriger Fall.
Die Mercier, jaja, sagte Prussac, war ein Erlebnis, ein Coup de Foudre bei den Dreharbeiten zu übervielen Angelique-Fortsetzungen – ich durfte sie vollständig ausleuchten, Pore für Pore. Allein ihr Lippen-Epithel, wenn das correctement sei –
Ich kann es mir vorstellen, sagte ich und dachte an den Mund der Notärztin B. M.
Ad acta. Causa finita, fin.
Der Abend fiel, wie der Barde sagt.
Nichts? fragte ich, kein Effekt?
Eh bien, sagte Prussac, attention. Ging unter der Tablette zur Lichtkur bei Heidi Glock. Bon. Nach Bad im Licht ging ich baden mit erotischer Idee. Mademoiselle Glocks Knie sind superbementes … mehr als nur bon! Ich, Prussac, falle auch auf Knie beide und küsse, non, lutsche an ihrem rechten Knie unter dem Kittel, Knie jetzt Singular. An einer Passage fiel heraus meine Prothese von Dr. Chiport aus Paris, Rue de Lille. Vous imaginez – aus, finis.
Mademoiselle fand dann auch glücklich meine Prothese – Zwillinge, weiß und willig, putzte sie im Waschbecken mit einer roten Tinktur und sagte dann einen Satz, der mich um 30 Jahre zurückwarf: Sie sollten es sein lassen, Monsieur Prussac.

Wir tonisierten uns mit einem zweistöckigen Whiskey.
Heidis Knie, sagte ich, so betrachtet eine Selbstvereitelung, ob es denn empfänglich gewesen sei, das Knie?
Knie ist Knie, sagte Prussac, die Signale gehen vom Empfänger aus.
Ich war wie betäubt vom Prussacschen Unglück. Nicht die Intention des Sprechers entscheidet, sagte ich in meiner Blödheit, sondern das Verständnis des Empfängers.
Ich hab ja nicht gesprochen, sagte der alte Herr, ich hab ja nur geküsst – die Prothese kam dazwischen, mit eine particule de carotte zwischen den Schneidezähnen.
Tragisch, sagte ich.
Sinnlos, sagte Prussac, die ganze action. Frauen träumten von meinen Küssen; was ich mache: Knie! Ich bin ein crétin und werde mir jetzt eine Katze anschaffen. Ich interrogierte Frau Heidi, ob erlaubt. Sie sagte, ist bon, wenn sterilisiert … Ich entwarf Annonce – bitte: Suche weibliche Katze in den Farben mauve, rouge et noir zwischen 7 Wochen und 2 Monaten; Augen bitte grün und im Schnitt wie Marina Vlady. Soll sein zärtlich, anschmiegsam und graziös. Ausflüge des Nachts gestattet, aber keine wilden Abenteuer. Luxus-Appartement vorhanden. Chiffre.
Sehr schön, sagte ich, mehr als bon, die Damen werden sich um Sie reißen.
Je ne pense pas, sagte mein armer Prussac.
Unsere Tablette (ich musste diese Frage stellen) setze also unerwünschte Energien, Wünsche und Begierden frei?
Mais non, sagte Prussac.
Sie werfen Sie nur in alte Zustände zurück, deren Idiotismus, Sie haben geglaubt, sei überwunden. Pardon, muss jetzt schlafen. Es war ein ganz dummer Tag, bon nuit.

99 Die Trauerfeier für Olgas toten Bulldog Anton war ein Flop. Passow hatte sich präpariert und mit Zitaten von Heidegger, Bollnow, Peale und Paul Eipper eingedeckt. Rhetorisch war nicht viel dran an seinem Nekrolog, aber immerhin stand der Prediger symbolisch korrekt zwischen Grabloch und dem Barhocker mit Anton im Gucci-Safe.

Man verstand nicht alles von der Rede. Olga verbrauchte viele Taschentücher aus ihrer Kroko-Tasche.

Die Gemeinde schwieg, die Vögel lärmten im Garten, die Spatzen trugen in der Taxushecke eine laute Fehde aus; nur die Hunde hatten etwas begriffen und gähnten gedankenvoll. Passow würdigte ausführlich Antons Vita, also Kindheit und Adoleszenz, kam über die Tierliebe rasch auf den *Feldweg*, den er Heidegger geklaut hatte, und erreichte auf den Schwingen dieser Metapher mit Elan das Ausflugsziel – Tod durch Rattengift, das er mit dem Toxin der übermäßigen Liebe zum Tier verglich; der Zusammenhang war nicht ganz klar.

Endlich kam er zum Vergnügen der Gäste auf persönliche Erinnerungen an den teuren Toten.

Wörtlich sagte er: Wir haben Olga geliebt, so, wie sie war. Da beißt die Ratte keinen Jota Faden ab.

Olga schnüffelte, ihr Make-up floss.

Die Liebe zum Hund, sagte er nach einem Schluckauf und schwankte leicht, Risiko und Chance, Zufall oder Notwendigkeit? Alles ist der Fall, aber darf der Mann als Mensch mit dem Tier als Köter in Konkurrenz treten?

Passow rief ein starkes Nein! und stolperte beinahe in die kleine Grube.

Die Hunde zeigten ein gewisses Interesse; die Freunde auch. Passows Rede hatte jetzt Verve und Stil – er nahm die Kurve.

Der große Philosoph aus Hannover, sagte er, Leibniz, stellte in einer Metaphysischen Abhandlung die bedeutende Frage – er rülpste: Was ist der Hund? Ein Organismus, besetzt von Flöhen, der bellt und mit dem Schwanz wedelt, oder so ähnlich.

Äh, ja, hier zeige sich der Leibniz als Antimetaphysiker der Liebe zum Tier, vor allem dem Hund.
In Liebe zu Olga tauschten wir Flöhe und konkurrierende Gefühle. Wir wohnten ihr bei, freilich wohnen – war das Wohnen denn Heimat (er hatte jetzt den Bollnow im Biss, *Neue Geborgenheit*), war es ein Sein da im Bett und ein Bleiben – nein!
Er stampfte mit dem linken Fuß auf den englischen Rasen und verlor die Balance. So ein Barhocker gibt keinen Halt. Prediger, Barhocker mit Tasche samt Anton gingen zu Boden.
Igor arretierte Passow wieder halbwegs und reorganisierte das Trauertableau.
Die Gemeinde war heiter, Olga weinte, Larissa tröstete sie mit einem Wodka.
Was der Mann denn da sage und warum gerade das bei einer Totenfeier für armen Anton?
Ich weiß es nicht, sagte Larissa – er sei ein dvigatjeljem, ein pjanyi, deutsch ein Schnapsdrossel, Säufer eben.

100

Es gibt Reiter, die nach einem Sturz sofort wieder das Pferd besteigen; so einer war mein Passow, den ich bewunderte.
Ende einer Liebe, sagte er, ohne zu rülpsen. Liebe Olga … da war die Ratte, da war das Gift, da war Anton, der die Ratte mit dem Gift anfraß, da war ich, der am Lebensgift der Liebe zum Hund – wo war ich?
Er schwieg.
Ein senffarbener Setter umklammerte mit den Vorderpfoten Passows rechtes Bein und rammelte drauflos. Eine Geste der Sympathie, nehme ich an.
Passow kam auf den Punkt – er las von einem Zettel ab:
Die Eifersucht ist das größte Übel und erweckt doch gerade bei denen, die es verursachen, am wenigsten Mitleid. La Rochepeare. Servus, Olga, servus, Anton.

Stilgerecht versank ein Fuß im Grabloch; als er nach der Tasche mit Anton griff, steckte er fest.
Ein schönes Finale. Der Leichenschmaus liegt für immer im Dunst der Folgen russischer Gastfreundschaft.
Olga entließ Passow, der sich auf Trauerreden für Babys jeder Spezies ohne biographische Konturen spezialisiert haben soll.
Der Stein über der Gucci-Tasche war mir ein wenig zu pompös –
Zu Lebzeiten meine Wonne, erhöhst du
nun die Freude seliger Geister im Himmel.

101 Meine betrüblichen Absencen hat Spoerri durch seine ingeniöse Tablette gänzlich vertrieben; kann jetzt ohne Kopfschmerzen lauter letzte Dinge denken; an die verfluchte Sterblichkeit, die Immutabilität der Materie, den schleichenden Zerfall der Zellen, an die Tatsache, dass meine linke Hand schneller altert als meine rechte.
Im Halbschlaf fand ich den Algorithmus meines Todes mühelos zwischen den zwei Zuständen On und Off, eine Erkenntnis, die mir ein läppischer Traum zerstörte ohne Restbestand an Klarheit.
Nun zersetzten Saprophyten Antons organische Substanz im Gucci-Sarg Olgas; mögest du im Fleische auferstehen am 4. August 2194, dem Tag, den der amerikanische Prediger Boysenroy für den Weltuntergang und das Jüngste Gericht zuverlässig vorausgesagt hat.
Der Leichenschmaus in Larissas Villa war halbwegs in Ordnung. Resümee – zu viele Leute, zu viele Hunde, zu viel Alkohol. Passow verlor seinen Job und trieb wieder in den Wildwassern obskurer Geschäftsideen. Olga honorierte seine Dienste für Liebe, Vorlesen (unaufhörlich Cechov) und das Kochen von Lungen für Anton mit einem Bonus in unbekannter Höhe, so dass sich Eugen eine kleine Wohnung in Moabit leisten konnte. Dort bewarb er sich für eine Doppelkinn-Studie in einem La-

bor, wurde aber wegen irgendwelcher Mängel abgelehnt – ich glaube, es ging um die Instabilität seines Körpergewichts. Soviel ich erfuhr, ist er jetzt Proband unter klinischer Aufsicht für eine Studie über Patienten mit rheumatoider Arthritis. Ich hoffe für ihn, dass er klinisch korrekt unter dem Syndrom leidet, sonst wird er des Honorars von 2.300 Euro nicht teilhaftig. Aber P. ist ein extrem anpassungsfähiger Mensch und wird auch die rheumatoide Arthritis hinkriegen, muss er doch nur an den Stellen seines Körpers, die für dieses Syndrom vorgesehen sind, Aua, ja da! sagen, rufen oder schreien, je nachdem.
Die russischen Freundinnen Larissa und Olga sah ich nie wieder; auch weiß ich nicht, ob Passow jemals mit einem seiner Projekte reüssierte.

102 *Suncus etruscus,* Alter unbekannt.

Die Spitzmaus schickte ich Curtius, als ich hörte, dem Polarforscher gehe es schlecht und er leide unter Albträumen in seinem Zelt; mal suchten ihn Löwen heim, dann wieder Eisbären, einmal hatten Tausende von Lemmingen versucht, ihn zu ersticken. Das Telefongespräch mit Frau Horak war etwas verworren. Curtius leide unter Appetitlosigkeit, habe stark abgenommen und streite sich fortwährend als Dr. Knock mit Scott.
Ich halte Curtius' Zustand für eine binäre Signifikanz-Störung zwischen zwei Persönlichkeiten, sagte Anita, was das auch bedeuten mochte, ich stimmte sofort zu; Anitas Therapie-Ideen haben immer Format und eine gewisse Klasse, ich wollte den Patienten aber nicht im Stich lassen und schrieb ihm unter die Kopie der Spitzmaus als Briefkopf –

Mein lieber Franz,

Du bist große Tiere gewöhnt, wie Löwen und Eisbären; ich bin heilfroh für Dich, dass es in der Arktis oder Antarktis keine Elephanten gibt, Schlangen oder Kaffernbüffel.

Die Maus, siehe oben, wiegt nur zwei Gramm. Sie ist das kleinste Landsäugetier der Welt und ihre Anmut nicht zu übersehen. Der Stoffwechselumsatz ist immens; sie ist den lieben langen Tag in der Savanne auf Achse, um ihren maßlosen Appetit zu befriedigen. Ich sage Dir als erfahrener Kenner der Maus-Materie – nimm Dir an dieser Maus ein Beispiel.
Lieber Franz,
die Welt ist auch schön, wie einmal ein Theologe namens Thielecke äußerte, freilich ein Protestant. Das mindert die Qualität der Botschaft nur minimal.
Mein Brief soll Dir zeigen, wer Deine wahren Freunde sind in Zeiten der Not. Ich werde mich zurückziehen, habe noch eine kleine Exkursion zu alten Freunden und Bekannten vor. War lange Zeit nicht draußen und soll mich ‹Interaktionen› aussetzen, um meine allergischen Macken in den Griff zu kriegen, auch wenn sie zur akuten Migräne führen; es ist ein Experiment. Demokrit rät zu Wohlgemutheit und Epikur zu stoischem Verhalten im Weltverkehr, wie ich im Windelband nachlesen konnte. Aber ich habe nun etwas Geld, und Geld ist Freiheit.
Herzliche Grüße, Dein Arthur.
PS: Geh einmal in den Zoo, solltest Du Dein Refugium verlassen können – für Behinderte gibt es Rabatt, soviel ich weiß, lass Dich begleiten von Frau Horak – artigste Grüße bitte schön! Auch dem Künstler Borst. Betrachte dort, aber

mit allen philosophischen Implikationen, die Raubtiere, die Löwen, die göttlichen Tiger, die Pumas und die Eisbären. Leider verfügt der hiesige Zoo nicht über Schneeleoparden (nur Basel), betrachte sie alle mit deinen inneren Augen, wirf den Spitzmaus-Blick (die Welt ist zum Fressen da), den Löwen-Blick (müde, müde, aber immer Appetit) und den Eisbären-Blick (ich will Eis), und alles wird gut. Denk immer daran: Deine inkohärente Paranoia wird Dich eines Tages knock-out schlagen.

103 Hätte ich bloß die kleine Epistel über die Spitzmaus nicht ins Klepperzelt geschickt; Curtius hatte den Text ernst genommen und dann, während einer Mahlzeit (Ölsardinen und Broccoli wegen Skorbut-Abwehr), interpretiert. Therapeuten mit Format neigen zu Hyperinterpretationen. Ich kenne da Beispiele. Mein armer Patient gelangte zu dem Schluss, die etruskische Spitzmaus als solche, von mir beschrieben, sei sein spezielles Seelentier, und hieß die treue Anita Horak eines besorgen. Gottlob fand Borst in seinen Beständen noch eine ausgestopfte – in aller Feinheit präparierte – Spitzmaus, der nur die Schnurrhaare ausgefallen waren, kein eklatanter Mangel, als Seelentier allemal brauchbar.
Leider gehen manche Leute weiter, als es die präventive Umsicht gestattet.
Er wünsche, sagte Anita am Telefon, eine Reinkarnation als Spitzmaus, brach sofort das Zelt ab, und wir versuchten mit Borsts Hilfe, eine Savanne zu etablieren.
Wie geht es ihm, fragte ich, hat er seine Nahrungszufuhr schon umgestellt?
Herz- und Puls-Frequenz hätten sich erhöht, sagte Frau Horak, sonst keine Symptome; er streite sich häufig mit Dr. Knock über Mäuse, die wahren Löwen – Eisbären seien vergessen – und den alten Scott habe er in die Eiswüste geschickt, die ver-

gebliche Rückkehr sei ja eine historische Tatsache. Sie habe das Gefühl, unser Freund sei auf dem Pfad der Identitäts-Neufindung durch Höhere Gedanken.
Das sei mir lieb, sagte ich, ob sich sein Verhalten geändert habe?
Nicht besonders, sagte Frau Horak, er krieche herum, zucke mit seiner Nase und sei auf der Suche nach dem Absoluten.
Gott, sagte ich, ob er von Gott spreche oder einer anderen Instanz?
Le vent a changé, sagte Anita ... Er spreche jetzt mit viel Ernst Unverständliches ... er küsse die Spitzmaus auf das Schnäuzchen und schlafe auch mit ihr, ihr Nest sei seine Achselhöhle.
Hin und wieder bete er auch oder bitte um Seelenfusion, oder Buddha möge den Bund segnen.
Knock ist verschwunden, Scott hinüber.
Es besteht Hoffnung, sagte ich.
Nein, sagte Anita, Curtius zittert wie ein Veilchen im Frühling und zitiert Précourt. ‹Jedes Symptom ist ein Zeichen, aber nicht jedes Zeichen ist Symptom.› Das hat Précourt auf dem Totenbett zu seinem Priester gesagt.
Zeichen ... Symptome ..., sagte ich, Anita, Zeichen und Symptome wofür? Wovon, in welcher Bedeutung.
Ich glaube, sagte Frau Horak, er will sterben. Sie hätten diesen Brief niemals abschicken dürfen. Arthur, Sie sind ein Crétin und ein lausiger Therapeut.

104

Als ich eines Tages diverse Objekte ordnete – die Tagebücher Edwards I bis VII in Kontobüchern mit linierten Blättern, Format DIN A5, Iron Singrams Memoiren *Erinnerungen eines Jägers* – den Briefwechsel mit Herbert Spencer (in einer froschgrünen Mappe aus Seidensatin), Strehlows unvollendeten Roman *Unter Tieren*, ein Maschinenskript, Trauer- und Casual-Reden des ehrwürdigen Reverend Treeball, abgefasst in einer kleinen eleganten Handschrift,

und – mit schwarzer Tinte – des Balten Peltz Studien zum Winterschlaf unter dem Titel *Refugien des Seinsabwesenheit* – rief Anita Horak an und sagte, es sei etwas Schreckliches passiert. Kommen Sie sofort.
Anita war bleich und auf resignierte Weise gefasst, als sie mich zum Scottschen Zelt führte, das wohl wieder aufgebaut worden war.
Franz, sagte ich, hallo. Ich habe dir Marshmallows mitgebracht. Man kann sie am Spieß braten, dann schmecken sie wie Zibetkatzen-Köttel. Sie haben keine Vitamine, aber ein Forscher muss sich abhärten.
Curtius lehnte an einer Zeltstange, der Mund stand offen, seine Augen schienen in eine Polarnacht oder in ein subpolares Paradies zu blicken.
Ihre öden Scherze, sagte die Horak, sind vergeudet, Curtius ist tot. Es lag an den Vitaminen – er schlang eine rohe Mohrrübe, eine Karotte – ich habe Karotten immer gehasst –, er ist einfach … erstickt … in der Mitte der Nacht …! Ich hatte ihm extra einen wunderbar windigen Hurrikan in den Recorder –
Sie schluchzte, schnüffelte ein Mal und war wieder Herr der Lage.
Ein Bolus-Tod, sagte ich, wer hätte das gedacht.
Besser als Botulismus, sagte Anita und schloss Curtius mit den Fingerspitzen der linken Hand die Augen.
Wir schwiegen.
Der Kassettenrecorder summte sonor.
So ein sinnloser Tod, sagte Anita.
Sinnlose Tode, sagte ich, existierten nicht, so wenig wie sinnlose Morde, denn gäbe es die, dann wären sinnvolle Tode oder Morde –
Ach, halten Sie doch den Mund, sagte Frau Horak; wäre unser Curtius eingegangen an einer Krankheit zum Tode, wie hätte ich ihn zu Ende gepflegt.
Wir tranken an der Bar Sherry. Mit Trauer und Sodbrennen

dachte ich an Franz Curtius, den großen Tierfreund, das ewige Eis und Karotten.
C. hatte keine letzten Botschaften hinterlassen, sehr bedauerlich, aber ein Notizbuch mit eisigen Notizen über Tote Götter, die Traurigen Tiere, die Angst vor dem Tod und den blöden Optimismus seines Dr. Knock, jeder Mensch sei krank.
Borst nahm an unserer Trauerfeier teil, trank aber Gin on the rocks. Sah verrottet aus und stank nach Formalin.
Rasier dich, sagte die Horak, und nimm deinen Bart aus dem Gin. Gottja, das Individuum, sagte sie und seufzte ziemlich tief, ist ja doch Subjekt und Objekt seines Erkenntnis-Willens, egal, auf welchem Irrsinns-Trip, und erstickt dann einfach so an einer Karotte ...
Borst sagte, Tiere täten das nicht.
War schon der Notarzt da, fragte ich, immerhin sei eine Leiche in einem Zimmer-Zelt recht ungewöhnlich.
Aber ja, sagte Anita, mit dem Tod war alles in Ordnung – Bolus eigenhändig, die Firma Grieneisen komme später.
Man sollte ihn verbrennen, sagte Borst. Eine Witwe in Amerika, Ägyptologin, habe ihren Gatten im Keller balsamiert und noch zehn Jahre heiter mit ihm gelebt, während er auf seinem Lieblingssessel seine Lieblingspfeife vor dem TV in der Hand hielt – das ist Liebe.
Na, ich weiß nicht, sagte Anita, vor dem Fernseher?
Seine Lieblingssendungen liefen, sagte Borst ... Ich könnte unseren lieben Curtius auch –
Merde, rief Frau Horak, du Crétin, hau ab zu deinen Kleinkadavern. Geht alle. Ich werde bei Curtius bleiben und einige Riten für sein Seelenheil verrichten, die ich von den Ishoni gelernt habe. Leib ist Seele, und Seele ist Leib mit Restbestand. Viel Glück, Arthur, adieu.
Ich küsste ihre kalte Hand und ging.
Ich habe sie nie wieder gesehen.
Sie heiratete irgendwann einen reichen Pelzhändler mit Filia-

len in Berlin, Wien, Moskau und Murmansk, löste die Praxis auf, entließ Borst in eine dunkle Zukunft mit unbekannten Objekten zum Präparieren und ist jetzt, so hoffe ich von ganzem Herzen, glücklich in Pelzen, mögen es Silberfüchse, Zobel oder Biber sein, unter denen sie sich in diesen kalten Zeiten wärmt.
Borst soll wieder den zweiten Preis des Salzburger Taxidermisten-Treffens gewonnen haben – zwei an den Hüften zusammengewachsene Pinselohr-Äffchen. ‹Liebesstreit beim Entlausen› wird das Exponat im Katalog genannt; ich hätte Borst den ersten Preis gegönnt.
Curtius wurde verbrannt und ruht nun, wenn er ruht, auf dem Friedhof Grunewald; ich ging zu seiner Urnenbestattung nicht, ließ aber auf meine Kosten einen Grabstein machen, auf dem in goldenen Lettern steht –
Franz Curtius
1945–2007
NIL ADMIRARI
Sich über nichts wundern, ohne Punkt.
Eine würdige Sentenz.
Sie wird von Horaz benutzt, der Urheber ist Pythagoras.
Wieder ein Kapitel beendet. Traurige Sache.
Der Tod oder die Tode machen mich schlaflos; denke viel an den eigenen, der nicht wirklich das Thema ist, weil dem Tod das Sterben vorausgeht, die wahre und widerliche Vorgeschichte.
Las in einer Zeitung eine Annonce: AZN. Kommen Sie zu uns – Anonyme Zwangsneurotiker, typographisch gesetzt wie die AA-Organisation der anonymen Alkoholiker.
Nach zwei Flaschen Château Margaux ließ ich die Idee fallen, mich dieser Art von Geselligkeit auszusetzen.

105 Ging zu Spoerri in die Sprechstunde; das Heidi Glock fehlte. Erfuhr, sie sei schwanger.

Von wem, fragte ich. War wohl –

Täter unbekannt, sagte Spoerri, er habe die blaue Stunde nach ihrer bewährten Lichtkur im Verdacht.

Doc, sagte ich, in meinen Memoiren entfaltet sich allmählich das enervierende Element des Thanatologischen – was tun?

Dagegen oder dafür?, fragte Spoerri.

Dagegen, sagte ich.

Falsch, sagte Spoerri, sind's Erfindungen, austreiben, sind's Erinnerungen – kultivieren.

Weiß ich nicht, sagte ich, alte Geister aus der Vergangenheit.

Vor dem großen Fenster lagerte Nebel. Zwei Krähen hackten auf einen Kadaver im Blumenbeet ein.

Mein Freund Blondel sagte einmal – nehmen Sie einen Cognac, sagte Spoerri, bittesehr –, der Tod sei ein natürliches Implantat des Lebens; als er todkrank wurde, irgendein populärer Krebs, ließ er sich einen alten Denkvers drucken:

Wer nicht stirbt, eh er stirbt,
Der verdirbt, wenn er stirbt.

Sieht man das Leben vom Tod her, wird man frei und leicht.

Blondel war 62, als es ans Sterben ging, und machte den Versuch – in aller Selbstreflexivität, d.h. vernünftig, freundlich gegen seine Umgebung, aufmerksam gegenüber Funktionsverlusten und stoisch gegen seine Schmerzen –, die Welt zu verlassen. Gelang nicht. Er gab sich keine Kugel, aber eine Überdosis Morphium … Aber Pardon, wie sind wir auf dieses Thema gekommen, ist ja dumm und überflüssig; wir sind ja noch exemplarisch gesund, mein Bester. Meine Tablette, deren segensreiche Wirkung doch wohl herrliche Virulenz auf Ihre seelische und mentale Verfassung ausübt, ist – was wollte ich sagen … ich komme neuerdings auf Wörter, die in einer Satz-Konstruktion keine Bedeutung haben – streichen Sie ‹Virulenz› … Das Leben blüht, das Heidi ist schwanger, ein Kindchen wächst unter

ihrem speditiven Herzen ... Sie widmen sich ernsten Themen, wie ich sehe, alles das sind Zeichen und Symptome ...
Seine Hamsterbacken bebten, als er kraftvoll den Schädel mit dem dünnen Bart schüttelte.
Bin heute nicht disponiert, sagte er. Die nubische Prinzessin wartet.
Ein guter Rat zum Schluss – Sie dürfen Letzte Dinge nicht nur denken – sie müssen sie erleben, sonst verwässern Sie Ihre finalistische Stimmung.

106

Interaktionen in der Kultur hatte mir ein Dr. Greiff empfohlen, aber mussten die sein, das war die Frage; mir war nicht nach danach. Theater, Kino, Konzerte oder gar Lesungen griffen meinen Verstand an und verursachten Migräne, vom Kopfschmerz im präfrontalen Kortex ganz zu schweigen. Von meiner elementaren Angst vor üblen Gerüchen, Viren und Bazillen muss ich nicht sprechen. Und außerdem, meine notorisch schwache Blase – neben der Klaustrophobie – determinierte mein Kultur-Verhalten. Ich war dispensiert; Lesen reicht.
Der Doc, entnahm ich meinem abgegriffenen Adressbuch, hieß Guth und nicht Greiff, eine unbegreifliche Verwechslung, Dr. Greiff war Dermatologe, der mich von einem Furunkel befreite, das die Ärzte Guth & Wolzan als eine Frucht von Stress indizierten. Sie züchteten damals in ihrer Freizeit deutsche und dänische Doggen und verkauften sie, soviel ich weiß, an eine chinesische Firma namens Lu Yan & Co.
Verschob den Besuch bei ihnen auf später, obwohl Doggen interessant sind, weil sie selten die Neurosen ihrer Besitzer teilen. An einem Mittwoch, Datum verschollen, fand ich in meiner Arztkollektion die Adresse des Analytikers Cordes, dieses ängstlichen Meisters der Aversionstherapie, der sich derart vor Patienten ekelte, dass er sich in einen großen schwarzen Kasten

verkroch; er hörte sich die Patienten nur an, ohne sie in Augenschein zu nehmen. Sehr vernünftige Idee.

Ich bestellte ein Taxi und ließ mich in die Kreitlerstraße transportieren.

Ich kannte einen Kreitler aus meiner Bibliothek, er war der Verfasser der verdienstvollen Schrift *Die weltanschauliche Orientierung der Schizophrenen*. Kein Wunder, dass sich Cordes in dieser Straße niedergelassen hatte.

Zur zweiten Besuchsrunde trug ich ein schwarzes Sacco mit weißen Streifen von Ermengildo Zegna und cremefarbene Hosen, die Schuhe – lassen wir die Schuhe.

Der Fahrer war ein dicker Ägypter aus Kairo, sehr redselig.

Am Rückspiegel baumelte die Photographie von Nasser in Uniform. Auf der Rückseite konnte ich Hitler mit Blondie sehen. Guter Mann, sagte mein Chauffeur, liebte Hunde.

Weiß nicht, ob er Nasser oder Hitler meinte; aber die Bewunderung Hitlers bei einigen Orientalen ist bekannt.

Muss nachdenken, sagte ich und reichte ihm 10 Euro für sein Schweigen; er schwieg fortan, vielleicht hatte er Nasser gemeint.

Der Besuch bei Cordes war kurz, aber aufschlussreich. Er firmierte nur noch als Dr. A. Cordes, Parterre.

Ich klingelte, und ein kleiner dicker Mann öffnete die Tür – es war wirklich Cordes; in meiner Erinnerung hatte er nicht unter dem Morbus Bechterew gelitten.

Was, sagte er, kaufe nichts.

Singram, sagte ich, Arthur Singram, Ex-Patient.

Macht nichts, erwiderte der alte Herr, hustete in die hohle Hand und stöhnte. Sein Asthma war ihm treu geblieben.

Ich sei mit seiner Behandlung damals sehr zufrieden gewesen, sagte ich, er habe alle meine selbst entdeckten Symptome, ja den ganzen Komplex positiv interpretiert und mich ermutigt, auf meinem neurotischen Weg fortzufahren, die Ekelreaktionen zu kultivieren und meinen Suchtcharakter zu profilieren.

Wie, was, wo, sagte Cordes und hüstelte kraftlos.
Immerhin hatte er seine schwarze Kiste verlassen.
Ich wollte alles positiv sehen.
Sie verließen Ihren dunklen Ort der Exploration, sagte ich, Sie empfangen mich ... Sie praktizieren nicht mehr ... das sind doch alles Fortschritte unter dem Kreuz des Seins.
DSM, sagte Cordes, gute Lektüre, kann Sie nicht hereinbitten – Damenbesuch.
Sieh an, dachte ich, auch der alte Cordes erquickt sich noch an der unaufhörlich sprudelnden Quelle des *Diagnostischen und Statistischen Manuals psychischer Störungen*.
Mir traten Tränen in die Augen. Ich sagte mit viel Gefühl: Ich fand einmal eine sandfarbene Wurst unter Ihrem Teppich im Ordinationszimmer ... eine Exkretion ..., sie sah so traurig aus, wie sie so verlassen lag, als habe sie eine Existenzanalyse hinter sich gebracht.
Dr. Cordes starrte mich aus kleinen blauen Augen an.
Das funktioniert alles nicht mehr, sagte er, man muss jetzt ganz andere Gifte nehmen ... habe den Probanden immer massenhaft verschrieben, sind ja geistig alle irgendwie gestört ... mir habe ich Cortison verschrieben ... gut gegen Asthma, Allergien und Neurodermitis ... Infektionen durch Damenbesuch, der nimmt Betablocker gegen Angststörung ... irreführender Name – Angst ist keine Störung ...!
Nehmen Sie Amphetamine, sagte ich, die helfen auch bei Asthma.
Cordes hustete verächtlich.
Verschrieb ich nur Patienten, sagte der Doktor, deren Stimmen mir nicht passten, nicht jedem!
Dann reichte er mir seine feuchte Hand, die ich trotz meiner Bazillophobie ergriff, und sagte, ohne zu husten: Singram, Sie waren mein bester Patient, an dem ich viele Kontraindikationen ausprobieren durfte – aber lassen Sie es mich so formulieren ... Ihre Leiden, Beschwerden, Allergien und Phobien ... die

waren erste Klasse. Wenn Sie kamen, war ich in meiner schwarzen Kiste glücklich, wenn auch unfreundlich ... Sie waren der Verrückteste unter den unmenschlich Normalen, die da bewusstlos vorsichhinfunktionieren.
Muss jetzt meinen Ginkgo gießen. Adieu. Machen Sie weiter!
Und Dr. Cordes schlug die Tür zu.
Hätte gern gefragt, wie viele seelische Störungen das Manual inzwischen kreiert hatte, sollte er die neueste Auflage in seinem Besitz gehabt haben – aber der Besuch bei Cordes war unter ‹positiv› abzubuchen, so dass ich die Statistik über die neuen innovativen Inventionen nicht brauchte.

107 Bevor ich den Allergiker und für alle Außenstoffe reizbar-empfänglichen Atopiker Hohensee besuchte (alte Adresse in der Nelsonstraße), kaufte ich in einer Apotheke zwei Pollenschutzmasken, sehr weiß, versehen mit einem Klimaventil gegen Schwitzwasser und Hitzestau; war ja möglich, dass ich eine brauchte, vielleicht auch der alte Freund, falls die Kur am Toten Meer nicht erfolgreich gewesen sein sollte. Eine Asiatin in einem violetten Sarong ließ mich in die Wohnung. Man sah nur ihre schönen Augen, Mund und Nase waren geschützt – sie trug ein Prachtmodell von Maske, die mich stark an eine Gasmaske erinnerte –, sie hatte einen CO_2-Rüssel.
Tagchen, Arthur, sagte Hohensee, gut, dass du angerufen hast ... wir haben eine halbe Stunde, dann wird mein Wasserbett geliefert. Er saß auf einem weißen Plastikstuhl und hatte sich überhaupt nicht verändert. Sein zylindrischer Körper war eingewickelt wie eine frisch balsamierte Mumie; der kahle Schädel leuchtete flammend rot, übersät mit winzigen dunkelroten Pusteln – keine Akne oder so was Billiges –, die blühten oder gerade abstarben.
Ich war bestürzt – er hatte die Alufolien entfernen lassen ... Die

Wände waren weiß getüncht wie ein Sektionssaal; ein paar unfreundlich aussehende Stühle standen an der Wand, als warteten sie auf kranken Besuch. Und er hatte keine Maske.
Ich bot ihm eine an, er lehnte ab.
Du musst dich schützen, sagte Hohensee, ich bin der Schädling, ich bin der Parasit dieser Welt, ich bin das kranke System im kranken Ganzen. Gehorsam schnallte ich mir das Ding um.
Dann stellte ich die übliche Frage, wie es ihm ergangen sei, bei Besuchsrunden ein Element der Höflichkeit.
Du stellst Fragen, sagte Hohensee. Leider könne er mir nichts anbieten, aber erstens hätte ich ja die Maske um, und zweitens sei ohnehin alles toxisch.
Die Asiatin schwebte wie ein Wölkchen um den Kranken und betupfte die silberweißen Schuppen zwischen den entzündeten Stellen auf seinem Schädel mit einem Wattebausch, während seine rechte Hand unter ihrem Sarong verschwand. Sie tupfte ungerührt weiter auf seinem Echsenkopf voller Vulkane en miniature.
Sie heißt Yana, sagte er, und sie ist Aromatherapeutin … ein süßes Geschöpf, du müsstest sie einmal ohne Maske sehen, die Freude meines Alters – und er küsste sie auf den CO_2- Rüssel.
Yana kicherte und ging.
Dir geht es gut, sagte ich, alles blüht, du hast eine schöne Frau, keine Haustiere, die dir Sorgen machen, du bist gelassen, gratuliere.
Dr. Cordes war früher Choleriker, inzwischen befriedet nach dem Verlassen der schwarzen Kiste. Welche Wut Hohensee in den Jahren akkumuliert hatte, hätte der verständnisvollste Therapeut nicht ahnen können.
Der nun folgende Monolog, den er mir und vier Plastikstühlen hielt, war lebendig und schön. Ich verließ ihn nur einmal, um mir von Yana in der Küche ein Glas Wasser zu erbitten.
Mir fiel etwas Positives ein.
Alle Achtung, sagte ich, dein Rinophym ist verschwunden.

H. griff sich an die Nase. Ich sah, dass der ängstliche Mann fleischfarbene Latexhandschuhe trug.
Viel ist verschwunden, sagte er, alles wird einmal verschwinden. Setz dich vor diese weiße Jalousie, da habe ich dich nicht direkt vor Augen. Hör zu.
In der Grabkammer roch es nach Urin. Ich griff nach einer Schachtel Chesterfield und nahm die Maske ab.
Lass das, sagte H. und hustete, und hör zu:
Meine erste Frau verschwand 1981, meine zweite 1991, es war das Unerträglichkeits-Syndrom auf beiden Seiten, man muss gerecht sein. Yana bestellte ich nach dem Katalog eines auf asiatische Frauen spezialisierten Heiratsinstitutes Yin and Yang. Gute Kombination, Yana, sie verlor durch eine Operation ihren Geruchssinn – nützlich in meiner Umgebung, weil ich inkontinent bin, und sie hegt keinen Kinderwunsch. Wir sind auf gewisse Distanz mehr als glücklich.
Ja, die Frauen, sagte ich, um überhaupt etwas beizusteuern, ich selbst –
Du sollst hören und nicht sprechen, sagte H., du hast noch nie was von Frauen verstanden …; ich habe viel über die Gesellschaft als Fehlkonstruktion nachgedacht und über die Gewalt ihrer Mechanismen. Reich mir doch bitte das Plastikeimerchen vom Teetisch – hin und wieder braucht mein Gehirn Fischöl, Omega-3-Fettsäuren dämpfen die Wirkung des Gedächtnisschwunds – willst du auch eine? Ich lebe davon. Der bescheuerte Enrico Fermi ließ 1942 die Katze aus dem Sack, nein, öffnete die Büchse der Pandora und den bösen Geist aus der Flasche – ab da gab's das atomare Zeitalter, Atombombe und Plutonium … Ich will keine Zahlen nennen, aber bis jetzt haben allein Russland und Amerika 230 Tonnen Plutonium für die Sprengköpfe ihrer Nuklearwaffen erbrütet, und ich bin ihr Opfer.
Du lieber Himmel, sagte ich, bist du verstrahlt irgendwie? Ist es ansteckend?

Bleib sitzen und höre meine Leiden, Arthur, rief Hohensee.
Wo war ich? Aja, meine zweite Frau Julia... träge, aber stark. Wegen ihres Kinderwunsches drangsalierte sie mich Tag und Nacht mit ihrer etwas ungepflegten Weiblichkeit. Meine vielen Allergien gehen auf Julia zurück und ihre beiden Angorakatzen, die sich Kinderwünsche unausgesetzt erfüllten. Die Wohnung war voll von diesen üppig haarenden Biestern. Ich hustete wie ein Teufel, mit Quaddeln am ganzen Körper jagte ich die Katzen, lockte eines Tages das Hauptkontingent in unser Schlafzimmer und legte mit einer Kerze am Kopfkissen einen Brand. Julia löschte das Feuer und mich, rettete ihre Katzen und verprügelte mich dann mit ihrer Reitgerte. Sie ritt, ja, sie ritt und sah auf einem Pferd entzückend aus wie eine Amazone. Moment, das wollte ich gar nicht –
Hohensee versorgte sich wieder mit einer Dosis Omega-3-Fettsäuretabletten. Vielleicht eine Überdosis.
Um ihn auf interessantere Themen zu bringen, sagte ich da auf meinem Stühlchen: Plutonium, chemisches Symbol PU, radioaktives metallisches Element aus der Reihe der Actinoide des Periodensystems, Ordnungszahl 94.
Hohensee starrte mich mit seinen roten Augen an, öffnete den Mund und zeigte eine gelbe Zunge.
Arthur, sagte er dann, du weißt also Bescheid, dann bist auch du ein Element dieser Verschwörung gegen mich. Schon 1992 wurden 968 Tonnen Plutonium durch den Betrieb ziviler AKW erzeugt, und das bei einer Halbwertszeit von 24400 Jahren – und danach verwandelt sich das teuflische Zeug bei seinem Zerfall in Uran 235, Halbwertszeit, versuche dir das vorzustellen, Arthur, 704 Millionen Jahre!
Ach, Hermann, sagte ich, da leben wir schon Millionen Jahre nicht mehr, erzähl mir lieber etwas von deiner ersten Frau, die ’81 verschwand.
Ich warf sie einfach raus, sagte mein Gastgeber, sie achtete meiner inneren Kontaminationen nicht, benahm sich obstruk-

tiv gegen sie, störte meine Studien über Die Gewalt in der Gesellschaft, öffnete permanent alle Fenster, um Pollen einzulassen, und litt unter einem chronischen Infekt – ihre Nase war immer rot und geschwollen, nässte wohl auch –, sie verscherbelte kostbare Bücher, z. B. den illustrierten Katalog der Crystal Palace Exhibition London 1851 an einen allzu verständigen Antiquar in Charlottenburg, und kaufte sich dann bei Douglas Cremes und Parfums, aber eines halte ich ihr zugute – sie hatte keinen Kinderwunsch. Ich darf mich verbessern, ich eskamotierte sie schon 1980 …
Das Wasserbett wird kommen, muss mich besinnen … Ich frage mich, warum du mir so dumme Fragen stellst … Frauen, pah! Yana, ja. Arthur, ich sage dir, wir sind seit 50 Jahren verseucht … alle Leiden gehen zurück auf dieses Zeug – und du weißt Bescheid … Auch du bist unrettbar kontaminiert, nur deine erstaunliche Unsensibilität, deine Blödheit und dein verräterischer Hang, irgendwie zu funktionieren, haben dich bislang salviert: Kapitalismus in der Krise, schrieb ich einmal in einer positiven Phase meiner Essays – ich sage wieder: Pah! Als Erfindung und Profit-Maschine wird er immer funktionieren; Krisen machen ihn immer stärker. Erst wenn die Sonne erlöschen wird, erst dann wird die Hyperproduktion enden … überflüssige Produkte für überflüssige Bedürfnisse. Wie Shakespeare sagte: Time must have a stop.
Ich bin lediglich nutzlos, sagte ich wohlgemut.
Ein guter Besuch.
Du bist, sagte Hohensee, hoffnungslos kontaminiert – geistig, seelisch und physisch; lerne begreifen, was der Fall ist. Höre auf deine Organe, vermeide den Verkehr mit Frauen, horche in dich, damit dich dein Absterben nicht überrascht. Das Wasserbett kommt gleich, und ich fürchte, die Geißel Schnupfen naht … Yanas Aromastoffe werden die plutonische Persistenz nicht besiegen.
Adieu, sagte mir Hohensee beim Abschied, stirb in Unfrieden.

108 Hohensee abgehakt. Wahnideen, die auf einem simplen Kausalnexus beruhen, sind langweilig. Omega-3-Fettsäuren werden überschätzt. Hätte gern mehr über seine Prostatitis erfahren. Am Plutonium sollte er nicht sterben, aber mit der inneren Kontamination behielt er recht; eines Tages mixte ihm die Geliebte Yana einen Cocktail aus exotischen Kräutern, den er nicht überlebte.

Am nächsten Tag besuchte ich den tauben Lobowitz, den Freund und Pathologen, der durch eine Doppelohrfeige seine Hörfähigkeit eingebüßt hatte. Wenn ich mich recht erinnerte, hatte er sich damals in seinem geräuscharmen Kosmos recht wohnlich eingerichtet.

Lobowitz machte einen sehr positiven Eindruck auf mich, hatte seine Arbeit als Pathologe wieder im Griff, hatte sich scheiden lassen (schuldig) und war neu verheiratet.

Sein Hörapparat war ein Wunder der Technik.

Wir saßen in der Küche, technisch ebenfalls perfekt, im teuren Herd brütete ein Römertopf ein Maishähnchen aus.

Die Dame des Hauses, eine Elvira, mixte uns in einem eleganten Shaker aus Titan schmackhafte Cocktails von brisanter Kraft. L. sprach in erträglicher Zimmerlautstärke, ein erstaunliches Phänomen.

Der Apparat sei ein Wunder, sagte er, man könne ihn komplett abschalten, dann sei wieder himmlische Stille, mit Emma (erste Frau) ging's nicht mehr so gut, ich musste sie zu oft abschalten. Elvira, die spräche nicht so viel, sie habe auch nur einen Wortschatz von ca. 150 Wörtern, mit deren Hilfe sie alles bezeichnen könne, was in einer guten Ehe der Fall sei, und auch sie könne er im Notfall drahtlos abschalten, kurz, es sei ein Genuss zu leben, wie es mir ergangen sei – ?

Leidlich, sagte ich, nach einer Phase der Depression –

Ach ja, sagte Lobowitz, die geistigen Störungen nehmen in dieser Zeit gewaltig zu – du kannst dir nicht vorstellen, was ich manchmal unter das Messer kriege ... exotische Suizide, gro-

teske Unfälle, ganz herrlich. Muss ich die Knochensäge benutzen, lieber Arthur, schalte ich einfach ab und teile dann die Stille mit den lieben Toten, ja das Geschäft läuft gut, ich will dich nicht mit Details langweilen.
Der Ausdruck Geschäft irritierte mich.
Du bist immer noch so naiv wie früher, sagte Lobowitz und ließ uns von seiner Blonden mit dem beengten Wortschatz einen neuen Cocktail mixen. Es handelte sich diesmal um einen phantastischen Stinger mit Brandy und Crème de Menthe in eisgekühlten Gläsern.
Der tote Mensch, sagte Lobowitz, sei ein Ersatzteillager ohnegleichen … Häute, Knochen und Organe gehen an die Pharmaindustrie … allein die Hirnhäute, die Duren, fänden reißend Absatz, vor allem das Endprodukt Lyodura – schließt bei Gehirn- und Bauchoperationen die Löcher und ist in anderer Kombination auch für vollere Damenlippen brauchbar.
Ja, mein Freund, sagte Lobowitz … die Dura mater ist nicht nur zu Lebzeiten kostbar.
Elvira kniete sich vor den Herd und besprach sich kurz mit dem Römertopf; dabei summte sie das unsterbliche Lied *Ein Hund kam in die Küche*.
Lobowitz fixierte aus grünen Katzenaugen ihr wohlgeformtes Hinterteil.
Die Ausstattung des Menschen, sagte er nach ihrem Abgang, sei ein Wunder der Natur.
Ich stimmte zu.
Ich hatte Kopfschmerzen, wie Dr. Spoerri gesagt hätte: ‹Cephalgien klarer Genese›.
Ja, und wie ist es dir ergangen, mein lieber Arthur, fragte der liebe Freund, dir und den Tieren und den Frauen und deiner Praxis, erzähl doch. Du sitzt herum, schweigst und trinkst …
Mein bester Curt, sagte ich, als ich mich aus dem Geschäft mit Tier-Therapie zurückzog, lernte ich eine junge Dame kennen, die –

Da muss ich dir was erzählen, sagte Lobowitz, pass auf! Eines Tages meldete sich bei mir ein alter Kerl, der aussah wie der alte Tolstoj in seinen pazifistischen Zeiten ... ein Bart bis über den Bauch. Er hieß, glaube ich, Morst... Lorst oder Borst, egal, und fragte, ob er eine Leiche kaufen könne, aber eine, die vor dem Ableben keine ansteckende Krankheit gehabt habe – stell dir das vor. Nun hatte ich ein schönes, blutjunges Mädchen auf dem Tisch – Autounfall –, der ich gerade die Augen entnommen hatte ... die Glasaugen waren schon installiert, und da musste ich natürlich passen. Wäre nicht gegangen. Die Pointe ist die – der Mann war Taxidermist, ein Ausstopfer, ein Präparator. Weißt du, dieser Mann hatte keine Moral ... dieser Mangel an Pietät ist widerlich, ist aber ein Ausdruck dieser verrotteten Gesellschaft in toto ... vor Krisen bin ich gottlob geschützt, werde und stirb, wie Gide einmal schrieb, so hat's zu sein, du solltest dir auch einen krisensicheren Job suchen, ich könnte noch einen Gehilfen –

Danke, sagte ich, ich fühle mich etwas angegriffen ... die Nerven.

Ach Arthur, die Nerven, diese Millefleurs, rief L., könnte man auch die pflücken ... aber der unvermeidliche Zelltod setze in diesem Fall der Verwertung gewisse Grenzen.

Muss gehen, sagte ich, betäubt von den exzellenten Cocktails, ruf mir ein Taxi. Danke.

Bleib zum Essen, sagte Lobowitz, Elvira habe ich Fleisch verboten, sie verliert an Façon, was soll ich mit einem Hängearsch. Poularde truffée, mein Lieber, und morgen – wird es Cervelle à la meunière geben, nach einem Rezept von Bocuse. Nur er hatte das geniale Gehirn, sich solche Rezepte zu erdenken.

Das liegt wahrscheinlich, sagte ich, an seiner intakten Dura mater. Der Abschied war kühl.

Am nächsten Morgen blühte ein veritabler Ekelherpes auf meiner Oberlippe, im linken Ohr klingelte der Tinnitus mit Morsezeichen unbekannter Bedeutung. Man wird für alles bestraft; den Besuch bei Lobowitz hätte ich vermeiden müssen.

109 Um mich von dieser unliebsamen Erinnerung abzulenken, aß ich im Bécasse spät zu Abend (nur Gemüse), trank einen leichten Bordeaux und las in den heiteren Aufzeichnungen des Jägers Iron das Kapitel Alaska.

In den sumpfigen Duck Flats nordöstlich von Anchorage nahe der Mündung des Knik, sehr schönes Wetter, September; hatte mir Lektüre mitgenommen, *Erewhon*, ein gutes Buch, in dem Samuel Butler eine Gesellschaft beschreibt, in der Kranksein bestraft wird – eine überaus vernünftige Idee. Ich suchte ein trockenes Plätzchen, um zu biwakieren. Proviant hatte ich reichlich, statt der Holland-Büchse trug ich nur einen Webley-Revolver. Am Ufer war gerade Ebbe. Der graue Schlick sah aus wie Talkumpuder.

Nach zwei Seiten Butler hörte ich Geschrei, und ich sah zwei Männer, die einen bis zu den Schultern im Glazialschlick versunkenen Mann zu befreien trachteten und sich dabei ziemlich idiotisch anstellten.

Sie hatten ihm ein Seil zugeworfen, das sich um seinen Hals geschlungen hatte. Seine Arme staken im Sumpf, so dass er sich nicht aus der Schlinge zu befreien vermochte.

An Jagdkatastrophen, die einem nicht selber zustoßen, immer interessiert, ging ich näher, meinen Butler in der Hand. Der Mann, der das Lasso so geschickt geworfen hatte, stand bis zu den Hüften im Schlick und zog mit aller Kraft am Seil. So konnte die Rettungsaktion nicht gelingen. Sie blökten panisch durcheinander. Am Ufer lag ein Haufen toter Enten, ein paar zuckten noch, ganz miese Schützen.

Ihre Flinten hatten sie neben ihre Beute geworfen.

Der Bärtige, der das Seil hielt, wurde Bob genannt; der Bursche, der komplett mit beiden Armen im Sumpf versank (Gott

weiß, wie er das geschafft hatte), hieß Burt; der Bursche, der nun wieder Bob mit beiden Händen am Gürtel hielt, wurde Bull genannt.
Es war insgesamt ein bemerkenswertes Tableau, wie man es in der Wildnis nur selten antrifft.
Bull war rasiert (man muss auch in der Natur auf sich halten) und sagte über die Schulter: Helfen Sie uns, Sir.
Nach diesem Satz stolperte er und fiel auf Bob mit dem Seil. Nun saßen sie alle drei im glazialen Schlick – aber immerhin lockerte sich das Seil um Burts Hals, sein Kopf war schon rot angelaufen, kein schöner Anblick.
Alle drei waren fett, Burt, Bob und Bull, und der Schlick hielt sie eisern fest, während sie mählich in die Bodenlosigkeit sanken.
Dumme Situation, sagte ich, aber, meine Herren, wie könnte ich helfen. Wissen Sie, die Zeit ist so eine Sache, was die Dauer betrifft und wie schnell sie sich in dieser Situation verbraucht... In Minuten steigt die Flut, die wird Sie bald erledigen, vorher kommt eine unangenehme Unterkühlung von den Extremitäten aufwärts. Spüren Sie Ihre Füße noch? Während der gute Burt mit Bart schweigend versank, strampelten Bob und Bull, was das Zeug hielt. Das war das Dümmste, was sie machen konnten. Eine Ente mit einem zerfetzten Flügel quakte traurig vor sich hin; ich schnitt ihr mit dem Jagdmesser die Kehle durch.
Habe eine Schwäche für Enten. Schöne Tiere, freundliches Familienleben, treue Paare, nicht ganz so treu wie Gänse. Ich setzte mich auf meinen dreibeinigen Klappstuhl mit dem durablen Segeltuch.
Sie sollten, sagte ich, Ruhe bewahren. Schwemmsand, wie Sie wissen, hat schon manchem dummen Jäger das Leben gekostet.
Holen Sie Hilfe, Sir, rief Bull. Retten Sie uns, rief Bob.
Sie können die Enten habe, sagte Bull, gutes Fleisch, Sir!

Da mir kalt wurde (es war die Teezeit), holte ich meinen Zobelpelz aus dem Rucksack und machte es mir mit einer Flasche Whiskey bequem.
Die Sonne schickte sich zu einem mäßig prachtvollen Abgang an. Frösche quakten im Schilfgürtel.
Ihr letzter Sonnenuntergang, sagte ich. Könnten Sie die Köpfe drehen wie die Eulen, wäre dieser erhabene Anblick ein Genuss.
Die beiden stießen jetzt Flüche aus, unterlegt mit Jammerlauten; die Pausen füllten sie mit Anrufen an Höhere Instanzen wie Jessas! oder Maria! und immer wieder O God!
Ich versuchte, sie zu beruhigen; hätte in Sibirien vor drei Jahren einen Wilddieb erwischt, der in meinem Pachtrevier Zobel jagte. Floh in einen schwarzen Sumpf, der Trottel.
Wie haben Sie ihn gerettet, fragte der bärtige Bob.
Wie kommen Sie auf diese Idee, fragte ich. Während er absackte, ließ ich mir seine Lebensgeschichte erzählen – eine ganz traurige Sache –, warf ihm eine Flasche Wodka zu, die er glücklich erwischte ... Er trank und befand sich sozusagen in einem Zustand der Desintegration, aber ich nehme an, Sie kennen Herbert Spencer nicht.
Natürlich kannten sie ihn nicht. Schlechte, lausige Schützen und dann noch ungebildet.
Drei Bullen mit Hanfseilen könnten Sie Ihrer misslichen Lage entheben, sagte ich, aber bitte – wer könnte drei Bullen auftreiben, ohnehin selten in Alaska. Ein Bison oder ein Auerochse, die wären auch nützlich, aber Sie müssten die Ausweglosigkeit allmählich einsehen.
Sie starrten mich wütend an, Bob und Bull, sie strampelten und hielten sich dabei an den Schultern fest, so dass sich der Sog natürlich erhöhte.
Juri, meine Herren, so hieß mein Bursche im russischen Sumpf, bat um einen Gnadenschuss, weil er das Ersticken fürchtete, sagte ich und warf ihnen eine Zigarre zu, die sie nicht fangen

wollten. Juri stak bis zum Hals in der Brühe, aber wozu Munition vergeuden ...
Ich zeigte ihnen den Webley mit dem imperialen Kaliber, der England groß gemacht hatte.
Bull, der anständig rasiert war, ließ sich wieder vernehmen.
Sir, sagte er, (hochanständiger Charakter), Sir, bitte, erbarmen Sie sich um Himmels willen ... mein Vater schlug mich ... meine Mutter war Alkoholikerin, meine Schwester ging auf den Strich –
Bull, sagte ich freundlich, ich mag Sie irgendwie, Sie haben meine Sympathie, nichts gegen Sie einzuwenden außer der Tatsache, dass Sie beschissen schießen.
Bull entfiel die Flasche Whiskey. Sie versank ohne viele Umstände im glazialen Schlick; ich hatte sie eigentlich für Kalorienvermehrung durch innere Wärme gedacht.
Man sollte, meine Herren, sagte ich, über letzte Dinge sprechen, bevor Sie endgültig und fußabwärts in jene dunklen Schichten sinken, aus denen einstmals das Leben vor Millionen Jahren gebieterisch hervortrat. Hätten Sie noch Gelegenheit, meinen Freund Spencer zu lesen, es wäre ein Gewinn – zu spät. Die Flut kommt, ich möchte keine nassen Füße bekommen; Sie werden erlauben, dass ich mich zurückziehe.
Hätte ich Juri damals erschossen – er bat inständig darum –, wäre irgendwann seine konservierte Leiche mit einem Loch in der Stirn gefunden worden ... Womöglich hätte man mich belangt. Sie können sich gar nicht vorstellen, was dann meine Familie gesagt hätte. Gute Nacht.
In meiner Hütte las ich dann Butlers *Weg allen Fleisches*. Auch gut, aber nicht so gut wie *Erewhon*. Diese Entenjäger hatten mir die Lektüre verleidet.
Beeindruckt von dieser Geschichte, ging ich sofort ins Bett und träumte von einer schönen Brünetten, die ich aus einem Sumpf befreite. Noch am Ufer liebten wir uns im glazialen Schlamm; ich erschauerte noch am nächsten Morgen vor dem Jäger Iron.

Von dieser Art Gemütstiefe und Seelenruhe konnte man nur lernen.

110 Zwei Besuche waren noch abzuhaken, auf der Liste stand an prominenter Stelle Dr. Finriß, an zweiter Stelle der Kunsthistoriker Pohl, dieser tapfere therapieresistente Mann, der souveräne Meister subtiler Ekel-Reaktionen, der aus dem Vollen schöpfte. Finriß fand ich im Telefonbuch, Dr. R. Finriß, auch er ein sublimer Spezialist des Ekels und der Erfinder sinnreicher Ekelkuren, die er neben seiner immer erfolgreichen Aversions-Therapie betrieb, ein Alkoholiker, aber was für ein reicher und liebenswürdiger Geist. Meine zahlreichen Phobien zu kultivieren, anstatt sie zu bekämpfen ... das war sein Credo, ein makelloses Programm damals, dem ich mich gern unterwarf.

Anruf bei Pohl, den in der Malerei nur die Orientalisten interessierten, vom großen Bauerfeind (Gustav) bis zu Felix Ziem, alle zwischen 1820 und 1911, eine wahrlich glorreiche Zeit für diese Vorlieben. Was mochte wohl aus diesem freien Mann geworden sein, auf welche diffizilen Gipfel von Todesverachtung mochte er gelangt sein in der Drift ‹methodus per nauseam›.

Ich war einmal verständnisvoller Sitznachbar im Theater, Stück vergessen; auf der Bühne wurde gebrüllt, gevögelt, gewichst, geschlagen und geblutet, und Pohl kotzte auf den kahlen Kopf eines Herrn in der Vorderreihe, bevor er sein seidenes Taschentuch ziehen konnte. Die Künste geben im Allgemeinen viel, aber man muss sie ertragen können.

Ach, ich konnte am Telefon nur noch mit einer verweinten Dame sprechen, seiner Schwester Erna.

Pohl habe während einer Ausstellung, in die er versehentlich geriet – eine simple Verwechslung der Türen mit tödlichem Ausgang –, einen Herzinfarkt erlitten.

Wie hieß der Künstler?, fragte ich.

Schwitzers oder so ähnlich, sagte die alte Dame.
Wahrscheinlich Schwitters, sagte ich, ein trüber Dadaist aus Hannover. Gnä' Frau, sagte ich, es mag kein Trost sein, aber ihres Bruders Reaktion sei verständlich.
Danke, sagte sie. Und ich strich Pohl von der Liste.

111 Finriß wohnte abgelegen im Bezirk Frohnau, hübsche Gegend, viele Kiefern, einsame alte Villen aus der Gründerzeit. Meldete mich telephonisch, er sagte, mein Besuch sei ihm angenehm.
Sie waren, sagte er, dieser Allergiker und Phobiker mit der Alkohol-Autotherapie. Erste Klasse war das, hilf dir selbst, dann hilft dir Gott, wie die Christen sagen. Und dann hatten Sie irgendeine Seelen-Theorie über psychotische Tiere, mein Gedächtnis neigt zu Fehltritten. Ach, Sie waren vor allem gegen Menschen allergisch, jetzt fällt's mir wieder ein, das war's, einzig vernünftige Reaktion, wenn Sie mich fragen. Sie können kommen, wann Sie wollen, ja im Augenblick wäre es sogar zweckmäßig, meine Haushälterin verließ mich nach acht Jahren. Bringen Sie bitte ein paar Pullen Wein mit, am besten einen Premier cru aus dem Médoc, den vertragen Magen, Leber und Gehirn am besten ... die Truppe ist wählerisch geworden im Alter. Und bitte ein paar Fischkonserven, aber keinen Dorsch in Öl, sonst alles willkommen, eine ungarische Salami wäre auch nicht schlecht und aus der Apotheke Immodium gegen Durchfall. Nehmen Sie ein Taxi. Bringen Sie die Quittungen mit. Bis dann.
Lämmerwölkchen wanderten über den Himmel, als ich am späten Nachmittag an einem alten Gitter voller Rost vor einer schäbigen kleinen zweistöckigen Villa klingelte.
Die Haustür mit einem blinden gelben Bullauge öffnete sich – Dr. Finriß empfing mich auf allen vieren und sah zu mir auf. Er trug ein weißes fließendes Gewand aus Leinen; sein kahler Schädel sah würdig aus; er trug kein Gebiss und ähnelte Vol-

taire bei dessen letzter Premiere in Paris. Er kroch mir durch den Flur voran in ein kahles Zimmer mit Fenster zum Garten, überall lagen weiche, hellgraue Teppichbahnen, auf denen Pouffs ruhten.

Danke für die Gaben, sagte er, nehmen Sie Platz, ich hole Gläser. Aus einem Nebenzimmer ertönte das Splittern von Glas, ein großer Gegenstand hatte die Balance verloren.

Finriß kroch wieder in das kahle Zimmer und schob mit einer Hand einen kleinen Teewagen mit Flaschen, Gläsern und den Fischkonserven.

Sie wundern sich gewiss über meine Art der Fortbewegung, sagte Finriß, las vor einem Jahr mal wieder den alten Kant und entdeckte seine Kritik an Moscati, jenem talentierten Mann, der gegen den aufrechten Gang opponierte. Kant hatte unrecht. Der Gang auf allen vieren ist nicht für alle Individuen gut, für mich ist er bewegungstechnisch ein Labsal. Zuerst waren die inneren Organe irritiert über ihre neuen Lagen; sie gewöhnten sich schnell, der Geist triumphierte über den Körper.

In einer Ecke stand ein großer Fernsehapparat und zeigte seine Innereien.

Ich erschoss ihn, sagte Finriß befriedigt, es war ein Schrotschuss im Februar dieses Jahres – kein Reflex, nein! Nach Reflexion, nicht im Affekt. Ich entschuldigte mich vorher bei der Maschine, denn sie kann ja nichts dafür. Nein, TV ist kein Nullmedium, wie ein geschmeidiger Essayist einmal schrieb, es ist eine Maschine der Verblödung und der freiwilligen Selbstentmündigung ... Programme, Herr Singram, von Idioten für Idioten wie das Internet ... Kommunikation um jeden Preis, internalisierter Schwachsinn, dieser infantile Fetisch, und alle sind sie für alle Botschaften disponibel – Informationsgesellschaft ... jeder hängt an seinem Tropf und sabbert das Seine ab. Und alle funktionieren in ihrer Formlosigkeit, ihrem stillosen Fortschrittsoptimismus, obwohl es nur Krisen gibt, private und – machen Sie mal den Wein auf, muss zum Abtritt.

Finriß kroch mit einer Geläufigkeit aus dem Zimmer, die auf Training schließen ließ. Alle Achtung.
Darf mich nicht ereifern, sagte er nach seiner Rückkehr, schadet der Gesundheit. Wissen Sie, der Darm hat sich noch nicht an die neue Gewohnheit angepasst, wir werden es schaffen, ich und mein Gehirn.
Der alte Herr ruhte jetzt bäuchlings auf dem roten Lederpouff und trank in dieser Position. Sah nicht bequem aus, aber was opfert man nicht einer guten Idee.
Der Mensch, sagte Finriß, lebe elementar falsch, er schläft falsch, er scheißt falsch, er fühlt falsch, und er denkt falsch. Beim Kacken müsse der Mensch hocken, aber nicht auf dem ergometrisch falschen Becken, sonst ginge alles schief; Unterhosen seien schädlich, die Hoden müssen frei schwingen wie (er suchte nach einem Bild) – wie ein Gedicht von Rilke … Klopapier mache die zarten Schleimhäute kaputt, Blätter seien besser, er wisse noch nicht genau, welche, die Experimente seien noch nicht abgeschlossen … aber wie geht es Ihnen, fragte er, ich sähe angegriffen aus. Machen Sie immer noch mit Tieren ’rum –?
Nein, sagte ich, mein Interesse –
Man dürfe sie niemals verlieren, die Interessen, sagte Finriß. Wie wahr, wie wahr.
Im Augenblick, sagte ich, sei ich verliebt in eine Notärztin, eine brünette Dame, die leider –
Ja ja, sagte Finriß, Frauen! Zugänglich, aber unzulänglich, ferne Ziele, schön, aber … Pardon, muss noch mal … fürchte, dass der kommunikative Kontakt zwischen Hirn und Darmhirn, also der Transfer von Informationen, noch nicht funktioniert … ich bringe jetzt die Sache mit Immodium zur Räson, bis gleich.
Verfluchte Kommunikation, murmelte Finriß, als er seinen Pouff wieder erreicht hatte. Ja, die Liebe … wie ein glückloser Dichter mal schrieb:

Der Kandelaber mit Kerzen auf der Couch zweideutiger Gefühle.
Das war ich mit fünfzehn.
Sie sind der Notärztin schon nähergekommen?
Leider nicht, sagte ich, da ist eine spröde Sachlichkeit bei ihr, eine Art Pragma–
Jaja, sagte Finriß und ruderte mit seinen Füßen auf dem Teppich. Hoffnungslos, vor allem die Unzugänglichen, die zulänglich sind. Fruchtlose Unterhaltung.
Ihre Ekelreaktionen, immer noch intakt?
Er war nahe am Einschlafen; eine Flasche des guten Romanée-Saint Vivant war leer.
Ganz in Ordnung, sagte ich, aber ermattet.
Reizüberflutung, sagte Finriß und gähnte. Gehe nicht mehr außer Haus, sinnlos. Aversion und Ekel gegen Mensch und Tier in Balance schwer zu halten, geht nur auf allen vieren, Moscati sei Dank.
Schmeckt mein Wein?, fragte ich.
Wie Wein eben so schmeckt, sagte der alte Bursche. Der Mensch, mein lieber Singram … ist ein Skinner-Modell, anthropologisch betrachtet, das neue Subjekt ist eine Blackbox ohne Seele, ohne Willen, ohne Form … Auch Gefühle sind nutzlos und schlecht für den inneren autonomen Menschen, den es nicht mehr gibt, und erhöhen den Blutdruck.
Gute Nacht, sagte Finriß und schlief ein, die Nase in einer weichen Falte des Pouffs.

112 Besuchsrunde abgeschlossen. Resümee nicht notwendig. Finriß sehr ergiebig im Gespräch. Probierte auf dem Dachboden den Gang auf allen vieren nach Moscati zwischen den Müllsäcken; stieß mir die Rübe gründlich am rechten Vorderbein der Chaiselongue, kam schwer wieder hoch. Man sollte manches unversucht lassen.

Gegen Abend Inventur erledigt.
Fünfzehn Bücherkartons –
Zwei Koffer mit Kleidung –
Einmal Handgepäck mit Notbibliothek (Insel-Auswahl), der Rest war für den Sperrmüll.
Dann wollte ich mein Testament aufsetzen.
Ich hatte die Absicht, mein Testament zu machen, handschriftlich, wie das Gesetz es befiehlt. Ich machte kein Testament. Wem hätte ich meine Schätze vermachen können – Micky Mouse-Hefte, gesammelt ab 1953, die tollsten Geschichten von Donald Duck, aber nur bis No. 54 und nur die von der genialen Erika Fuchs übersetzten, vierzig Tarzan-Hefte, Prinz Eisenherz (Hal Foster), 25 Wiener Bronzen – Quadrupeden und Amphibien –, ein Pekinglöwe auf einer goldenen Kugel sitzend; von Hutschenreuther. Im Linksprofil lächelte er unter einem schlafenden Ohr, im rechten (unter dem aufmerksamen Ohr) verzog er traurig die Schnauze, seine Augen sind geschlossen, aber ich weiß, dass er nicht schläft. Irgendwo auf der Welt in einer Vitrine, einer Schublade oder auf dem Nachttisch eines Liebhabers steht sein brüderliches Pendant, das rechte Ohr im Schlaf, das linke wach.
Diese Objekte würden mich alle überleben; gegen diese Gewissheit trank ich eine Flasche Margaux und kroch in mein Stryker-Bett. Der Sommer war heiß, dann fiel schon der trübe November, den Winter verschlief ich, während Schnee auf die Heckluke meiner Arche fiel, all die solitären Kristalle –, und als ich am nächsten Morgen (immer noch im Monat Mai) aufwachte, war ich so erschöpft, als hätte ich wirklich einen Winterschlaf mit reduziertem Stoffwechsel hinter mir.
Der kleine Pekinglöwe auf dem Nachttisch hatte mich bewacht; er wandte mir die an den Lefzen resignierte Seite zu.
Den Besuch bei den in ihren Therapien allzu eklektischen Ärzten Wolzan & Guth verschob ich auf einen anderen Tag.
Ihre dänische Dogge Miriam – sie litt an diffusen Ängsten – überließ ich ihrer betrüblichen Pein.

113 Nach diesem Erinnerungspartikel erfasste mich ein gewisser Katzenjammer, und ich ging ins Restaurant Bécasse, um mich zu regenerieren. Im November gewinnt das Schweizer Gelände an Schönheit, vor lauter Nebel sieht man die blöden Berge nicht mehr.

Das Restaurant war um achtzehn Uhr fast leer. Die Adipositasgruppe feierte den Geburtstag einer extrem üppigen jungen Frau im scharlachfarbenen Kostüm, ein südländischer Typus mit frühem Flaum über der Oberlippe.

Am Tisch weitab der Gesellschaft bestellte ich bei der dürren Saaltochter Emmy ein Steak de veau aux morilles und eine Flasche Aigle. Traulich illuminierte die gelbe Tischlampe (60 Watt) meinen zarten Tremor. Ich döste vor mich hin. Nach dem Essen erlöste mich Spoerri. Er brachte der Dame in Scharlachrot einen Strauß Nelken. Sie hat, sagte er an meinen Tisch, ein halbes Kilo abgenommen.

Er sah schlecht aus im Sinn von irgendwie ‹düpiert› oder ‹betroffen›. Man muss mit diesen Wörtern sehr vorsichtig umgehen.

Was ist passiert, fragte ich, als seine Flasche Burgunder im gelben Licht auf der weißen Tischdecke stand.

Spoerri trank mit Begierde und sagte, er sei in Trauerarbeit, aber doppelt genäht.

Ich spürte, wie sich positive Impulse in mir regten.

Arthur, sagte er, hören Sie.

Die Prinzessin hat gestern Nacht das Sanatorium, mein Bett und ihre Suite verlassen. Sie hieß eigentlich Koczinsky – ihr Vater war Warlord und zeugte die Schöne während eines Urlaubs ihrer Frau Mutter, die aus Osteuropa kam, in einer Oase, bien égal, sie ist fort. Sie hinterließ mir die Rechnung. Auf der Rückseite stand der Satz –

«Ich weiß nicht, wer oder was in meinem Leben enttäuschender war – Du oder Deine Therapien. Fare well. Meine Migräne ist ein mortal wound, und ich habe nur noch death wishes. Auch to you. A.»

Schlimm, sagte ich, schlimm. Bitte der zweite Fall.
Er habe die erste Trauerarbeit noch gar nicht hinter sich, sagte Spoerri gekränkt – die Flucht der Madame de la Tache. Sie war unendlich reich; verlässt uns eine solche Patientin, inthronisiert sich Kummer, ja unauslotbares Leid beim Arzt – Sie werden mich verstehen. Es gibt, wie Sie wissen, eine Polysymptomatologie, dem Komplex der Asymptomatologie äquivalent – Sie begreifen, mein Freund, kurz, Beschwerden, Zeichen und Symbole, die auf alles oder nichts deuten. Nichts war zu finden, Madame war voluptuös, ja kerngesund und hatte nur einen Wunsch: Sie wollte dreihundert Jahre alt werden, nachdem sie einen windigen Artikel in *Elle* gelesen hatte, in dem behauptet wurde, ein Dr. Patrick Flanagan habe ein Mittel erfunden, das ihrem Unsterblichkeitswunsch entspräche. Bon, ich bestellte es über französische Quellen, das Zeug hieß Anti-Cytotoxin, gewonnen aus der Milz und menschlichem Knochenmark. Sie sagte mir, Brigitte Bardot und Louis Jourdan nähmen das Zeug auch …
Es gibt im Leben des Menschen Krisen, sagte ich, die durchaus nachdenklich stimmen. Könnte man 300 Jahre leben, erhöhte sich die Zahl der Krisen; das Anti-Cytotoxin habe bei der Dame nicht gewirkt?
Schon, ausschließlich, sagte Spoerri bekümmert, Nebenwirkungen wie Haarausfall, Fußpilz und übler Mundgeruch.
Wir schwiegen.
Traurige Fälle, sagte ich, Sie hätten ihr ein paar Tranquilizer verabreichen sollen, das nütze immer.
Alles passiert, sagte Spoerri, sinnlos. Ich hatte ihr verschwiegen, dass man dieses Lebenselixier vor dem 25. Lebensjahr injizieren muss – bei Madame de la Tache war's zu spät.
Ich raffte mich zusammen.
Lieber Dr. Spoerri, sagte ich, ich brauche eine Aufgabe … Meine Arbeitsbiographie ist unvollständig. Ich benötige eine leichte Arbeit auf Honorarbasis, eine Beschäftigung.

Sie schreiben doch, sagte der Doc, das sollte genügen. Ich hatte mal einen Schriftsteller hier, großer Mann – physisch –, der sich während seines unkurierbaren Writer's Block in ein nebelhaftes religiöses Zeichensystem verstrickt hatte – auf der Couch in der Praxis sagte er wörtlich:

Alles Schreiben ist ein Fortschreiben der Heiligen Schrift, nichts anderes.

Da brach ich meine Therapie ab und widmete mich den wirklich interessanten Fällen. Das Heidi hatte damals ein Faible für stattliche Männer, deren leichte geistige Behinderung – Writers' Block und religiöse Syndrome – ihr nichts ausmachten. Sie machte viele Lichtkuren mit ihm durch, und er genas an ihrem milchigen Busen ... sehr schöne Haut hat das Heidi, das kann man sagen ... und schrieb dann an einem Buch mit dem Titel *Tausend Wege, ins Gras zu beißen*. Wie Sie sehen, gibt's da auch glückliche Entwicklungen, ach ja.

Wir tranken. Die scharlachrote Dame wurde von zwei fetten Begleiterinnen zur Toilette geführt.

Mein lieber Spoerri, sagte ich, darf ich noch einmal auf die Jobfrage kommen. Sozusagen am Ende meiner Weltflucht, sinnlos wie alles, was man so unternimmt, wächst meine Sehnsucht nach Verantwortung, entweder für ein Tier oder – nein –, Tiere wären das Beste, ich verstehe mich irgendwie mit ihnen, sie sind erfreuliche Geschöpfe, Schildkröten, Katzen, Kakerlaken ...

Soso, sagte Spoerri, vor zehn Jahren biss mich ein Hund bei einem Spaziergang in den Arsch; die leibliche Frucht der Verbindung zwischen einer Bullterrierhündin und einem Pitbullrüden – dreißig Kilo schwer, seine absolute Beißkraft entsprach so 290 Newton. Der Köter hieß Amigo und biss aus Angst. Wir versorgten ihn mit einem Antidepressivum, ab da biss er mit Lust. Als seine Kiefern erlahmten, ich nehme an, es waren das Alter und eine kognitive Dysfunktion, wurde er schwermütig.

Da ist Anipryl gut, sagte ich, gegen Schlafstörungen, Herumirren und verändertes Begrüßungsverhalten – kurz, gegen alles.

Ja, sagte Spoerri, die Pharmazie kümmere sich schon um viele mental verkorkste Geschöpfe – sehen Sie mich an –
Immer wieder gern, sagte ich, aber ich brauchte eine sinnvolle Tätigkeit in der Luxus-Enklave.
Da kommt mir eine Idee, sagte Spoerri. Zu uns kommen viele Gäste mit ihren Hunden. Die Hunde dürfen nicht ins Haus, schon wegen der Hygiene. Nun habe eine alte Freundin namens Regula Huebli eine Pension für die Lebenspartner unserer Probanden gegründet, geräumige Zellen mit Matten und automatischen Wasserspendern, alle Zellen mit Aussicht auf die schöne Schweizer Gebirgslandschaft. Aber die Hunde brauchten zweimal am Tag Auslauf, d.h. einen umsichtigen und verständigen Chef für Spaziergänge während der Behandlung ihrer Besitzer. Ob das ein Job für mich wäre – frische Luft, idyllische Landschaft und lauter liebe Köter.
Ich sagte natürlich zu. Eine solche Arbeit hatte ich mir schon immer gewünscht; ich musste die Tiere ja nicht therapieren.
Sie fühlen sich dieser Aufgabe gewachsen, fragte Spoerri. Ich sei ja nicht besonders kräftig, eher leptosom, vasolabil mit leichten kognitiven Störungen und einer unauffälligen Gesamtverstimmung, das sei das klinische Bild.
Absolut, sagte ich, Leinen, Geschirre und Maulkörbe lieferte die Hundepension Huebli?
Selbstverständlich, sagte Spoerri. Ich könne die Hunde im Gruppenverband ausführen oder einzeln.
An einem Hund liege ihm besonders, ein schwermütiger Labrador namens Lucky, der in seinem bewegten Leben vier Besitzer ins Grab geführt habe – einstmals ein Blindenhund –, er sei desorientiert, ängstlich bis furchtsam, aber extrem sanft. Sein letzter Herr war ein englischer Lord; bei einem Osterspaziergang verirrten sich Herr und Hund, der Lord stürzte vom Felsen in einen Wasserfall – das brave Tier machte Meldung. Stellen Sie sich vor, Lucky hatte Tränen in den Augen, ich schließe daraus, dass Hunde eine Privatmoral haben. Mit dem herrli-

chen Produkt der Firma Novartis Clomicalm besiegte der arme Labrador seine Depressionen und apportiert in der freien Natur mit viel Zartsinn eine Plüschkatze, mit der er auch schlummert, mehr als ein Liebesverhältnis – ohne seine Plüschkatze leidet er unter dem Pavor nocturnus.
Und so freundlich sind alle diese Hunde, jeder hatte ein schweres Schicksal, sie bedürfen der Liebe, Herz und Lunge und der Medikamente, um ihren Dopamin- und Serotoninspiegel in den armen Gehirnen zu regulieren.
Dieser Satz des geschäftstüchtigen Doc hätte mich misstrauisch stimmen müssen. Der Aigle hatte mich stupide gemacht.
Diese Hunde, sagte ich, haben alle Macken?
Wer hat keine, sagte Spoerri mit dem Ernst des Therapeuten, der schon allzu viele Störherde beseitigt hatte.
Aber diese Hunde seien alle gesegnet sediert und damit konditioniert auf seinsfrommes Verhalten im Gebirge.
Er werde Madame Huebli informieren über das neue Alpha-Tier Arthur Singram für die Ausflugstermine mit der Gruppe, zwei Mal am Tag.
Letzte Fragen. Spoerri drückte die Blase wie mich auch. Der Spülkasten in der Toilette röchle in der Nacht, der Kühlschrank sei leck und – wo war Frau Dr. Beata, das liebliche Imitat meiner aufgegebenen Liebe Margoti?
Ja, die Beata Ponraz, die sei in Wien. Ihre Mutter simuliere gerade eine aggressiv-manische Phase, sozusagen ein hypomanischer Nachschlag nach einer Zeit der Düsternis.

114

An einem Montag fing ich mit den Hunde-Exkursionen an.
Es handelte sich um eine gemischte Gruppe –
Eine dänische Dogge namens Hera, ein männlicher Pudel mit hübschen Beffchen um die Pfoten, der hieß Horst, ein männlicher Retriever, der auf den Namen Harold hörte, ein Bassett,

auch männlich, aus Frankreich, Michel und endlich der unglückliche Blindenhund, der liebe Labrador Lucky; sie sahen alle verschlafen aus. Frau Huebli war eine behaarte Person mit einem rosigen Busen unter einem bleichen Kropf, eine echte Struma. Ihr Schnurrbart bebte, als sie mir die Gruppe anvertraute.

Der Spoerri sagte, Sie täten Biographien über die Hundi wollen schreiben, das ist schön, es wird ja so viel Blödsinn geschrieben, aber die Hundi, das lohnt!

Obacht auf den Lucky, der will Selbstmord machen. Obacht auf die Hera, so eine dänische Dogge sucht immerfort Streit, der Pudel Horst ist Künstler, der pinkelt Ihnen im Kopfstand auf den Vorderpfoten ans Bein, immer Deckung!

Der Michel, der simuliert Herzattacken, weil er nicht laufen mag, so ein Bassett hat ein goldenes Herz, ist aber halt traurig –, der Golden Retriever, unser Harold, liebt Frauen ... aber nur die menschlichen, er ist noch Jungfrau – immer kurze Leine!

Das Wetter war angenehm. Es lässt sich nicht anders sagen, die Sonne schien auf die Spaziergänger, das Alphatier ging voran, mit fünf Hunden an fünf Leinen. Wir gingen aufwärts, wir stolperten abwärts, bis ich ein schönes Wiesenplätzchen unter Lärchen entdeckte.

Die Hunde schlugen unter freiem Himmel ihre Biwaks auf, ich reichte ihnen Leckerlis aus einem Plastikbeutel von Migros, die treuen Gefährten waren zufrieden. Der Bassett Michel hatte sofort seine schwermütigen Augen geschlossen und ersparte sich den Blick ins Tal, wo Leute ihren Plänen, Wünschen und Träumen, Dummheiten, Kalkulationen und Affekten nachgingen oder – hingen. Auch ich war schläfrig. Für alle Fälle schenkte ich der Dogge Hera noch eine Doppeldosis Prozak; Frieden senkte sich herab, Schafe und Lämmer weideten im blauen Himmel.

Arkadien – leider fiel mir kein bukolisches Gedicht ein.

Fast alle schliefen. Hera, das Doggenvieh, es pennte; der Pudel

Horst leckte kurz sein Gliedchen und verschlief eine kleine Erektion; Harold sah einen Augenblick auf die Berge, dann überwältigte auch ihn der Daemon meridianus, und er sank ins Gras, alle Pfoten wollüstig gestreckt wie ein Mönch nach der Karwoche; allein der Labrador Lucky hockte auf seinem Hintern und spähte erwartungsvoll auf die Berge, mitunter auf die Wolken, manchmal in das stille Tal – vielleicht träumte er von blinden Wanderern, die er an Abgründe führen durfte.
Was für eine glückliche Existenz.

Aus dem Verlagsprogramm